afgeschreven

Laat mij niet los

Voor
Donald, mijn droomprins,
Kelsey, mijn dierbare dochter,
Tyler, mijn altijddurende lied,
Sean, mijn vrolijke zonnestraal,
Josh, mijn gevoelige perfectionist,
EJ, mijn uitverkorene,
Austin, mijn wonderjongen.

En voor God, de Almachtige, Schepper van het leven,
Die mij hier op aarde met hen zegent.

KAREN KINGSBURY

LAAT MIJ NIET LOS

ROMAN

VERTAALD DOOR ROELEKE MEIJER-MUILWIJK

© Uitgeverij Voorhoeve – Utrecht, 2011
Postbus 13288, 3507 LG Utrecht
www.kok.nl

Oorspronkelijk verschenen onder de titel *Like Dandelion Dust* bij Center Street, Hachette Book Group, 237 Park Avenue, New York, NY 10017, USA.
© Karen Kingsbury, 2006

Vertaling Roeleke Meijer-Muilwijk
Omslagillustratie Motion Picture Artwork © Downes Brothers Entertainment, 2010
Omslagontwerp Bas Mazur
ISBN 978 90 297 9626 2
NUR 302

1

Soms vroeg Molly Campbell zich af of andere mensen het aan hen konden zien. Misschien zagen ze, zonder hen te kennen, in het voorbijgaan wel een gouden gloed, elfenstof op hun hoofden of een stralend licht in de lucht om hen heen. Iedereen moest wel opmerken wat Jack, Molly en de kleine Joey zelf beseften.

Het leven kon niet beter zijn.

Soms, als Molly hand in hand met de vierjarige Joey door het winkelcentrum van Palm Beach liep met in haar portemonnee een paar honderd dollar contant, twee pinpasjes en een creditcard waarmee ze voor tienduizenden dollars kon besteden, zag ze een vermoeide, onverzorgde man of een oudere vrouw met versleten schoenen, treurig en uitgeput, en vroeg zich af wat er gebeurd was. Hoe waren deze mensen in hun wereld terechtgekomen, en hoe hadden Jack, Joey en zij de weg gevonden naar de juiste kant?

De goede kant van het leven.

Zo voelde Molly zich ook nu ze tijdens het ouderuurtje op de Cricket kleuterschool zat te luisteren naar Joeys leerkracht, die verrukt was over zijn vooruitgang in rekenen en spelling. Ze hield de hand van haar robuuste, geestige echtgenoot vast en glimlachte naar Joey. 'Dat horen we graag, maatje.'

'Bedankt.' Joey grijnsde. Zijn eerste losse tand, linksboven in het midden, hing vervaarlijk scheef. Hij schommelde onder de tafel met zijn voeten en zijn ogen dwaalden af naar de dinosaurusposter met de Tyrannosaurus. Joey was dol op de Tyrannosaurus.

De leerkracht vervolgde: 'Uw zoon is alleraardigst, een bron van vreugde voor iedereen.' Mevrouw Erickson was een zestiger met zilvergrijs haar die met zachte hand regeerde, een leerkracht die het alfabet niet met strenge stem opdreunde, maar gekleurde knikkers of M&M's als leermiddel gebruikte. 'Hij leest al op het niveau van groep drie, terwijl hij pas in de herfst vijf wordt. Verbazingwekkend.' Ze trok een wenkbrauw op. 'Hij rekent ook al heel goed voor zijn leeftijd. En hij is buitengewoon sociaal.'

Vervolgens vertelde de leerkracht een anekdote.

De vorige week was Joey op een dag een paar minuten te vroeg de klas binnengekomen. Daar zat Mark Allen, een kind met leerproblemen. Mark zat naar zijn lege broodtrommeltje te turen; de tranen liepen hem over de wangen. Blijkbaar had zijn moeder hem naar school gestuurd zonder eten voor in de pauze.

'Ik stond in de voorraadkast,' legde de leerkracht uit. 'Pas toen ik terugkwam, zag ik wat er gebeurd was.'

Intussen was Joey naast Mark Allen gaan zitten, had zijn Batman broodtrommeltje uit zijn rugzak gehaald en had de inhoud op de tafel uitgespreid. Terwijl de leerkracht binnenkwam, gaf Joey de andere jongen zijn boterhammen met pindakaas en zijn banaan, en zei: 'Niet huilen. Je mag mijn tussendoortje wel hebben.'

De leerkracht keek hen stralend aan. 'Ik kan alleen maar zeggen dat Joey de vriendelijkste, best aangepaste vierjarige is die ik in lange tijd in de klas heb,' besloot ze haar verhaal.

Molly genoot volop van de lof van de leerkracht. In gedachten zag ze de hele situatie voor zich. Toen hun tijd om was en ze uit het klaslokaal liepen, grijnsde ze naar haar echtgenoot. 'Dat heeft hij van mij, weet je.' Ze hief haar kin op en trok een dwaas, zogenaamd trots gezicht. 'Zijn tussendoortje delen met dat andere jongetje.'

'Dat klopt.' Jacks ogen glinsterden. 'En het sociale ook.' Hij wierp haar een ondeugende blik toe. 'Dat heeft hij ongetwijfeld van jou.'

'Beslist.'

'Maar de intelligentie', hij wees op zijn eigen hoofd en hield met moeite zijn lach in, 'die heeft 'ie aan mij te danken.'

'Wacht eens even...' Ze gaf hem een duw, maar ze kon niet voorkomen dat ze glimlachte. 'Ik ben degene met hersens...'

'Kom op, kerel!' Jack kreeg Joeys hand te pakken en samen huppelden ze voor haar uit naar de parkeerplaats. Het was een prachtige middag in mei, iets frisser dan gewoonlijk in Florida het geval is, met zonneschijn, een eindeloos blauwe lucht en wiegende palmbomen. Op een dag als deze zou je bijna vergeten dat het over een paar weken broeierig en ondraaglijk heet kon worden. Molly hoorde Jack en Joey grapjes maken over de schoolvakantie, de regels op het sportveld en het balspel dat daar gespeeld werd. Toen ze bij hun blauwe SUV stonden, porde Jack Joey vriendschappelijk in de ribben. 'En, kerel, heb je al een vriendinnetje?'

'Echt niet.' Joey schudde zijn hoofd. 'We hebben een club opgericht: de Jongens-Zijn-Beter-Club.' Hij zette zijn handen in zijn zij. 'Stomme meisjes mogen niet meedoen.'

'O, mooi zo. Jongens zijn beter, hè?' Jack knikte bedachtzaam. Hij deed het linkerportier open, trok Joey naar zich toe en gaf hem een aai over zijn lichtblonde bolletje. 'Jullie hebben gelijk.' Hij knipoogde naar Molly. 'Meisjes zijn stom.'

Joey keek haar aan en zijn gezicht werd vriendelijker. 'Behalve mama.'

'Meen je dat nou?' Ze stapten alle drie in. Vanaf de bestuurdersplaats sloeg Jack zijn arm om Molly's schouders en kuste haar op de wang. 'Ach...' Hij grijnsde naar haar. 'Ik denk dat mama wel meevalt. Als ze maar uit de keuken weg blijft.'

'Nou zeg!' zei Molly lachend. 'Ik heb al een maand niets laten aanbranden.'

Jack keek Joey aan en trok zijn ene wenkbrauw op. 'Vandaag heeft ze de schade ingehaald. Geflambeerde kaneelbroodjes, dat is een nieuw record voor in ons gezinsboek.'

'Ze moeten "bakken"en "grillen" niet zo vlak naast elkaar zetten op de draaiknop van de oven.'

Jack grinnikte. 'Wij moeten jou niet in de keuken zetten. Punt, uit.'

'Misschien heb je gelijk.' Molly leed niet bepaald onder haar slechte reputatie op het gebied van het avondeten. Koken vond ze saai. Gezond eten was belangrijk, maar ze had geen belangstelling voor het creëren van ingewikkelde gerechten. Eenvoudige maaltijden waren goed genoeg.

Zodra ze hun autogordels vastgemaakt hadden, begon Joey op en neer te wippen op zijn zitplaats. 'Gaan we pizza halen? Alsjeblieft?'

'Goed idee. Zo houden we mama uit de keuken. Bovendien,' Jack tikte nadrukkelijk op het stuur, 'vind ik dat iedereen met zo'n goed kleuterschoolrapport recht heeft op pizza.'

'Pizza met ananas?'

'Op zijn minst pizza met ananas.'

In alle rust zetten ze koers naar de pizzeria, niet ver van de school. Op de achterbank pakte Joey zijn bibliotheekboek, een geïllustreerd boekje over de grote witte haai. Hij neuriede een kinderliedje terwijl hij de bladzijden omsloeg. Molly vlocht haar vingers door die van Jack. 'Nou, is het niet verbazingwekkend?' Omdat dit gesprek alleen voor hun beider oren bedoeld was, praatte ze zacht.

Jack grijnsde en hield zijn blik op de weg gericht. 'Ons jonge genie, bedoel je?'

'Dat bedoel ik niet.' De zon scheen door de ruiten en verwarmde haar weldadig. Ze glimlachte. 'De vriendelijkheid. Ik bedoel...' Haar stem klonk vrolijk. 'Dat hij in de klas een wonderkind en op het sportveld een natuurtalent is, wist ik al. Maar wat geweldig dat de leerkracht hem "vriendelijk" noemt.'

'De vriendelijkste jongen die ze in lange tijd heeft gezien.'

'En goed aangepast.' Molly ging weer rechtop zitten.

'Bijzonder goed aangepast.'

Voor de grap zaten ze weer eens schaamteloos over Joey op te scheppen; dat konden ze alleen doen als er niemand anders bij was. Toen werd Jack weer serieus. 'Had jij niet verwacht dat het moeilijker zou zijn?'

'Moeilijker?' Molly draaide in haar stoel om hem beter te kunnen zien. 'De kleuterschool?'

'Nee.' Jack omklemde het stuur met zijn linkerhand en leek bedachtzamer dan hij de hele middag was geweest. Hij keek in de achteruitkijkspiegel en kneep zijn ogen halfdicht, zodat zijn beginnende kraaienpootjes dieper werden. 'Adopteren. Dacht je niet dat het moeilijker zou zijn? Verwachtte jij geen problemen op school of op sociaal gebied?'

Molly tuurde uit het raam. Ze passeerden Fuller Park, waar ze Joey mee naartoe namen sinds hij in hun leven gekomen was. Hun huis was slechts een straat verderop. Ze kneep haar ogen dicht tegen de zon. 'Misschien wel. Het lijkt zo lang geleden.'

'De dag waarop we hem mee naar huis namen?' Jack hield zijn blik op de weg gericht.

'Nee.' Ze ademde diep in door haar neus. 'Ik bedoel het ogenblik waarop we over adoptie begonnen te praten, denk ik.' Ze wierp een snelle blik achterom naar Joey en genoot van zijn blonde haar en zijn blauwe ogen, van de aandachtige manier waarop hij naar de plaatjes van de haai keek en van zijn geneurie. Toen keek ze Jack weer aan. 'Zodra ik hem in mijn armen had, was al mijn angst verdwenen.' Ze glimlachte weer; het kwam recht uit haar hart. 'Ik wist meteen dat hij bijzonder was.'

Jack knikte traag. 'Dat is hij, hè?'

'Ja.' Ze kneep zachtjes in zijn hand. 'Mijn zusje zou zeggen dat hij een geschenk van God is. Hij is gewoon een wonder.'

'Jouw zusje...' Jack grinnikte. 'Bill en zij zijn wel oersaai.'

'Hé.' Molly ging meteen in de verdediging. 'Geef ze de tijd. Ze wonen hier nog maar een week.'

'Dat weet ik wel.' Jack fronste zijn wenkbrauwen. 'Maar kunnen ze echt nergens anders over praten dan over God? "Dit is Gods wil" en "Dat is Gods wil".'

'Jack, toe nou.' Molly werd een beetje nijdig. Beth was haar beste vriendin. Ze scheelden slechts achttien maanden en als kinderen waren ze onafscheidelijk geweest. Beth was de jongste, maar ze had meer verantwoordelijkheidsgevoel; de wispelturige Molly had Beth altijd nodig om met beide voeten op de grond te blijven. De afgelopen drie jaar had Molly de grootste moeite gedaan om Beth, Bill en hun vier kinderen zover te krijgen dat ze naar Palm Beach verhuisden. 'Dat is niet eerlijk.' Ze hield het zo luchtig mogelijk. 'Geef hun een kans.'

De rimpeltjes rondom Jacks ogen ontspanden zich. 'Ik zeg alleen...' Hij trok zijn ene wenkbrauw op. 'Ze zijn zo gespannen, Molly. Als dat de invloed van de kerk is,' hij liet haar hand los om een weids gebaar te maken, 'wil ik daar niks mee te maken hebben.'

'Zo'n grote verhuizing valt ook niet mee.'

'Dat zal wel.'

'Hé, pap, hoor eens!' Joey tikte hen allebei op de schouder en wipte op en neer in zijn kinderzitje. 'De grote witte haai is even lang als vier papa's. Dat zie je op dit plaatje.'

Meteen werd Jacks gezicht weer vrolijk. 'Vier papa's! Sjonge, hoeveel jongetjes zou dat zijn?'

'Waarschijnlijk een miljoen triljoen.'

Ze reden de parkeerplaats van het restaurant op. 'We zijn er!' Jack parkeerde op de eerste vrije plek. 'De pizza met ananas komt eraan.'

'Jack...' Molly was nog niet uitgepraat. Ze huiverde een beetje. 'Ik was nog vergeten te zeggen...' Ze wist al wat hij zou antwoorden, maar haar zus had haar laten beloven dat ze deze vraag zou stellen. 'Beth en Bill willen graag dat we zondag mee naar de kerk gaan. Ze proberen de gemeente bij de school uit.'

Jack boog zich naar haar toe en kuste haar op de wang. Hij hield zijn gezicht vlak bij het hare. 'Zodra Bill een keer meegaat naar een pokeravond, ga ik mee naar de kerk.'

'Oké.' Ze liet niet merken dat ze teleurgesteld was. 'Nee dus?'

'Nee.' Hij aaide haar over haar wang. Even keek hij minder plagerig. 'Tenzij jij wilt dat ik het doe. Als het belangrijk voor jou is, ga ik mee.'

Dat vond Molly zo geweldig aan Jack. Hij had zijn eigen opvattingen, maar hij had alles voor haar over en hij was altijd bereid een compromis te sluiten. 'Nee.' Ze gaf hem een snelle kus. 'Aanstaande zondag gaan we er met de boot op uit. Daar voelen we ons dichter bij God dan in de kerk.'

Joey stond al op de stoep op hen te wachten. Jack deed zijn autoportier open en grinnikte. 'Wijze woorden, mijn lief.'

Pas toen ze in het restaurant waren en pizza bestelden, ervoer Molly een vreemde angst. Er was niets mis met hun houding ten opzichte van de kerk, toch? Ze waren nooit kerkgangers geweest, hoewel Beth daar vaak met haar over sprak.

'Het is goed voor Joey,' zei Beth dan. 'Alle kinderen zouden naar de kerk moeten gaan.'

Molly keek naar Joey met zijn lichtblonde haren; zijn ogen waren vol bewondering op Jack gericht terwijl ze samen beslisten welke frisdrank ze zouden nemen. Wat zij hadden, was toch prima? Ze geloofden in God, op hun eigen, afstandelijke manier. Het kon toch geen kwaad Hem op het water te zoeken in plaats van op een kerkbank? Bovendien kwamen ze helemaal niets te kort.

Sinds Jacks laatste promotie had hij een droombaan als vicepresident van de afdeling verkoop van Reylco, een van de drie grootste farmaceutische bedrijven ter wereld. Hij verdiende een salaris van honderdduizenden dollars per jaar met het toezien op de relaties met grote afnemers overal ter wereld en hoefde lang niet zo vaak meer op reis als voorheen. Ze woonden op een prachtig terrein op de hoek in Ashley Heights, een van de betere buurten van Palm Beach. Met hun gezinnetje maakten ze uitstapjes naar Disneyworld, genoten van luxe strandvakanties in Florida en op de Bahama's, en elke maand gingen ze vissen aan het Okeechobee-meer, het grootste meer van de staat.

Af en toe hielpen ze op zaterdagmiddag mee bij de christelijke daklozenopvang in Miami en daarna gingen ze naar een theatervoorstelling in de uitgaanswijk van de stad. Op doordeweekse dagen wandelden ze met Joey en hun hond Gus, een goedaardige labrador, naar Fuller Park. Daar flirtten Jack en Molly met elkaar als verliefde tieners, terwijl Gus rondjes rende in de speeltuin en Joey keer op keer de glijbaan beklom en er weer af gleed.

Ze hadden bij de Westmontpier een vaste ligplaats voor hun motorboot met waterski's. Op zondag gingen ze meestal naar het witte zandstrand om een pleziertochtje te maken naar de baai, waar het water rustig, diep blauw en warm was. Om de beurt stonden ze op de waterski's. Joey zat achterin toe te kijken en juichte als een van beiden loskwam van het water. Dit voorjaar hadden ze voor het eerst een paar oefenski's voor Joey gekocht. Nog meer zonneschijn en plezier, dag in dag uit, jaar na jaar.

Deze gedachten verjoegen Molly's ongewone angst en ze zocht een tafeltje bij het raam, waaraan ze op haar mannen kon wachten. Het ongemakkelijke gevoel verdween weer. Waarom zou ze zich zorgen maken? De gouden gloed, het stralende licht, het elfenstof, dat moest allemaal wel echt zijn. Ze waren gezond en gelukkig en ze hadden alles wat hun hartje begeerde. Bovenal: ze hadden Joey.

Wat zou God hun in vredesnaam nog meer kunnen geven?

2

Wendy Porter tuurde door de voorruit en probeerde rustiger adem te halen. Een sigaret. Dat had ze nodig: een zware sigaret zonder filter. Ze grabbelde in haar handtas tussen de kassabonnetjes van de supermarkt, de oude lippenstiften en het roze, gebarsten spiegeltje. Onder haar portemonnee en de ingedeukte mueslireep die ze al een maand bij zich had. Tussen de kruimels en muntjes die onderin gekomen waren. Waar waren ze nou? Ze wendde haar blik van de weg af en keek snel even in de handtas. Ze had toch nog een paar Camelsigaretten? Van die goede?

Toen wist ze het weer; ze legde haar hand terug op het stuur.

De rooklucht zou in haar mooie, roze blouse en nette zwarte broek blijven hangen. Haar pasgewassen haar zou ernaar ruiken en haar frisse adem zou erdoor bedorven worden. Het was al vijf jaar geleden dat Rip, haar echtgenoot, een vrij man was. Ze wilde hem geen slecht humeur bezorgen.

Dat zou hij toch al krijgen van het nieuws dat ze hem moest vertellen.

Wendy tikte met haar nagel tegen het stuur. Dus misschien was het niet erg als ze een sigaret nam. Ze tikte nog even door. Nee, dat kon ze beter niet doen.

'Een smerige gewoonte,' had Rip voor zijn arrestatie vaak gezegd. Soms griste hij de sigaret uit haar mond en brak hem doormidden. 'Ik heb er een hekel aan als je rookt. Het is niet sexy.'

Niet dat Rip zelf nou zo'n toonbeeld van sexappeal was. De laatste keer dat ze bij elkaar waren, had hij haar een ontzettende dreun op haar kaak gegeven terwijl ze tegen elkaar stonden te schreeuwen op het parkeerterrein van het winkelcentrum. De reden van zijn woede? Ze was vergeten de coupon voor vijftig cent korting bij het hamburgerrestaurant uit te knippen. Een politieagent had van een afstand gezien wat er gebeurde en Rip opgepakt voor mishandeling. Aangezien er een waslijst van eerdere aanklachten was, kreeg Rip zes tot acht jaar cel in de staatsgevangenis van Ohio opgelegd. Hij had nog geluk gehad, want al na vijf jaar werd hij vrijgelaten wegens goed gedrag.

Wendy reed de snelweg op en trapte het gaspedaal diep in met haar hooggehakte schoen. Het was vier uur, bijna spitsuur. Ze moest vaart maken zolang het nog kon. Na een snelle blik in haar achteruitkijkspiegel ging ze op de linkerrijbaan rijden. Met een beetje geluk kon ze over een half uur bij de gevangenis zijn. Rip en zij hadden veel te bespreken. Het laatste wat ze wilde, was alles bederven door te laat te komen.

Ze draaide haar raampje open en de auto stroomde vol met frisse lucht. Haar moeder had jaren geleden al gezegd dat ze Rip moest verlaten. Lang voor het incident in het winkelcentrum. En eerlijk gezegd waren er de laatste vijf jaar wel andere mannen geweest. Je kon toch niet jaar in, jaar uit thuis blijven zitten wachten tot je man uit de bak kwam. Zelfs niet als je gek op hem was. Ze had niet eens zeker geweten of hij haar wel wilde zien als hij vrijkwam. Tot vorige week. Zijn telefoontje kwam precies op het ogenblik waarop ze thuiskwam van de kerk.

'Schatje...' Zijn stem klonk rauwer dan vroeger. 'Ik ben het.'

De adem stokte in haar keel. Ze legde haar bijbeltje en het kerkblad neer en drukte de telefoon stevig tegen haar oor. 'Rip?'

'Ja, schatje.' Er klonk tederheid door in zijn stem, de tederheid waardoor ze zich lang geleden zo aangetrokken had gevoeld. 'Heb je me gemist?'

'Het is... Het heeft lang geduurd, Rip.'

Hij had bijna nooit gebeld; hij vond het vreselijk om een relatie op afstand te onderhouden. Toen Wendy veertien maanden geleden bij hem op bezoek kwam, had hij haar bevolen niet meer te komen voordat hij uit de bak ontslagen werd. Als hij haar zag, ging de tijd te langzaam, had hij gezegd. Wat moest ze daar nou mee? Ze had geen ogenblik verwacht dat Rip nog zou bellen.

Natuurlijk zou ze alles opgeven als hij weer belangstelling voor haar had. Als jong meisje had ze Rip haar hart geschonken. Dat zou hem toebehoren tot de dag waarop ze stierf. Ze hervond haar zelfbeheersing. 'Bedoel je... Wil je me zien?'

'Je zien? Ik ben gek op jou, schatje. En moet je horen, over een week ben ik vrij. In de hele wereld is er niks wat ik liever wil dan hier naar buiten lopen en jou zien. Dat jij daar op me staat te wachten.' Hij aarzelde even en ze hoorde de stemmen van andere gevangenen op de achtergrond. 'Zorg dat je er bent, schatje, alsjeblieft?'

'O, Rip...' Zodra ze weer op adem was, pakte ze een reclamefolder en een pen. 'Wanneer kom je vrij?'

Hij vertelde haar precies wanneer en toen zuchtte hij diep. 'Het spijt me zo, Wendy.' Hij sprak gedwee. Misschien had zijn stem daarom eerst zo vreemd geklonken. Hij snoof moeizaam. 'Wat ik heb gedaan, was helemaal verkeerd. Je hoeft je geen zorgen te maken. Het zal nooit meer gebeuren.'

Wendy werd hier juist ongerust van. Hij had wel vaker spijt gehad, toch? Waarom zou het nu anders zijn dan anders? Elke keer dat Rip Porter haar leven binnenkwam, fluisterde hij verontschuldigingen en leugens; daarna liet hij haar weer achter met een gebroken hart en een paar botbreuken. Haar moeder zei dat ze wel gek zou zijn als ze hem weer terugnam, maar dat was het 'm juist. Ze was inderdaad gek. Gek op Rip, hoe onzinnig dat ook was. Ze hield van hem, meer wist ze niet. Wat zijn geschiedenis ook was, hoe vaak ze ook doelwit werd van zijn levenslange woede, ze hield van hem. Voor haar zou er nooit een ander zijn dan Rip.

'Ik heb je gemist, schatje.' Zijn stem klonk omfloerst. 'Ik hoop dat je mijn kant van het bed vrij gehouden hebt.'

De angst sloeg Wendy om het hart. Als Rip ontdekte dat er anderen geweest waren, wat dan? Het waren er niet eens zo veel geweest. Vier of vijf misschien, en het laatste jaar niemand meer. Daarom ging ze ook weer naar de kerk. Ze probeerde haar leven te beteren. Aan de andere kant: Rip haatte andere mannen. Hij haatte het als ze naar haar keken en nog meer als ze die blikken beantwoordde. Als iemand uit het biljartlokaal hem ooit over die andere mannen vertelde, dan zou hij, nou... Wendy wist zeker dat het incident bij het winkelcentrum een onschuldig stoeipartijtje zou lijken in vergelijking met wat haar dan te wachten stond.

Maar voordat ze daarover na kon denken, voordat ze probeerde zich voor te stellen hoe het leven zou zijn als Rip weer thuis was, gaf ze hem het antwoord dat hij wilde horen. 'Ik zal er zijn.'

'Goed, schatje.' Zijn opluchting was bijna tastbaar. 'Ik zal de dagen aftellen.'

Wendy leunde achterover in de stoel en tuurde naar de weg die voor haar lag.

Sinds dat telefoontje waren haar emoties alle kanten op gegaan. Haar enthousiasme en haar opwinding bij de gedachte in zijn armen te liggen maakten plaats voor een reële, verterende angst. Ze had hem nog niet over de jongen verteld. Nu hij vrijkwam, had ze geen keus meer. Hij zou het hoe dan ook ontdekken; hoe langer ze wachtte, hoe woedender hij zou zijn. Rip kon het haar eigenlijk niet kwalijk nemen dat ze het hem niet eerder verteld had. Ze hadden elkaar in de loop van die vijf jaar nauwelijks gesproken. En haar zoontje... Ze probeerde zo min mogelijk aan hem te denken. Alleen op zijn verjaardag in september en nog een paar keer per maand, als haar hart naar hem uitging.

Ze grabbelde nogmaals in haar handtas. Een stuk kauwgom, dat had ze nodig. Toen ze wist dat Rip thuis zou komen, had ze haar sigaretten in een doos in de garage verstopt. Maar nu werd ze gek zonder iets te roken. Haar vingers raakten een plakkerige balpen en een pakje papieren zakdoekjes; toen vond ze eindelijk wat ze zocht. Een kapot stukje pepermuntkauwgom. Ze veegde er een laagje stof af en stopte de kauwgom in haar mond.

Eigenlijk was ze niet van plan geweest Rip ooit over de jongen te vertellen. Dat ging hem niets aan. Tenslotte was het kind vlak na het vonnis geboren, het vonnis waardoor Rip vijf jaar in de bak zou doorbrengen. Ze had zo haar redenen om het kind op te geven, redenen om een goed gezinnetje te zoeken en hem daar onder te brengen. Maar een van die redenen was louter praktisch. Ze had twee baantjes om de rekeningen te betalen. Zou ze daarnaast ook nog in haar eentje een kind kunnen grootbrengen? Nou dan.

Een week nadat Rip opgesloten werd, had ze ontdekt dat ze zwanger was. Domme pech, anders niet. Na de vijfde maand van haar zwangerschap was ze niet meer bij Rip op bezoek geweest tot ze haar normale figuur terug had en het kind veilig en wel bij zijn nieuwe familie was. Rip had nooit enig vermoeden gehad. Maar het was zijn kind, dat wist ze wel zeker. De andere mannen waren pas in het tweede jaar van zijn gevangenisstraf in beeld gekomen.

Het verkeer werd drukker. Ze ging weer op een andere rijstrook rijden. Eerlijk gezegd had ze het bijna gedaan; ze had het jongetje bijna gehouden. Ze had de papieren pas getekend na de geboorte, nadat ze hem in haar armen gehouden had en...

Ze knipperde met haar ogen. Die herinnering kon ze zich

niet permitteren. Ze kon de tijd niet terugdraaien en ze mocht helemaal niet nadenken over hoe het had kunnen zijn. Wat ze die dag gedaan had, had ze voor haar kind, voor haar zoon gedaan. Hij mocht geen twaalf uur per dag in de crèche doorbrengen. Hij verdiende beter dan een vader die in de bak zat vanwege huiselijk geweld. Tenslotte had zij het gezin voor hem uitgezocht. Zij waren de volmaakte ouders voor haar kind; ze waren bereid hem een beter leven te geven dan hij bij Rip en haar ooit had kunnen krijgen.

Maar uiteindelijk had ze haar beslissing gebaseerd op één simpel feit: ze kon niet toestaan dat iemand haar zoontje pijn deed. En als Rip vrijkwam en weer een woede-uitbarsting kreeg... Wendy beefde en omklemde het stuur nog steviger. Een man met zo'n opvliegend karakter als Rip moest wel heel sterk veranderen voordat hij een fatsoenlijke vader kon zijn. Dat maakte nu niet meer uit. Ze had hun beider handtekeningen op het adoptieformulier gezet. Doe wel en zie niet om.

Dat had ze ook bijna nooit meer gedaan.

De tranen prikten haar in de ogen en ze gaf zichzelf een standje omdat ze zo zwak was. De jongen was ongetwijfeld beter af zo. Juist door hem op te geven had ze bewezen dat ze de beste moeder ter wereld was. Punt, uit. Ze ademde snel in en bette de bovenkant van haar wangen. 'Zo kan ie wel weer.'

Nu moest ze zich concentreren op Rip en op de vraag of ze samen nog iets hadden na vijf jaar zonder elkaar geleefd te hebben. Had hij hulp gekregen voor zijn opvliegende karakter, of was hij misschien gelovig geworden? Of was hij nog gemener geworden door de kerels met wie hij opgetrokken had? Dit was de tweede keer dat hij in de bak gezeten had. De vorige keer had hij haar bij thuiskomst overladen met verontschuldigingen en lieve woordjes, en tegen het eind van de week had hij haar weer geslagen. Toch hield ze nog steeds van hem. Ze hield van hem, ze smachtte naar hem en ze wilde hem zo verschrikkelijk graag terughebben.

Dus misschien zou het ditmaal anders zijn. Wendy kauwde op haar kauwgom en proefde de laatste restjes pepermunt. Aan de telefoon klonk Rip echt aardig. Misschien was hij echt veranderd en zou alles ditmaal beter gaan tussen hen. Hij zou thuiskomen, de woede, het schreeuwen en het slaan opgeven, en veranderen in de vriendelijke man die ergens diep in hem verscholen zat, zoals ze altijd al geweten had. Dat zou op een dag gebeuren, dat wist ze zeker. Diep vanbinnen had hij een hart van goud, die Rip Porter. Ze zou hem opnieuw een kans geven, net als altijd, en misschien zou de liefde ditmaal alle woede overwinnen.

Voorzichtig stuurde ze haar auto terug naar de linker rijbaan en gaf weer wat meer gas. Ja, misschien zou alles goed komen. Als Rip eenmaal zijn humeur onder controle had en een vaste baan kreeg, zouden ze nog een kind kunnen krijgen; misschien zelfs twee of drie. Het begon te motregenen en het verkeer ging langzamer rijden. Geweldig. Rip haatte het als ze te laat kwam.

Ze zette de autoradio aan, gaf elk radiostation drie seconden om zichzelf te bewijzen en zette het toestel weer uit. Stilte was toch beter. Hoe zou ze het onderwerp ter sprake brengen? O ja, we hebben een kind en hij woont nu bij een andere familie? Voordat ze samen verder konden, moest ze hem de waarheid vertellen over zijn zoon. Daar kon ze niet omheen; ze zou wel moeten.

Brent en Bubba uit het biljartlokaal waren van haar zwangerschap op de hoogte. Brent woonde een paar straten verderop. Toen Bubba en hij op een middag langs hun huis reden, stond zij op de stoep om haar post op te halen. Het was een paar dagen voor de bevalling en ze was zo dik als een olifant.

Brent remde af en draaide zijn raampje omlaag. Hij wees naar haar buik. 'Is dat kind van Rip?'

Wendy keek de man woedend aan en dacht niet na over haar antwoord. 'Natuurlijk is het van Rip!'

Brent stootte een krachtterm uit, maar grinnikte tegelijkertijd vol leedvermaak. 'Dat arme kind. Met Rip als pappie staat hem niks goeds te wachten. Paps zit nou al in de bak!'

Op de stoel naast hem sloeg Bubba zich op zijn knie en lachte bulderend. 'Goed gezien!'

Wendy stuurde hen nijdig weg. 'Ach, gaan jullie je maar weer gauw bezatten,' zei ze. 'En bemoei je met je eigen zaken!'

Soms gingen er maanden voorbij zonder dat ze die roestbak van Brent zag. Wendy had Brent en Bubba al bijna een jaar niet meer gezien. Maar toen ze gisteren het gras in de tuin aan het maaien was, om alles een beetje netjes te maken voor Rip, reed Brent langs en opnieuw draaide hij zijn raampje naar beneden.

'Ik hoorde dat Rip vrijkomt.' Hij stak zijn hoofd uit het raampje en schreeuwde om boven het kabaal van de grasmaaier uit te komen.

'Ja.' Wendy zette de motor uit. Het zweet droop langs haar gezicht; ze veegde met haar hand over haar voorhoofd. 'De tamtam werkt weer best.'

Brent probeerde over de heg heen in de tuin aan de zijkant van het huis te kijken. 'Waar heb je dat kind gelaten?'

Wendy was blij dat ze zich aan de grasmaaier kon vastklampen. Anders zou ze ter plekke flauwgevallen zijn, boven op het pasgemaaide gras. Ze had geen familie en geen vrienden behalve een paar mensen die ze de laatste tijd in de kerk had leren kennen. Het kind was haar zaak, haar besluit. Het was tot op dat ogenblik niet eens bij haar opgekomen dat Rip dat nieuwtje ook weleens te horen zou kunnen krijgen.

Brent zat op antwoord te wachten.

'Hij... eh... We hebben hem afgestaan aan een gezin in Florida.' Ze probeerde het zo zakelijk mogelijk te laten klinken, alsof het feit dat ze het kind had laten adopteren algemeen bekend was. 'Rip en ik wilden geen kind grootbrengen terwijl hij in de bak zat. Snap je?'

'Hm,' zei Brent twijfelend. 'Dat vind ik nou net niks voor mijn maat Rip Porter. Die kerel heeft altijd al een zoon willen hebben.' Hij haalde zijn schouders op. 'Nou ja, daar heb ik natuurlijk niks mee te maken.' Na wat geklets over koetjes en kalfjes grijnsde hij zo breed dat ze zijn zilveren tand zag glinsteren. 'Zodra Rip zijn biljartkeu in het krijt zet, eis ik het eerste potje op. Zeg maar tegen hem dat ik daar recht op heb.'

'Ja hoor.' Wendy rolde met haar ogen en zette de grasmaaier weer aan. 'Zeker weten!'

De auto was weggereden in een wolk van uitlaatgassen, maar het gesprek was blijven hangen. Nu, vierentwintig uur later, kreeg ze pijn in haar buik bij de gedachte aan de taak die haar te wachten stond. Ze moest Rip de waarheid vertellen. Vanavond nog. Zodra ze hem opgepikt had. Als ze het hem meteen vertelde, hoefde hij het nieuws niet van een ander te horen. Dat zou het beste zijn, toch?

De staatsgevangenis van Ohio was gelukkig buiten de bebouwde kom. Tijdens de laatste paar kilometer haalde ze de verloren tijd weer in. Ze reed de auto de parkeerplaats op en haastte zich naar het bezoekersterrein. De hak van haar rechterschoen bleef steken in het zacht geworden asfalt. 'Kom op,' fluisterde ze. Haar hart ging tekeer alsof ze niet snel genoeg bij de voordeur kon zijn. Zodra ze binnen was, klikten haar hakjes in een nerveus ritme. Ze meldde zich aan, vond een stoel tegenover de deur van de gevangenis en wachtte af.

Om twee minuten over vijf kwam Rip naar buiten met een bruine papieren zak in zijn handen. Hij had een paar seconden nodig om haar te ontdekken, maar toen lichtte zijn gezicht op als een neonreclame na zonsondergang. 'Wendy!'

Daar gaan we dan. Ze stond op en streek haar nette broek glad. Haar knieën knikten toen ze hem zag. *Waar ben ik aan begonnen?* Ze hervond haar glimlach. 'Rip!' zei ze geluidloos. Deze kamer vol vermoeid kijkende bezoekers was niet bepaald de juiste plek voor een dramatische hereniging. Maar dat kon haar niet schelen. Ze had hem meer gemist dan ze beseft had.

Rip keek de bewaker aan die hem naar de wachtkamer begeleid had. De bewaker knikte. Rip was vrij; hij kon doen wat hij wilde. Zonder nog een ogenblik te aarzelen liep Rip met grote stappen naar Wendy toe, grijnzend van oor tot oor. Hij droeg een strak wit T-shirt en een spijkerbroek; zijn blonde haar was netjes kort geknipt. Zijn lichaam was steviger geworden, waarschijnlijk door urenlang trainen in de sportzaal van de gevangenis.

Ze stak haar armen naar hem uit; haar hart sloeg een slag over toen hij dichterbij kwam. Er was iets veranderd aan Rip, misschien zijn ogen. Wat het ook was, Wendy voelde zich tot hem aangetrokken, voor hem ingenomen. 'Je ziet er geweldig uit.'

'Hé!' Hij pakte voorzichtig haar schouders vast en dronk haar aanblik in als een man die te lang in de woestijn geweest is. Daarna kuste hij haar langdurig op de mond. Terwijl hij haar losliet, keek hij haar onderzoekend aan. 'Dat was mijn tekst.' Hij bekeek haar van top tot teen. 'Schatje, je ziet er stralend uit.' Hij kuste haar nogmaals. 'Dat meen ik.'

Wendy voelde dat alle blikken op hen gericht waren. Ze schraapte haar keel en deed een stap opzij. Ze kon bijna niet wachten tot ze alleen met hem was. 'Laten we gaan, oké?'

Rip keek de tien mensen die naar hen keken, aan. 'Zo is het!' riep hij uitbundig vrolijk. 'Kwijn hier maar weg. Ik ga naar huis!'

Wendy liet blozend van schaamte haar hoofd hangen. Goed, misschien was hij niet veranderd. Zo luidruchtig was Rip altijd al geweest, hij was altijd het middelpunt van de belangstelling. Hij vond zelf dat hij grappig was, en als mensen vanwege zijn gedrag wegliepen of als iemand hem vroeg of hij wat rustiger kon doen, stak Rip zijn middelvinger op of snauwde de ander af. 'Niemand zegt mij wat ik moet doen!' zei hij dan. Daarna was hij even luidruchtig en onhebbelijk als tevoren.

Soms vond Wendy het niet erg dat Rip zo'n branieschopper was. Hij maakte gewoon lol, toch? Maar af en toe hadden ze vanwege Rips gedrag in het openbaar achteraf ruzie gekregen, het soort ruzie waarbij klappen vielen. Daarom zei ze er vanavond niets van. Al wilde Rip bovenop de auto staan en het volkslied vals zingen, dan nog zou ze het van hem pikken. Alles was beter dan hem kwaad maken. Vooral nu ze hem het nieuws nog moest vertellen.

Rip hief bij wijze van groet de papieren zak op naar de bezoekers, sloeg zijn arm om Wendy's schouders en nam haar mee naar buiten. Zodra ze het gebouw uit waren, overhandigde hij haar de papieren zak en rende een paar stappen. Toen hield hij halt, stak beide vuisten omhoog en brulde: 'Ik ben vrij!' Het was de luidruchtigste triomfkreet die ze ooit had gehoord.

Na nog een paar keer joelen haastte hij zich terug en pakte haar handen. De papieren zak viel op de grond. 'Ik ben een nieuw mens, Wendy Porter. Op dit ogenblik heb ik mijn hele leven gewacht.'

Zijn enthousiasme was aanstekelijk. Wendy keek hem diep in de ogen. 'Echt waar?' Ze lachte zachtjes en leunde nog dichter naar hem toe. Oké, misschien had ze zich vergist. Er was iets aan hem veranderd, daar was ze zeker van. Plotseling was ze ademloos van verwachting en ze gaf zichzelf een standje omdat ze zich zorgen had gemaakt over zijn gedrag. Dit was Rip Porter, de man voor wie ze op de middelbare school als een blok gevallen was. Op dit moment voelde ze zich even verliefd als de eerste keer dat ze hem gezien had. 'Wat is er hier met je gebeurd, Rip?'

Hij draaide haar in het rond, stond weer stil en keek haar onderzoekend aan. 'Wat er gebeurd is? Ik heb hulp gekregen, dat is het!' Zijn adem stokte en hij keek haar ernstig aan. 'Het spijt me, Wendy. Het lag allemaal aan mij.'

Haar hart bonsde weer heftig. Meende hij dat? Was dit niet wat ze altijd had gewild? Haar stoere Rip, maar dan vriendelijk en hoffelijk? Een zenuwachtig lachje ontsnapte haar. 'Meen je dat nou echt?'

Opnieuw stak hij zijn vuist omhoog. 'Ja!' joelde hij zo luid dat het over de hele parkeerplaats weergalmde. 'Ik hou van je, Wendy!' Hij pakte haar hand en begon naar de auto toe te rennen. 'Laten we naar huis gaan om het te vieren...'

Het feest begon in de auto en duurde tot diep in de nacht. Om twee uur in de ochtend viel Rip eindelijk in slaap, nog altijd met een brede glimlach. Wendy had het niet aangedurfd zijn uitbundige vreugde te bederven tijdens zijn eerste uren in vrijheid. Zodra het morgen werd, zou ze hem over de jongen moeten vertellen. Dan zou ze weten of Rip Porter werkelijk veranderd was. Of zou de woede het winnen?

Dat gebeurde eigenlijk altijd.

3

De barbecue was een idee van Beth geweest.

De meeste verhuisdozen waren uitgepakt en hoewel ze hier nog maar drie weken woonden, wist Beth waar de blikopener, het dienblad met de randdecoratie van schijven watermeloen en de gedroogde uitjes te vinden waren. Nog een aantal hamburgers en broodjes erbij en ze waren klaar voor een gezellige avond.

Niet dat Molly, Jack en Joey nou zo gezellig waren.

Beth pakte een handvol gehakt en drukte het plat tussen haar handen. *O God, laat deze avond goed verlopen. Laat dit een begin zijn.* Tenslotte was dit waarover ze samen gefantaseerd hadden sinds ze het ouderlijk huis verlieten: bij elkaar om de hoek wonen en elk weekend bij elkaar eten. Zo zou het later zijn, als ze allebei getrouwd waren en een heleboel kinderen hadden.

Bill en zij hadden er vier: Cammie, Blain, Braden en Jonah. Hun kinderen waren respectievelijk twaalf, tien, acht en vijf jaar.

Ze hadden een aantal hindernissen moeten overwinnen, maar nu was het dan zover. Bill had een uitstekende baan aangeboden gekregen bij een fabrikant van vliegtuigmotoren; hij had de leiding over de afdeling waar de motoren van commerciële straaljagers ontworpen en ontwikkeld werden. Deze baan bood meer zekerheid dan de functie die hij in Seattle bekleed had en het beste was nog dat Molly en zij weer bij elkaar zouden zijn. De hele verhuizing voelde aan als een antwoord van God, een wonder in de maak.

Bill kwam de keuken in met vieze vegen op zijn wang. 'De

garage is nog lang niet klaar.' Hij draaide de kraan open, pompte wat zeep en begon zijn handen te wassen. 'Hoe laat zijn ze hier?'

Volgens de klok op de magnetron was het 15.17 uur. 'Over twee uur.' Molly maakte de rand van de hamburger rond en stapelde hem op de andere vier. 'Ze gingen vanmorgen varen, weet je nog?'

'O ja. Terwijl wij in de kerk zaten.'

Beth zoog haar wang naar binnen. 'Ze hebben ons uitgenodigd.'

'In de wetenschap dat we vanwege de kerkdienst niet mee zouden willen.' Hij grinnikte treurig. 'Dat heb jij toch ook wel door?' Hij leunde tegen het aanrecht en trok een stukje afplakband van de zool van zijn schoen. 'Bovendien weet ik niet of ik het er zo goed afbreng op volle zee.'

'Bill...' Beth wilde geen ruzie, nu niet. 'Waarschijnlijk zullen ze ons opnieuw uitnodigen.' Snel vervolgde ze: 'Jij kunt wel in de garage blijven opruimen als je dat wilt.'

'Ik wilde eigenlijk de hele nacht doorwerken.' Hij grijnsde laconiek. 'Maandag is het weer vroeg dag.'

'Dat weet ik,' zei Beth schaapachtig. 'Ik dacht eigenlijk dat de garage nog wel even kon wachten.' Ze aarzelde even. 'Dat is toch zo?'

Bill zuchtte even. Toen begon hij weer te glimlachen; zijn hele gezicht lichtte op. 'Zo is dat.' Hij kuste haar boven op haar hoofd. 'Ik ben blij dat ze komen.'

'Zelfs Jack?'

Zijn glimlach vervaagde. 'Jack kent me nog helemaal niet.' Hij droogde zijn handen aan een papieren handdoekje. 'Als we elkaar vaker zien, komt daar waarschijnlijk wel verandering in.'

Beth beet op haar lip. 'Het is jammer. Van Jack en van de garage.'

'Maak je maar geen zorgen.' Hij kuste haar op de wang en

keek naar buiten, de tuin in. 'Ik haal even een doekje over het terrasmeubilair.'

Ze keek hem na. Dit was een van de hindernissen.

Molly en zij waren als kind nooit naar de kerk geweest. Hun ouders waren aardige mensen van goede wil. Het soort mensen bij wie je altijd aan tafel mocht aanschuiven en zo nodig op de bank kon blijven slapen. Ze geloofden in God, maar ze gaven Hem niet zo veel aandacht.

Bill was degene door wie Beth van mening veranderd was.

Ze had hem ontmoet in een jazzcafé in Seattle. Ze knipten met hun vingers op de maat van de muziek en dronken tijdens het eerste uur tweemaal op hetzelfde ogenblik een kopje espresso. Daarna zette Bill zijn derde kopje koffie op haar tafeltje. 'Ben je alleen?'

Ze glimlachte hem toe over de rand van haar kopje. 'Hier kan ik tenminste nadenken.'

'Ik ook.'

En dat was dat. De rest van de avond spraken ze met elkaar. Zij was dol op bluesmuziek (vooral in de toonsoort a-mineur), verse zalm uit Alaska, lange wandelingen langs de kust bij de Depoebaai en spijkerbroeken. Ze was tweedejaarsstudent voedingsleer aan de universiteit van Washington, duizenden kilometers verwijderd van haar ouderlijk huis in Florida. Bill was derdejaarsstudent techniek met boekhouden als bijvak, lid van de zwemploeg van Husky en christen. De Bijbel fascineerde hem.

Bij hun eerste afspraakje kwam hij een kwartier eerder opdagen, zodat ze samen uit het Nieuwe Testament konden lezen. Bill las voor uit de brief aan de Tessalonicenzen terwijl Beth met haar ogen rolde en op haar horloge keek. Zodra hij zijn bijbel dichtsloeg, was Bill buitengewoon interessant gezelschap. Maar na drie maanden bereikten hun discussies over de Bijbel een kritiek punt.

God was toch zeker niet verplicht? Ze kon toch wel goed leven zonder zich door de Bijbel te laten leiden? Dat Bill een loyale, geestige jongen was met betere normen en een sterker karakter dan andere mannen, maakte voor Beth geen verschil. Ze was het praten over God helemaal zat. Toen ze op een middag bij Bills auto stonden te praten, pakte Beth zijn in leer gebonden bijbel en smeet die zo hard op de grond, dat de rug van het boek brak en de losse katernen op straat vielen.

Bill zei niets. Hij raapte de stukken van zijn bijbel op, stapte in zijn auto en reed weg zonder ruzie te maken.

Dat had het einde kunnen zijn, maar Beth had een probleem. Ze kon niet slapen. Eten, leren of nadenken lukte haar evenmin. Voortdurend zag ze het hele tafereel opnieuw voor zich. Hoe kon ze een goed en rechtvaardig leven verdedigen door een bijbel te slopen? Haar wereld stond op zijn kop. Ze ging naar een boekwinkel en kocht een bijbel en een uitgebreide concordantie.

Dankzij deze twee aankopen was Beth een paar dagen later overtuigd van twee dingen. Ten eerste: de Bijbel was een boek vol logische wijsheid. Ten tweede: de boodschap zou weleens meer kunnen betekenen dan intelligente teksten. De boodschap zou het verschil kunnen betekenen tussen leven en dood.

Ze bood Bill haar verontschuldigingen aan. Het was nooit meer een probleem geweest, behalve voor Beths familie. Haar ouders stonden vrij tolerant tegenover haar pas gevonden geloof, maar Molly vond dat haar zusje er volledig door opgeslokt werd. Pas een jaar later konden ze tijdens een gezamenlijke lunch praten en lachen over de manier waarop Beth veranderd was.

'Ik dacht echt dat ik je kwijt was.' Molly trok een gek gezicht. 'Mijn kleine zusje, de gekste bohemien van Seattle, in de ban van de religie!'

Beth bagatelliseerde de hele kwestie en ze spraken verder

over Molly en haar sociale leven, vooral haar relatie met Jack Campbell, die ze op de universiteit van Florida had leren kennen.

Daarna had Molly het geloof van Bill en Beth nooit meer ter sprake gebracht, behalve zijdelings: 'Let op je woorden, want Beth is erbij.' Dat soort commentaar kwam meestal voort uit haar eigen pogingen tot fijngevoeligheid. Verder bleef de diepe vriendschap tussen de zusjes onveranderd.

De spanning tussen hen was ontstaan doordat de mannen met wie ze getrouwd waren zo veel verschilden. Jack ging met zijn tijd mee; hij was een innemende persoonlijkheid met veel zakelijk verstand en hij zorgde het hele jaar door dat hij gezond bruin was. Jack glimlachte vaak. Hij was een toonbeeld van succes en hij had alles bereikt zonder Gods hulp. Als Jack een filmster was, zou hij Brad Pitt geweest zijn; hij straalde altijd en overal onafhankelijkheid uit. Bill leek meer op Dustin Hoffman: serieus en meevoelend, maar met een onderontwikkeld gevoel voor plezier. Hij kwam in een verslag beter over dan in persoonlijk contact. Als ze allemaal bij elkaar kwamen bij de ouders van Molly en Beth, een- of tweemaal per jaar, hield Jack zich op een afstandje.

Beide mannen waren gek op golfkampioenschappen, tennis en autoraces. Ze hielden van komische films met Bill Murray en plozen de zakelijke katern van de krant uit om de koersveranderingen in hun aandelen bij te houden. Maar dat maakte allemaal geen verschil. Als Bill in de televisiekamer was, bleef Jack in de keuken. Kwam Bill daar binnen om een handvol zoutjes of een hamburger met kaas van de grill te pakken, dan vond Jack zijn weg naar de familieleden die buiten stonden te roken. Deze terughoudendheid werd nooit omgezet in openlijke spanning of problemen. Maar terughoudend waren ze wel.

'Jack kan zich niet over de geloofskwestie heen zetten,' zei Molly dan. Het klonk altijd verontschuldigend. 'Neem het hem maar niet kwalijk, Beth. Als ze elkaar wat vaker zouden zien, zou het wat anders zijn.'

Dit was hun kans. Nu ze zo dicht bij elkaar woonden, konden ze eindelijk ontdekken of hun mannen bevriend konden raken. Beth pakte nog een handvol rauw gehakt. Ja, dat zouden ze nu zien. In de komende levensfase zouden ze zeker meer tijd met elkaar doorbrengen en vaker genieten van zo'n barbecue. Dit was het leven waarover ze samen gefantaseerd hadden.

Ze drukte het zachte gehakt met haar duim in totdat de randen rond waren; daarna legde ze de hamburger bij de andere op de schaal. Haar kaarsen zaten nog ingepakt, dat was jammer. Dit zou het juiste ogenblik geweest zijn om ze aan te steken. Kaarslicht zou de sfeer verbeteren en de indruk versterken dat Bill en zij hartelijke, vriendelijke en niet bedreigende mensen waren.

Haar kasten waren al vol en redelijk goed geordend. Beth zette haar handen in haar zij en inspecteerde haar keuken. Kaneelstokjes. Die had ze nodig. Ze deed het kruidenkastje open, pakte de kaneelstokjes en vulde een pan met water. Dat trucje had ze van haar moeder geleerd. Als je kaneelstokjes kookte, rook het nog dagen heerlijk in het hele huis. Zodra het water kookte, draaide ze het vuur laag, maakte de hamburgers af en ging verder met de groenten.

Tussen hun gezinnen zou alles goed komen. Molly was tenslotte haar beste vriendin. Ze wisten meer van elkaar dan anderen ooit te weten zouden komen. En als Beth soms het gevoel had dat ze helemaal geen vrienden had, was Molly er nog. Zo was het al geweest toen ze nog klein waren.

Konden ze hun geloof maar delen.

Toen de deurbel ging, was Bill bezig met het aansteken van de barbecue en Beth haalde net een doekje over het aanrecht. Ze voelde enthousiasme opwellen. Eindelijk gebeurde het echt! Molly en zij waren weer bij elkaar. Ze waren zelfs bijna buren. Toen ze in het halletje stond, twijfelde ze nergens meer aan. Natuurlijk zouden Bill en Jack over hun meningsverschillen heen kunnen stappen!

Beth deed de deur open, spreidde haar armen en slaakte een meisjesachtig gilletje. 'Eindelijk!'

'Zeg dat wel!' Molly vloog haar in de armen en ze knuffelden elkaar uitgebreid. Toen Molly haar losliet, keken ze elkaar aan. 'Ik had echt even het gevoel dat we onze koffers nog uit de auto moesten halen.'

Beth schoot in de lach. 'Ja, net als vroeger. We zijn weer thuis!'

Jack en Joey gingen voor hen opzij en Jack schonk Beth een vlotte glimlach. 'Hoi.' Hij hield een dienblad vol fruit vast; boven op de vruchten lag een wiebelende spuitbus slagroom. 'Ik breng dit wel even naar de keuken.'

'Hoi, tante Beth.' Joey keek met een brede grijns naar haar op. Hij was bruin en zijn blonde haar was lichter dan gewoonlijk. 'We hebben lekker fruit meegenomen.'

'Dat zie ik.' Beth liet haar zus los en legde haar handen op Joeys schouders. 'Meneer Joey is in de zon geweest!'

Hij giechelde. 'Mama heeft een zwembad voor me gekocht!' Hij maakte een sprongetje en stak zijn handjes in de lucht. 'Gus en ik spelen elke dag in het zwembad. Soms komt zijn staart in mijn gezicht, dat kietelt.' Hij keek Molly aan. 'Ik ga papa helpen.'

Molly glimlachte terwijl hij weghuppelde. 'Dat kind is dol op zijn vader.'

'Ja.' Beth leunde tegen de muur en keek haar zus aan. 'Laten jullie Joey samen met de hond zwemmen?'

Molly trok de voordeur achter zich dicht en zuchtte overdreven. 'Het is maar een kikkerbadje, Beth.' Ze trok een quasibezorgd gezicht. 'Niet zeggen! Jij hebt op internet gelezen dat hondenbacillen via het water verspreid kunnen worden.' Ze trok haar ene wenkbrauw op. 'Klopt dat?'

Beth gaf zichzelf een standje. Ze had er een hekel aan om net zo te klinken als hun moeder, die altijd iets wist te vinden waarin Molly gecorrigeerd moest worden. Maar ze kon er niets aan doen. Ze haalde haar schouders op en ging haar zus voor naar de keuken. 'Dat is inderdaad mogelijk.' Haar stem klonk luchtiger dan tevoren. 'Al die vieze haren in hetzelfde water als Joey. Bah!'

'Niet zo zwaar op de hand.' Molly zette haar handtasje op het aanrecht en rolde dwaas met haar ogen. 'Een paar hondenharen kunnen geen kwaad voor een grote jongen!'

'Je zult wel gelijk hebben.' Beth pakte een plastic kan uit een keukenkastje en vulde die met water. 'Alleen zou ik George Brett nooit samen met de kinderen laten zwemmen.'

'Dat weet je niet.' Molly ging op een keukenkruk zitten en leunde met haar onderarmen op het aanrecht. 'Wacht maar tot de zomer toeslaat. Zelfs George Brett heeft dan koelte nodig.' Ze grinnikte. 'Ik vind het nog steeds ongelooflijk dat jullie die hond zo genoemd hebben. Het is een teefje!'

Beth glimlachte. Ze voelde de spanning afnemen. 'Ik had natuurlijk geen keus.'

Toen hun jongste zoon geboren werd, waren Bill en zij het niet eens geweest over zijn naam. Beth wilde hem Jonah noemen; Bill wilde hem vernoemen naar George Brett, zijn lievelingshonkbalspeler. Uiteindelijk kwamen ze tot een compromis. Beth mocht hun zoon Jonah noemen en Bill kreeg het recht de naam van hun volgende hond te bepalen. Ook toen die hond een vrouwelijke golden retriever bleek te zijn, aarzelde Bill geen ogenblik. 'George Brett is een prima hondennaam,' zei hij. 'Zelfs voor een teefje.'

Aan de ander kant van de keuken stond Jack met Joey op zijn arm. Ze leken heel gezellig met elkaar te praten; Beth werd aangenaam getroffen door dit tafereel. Molly had gelijk. Jack en

Joey hadden een buitengewoon goede relatie met elkaar. En de bacillen van Gus deden Joey blijkbaar geen kwaad. Beth haalde een bakje ijsblokjes uit de vriezer en liet ze in de kan met water vallen. 'De keukenspullen zijn bijna allemaal uitgepakt.'

'Dat zie ik.' Molly ging rechtop zitten. 'Je bent fantastisch, Beth. Ik zou na een maand nog alles uit de verhuisdozen moeten halen.'

Ze hoorden het geluid van de schuifpui en onmiddellijk daarna het geschreeuw van Beths kinderen. 'Mam!' Cammie kwam de hoek om rennen met een hoepel in haar hand. Blain en Braden zaten haar op de hielen en Jonah sloot de rij. Cammie stampvoette. 'Zeg eens tegen Jonah dat deze van mij is!'

'Nee!' Jonah haalde haar in met een van woede vertrokken gezicht. 'Het is mijn beurt! Papa heeft gezegd dat ze de poepel met ons moet delen!'

'De hoepel.' Beth pakte beide kinderen bij de schouder en bukte om op hun ooghoogte te komen. Ze keek Cammie aan. 'En je moet inderdaad samen delen. Dat wil Jezus graag en het is beter.' Beth dacht uit haar ooghoeken te zien dat Jack Molly een veelbetekenende blik toewierp. Dat maakte niets uit. Ze zou de opvoeding van haar kinderen niet veranderen omdat Molly en Jack vaker over de vloer kwamen. Ze glimlachte Cammie en Jonah allebei nog eens toe. 'Trouwens, kijk eens wie er is!'

De kinderen keken de keuken rond en Jonahs gezicht begon te stralen. 'Joey!'

'Weet je wat? Gaan jullie maar met z'n drieën buiten spelen. George Brett is in de voortuin en daar liggen volgens mij ook nog een paar ballen. Jullie kunnen om de beurt spelen.' Ze keek Molly even aan. 'Ik ben zo blij met onze omheinde voortuin! Het is daar lekker veilig.'

Voordat Beth daaraan kon toevoegen dat Bill het fijn zou vinden als Jack in de achtertuin kwam helpen met de barbecue, liet Jack Joey op de grond zakken en pakte hem bij de hand. 'Ik ga mee.' Hij grijnsde de beide vrouwen toe. 'Op de basisschool was ik kampioen hoepelen.' En tegen Molly zei hij schalks: 'Dat wist je nog niet, hè?'

'Sjonge!' Molly knipperde koket met haar ogen. 'Ik ben blij dat ik met je getrouwd ben! Wat een talenten...'

'Inderdaad.' De blik die hij haar toewierp, was bepaald suggestief. 'Als je het maar weet!'

Beth keek vol verbazing toe. Molly en Jack waren al bijna tien jaar getrouwd. Dat ze nog zo plagend en flirterig met elkaar omgingen, was bijzonder. Het ging Jack en Molly allemaal zo gemakkelijk af. Misschien konden Bill en zij daar nog een voorbeeld aan nemen.

De groep kinderen marcheerde naar buiten; Cammie hield haar kostbare speelgoed nog steeds stevig vast. Het werd stil in de keuken. Molly stond op, pakte een plastic beker en schonk zichzelf wat ijswater in. 'Het is warm buiten.' Ze keek door het raam naar de lucht. 'Het lijkt wel zomer.'

'Zeg dat wel.' Beth haalde het blad met groente van de koelkast en trok het afdekplastic eraf. 'Het is toch wel goed voor de kinderen om buiten te spelen? Ik bedoel: is het niet te broeierig?'

Molly schoot in de lach en Beth voelde zich meteen beter. 'Dit is nog niets. Wacht maar tot augustus; dan hebben we het hier nog weleens over.'

'Juist.' Beth lachte ook, maar het klonk geforceerd. Waarom vond ze het zo moeilijk om gewoon als zusjes onder elkaar te praten? *Kom op*, vermaande ze zichzelf. *Molly heeft gelijk. Niet zo zwaar op de hand.* Ze stak een plakje komkommer in haar mond en keek uit het raam. Bill stond hamburgers om te keren; hij wist niet eens dat Molly, Jack en Joey al gearriveerd waren. Ze wendde zich weer tot Molly en sloeg haar armen over elkaar. 'Bill past zich goed aan op zijn werk.'

'Ik had niet anders verwacht.' Molly pakte een piepklein worteltje en dompelde het in het dipsausje dat in het midden van het dienblad stond. 'Die man is echt superslim.' Ze at het worteltje op. 'En lukt het met de rest ook allemaal?'

'Ja.' Beth pakte nog een schijfje komkommer. 'Ik heb onze rijbewijzen officieel laten verlengen en voor hier laten goedkeuren en we staan ingeschreven in het kiesregister.'

Molly schudde haar hoofd en glimlachte peinzend. 'Jij houdt ook nooit op, hè?'

'Hoe bedoel je?'

'Ik bedoel die rijbewijzen en het kiesregister.' Ze wapperde met haar handen in de lucht. 'En maar uitpakken en maar organiseren.' Ze grinnikte ondeugend. 'Heb je nou nooit eens zin om naar het clubhuis te gaan en lekker bij het zwembad te gaan zitten?'

'Nou ja.' Beth schonk zichzelf een beker ijswater in en keek haar zus aan. 'Daar kom ik later nog wel aan toe, denk ik.' Het clubhuis was vijf huizen verderop: dat was een van de voordelen van het kopen van een huis in deze buurt. Beth, Bill en de kinderen hadden daar wel even een kijkje genomen, maar dat was alles.

Molly ging weer op de keukenkruk zitten en liet haar schouders een beetje hangen. 'Het spijt me dat we niet naar de kerk konden.'

Beth zorgde dat haar stem neutraal klonk. 'Misschien over een paar weken.' Ze hief haar kin en keek haar zus recht aan. 'Het spijt me dat we niet mee konden varen.'

Molly glimlachte. 'Het was fijn. Dit vind ik de mooiste tijd om op het water te zitten. Misschien kunnen jullie zaterdag komen.'

'Dat zou leuk zijn.' Beth meende het. Molly deed haar best. 'Bill is niet vaak op zee geweest.' Ze giechelde. 'Het lijkt me grappig om hem zeeziek te zien worden.'

'Beth...' giechelde Molly. 'Wees lief voor hem.'

'Dat ben ik ook.' Ze haalde haar handen door haar pony.

'We moeten allebei wat minder zwaar op de hand worden, denk ik.'

'Ja, misschien wel.' Molly hield haar hoofd schuin. 'Hé, waar zijn jullie vanmorgen geweest? Welke gemeente is het ook alweer?'

'De Bethel Bijbelgemeente. Anderhalve kilometer verderop.' Ze aarzelde even, niet zeker hoeveel ze moest vertellen. 'We hebben de woensdagavondkring uitgeprobeerd en die...'

'... vonden jullie geweldig!' Molly stak haar hand uit naar het volgende worteltje. 'Of niet soms?'

Beth liet haar hoofd zakken. 'Waarom klinkt dat nou zo sarcastisch?'

'Beth...' Molly stond meteen naast haar. Ze sloeg haar armen om Beths hals. 'Het spijt me.' Ze trok haar neus even overdreven in rimpels, zoals ze als vijfjarige al had gedaan. 'Ik zou nooit zoals jij kunnen zijn.' Ze glimlachte lief. 'Kom, wees nou niet boos op me.'

'Dat ben ik ook niet.' Beth bevrijdde zichzelf uit Molly's armen. 'Ik moet aan het avondeten beginnen.' Zelfs nu reageerde Molly luchthartig, alsof ze net terugkwam van een middagje kuuroord en zich nergens aan kon ergeren. Het klopte niet. Molly was degene die God nodig had. Beth, Bill en de kinderen zouden degenen moeten zijn die ontspannen en op hun gemak waren.

Maar nee, zelfs George Brett was zenuwachtig.

Molly ging weer op de keukenkruk zitten. Ze nam kleine slokjes ijswater en tuurde over de rand van haar beker naar Beths gezicht. Na een tijdje zette ze haar beker neer. 'En? Heb ik gelijk?'

'Waarover?'

'Over de woensdagavondkring, in de gemeente?' Ze steunde met haar ellebogen op het aanrecht. 'Jullie vonden het geweldig, of niet?'

'Mij best.' Beth probeerde zich te beheersen, maar het lukte niet. Ze barstte in gegiechel uit en blies een lok haar uit haar gezicht. Het was haar nooit gelukt om boos te blijven op Molly. Nooit. 'Ja. Het was helemaal geweldig.' Ze voelde de spanning tussen hen minder worden. 'Misschien kunnen jullie aanstaande woensdag...'

Nog altijd glimlachend stak Molly afwerend haar hand op. 'Stop!'

Beth liet haar hoofd even hangen. 'Sorry.' Ze keek Molly aan. 'Het is alleen... Het woensdagmiddagprogramma voor de kinderen is zo goed en...'

'Ik heb daar een paar vriendinnen.' Molly pakte weer een worteltje. 'Het is een uitstekende gemeente, Beth. Ik ben er alleen nog niet aan toe om erheen te gaan.' Ze stopte het worteltje in haar mond alsof ze daarmee haar opmerking wilde benadrukken. Terwijl ze kauwde, grinnikte ze alweer; toen ze haar mond leeg had, stak ze haar handen uit in een gebaar van overgave. 'Ik hou van je. Kunnen we het erover eens worden dat we het op dit gebied niet eens zijn?'

In de fantasie die Beth altijd gekoesterd had, woonden haar zusje en zij niet alleen in dezelfde buurt, maar namen ze bovendien hun kinderen mee naar dezelfde kerk. Beide zussen namen eten mee voor de gemeenschappelijke maaltijden van de gemeente op zondagmiddag. Ze deelden het geloof en hadden een en dezelfde reden om met blijdschap hun dag te beginnen. Als Molly daar niet aan toe was, kon dat helaas niet. Gelukkig woonden ze wel dicht bij elkaar en konden ze genieten van dagen als deze.

Beth grijnsde breed en deed of ze haar lippen dichtritste, het teken dat ze altijd gebruikten om aan te geven dat een onderwerp niet de moeite waard was om ruzie over te krijgen. Ze lachten allebei en Beth voelde zich ondanks Molly's dwaze gedrag diep met haar verbonden. 'Ja. Daarover kunnen we het eens worden.'

Ze hoorden de schuifpui weer en Bill kwam binnen met enorme ovenwanten aan. Hij grijnsde naar Molly. 'We zijn nauwelijks de verhuiswagen uit, of Beth zet me alweer aan het werk bij de barbecue.'

'Dat zie ik.' Molly liet zich van de kruk glijden, ging naar Bill toe en omhelsde hem hartelijk. 'Met ovenwanten en al.' Ze gaf Beth een schouderklopje. 'Toen wij hierheen verhuisden, heeft het twee maanden geduurd voordat ik mijn ovenwanten gevonden had!'

Beth haalde het dienblad met hamburgers uit de koelkast. 'Oké, ik zet op de verhuisdozen wat erin zit.' Ze overhandigde Bill het dienblad. 'Hoe moeilijk kan dat zijn?'

'Zo mag ik het horen.' Bill gaf haar een kus op de wang. 'Laat je maar niet op de kast jagen, schat. Ik ben trots op je.' Hij keek de keuken rond. 'Waar zijn Jack en Joey?'

'In de voortuin,' zei Beth. Ze liet haar bezorgdheid niet horen. 'Jack let op de kinderen.'

'O.' Bill hief het dienblad met vlees en haalde zijn schouders even op. 'Dan sta ik er alleen voor, denk ik.'

Ze keken hem na en Beth richtte haar blik op de grond. Toen ze weer opkeek, zag ze dat Molly haar observeerde. 'Bill heeft het door.'

'Ik weet het. Sorry.' Molly fronste haar wenkbrauwen, maar op haar gezicht was geen berouw te zien. 'We moeten de jongens tijd geven.'

Die gedachte bleef de hele avond hangen. Jack bleef zich met de kinderen bezighouden; hij ging zelfs eerder van tafel om hun frisdrank bij te schenken. Molly nam het voor haar echtgenoot op door te dwepen dat hij zo'n betrokken vader was en dat hij bijna nooit de tijd nam om rustig te zitten en naar een ander, zelfs naar haar, te luisteren.

'Hij is dol op die jongen, dat kan ik je wel vertellen.' Ze speelde het klaar hartelijk te lachen. Daarna vouwde ze haar handen onder haar kin en keek Bill aan. 'Hé, Beth vertelde me net dat jullie je nieuwe gemeente zo leuk vinden.'

Bill legde zijn hamburger neer en veegde een klodder ketchup uit zijn mondhoek. 'Ja, dat klopt.'

'Het is een actieve gemeente, dat is zeker.' Beth wilde niets opdringen, maar als Molly ernaar vroeg...

Bill klapte zijn broodje open en legde wat schijfjes augurk op het gebakken vlees. 'Gisteravond heb ik eens op hun website gekeken. Ze hebben een avontuurlijk zomerprogramma: drie weken achter elkaar bijna dagelijks gezinsactiviteiten, korte zendings- en werkreizen...' Hij nam een hap van zijn hamburger en trok zijn wenkbrauwen op.

'Echt waar?' Beth keek even naar Molly. Die zat de sesamzaadjes van haar broodje af te peuteren. 'Ik weet niet of ik die reizen wel een goed idee vind. Er kan zo veel mis gaan.'

'Wat dan?' Bill wilde net een nieuwe hap nemen, maar hij bedacht zich. 'Mij leek het juist leuk.'

'Leuk? Parasieten, malaria, terroristen en gewelddadige straatbendes?' Beth schudde haar hoofd. Ze had hier in West Palm Beach al genoeg om zich zorgen over te maken. 'Geen zendingsreizen.'

'Nou, misschien zou je daar nog eens over na willen denken.' Bill wreef opnieuw met zijn servet over zijn mond. 'Aan het eind van de zomer gaat er een groep op werkvakantie naar Haïti. Het is voor gezinnen, zelfs voor kleine kinderen.' Bill legde zijn hamburger neer. 'Zo'n ervaring kan je leven veranderen.'

'Niet alleen ten goede.' Beth roerde haar vruchtensalade om met haar vork.

Het gesprek viel even stil. Bill leunde achterover in zijn stoel en keek Molly aan. 'Heeft Jack wel genoeg te eten gehad?'

'Dat denk ik wel. Je weet hoe hij is.' Opnieuw lachte ze zenuwachtig. 'Hij kan nog geen kwartier stilzitten. De laatste keer dat we met Joey ergens waren, begon hij met een bal te gooien voordat...'

Ze ging nog even door met het verhaal over Joey en honkbal, maar Beth luisterde niet meer. Molly had onbeperkte excuses voor Jack. Hoe uitgebreid ze de situatie ook probeerde te verklaren, de pijnlijke waarheid was overduidelijk. Jack voelde zich niet op zijn gemak bij hen en hun geloof. Misschien was hij bang dat Beth en Bill hem probeerden te bekeren. Hoe dan ook, de spanning was te snijden.

Die avond gingen ze vroeg naar bed, maar Beth lag te piekeren. Het laatste wat ze wilde, was een gespannen relatie met haar zusje. Toen Molly aan de andere kant van het land woonde, hadden ze elkaar wekelijks gebeld; toen konden ze uitstekend met elkaar opschieten. Misschien was het niet zo'n goed idee om ieder weekend met z'n allen door te brengen.

De geur van kaneel drong door tot in hun slaapkamer, maar de warme, gezellige sfeer was weg. Bill lag al te snurken. Beth deed haar ogen dicht. *O God, hoe moet het verder met mijn zusje? Ze heeft U nodig, maar ik weet het niet meer. Misschien ben ik niet de aangewezen persoon om haar te helpen. Wilt U het me laten zien, alstublieft?* Terwijl ze dit bad, had ze het akelige gevoel dat er problemen op komst waren. Het was inderdaad geen goed idee om elkaar wekelijks te bezoeken als er zo veel spanningen tussen hen waren, dat was vanmiddag wel gebleken.

Misschien was het zelfs beter geweest als ze nooit naar Florida waren verhuisd.

4

Terwijl Wendy Porter de roereieren klaarmaakte, kwam Rip achter haar staan en pakte haar bij haar middel. Ze wurmde zich los en zette het vuur onder de koekenpan uit. 'Rip!' De worstjes waren al opgewarmd in de magnetron, het sinaasappelsap was ingeschonken en het brood stond al geroosterd op tafel. Ze draaide zich naar hem om. 'Mmm.' Hij had zich net gedoucht en geschoren. 'Wat ruik je lekker.'

'Van hetzelfde.' Hij wreef met zijn neus langs haar hals. 'Je was geweldig, vannacht.' Hij liet een spoor van kusjes op haar sleutelbeen achter en ging weer rechtop staan. Hij was niet groot voor een man; als hij goed rechtop liep, was hij bijna een meter tachtig lang. Maar zij was een stuk kleiner, dus nu torende hij boven haar uit. De blik in zijn ogen bezorgde haar knikkende knieën. 'Dat was nog eens een welkomstfeestje.'

'Rip, je maakt me zenuwachtig.' Ze glimlachte en ontweek hem. Haar wangen gloeiden, en niet alleen door de warmte van het fornuis. Hoe charmant hij ook was, hoe graag hij ook door wilde gaan met vieren, ze moesten praten. Als Rip van Brent of Bubba moest horen dat hij een zoon had, zou hij het haar nooit vergeven. Ze zette de glazen sinaasappelsap op tafel. 'Ik dacht dat je wel een echt ontbijt zou willen nu je net weer vrij bent.'

'Zo ken ik mijn schatje weer. De volmaakte huisvrouw.' Hij pakte de koekenpan en schepte de roereieren op een lege dekschaal. 'Niet te geloven dat ik hier de weg nog weet.'

Wendy keek naar de koekenpan. Ze herinnerde zich ontbijtjes met andere mannen in deze keuken. Als Rip daar ooit achter kwam, zou hij niet voor rede vatbaar zijn. Ze zou alles ontkennen, had ze zich voorgenomen. Maar de jongen...

Rip zei iets tegen haar, dus ze probeerde weer op te letten. '...toen ik opstond, en ja hoor. Ik keek meteen naar de vacatures en daar stond het! *Manager gezocht bij de Koninklijke Cinema van Cleveland*!' Hij schoof zijn stoel naar de tafel en hief zijn handen op. 'Alles valt op zijn plaats.'

Manager in een bioscoop? Rip had nog nooit een leidinggevende functie bekleed en nu kwam hij net uit de bak! Wendy probeerde niet te laten zien dat ze haar twijfels had. Het kon best, toch? Rip was zo charmant, dus waarom niet? Ze glimlachte. 'Dat is geweldig, Rip.' Ze nam een slokje sinaasappelsap. 'Na het ontbijt kun je ze meteen bellen.'

'Dat was niet het enige baantje.' Hij schepte een flinke hoeveelheid roerei op. 'Ze hebben een hele lijst met baantjes in de autoverkoop. Echt een kolfje naar mijn hand, en...'

Wendy lette niet meer op. Ze schepte ook roerei op, maar na één hap had ze al geen trek meer. In de loop van een halve dag was ze veel te weten gekomen over de radicale verandering die haar man had doorgemaakt. Hij was gelovig geworden, of dat zei hij tenminste; hij had een of andere counseling gekregen en een cursus gevolgd die in de gevangenis 'agressiebeheersing' genoemd werd.

Nu zou blijken of al die training voldoende geweest was.

'Rip!' Ze keek op, recht in zijn ogen. Zijn mond stond open en hij keek verbaasd. Waarschijnlijk was hij nog aan het praten. 'O, sorry.' Ze legde haar vork neer. Haar hand beefde. 'Ga door.'

Rip aarzelde even. 'Geeft niks, schatje.' Hij grijnsde breed. 'Het is zeker belangrijk.' Hij legde zijn geroosterde boterham neer. 'Wat wilde jij zeggen?'

'Nou...' Ze glimlachte nog net, maar ze voelde zelf dat het niet overtuigend was. Even diep ademhalen. Haar maag deed pijn. Het was of ze in een bankschroef zat die langzaam aangedraaid werd. 'Er is iets wat je moet weten.' Haar stem klonk zacht en verlegen. 'Ik had het je willen vertellen zodra je vrij was.'

Rip verstarde. De grijns bleef, maar de blik in zijn ogen veranderde. Angst en nieuwsgierigheid, het eerste zweempje woede, en daarna welbewust geduld. De emoties wisselden elkaar snel af. Toch was er maar één duidelijk teken dat er iets mis was: de manier waarop hij zijn glas sinaasappelsap vasthield. Hij kneep er zo hard in dat zijn knokkels wit waren. Net zo wit als wanneer hij op het punt stond iets door de kamer te slingeren. 'Ga je, eh...' Hij lachte even en zette zijn glas neer. 'Ga je soms vreemd, Wendy?'

'Nee! Rip, dat is het niet, helemaal niet!' Ze struikelde over haar woorden. 'Er is niemand anders, dat verzeker ik je.' In elk geval het laatste halfjaar niet meer. Ze slikte. Hij vroeg niet of ze door wilde gaan, maar ze had geen keus. 'Dat is het niet.' Ze pakte haar vork en prikte in het eten op haar bord. Daarbij bleef ze hem recht aankijken. 'Weet je nog hoe het was toen je naar de bak gestuurd werd?'

'Nou en of. De ergste dag van mijn leven.' Rip zag er minder gespannen uit. Ze had niemand anders, dus waarover zou hij zich zorgen moeten maken? Hij nam nog een teug sinaasappelsap. 'Hoezo?'

'Oké, nou...' Ze legde haar vork weer neer. Waarom was het hier zo benauwd? Ze stond op, liep de keuken door en schoof het raam boven de gootsteen open. 'Zo. Dat is beter.' Met drie stappen was ze weer bij de tafel.

Rip pakte nog een geroosterde boterham. Hij nam een hap en begon te kauwen. 'Wat is er nou?' Hij grinnikte. 'Vroeger kletste je me de oren van het hoofd. Ben je nou ineens je tong verloren?'

Wendy duwde haar vuisten tegen haar buik. Als dat gespannen gevoel maar ophield. 'Een paar weken daarna was ik te laat.'

Ze keek hem aan en wachtte tot hij haar begreep.

'Te laat?' Rip schepte roerei op zijn boterham, vouwde die dubbel en propte hem voor de helft in zijn mond. 'Waarvoor dan?'

'Rip...' Hij maakte het haar niet bepaald gemakkelijk. 'Ik was over tijd.'

Rip bleef kauwen, maar het ging steeds trager. 'Wat heeft dat te betekenen?'

'Nou...' Ze zuchtte diep en sloeg haar handen voor haar gezicht. Toen ze weer opkeek, schudde ze haar hoofd. Hoe had ze het zo lang voor zich kunnen houden? 'Ik heb een test gekocht. Ik was zwanger.'

De tijd leek stil te staan. Rip keek haar doordringend aan. 'Wat?'

'Ik was zwanger, Rip.' Ze hief haar handen op en liet ze weer vallen. 'Vlak voordat je wegging, heb je me zwanger gemaakt. Het was een jongen.' Haar stem werd zachter. 'Ik kreeg hem acht maanden later.'

'Een jongen?' Opnieuw liet Rip een verward lachje horen. 'Hou je een kind voor me verstopt?' Hij keek de keuken rond en gluurde onder de tafel. 'Waar is hij dan?'

Wendy kreunde en liet haar hoofd zakken. *Kom op, je kunt het. Vertel hem de rest!* Ze keek Rip aan. 'Ik heb hem afgestaan. Aan een gezin in Florida.'

Rip liet zijn geroosterde boterham vallen. Een paar stukjes roerei spetterden op de vloer. 'Wát heb je gedaan?'

Ze had wel door de vloer willen zinken. 'Ik... Ik heb hem afgestaan, Rip.' Onwillekeurig ging ze harder praten. 'Wat had ik dan moeten doen?'

'Wacht eens even.' Hij duwde zijn stoel achteruit en bleef even onbeweeglijk en sprakeloos zitten; hij leek zijn adem in te houden. 'Jij hebt...' Nu fluisterde hij. 'Jij hebt mijn zóón weggegeven?'

'Rip!' De angst drukte zo zwaar op Wendy dat ze bijna niet meer kon ademhalen. Nu kwam de woede-uitbarsting, dat wist ze zeker. Hij stond op het punt zijn razernij op haar los te laten als een spervuur, een luchtaanval, en ditmaal zou ze het misschien niet overleven. Ze stond op en deinsde voor hem terug. 'Ik had geen keus! Jij zat in de bak en ik...'

'Stop.' Hij stak een hand op. Dit was het ogenblik waarop hij normaalgesproken in woede zou uitbarsten, maar in plaats van blinde razernij was er een vreemde mengeling van geschoktheid, woede en angst in zijn blik. Hij tuurde geconcentreerd naar het half opgegeten roerei en geroosterd brood op zijn bord, alsof hij een moeilijke puzzel probeerde op te lossen. Na een hele tijd keek hij op, met tot spleetjes geknepen ogen. 'Had ik niets moeten tekenen?' Hij sprak snel en afgebeten; het klonk Wendy in de oren als het tikken van een tijdbom. 'Als je een kind afstaat, moeten de ouders toch allebei tekenen?'

Wendy deed nog een paar stappen achteruit tot ze met haar rug tegen de muur stond. Ze deed haar mond open, maar er kwam geen geluid. Dit was het moeilijkste, het ergste van alles. Ze moest de waarheid vertellen, anders zou Rip die zelf ontdekken en dan zou ze het er nooit levend vanaf brengen. Ze wrong zich in de handen en keek naar de grond. *Waarom heb ik ooit gedacht dat dit me zou lukken?* Opnieuw keek ze hem aan. 'Ik... Ik heb voor ons allebei getekend.'

Die opmerking was de lont in het kruitvat; Rip sprong meteen op uit zijn stoel. 'Dat meen je toch niet?' Met snelle, dreigende stappen kwam hij naar haar toe; zijn blik was hard en meedogenloos. Nu stond hij nog maar dertig centimeter bij haar vandaan. Ze kon de vette broodkruimels op zijn lip zien. Met opeengeklemde tanden sprak hij verder. 'Jij hebt mijn handtekening gezet? Om mijn zoon weg te geven aan het een of andere gezin in Florida?'

Ze knikte snel. 'Ja, Rip.' Er klonk steeds meer woede en ongeloof door in zijn stem. Ergens op de achtergrond liep de koffie door, maar de koffiegeur was te sterk. Ze werd er misselijk van. 'Ik had geen keus.'

'Dat is...' Hij hief zijn vuist en ze voelde die vuist, zijn knokkels die dreunend op haar hoofd neerkwamen; ze voelde hoe ze tegen de grond geslagen werd. Alleen kwam de klap nooit. Hij draaide een beetje en zijn vuist beukte dwars door de muur naast haar, vlak naast haar gezicht.

Ze schoof opzij, weg van de schade, weg van haar man. Nu was zij aan de beurt, dat kon niet anders. Ze durfde niet te kijken en kneep haar ogen dicht. Automatisch hield ze haar handen voor haar hoofd om zich tegen hem beschermen. Maar opnieuw kwam de klap niet. Na een paar seconden deed ze haar ogen open en keek naar hem.

Hij maakte zijn hand los uit de afbrokkelende spouwmuur en schudde het stof en het puin van zich af. Als in een vertraagde filmopname zakten zijn schouders naar voren en vielen zijn armen slap langs zijn zijde. Hij liet zijn hoofd hangen en zei zacht en monotoon: 'Wat doe ik nou?' Die vraag stelde hij zichzelf, niet haar.

Ze schoof nog een meter verder bij hem vandaan.

'Wendy.' Hij trok zijn voorhoofd in rimpels en keek naar haar; hij keek haar ernstig aan. 'Dat wilde ik dus nooit meer doen. Nooit meer.'

'Het spijt me.' Nu waren ze een meter van elkaar verwijderd. 'Ik... Jij zat in de bak, Rip.' Ze beefde zo hevig dat haar tanden klapperden. 'Ik wist niet wat ik moest doen en ik kon het niet aan om in mijn eentje een kind groot te brengen, en toen ben ik gaan kijken hoe dat met adoptie ging, en...'

Opnieuw stak hij zijn hand op. 'Ik snap het.' De knokkels van zijn rechterhand bloedden. Hij balde zijn vuist en trok die tegen zich aan. Ze hoorde hem diep ademhalen. Hij trilde en zocht een manier om zijn woede te beheersen en kwijt te raken. Zijn gezicht was bleek; op zijn voorhoofd parelden zweetdruppels. Hij keek haar in de ogen. 'Het spijt me.' Hij hield zijn bebloede hand omhoog. 'Dat was niet de bedoeling.' Nu sloeg hij zijn andere hand voor zijn gezicht en kreunde. 'Dat had ik niet moeten doen. Het spijt me.'

Wendy begon zich te ontspannen. Misschien zou hij haar niet slaan. Ze ging een beetje rechtop staan. Eigenlijk was zij degene die Rip tekortgedaan had. Ze had de papieren mee moeten nemen naar de gevangenis en hem open en eerlijk moeten overhalen om de jongen af te staan. Maar ja. 'Ik had nooit jouw handtekening moeten zetten.'

'Wacht eens.' Rip leek langzaam maar zeker weer wat hoopvoller te worden. 'Zal ik je eens wat vertellen?' Nu klaarde zijn hele gezicht op en zijn blik werd enthousiast. 'Misschien is het nog niet te laat.'

Niet te laat? Was hij gek geworden? Het kind moest nu vier zijn. Deze herfst werd hij vijf. Hij woonde al bijna zijn hele leven bij dat aardige stel in Florida. Rip en zij konden niet zomaar opbellen en zeggen: 'Hé, we zijn van gedachten veranderd. We zijn weer bij elkaar en we willen ons zoontje terug.'

Ze dacht diep na. Of kon dat wel?

Nee, dat kon niet. Natuurlijk niet. Dat moest ze haar man vertellen voordat hij daarop ging hopen. 'Rip, ze geven hem echt niet zomaar terug. Dat kind denkt nu dat zij zijn ouders zijn.'

Rip stak een vinger op en zei: 'Ik heb dat formulier nooit ondertekend.' De woede was verdwenen, maar de wilskracht die nu in zijn stem doorklonk, was niet minder angstaanjagend. Hij liep naar de telefoon en pakte die op. 'Je hebt het via Bureau Jeugdzorg gedaan, toch?' Hij keek naar de toetsen. 'Naar wie moet ik vragen als ik dat nummer wil hebben?'

'Rip!' Plotseling begon het tot haar door te dringen wat hij wilde doen. 'Je kunt hun niet vertellen dat ik jouw handtekening vervalst heb. Dan staat de politie hier binnen tien minuten voor de deur en deze keer draai ik de bak in!'

Hij zei niet met zo veel woorden dat het haar verdiende loon zou zijn, maar zijn blik sprak boekdelen. Hij legde de telefoon weer neer en streek peinzend over zijn kin. 'Er moet een manier zijn.' Hij deed een paar stappen in haar richting, draaide zich om en liep weer naar de telefoon. 'We moeten een plan hebben, een verhaal. Iets wat geloofwaardig klinkt.'

In de loop der jaren dat ze Rip kende, had Wendy slechts twee kanten van zijn karakter gezien: liefdevolle vriendelijkheid en blinde razernij. Nu was hij volkomen anders; hij was vastberaden op zoek naar een manier om zijn zoon naar huis te halen. Bijna krankzinnig vastberaden, als een drenkeling die alles doet voor zijn volgende ademtocht. Ze kwam een beetje dichterbij. 'Je meent het echt.' Ze omklemde het aanrecht.

Even vlamde zijn woede weer op. Toen was die weer verdwenen; zijn stem klonk bijna zakelijk. 'Ja. Ik meen het echt.' Hij bracht zijn gezicht vlak bij het hare. 'Mijn enige zoon loopt ergens daar buiten.' Streng wees hij naar het keukenraam. 'Jij hebt hem weggegeven zonder mij iets te vragen, dus ja, ik meen het echt.'

Behoedzaam deed hij een stapje terug en toverde een vermoeide glimlach op zijn gezicht. 'Ik ben bereid jou te vergeven.' Hij stak zijn kin naar voren en slikte moeizaam, alsof het vergeven hem even zwaar viel als het doorslikken van een hele kippenpoot. Toen wees hij naar de telefoon. 'Maar ik ga wel bellen. Ja, ik wil hem terug.' Hij leunde tegen het aanrecht; hun ellebogen raakten elkaar. 'Hoe eerder, hoe liever.'

Rip harkte met zijn vingers door zijn haar, iets wat hij deed als hij gefrustreerd was. Wat hij echter nooit eerder gedaan had, was een gevecht opgeven. Zojuist had hij dat wel gedaan; hij had haar opzettelijk gemist. Hij keek haar aan, grijnsde scheef en gaf een vriendelijk klopje op haar arm. 'Ik ga eens een wandeling maken.' Hij knipoogde. 'Woedebeheersing.'

Wendy keek hem na. Nog voordat hij de deur achter zich dichtgetrokken had, hield ze op met beven. Tigger, de kat, begon haar kopjes te geven, maar dat merkte ze nauwelijks. Met open mond stond ze nog altijd naar de deur te kijken; ze wist niet wat ze moest zeggen of doen. Meende hij dat nou? Dit moest wel het slechtste nieuws zijn wat hij ooit had gekregen. Had hij werkelijk naar haar geglimlacht en besloten een wandeling te maken?

Een wandeling, nota bene!

Rip Porter had haar van alles beloofd sinds ze zeventien jaar was en nog op de middelbare school zat. Nooit had hij woord gehouden: nooit was hij weggebleven bij andere vrouwen, nooit was hij meer dan een paar maanden van de drank afgebleven en nooit, helemaal nooit, had hij zijn handen thuis kunnen houden als hij kwaad werd.

Tot vandaag.

Oké, hij had een gat in de muur geslagen. Maar van levenslange woede kwam je natuurlijk niet een, twee, drie af. In hun huis waren de muren niet opgelapt. In het verleden had zij namelijk alle klappen opgevangen. Ze knipperde met haar ogen en keek naar het gat dat hij zojuist gemaakt had. Ja, daar was het. Dus misschien had Rip gelijk; misschien hadden de lessen in de gevangenis resultaat opgeleverd en kon hij nu kwaad worden zonder haar pijn te doen.

Ze hoorde het hem weer zeggen: *Ik wil hem terug. Hoe eerder, hoe liever.*

Voor het eerst overwoog Wendy deze mogelijkheid. Rip had gelijk. Omdat zijn handtekening vervalst was, waren de papieren ook vals. Valsheid in geschrifte, zo heette dat toch? Ze klemde zich vast aan het aanrecht. Zouden ze dat voor elkaar kunnen krijgen? Konden ze een verhaal bedenken, een reden waarom Rips handtekening vervalst was, en tegelijkertijd voorkomen dat zij in de boeien geslagen werd?

Ze dacht aan de baby: hoe hij er bijna vijf jaar geleden had uitgezien, hoe hij in haar armen had aangevoeld, hoe hij had geroken. In een golf van verlies, berouw en een liefde dieper dan de zee kwam alles terug. Elk ogenblik, elke herinnering. Opeens stond ze niet meer in de keuken van hun kleine driekamerwoning, die rook naar een mengeling van gebakken worstjes en ingekookte koffie. Ze was in het ziekenhuis en deed iets wat de maatschappelijk werkster haar had afgeraden: ze hield haar pasgeboren zoon vast.

5

Terwijl Rip een wandeling maakte, werd Wendy overspoeld door herinneringen. Ze werd teruggevoerd in de tijd; binnen vijf seconden waren de laatste vierenhalf jaar verdwenen en lag ze weer in een ziekenhuisbed. Het was de dag waarop ze haar kindje had gekregen.

Hij had lichtblond haar als perzikdons en een volmaakt rond gezichtje. Maar zijn ogen herinnerde ze zich nog het beste, de ogen die ze nooit meer zou vergeten. Ze waren lichtblauw, bijna doorschijnend. En terwijl ze hem vasthield, terwijl ze zijn warme lijfje tegen haar borst vlijde en hem aankeek, leken die ogen recht in haar hart te kijken.

Als hij had kunnen praten, zou hij gezegd hebben: *Mama, geef me niet weg. Het kan me niet schelen dat jij en ik alleen zijn.*

Ze stak haar wijsvinger uit naar haar zoon; hij greep haar vinger en omklemde die stevig, alsof hij alles zou doen wat hij kon om bij haar te blijven. Maar ze moest hem opgeven, of niet soms? Wat had ze hem te bieden? Ze had twee banen om de eindjes aan elkaar te knopen. Ze zou hem bijna nooit zien. En Rip? Die teerde weg in de bak. Dat was toch geen leven voor een kleine jongen?

Toch...

Een ontembare, roekeloze liefde begon wortel te schieten in haar hart. Die liefde was zo adembenemend diep en sterk dat de tranen haar in de ogen sprongen. Misschien was er niets meer nodig dan liefde. Als hij in één dag al zulke sterke gevoelens bij haar kon oproepen, zou ze dan niet grenzeloos veel van hem kunnen gaan houden als hij bij haar bleef? Dan kon ze hem in een paar uur per dag meer liefde geven dan andere moeders in vierentwintig uur, of niet soms?

Drie uur lang werd ze bijna gek van deze innerlijke strijd. Af en toe kwam er een verpleegkundige binnen om te kijken of ze even rust nodig had, maar telkens stak ze haar hand op en schudde haar hoofd. Ze was samen met haar zoon. Niemand mocht hen storen tot zij er klaar voor was.

Uiteindelijk, tegen het einde van het derde uur, herinnerde ze zich wat haar naar het kantoor van Bureau Jeugdzorg gedreven had. De vuisten van Rip Porter. Ze kon nog altijd voelen hoe hard die op haar inbeukten; eenmaal had hij haar sleutelbeen gebroken en een andere keer haar oogkas. Voor die afranselingen was Rip niet eens veroordeeld. Zelf zei hij alleen dat hij beide keren een 'rotbui' had gehad.

Dus wat zou er gebeuren als hij uit de bak kwam en een 'rotbui' kreeg terwijl zij haar lieve kindje in haar armen hield? De kranten stonden vol verhalen over kerels als Rip en kinderen zoals dit kleintje. Dat soort verhalen stond in een kolom op de vijfde pagina, klein gedrukt: *Baby sterft na afranseling.* Wendy voelde zich misselijk worden en de tranen stroomden over haar gezicht. Als zij Rips kindje hield, zou Rip op een dag terugkomen en ze zou hem weer verwelkomen omdat ze dat altijd deed. Ze hield van Rip Porter, ze kon niet anders. Dan zou de baby nog iemand zijn om razend op te worden. Nog iemand op wie Rip zijn rotbuien zou kunnen botvieren.

Ze hield het kindje nog dichter tegen zich aan en wiegde het. In zijn blik zag ze hoe hij zich voelde. Hij was van haar; hij wilde dat ze hem mee naar huis nam en altijd van hem bleef houden. Maar dat kon ze niet, dat wilde ze niet. Niet zolang Rip in haar leven was. Haar tranenstroom ging over in een diep, geluidloos snikken. 'Mijn zoontje, het spijt me. Ik moet... Ik moet je laten gaan.'

Voordat ze van gedachten kon veranderen, belde ze de verpleegster. Toen de vrouw in haar witte uniform binnenkwam, kuste Wendy haar zoon nog eenmaal en gaf hem toen af. 'Neem hem mee, alsjeblieft. De maatschappelijk werkster zit in de gang te wachten.'

De verpleegster aarzelde, maar Wendy stuurde haar weg. 'Alsjeblieft! Dit moet ik doen.'

Later op de dag stapte de maatschappelijk werkster de ziekenhuiskamer in met de papieren. Allyson Bower was een wat oudere vrouw met een donkere huid en bijna zwarte ogen. Ze had laten doorschemeren dat ze zelf ook veel had meegemaakt, maar dat verhaal had ze Wendy nooit verteld. Haar naam was blijven hangen, evenals alle details van die periode uit Wendy's leven.

Die middag was Allyson op de stoel naast haar bed gaan zitten. Ze had haar lang aangekeken. Daarna had ze zuchtend gevraagd: 'Uw man zit nog steeds in de gevangenis, klopt dat?'

'Ja.' Wendy was dodelijk vermoeid, uitgeput. Haar armen deden pijn van verlangen naar het vasthouden van haar kindje. Ze wist dat die pijn altijd zou blijven. 'Bij Cleveland.'

Allyson wees een paar plekken op de officiële papieren aan. 'Ik heb zijn handtekening nodig om te bewijzen dat jullie beiden afstand doen van de ouderlijke rechten.'

'Oké.' Wendy kneep haar ogen dicht. Ze kromde haar wijsvinger en drukte die tegen haar onderlip om te voorkomen dat ze ging huilen. 'Dank je wel.'

'Wendy...' De maatschappelijk werkster aarzelde even. 'Weet je zeker dat dit de juiste beslissing is?'

'Ja.' Ze keek de vrouw recht aan en knarsetandde. Moest ze haar de waarheid vertellen, de echte reden waarom ze het mooie kindje in het andere vertrek niet kon houden? In een opwelling trok ze de bovenkant van het ziekenhuishemd net genoeg naar beneden om de bult op haar sleutelbeen te laten zien waar de breuk niet helemaal goed geheeld was. 'Zie je dit?'

Toen de maatschappelijk werkster besefte wat ze zag, werd de blik in haar ogen hard. 'Dat heeft je man gedaan, hè?'

'Ja.' Ze trok het hemd weer omhoog. 'De rest is wel goed genezen.' Opnieuw sprongen de tranen haar in de ogen. 'Aan de buitenkant, tenminste.'

'Wendy...' Allyson pakte haar hand en even boog ze haar hoofd. Toen ze opkeek, stond haar gezicht heel anders, begrip-vol. 'Waarom heb je me dat nooit verteld?'

Wendy hief haar handen op en de tranen vielen op haar wangen. 'Hij zit in de bak vanwege huiselijk geweld. Wat dacht je dan?'

'Je zei dat hij je een duw had gegeven op de parkeerplaats.' Allyson keek verslagen. 'Heb je wel aangifte gedaan?'

Wendy's stem sloeg over. 'Dat kan ik niet.' Ze beet op haar lip en schudde haar hoofd. 'Dat heb ik nooit gekund. Ik hou van hem.' Ergens ver weg hoorde ze een baby huilen en ze vroeg zich af of het haar kindje was. 'Maar ik kan niet... Ik kan daar geen baby bij in de buurt hebben.'

Nu keek de maatschappelijk werkster bezorgd. 'Maar hoe zit het met je man?' Ze pakte haar aktetas. 'Als hij nu eens niet wil tekenen?'

'Hij tekent wel.' Wendy's hart begon sneller te kloppen. *Rip zou me vermoorden als hij wist wat ik nu deed*, dacht ze. *Hij zou deze papieren voor geen goud ondertekenen. Zo lang ik hem ken, heeft hij altijd een zoon willen hebben.* Met de rug van haar hand veegde ze haar tranen weg. 'Hij heeft een hekel aan kinderen. Ik zal zorgen dat je deze papieren binnen een week krijgt.'

Allyson blies haar wangen bol en liet de lucht langzaam weer ontsnappen. Ze stond op en fronste haar wenkbrauwen vol ge-rechtvaardigde boosheid. 'Wat hij jou heeft aangedaan, is ver-keerd. Ik kan zorgen dat je counseling krijgt, iemand bij wie je dagelijks terecht kunt. Wat je maar nodig hebt om van hem af te komen.'

Het tikken van de wandklok leek luider te worden. Het was overduidelijk wat het juiste antwoord zou zijn. Wendy zou hier natuurlijk mee instemmen. Ze zou hulp zoeken en ze zou Rip Porter voorgoed uit haar gedachten bannen. Maar zo lang ze Rip kende, had hij altijd een manier gevonden om weer in haar leven te komen.

'En...?' Allyson raakte haar schouder aan. 'Zal ik dat gaan regelen?'

Wendy keek neer op haar handen, die ze onbewust tot vuisten gebald had. Zonder op te kijken, schudde ze haar hoofd. 'Dat heeft geen zin. Ik kom nooit meer van hem af.'

De maatschappelijk werkster wachtte nog even, maar Wendy gaf geen krimp. Ze mocht haar kindje niet aan Rip blootstellen en ze kon geen counseling zoeken voor een probleem wat ze zelf telkens weer opzocht. Uiteindelijk kon Allyson niets voor haar doen. 'Het spijt me, Wendy.' Ze pakte haar aktetas in en knikte in de richting van de papieren. 'Zorg dat die zo snel mogelijk getekend en wel bij mij terugkomen. Het echtpaar komt eind deze week hierheen. Tot de papieren in orde zijn, blijft de baby in korte termijnopvang bij een ander pleeggezin.'

Het echtpaar. De nieuwe ouders van haar zoon.

Wendy had hen uitgezocht in een nationale databank. Hun autobiografieën hadden haar hart geraakt.

Die beschrijvingen had ze nu nog steeds; ze lagen op de bovenste plank van de linnenkast. Ze liep naar de voordeur en keek door het raam van de woonkamer. Rip was nog niet in zicht. Toch moest ze die map opzoeken. Nu meteen, zodat die klaarlag als hij thuiskwam. In die map zat alles: foto's, informatie over het echtpaar, alle bijzonderheden over de geboorte van haar kindje.

Zelfs een kopie van de vervalste papieren.

Ze ging naar de linnenkast en deed de deur open. Op 22 september, de verjaardag van haar zoon, pakte ze die map van de bovenste plank en bracht zichzelf in herinnering dat ze de juiste beslissing genomen had. Soms keek ze er ook naar op een willekeurige dag in maart, in mei of vlak voor Kerst. En als ze Rip miste of als ze zich afvroeg of haar zoontje al zou kunnen lopen, rennen of het alfabet opzeggen.

Nu stak ze haar hand uit en pakte de map voorzichtig beet. Hij rook naar sigarettenrook, een bewijs dat ze deze papieren gewoonlijk niet kon doorlezen zonder te roken. Op de map stond: *Adoptiedossier Porter*. Wendy las de woorden driemaal. Haar mond was droog en haar hart klopte onregelmatig. Ze liet zich in kleermakerszit op de grond zakken en sloeg de map open.

Daar waren ze. Alle drie de gezichten.

Aan de binnenkant van de map zat een foto van haar zoon, de enige foto die ze had. Voorzichtig liet ze de foto onder de paperclip vandaan glijden en hield hem dichterbij. Ze kon zijn babygeluidjes nog horen en voelde nog hoe hij haar vinger had omklemd. 'Hoe hebben ze je genoemd, jochie?' Voorzichtig bracht ze de foto naar haar lippen en drukte er een kus op. 'Hebben ze je wel over mij verteld?'

Soms, zoals nu, was de pijn zo hevig dat ze die nauwelijks kon verdragen. Ze schoof de foto terug onder de paperclip en dwong zich naar de eerste pagina's in de map te kijken: de autobiografieën van het echtpaar. Hij was destijds dertig en zij was achtentwintig. De vrouw leek op de filmster Kate Hudson, maar dan met donker haar: vrolijke ogen, een zorgeloos gezicht. De man leek een beetje op Rip. Hij had net zulke brede schouders en ook donkerblond haar.

Het waren geslaagde mensen, dat was duidelijk. Hij was zakenman en verdiende per jaar meer dan Wendy ooit in tien jaar bij elkaar zou zien. Zijn glimlach was even charmant als die van Rip, maar deze man had blijkbaar een manier ontdekt om er meer mee te bereiken dan veroveringen voor één nacht.

Ze hadden een villa met twee verdiepingen aan de oever van een meer in het zuidwesten van Florida. Ze hadden een boot, mooie auto's en meer van die spullen waar rijke mensen van houden. Maar Wendy was niet gevallen voor hun knappe uiterlijk, hun succes of hun spullen. Wat ze over zichzelf geschreven hadden, had haar hart geraakt. Ze begon halverwege de eerste pagina te lezen.

Hoi. Ik ben Jack. Ik werk voor Reylco Incorporated als manager voor de internationale verkoop; ik hou toezicht op de verkoop van farmaceutica. Reylco is de grootste fabrikant ter wereld op het gebied van medicijnen tegen kanker. Oké, dat is de saaiste kant van mijn verhaal. Hier komt de rest. Mijn werkschema is flexibel. Goed, ik moet veel reizen, maar de helft van de tijd neem ik mijn vrouw mee, en als we kinderen krijgen, zal ik hen ook meenemen.
Reizen is fantastisch, maar thuis zijn is nog beter. Ik ben dol op zaterdagse fietstochten, rugbywedstrijden en de geur van de spaghetti die mijn vrouw maakt. Ja, ze kookt vaak spaghetti en soms laat ze het stokbrood aanbranden, maar ik hou nu eenmaal van haar. Als ik elke avond uitgebreid had willen dineren, zou ik nooit met haar getrouwd zijn.
Iedereen vindt mij heel voorzichtig en conservatief, en dat zal wel kloppen. Ik ben een vurig voorstander van autogordels, fietshelmen en zwemvesten. Maar ik heb één geheim. Soms gaan Molly en ik 's avonds laat met de speedboot het water op en dan geven we vol gas. Gewoon even lekker in het donker over het water vliegen met de wind in ons haar; dat is pas echt genieten! Het is een beetje gevaarlijk, ik weet het. Maar daar buiten valt de zakenwereld even weg en zijn we onszelf: we houden van het leven en van elkaar en we genieten van het ogenblik.
De mensen op mijn werk kennen mijn andere ik. Deze kant zou hen verbazen.
Eigenlijk ben ik best een romanticus. Ik schrijf muziek en speel

gitaar en als ik zeker weet dat er niemand anders in huis is, zing ik uit volle borst. Soms droom ik ervan het zakenleven met alle spelletjes, lange werkdagen en zware eisen die erbij horen de rug toe te keren en samen met mijn gezinnetje ver weg te gaan wonen. We zouden op een verlaten strandje op een eiland midden in de oceaan gaan zitten en ik zou de hele dag ijsthee drinken en liedjes schrijven.

Maar waarschijnlijk zal de vervulling van die droom beperkt blijven tot onze vakanties.

Dat is de romanticus in mij, zie je. Op een avond heb ik mijn vrouw de veranda op gelokt, terwijl ze dacht dat ik voor zaken naar Berlijn gegaan was. Ik had een cd-speler bij de hand. Zodra ze de voordeur uit kwam, stak ik een bord omhoog met de tekst: Dansen? *We schoten allebei in de lach, keken elkaar in de ogen en dansten een wals op de veranda. Een kwartier later overhandigde ik haar de cd, kuste haar en haalde nog net het laatste vliegtuig naar Duitsland. Zo wil ik graag leven.*

We doen ons best gezond te blijven, omdat we ons dan beter voelen. Maar ik moet je wat opbiechten. Ik heb een hekel aan lichaamsbeweging. Een tijdlang ben ik naar de sportschool gegaan, maar tegenwoordig staan mijn vrouw en ik zes dagen per week vroeg op en gaan samen joggen. Ik heb er nog steeds een hekel aan, maar als zij erbij is, lach ik veel. Ze zeggen dat je met lachen veel calorieën verbrandt en dat het goed is voor je lever. Dus we blijven samen joggen, denk ik.

Voor ik het vergeet: we hebben een grote hond, een lichtbruine labrador retriever die Gus heet. Hij hoort bij het gezin, maar hij is bereid de wieg af te staan als de baby komt.

Dat is het wel zo'n beetje. O, nog een ding. Ik wil ontzettend graag kinderen. En ik geloof met heel mijn wezen dat jij die dit leest, wie je ook bent, zult weten, absoluut zeker zult weten, dat wij het stel zijn waarnaar je op zoek bent. Het leven is kort. Wij willen ervoor zorgen dat elke dag een feest wordt voor jouw kindje. We houden al

jaren een plekje vrij in ons hart en in ons huis. Ik heb al een liedje geschreven voor ons oudste kind. Misschien mag ik het op een dag voor jouw kindje zingen.
Bedankt voor je aandacht.

De eerste keer dat Wendy de brief van deze man las, kreeg ze er kippenvel van. Dromerig las ze hoe hij samen met zijn vrouw 's avonds laat met de boot over het water vloog en de tranen sprongen haar in de ogen toen ze voor zich zag hoe hij zijn zakenreis uitstelde om met zijn vrouw op de veranda te dansen.

Ze giechelde over zijn afkeer van lichaamsbeweging en schoot in de lach toen ze las dat Gus, de hond, bereid was de wieg af te staan aan de baby. Dit stel had het soort huwelijk dat iedereen zou willen. Met al hun plezier en liefde zouden ze haar zoon een droomleven geven, het soort leven dat hij bij haar nooit zou kunnen krijgen.

Nu werd Wendy overspoeld door schuldgevoel terwijl ze het hele verhaal opnieuw las. Hoe kon ze ook maar overwegen de jongen bij zo'n ideaal stel weg te halen? Aan de andere kant, ook vóór de adoptie hadden ze een goed leven gehad. Als het allemaal niet doorging, zou het met hen ook prima gaan, of niet soms? Dan zouden ze toch hun mooie huis, hun snelle boot, hun plezier en hun liefde nog hebben? En Gus.

Wendy ging met haar rug tegen de muur van de gang zitten en las de autobiografie van de vrouw. Die was korter, maar wel overtuigend.

Ik ben Molly, de vrouw van Jack. Ik hou van toneel, van advocatuur en van zonsondergangen boven het meer achter ons huis. Ik heb politicologie gestudeerd en eens, lang geleden, wilde ik mijn leven wijden aan het opsluiten van boeven. Of als actrice schitteren op Broadway. Als advocaat zou ik beide idealen een beetje bereikt hebben, denk ik. Jack en ik hebben elkaar ontmoet op de universiteit van Florida, in de herfst van mijn tweede jaar. We speelden allebei in het toneelstuk Zet 'm op, Charlie Brown. *Hij was Charlie en ik was het kleine roodharige meisje, dat meisje waar Charlie verkikkerd op is. De rest kun je wel raden. Nou ja, het was niet meteen raak. Maar na een paar omwegen en gebroken harten was het zover. Er is nooit meer een ander voor mij geweest.*

Onze maatschappelijk werkster zei dat we moesten schrijven over zaken die belangrijk voor ons zijn. Bovenaan de lijst staan een hoge levensmoraal en een sterk karakter. We zijn allebei opgevoed met geloof in God en hoewel we geen trouwe kerkgangers zijn, geloven we in het goede doen in het leven: behandel anderen zoals je zou willen dat ze jou behandelen. Dat soort dingen.

Jack en ik hebben altijd een heleboel kinderen willen hebben, maar zo is het niet gegaan. We hopen dat we een baby kunnen adopteren, die we de rest van ons leven zullen liefhebben, opvoeden en koesteren. We zien ernaar uit van jou te horen.

Wendy trok haar benen op en liet de map op haar knieën rusten. Weer hoorde ze Rips woorden: *Ik wil hem terug. Hoe eerder, hoe liever.* Als dat waar was, had ze geen tijd om aan het aardige stel in Florida te denken.

Ze sloeg de pagina om en daar stond het. Onderaan had ze Rips handtekening gezet. Hoe zouden Rip en zij een andere verklaring kunnen geven voor deze vervalsingen? Een handschriftexpert zou het kunnen zien, of niet soms? Die zou kunnen zien dat zijn en haar handtekening door dezelfde persoon gezet waren. Maar als ze met een goed verhaal kwamen, zou dat misschien door niemand gecontroleerd worden.

Ze tuurde naar de handtekeningen. Wat had de maatschappelijk werkster ook alweer van haar gevraagd? Ze moest de papieren mee naar de gevangenis nemen en door Rip laten ondertekenen, toch? Haar geest begon op volle toeren te draaien; ze moest leugens bedenken, alle mogelijkheden op een rijtje zetten. Stel nou eens dat ze de papieren bij een bewaker had achtergelaten. En stel nou eens dat die bewaker ze aan de verkeerde gevangene had gegeven. Iemand die een hekel aan Rip had, misschien? Dan zou die medegevangene de documenten gelezen kunnen hebben. Misschien had hij gedacht: waarom niet? Hij had toch zomaar een handtekening kunnen zetten?

Tegen de tijd dat de bewaker de papieren terugkreeg, zou het kwaad geschied zijn, of niet soms? En zij had in haar haast de documenten mee kunnen nemen zonder ernaar te kijken. Ze had Rip zelden gesproken in de tijd dat hij in de gevangenis zat, dus het was mogelijk dat het hele onderwerp nooit ter sprake gekomen was.

Hoe langer ze over dit verhaal nadacht, hoe zekerder ze van haar zaak werd. Deze leugen zou weleens kunnen werken. Ze moesten de maatschappelijk werkster ervan zien te overtuigen dat Rip slachtoffer was geworden van een nare grap, dat hij tijdens zijn gevangenisstraf geen idee had gehad van het feit dat hij vader was en dat iemand anders, een medegevangene, zijn papieren had ondertekend.

Terwijl ze dit verhaal tot in de puntjes uitwerkte, hoorde ze de deur opengaan.

'Wendy, schatje, het spijt me zo.' Het geluid van zijn voetstappen weerklonk en toen zag hij haar zitten met de map op haar schoot. Zijn gezicht stond somber van verdriet en wroeging. Hij liet zich naast haar op zijn knieën vallen en omvatte teder haar gezicht. 'Het spijt me. Ik ben niet boos op jou.' Nooit eerder had zijn stem zo oprecht en liefhebbend geklonken. 'Ik wil alleen onze zoon terughebben.' Hij aarzelde even. 'Wil jij me helpen hem te vinden?'

En daarmee was de enige echte reden waarom zij haar zoon had weggegeven verdwenen. Rip was een ander mens, volledig veranderd. Hij was vriendelijk en meelevend en zelfs als hij kwaad werd, zou hij haar niet meer slaan. Het gat in de muur was daar het bewijs van. Met dat stel in Florida kwam het wel weer goed. Zij konden een ander kind adopteren. Alleen de jongen en het feit dat hij bij zijn echte ouders thuishoorde, waren nog van belang.

Plotseling zag ze hun verdere leven voor zich. Hun zoon zou thuiskomen. Als hij zijn adoptiefouders miste, zouden Rip en zij hem troosten. Ze zouden goed voor hem zorgen en hij zou heel gelukkig worden. Zijn vader zou in de lente allerlei balspelletjes met hem doen en de hele zomer zouden ze samen gaan vissen. Zodra Rip weer werk zou hebben, in de bioscoop of in de garage, zouden ze kunnen verhuizen naar een groter huis in een betere buurt. Later zou hun zoon broertjes en zusjes krijgen. En de familie Porter leefde nog lang en gelukkig.

Ze keek Rip diep in de ogen. 'Ik zal je helpen.' Er kwam een glimlach op haar gezicht. Ze overhandigde hem de map. 'Dit moet je even lezen.'

Hij nam de map aan; het viel haar op dat hij rustiger en voorzichtiger bewoog dan tevoren. Nadat hij de omslag bekeken had, ging hij naast haar tegen de muur zitten. 'Het adoptiedossier.'

'Ja. En Rip...' Ze haalde diep adem. 'Ik denk dat ik een goed verhaal heb.'

Zo begon hun plan vaste vormen aan te nemen. Nu moesten ze het nog uitvoeren en dan was het een kwestie van afwachten. Voor het eerst had Wendy weer hoop.

Op een dag zou haar zoon voorgoed thuiskomen.

6

Tegen de tijd dat Molly die woensdag Joey ging ophalen bij de Cricket kleuterschool, had ze de helft van de karweitjes op haar lijstje afgewerkt. 's Morgens vroeg had ze samen met Jack getraind in hun eigen fitnesskamer en daarna had ze een uur lang voor secretaresse gespeeld: een brief getypt en alle bestanden van Birmington Remming geordend omdat Jack altijd gek werd van die klant. Jack had op kantoor wel een secretaresse, maar hij was zo ambitieus. Vanwege zijn werktempo had hij extra hulp nodig, en zij was blij dat ze hem kon helpen. Naast het werk voor Jack had ze hun administrateur onroerend goed gebeld, wat ze elke maand deed om zich ervan te overtuigen dat alles in orde was met de huizen die ze verhuurden.

Nu moest ze nog boodschappen doen en Beth bellen. Al was het maar om de lucht te klaren na de barbecue. Ze hadden elkaar wel een paar keer gesproken, maar Beth had kortaf gedaan. Dat betekende waarschijnlijk dat ze zich gekwetst voelde.

Molly sloot zich aan bij de andere moeders voor de deur van lokaal 4, het lokaal van mevrouw Erickson. Toen Joey haar zag, klaarde zijn gezichtje op. Hij hield een kleine, witte teddybeer omhoog. 'Ik heb gewonnen, mama! Ik heb mijn best gedaan en ik heb gewonnen!'

'Grote jongen!' Ze boog zich voorover en stak haar armen uit, zoals ze altijd deed als ze hem uit school ophaalde.

Hij was nog geen vijf meter van haar verwijderd, maar hij rende zo snel hij kon naar haar toe en sprong in haar armen. Hij werd groot en het werd steeds moeilijker om hem op te tillen, maar gelukkig kon ze het nog. Hij sloeg zijn beentjes om haar middel en ze drukten hun voorhoofden tegen elkaar.

'Eerst eskimoneuzen, oké?' De speelgoedbeer verdween achter zijn rug en hij wachtte op haar reactie.

'Eskimoneuzen, afgesproken!' Ze wreef haar neus langs de zijne.

'Ook nog vlinderkusjes.' Hij knipperde met zijn wimpers tegen haar wang.

'Vlinderkusjes.' Haar hart smolt. Ze vond het heerlijk Joeys moeder te zijn. 'Oké.' Ze trok haar hoofd terug en grijnsde naar hem. 'Waarmee heb je die beer gewonnen?'

'Ik kende het abc.' Hij haalde het speelgoedbeest weer tevoorschijn en hield het vlak voor haar gezicht. 'Hij is de allerbeste beer ter wereld, mama. Zachtig en pluizig en grommig aan de binnenkant.' Joey fronste zijn wenkbrauwen en probeerde er gemeen uit te zien. 'Ik heb hem meneer Grommes genoemd. Want beren zijn eigenlijk helemaal niet lief voor kleine jongens en meisjes. Dat zei de juf.' Hij hield zijn hoofd scheef. 'Maar hij kan vast wel met meneer Aap opschieten, hè? Want meneer Aap is mijn aller-allerbeste dierenvriendje.'

'Natuurlijk. Ze worden vast goeie maatjes.' Ze hield haar lachen in en liet hem voorzichtig weer op de grond zakken. Samen liepen ze naar buiten; op de stoep hielden ze halt. 'Oké, laat die zachtige, pluizige, grommige beer maar eens zien!' Ze stak haar hand uit.

Joey giechelde en stopte de beer in haar hand. 'Zie je wel? Hij is geweldig!'

'O, lieve help.' Molly bestudeerde het speeltje van alle kanten. Ze deed alsof ze schrok en gaf de beer terug aan Joey. 'Hij is echt grommig! Ik word er bang van!'

'Mama!' Aan zijn toon was te horen dat Joey haar reactie heel onnozel vond. Opnieuw lachte hij, zo hartverwarmend dat de zon leek te gaan schijnen, al was het in werkelijkheid dichtbewolkt. Ze pakte hem bij de hand en samen liepen ze naar de auto. 'Ik heb een verrassing!' Vertederd keek ze naar het huppelpasje waarmee hij naast haar liep. Ze voelde zelf dat haar ogen glinsterden van plezier.

'Wat dan?' Joey keek naar haar op. Hij hield meneer Grommes aan een oor vast en sprong op en neer.

'De supermarkt!' Ze stak haar handen in de lucht, alsof dit de leukste verrassing was die een moeder voor haar zoon zou kunnen bedenken.

Hij liet zijn hoofd zakken en keek haar streng aan, precies zoals Jack dat zou doen. 'Hè, mama! Bedoel je dat je nog boodschappen moet doen? Ik wil vandaag een-tweetjes doen. Jij en ik en Gus.'

Ze trok haar neus in rimpels. 'Afgesproken.' Vervolgens deed ze het autoportier open en hielp hem op de achterbank. Hij sprong meteen in zijn kinderzitje en ze maakte zijn autogordel vast. 'Zodra we thuis zijn, gaan we spelen. Oké, maatje?'

'Oké.' Hij was niet teleurgesteld. Zijn blik was nog even lief als in het klaslokaal.

'Nog één ding...' Ze kuste hem op de wang. 'Vergeet de proefhapjes niet.'

De kuiltjes in zijn wangen werden weer zichtbaar. 'O ja. Ze hebben de allerbeste proefhapjes, mama. Weet je nog?'

'Ja, ik weet het.' Ze sloot het achterportier en ging achter het stuur zitten. 'Daarom heb ik met de boodschappen gewacht tot jij erbij was.'

'Oké.' In de achteruitkijkspiegel zag ze dat hij meneer Grommes weer bestudeerde. Hij keek zo gemeen als hij kon en gromde tegen de beer. Toen hij haar ogen in de spiegel zag, verdween de gemene blik. 'Ik ben dol op proefhapjes.'

Het winkelen duurde langer dan ze wilde. Joey kreeg zo veel *kip teriyaki* en brood te proeven dat ze eensgezind besloten dat dit zijn lunch was. Zodra ze thuis waren, hielp Joey haar de boodschappen naar binnen brengen, waarbij hij de eerste keer alle zakken met de grootste maat papieren handdoeken en de tweede keer de enorme verpakking papieren borden meenam.

'Dat pak is bijna nog groter dan jij, maatje.' Molly volgde hem op de hielen. Ze wist niet zeker of hij wel over het pak heen kon kijken. 'Hulp nodig?'

'Echt niet.' Hij tilde de borden nog wat hoger op, wankelde even en kwam weer in balans. 'Papa zegt dat echte mannen altijd te hulp schieten.'

Ze zoog haar wangen naar binnen om het niet uit te schateren. Het was tenslotte niet zijn bedoeling om schattig te zijn. Toen ze haar zelfbeheersing hervonden had, hield ze met haar armen de doos in balans en leunde over hem heen om de garagedeur open te maken. 'Nou, dan ben jij een echte man, Joey. Absoluut.'

Hij zette een hoge borst op en droeg de borden naar de keuken zonder nog eenmaal te wankelen. Zodra de boodschappen opgeruimd waren, gingen ze naar de basketbalring bij de oprit. De wolken waren uiteengedreven en het beloofde een zonnige, warme middag te worden.

'Ik ben dol op een-tweetjes, mama.' Joey hield zijn ene voet voor zich uit.

Ze bukte en maakte zijn schoenveters vast. 'Ik ook.'

Een-tweetjes was iets dat Joey opgepikt had terwijl hij samen met Jack naar basketbal keek. Tijdens de warming-up werpt een speler de bal naar een teamgenoot op de doelcirkel en loopt vervolgens naar de basket. Dan gooit de tweede speler de bal terug, precies op tijd voor de eerste man om de bal gemakkelijk in de basket te krijgen.

Molly was klaar met veters strikken en nam haar positie in. Ze wilde Beth nog bellen, al voelde ze zich niet op haar gemak bij de gedachte aan het gesprek dat haar te wachten stond. Ze stak haar handen uit. 'Oké, ik ben klaar.'

Joey dribbelde met de bal, een miniatuurreplica van de bal die bij de NBA, de meest prestigieuze basketbalcompetitie ter wereld, gebruikt wordt, en deed alsof hij die naar een aantal onzichtbare teamgenoten overspeelde. Daarna stuiterde hij de bal keurig naar haar en rende in de richting van de basket.

In één beweging ving ze de bal en speelde die netjes naar hem terug. Jack had de basket iets lager gehangen dan normaal: nog geen drie meter boven de grond. Joey stopte bij de basket en wierp de bal met indrukwekkende precisie erin. Triomfantelijk stak hij zijn vuistjes in de lucht. 'Yes! LeBron James scoort alweer een punt!'

'LeBron James?' Molly veegde een pluk haar uit haar gezicht. 'Ik dacht dat je Shaq was.'

Hij schudde zijn hoofd. 'Shaq is oud, mama. Papa zegt dat ik schiet als LeBron James. Dat is de beste speler van de wereld. Misschien nog beter dan Michael Jordan!'

'O, vandaar.' Ze stak haar handen uit. 'Oké, LeBron. Ik ben klaar voor de volgende pass.'

Zijn gegiechel klonk haar als muziek in de oren. Ze speelden nog een uur; toen begon Joey te gapen. Hij was al vier, maar hij deed nog altijd een middagdutje. Na nog een paar geslaagde worpen gingen ze naar binnen. In zijn slaapkamer las ze voor uit *Xildbad de schildpad*, zijn lievelingsboek van Dr. Seuss. Daarna kuste ze hem op het puntje van zijn neus. 'Doe maar fijn een dutje.'

De marineblauwe gordijnen waren dicht en de honkballen, basketballen en rugbyballen op het behang zagen er fris uit in het schemerdonker. Ze gaf hem meneer Aap, het dierbare speelgoedbeest dat hij voor zijn eerste verjaardag gekregen had, en daarna meneer Grommes. Joey stopte ze allebei in. Hij keek haar langer aan dan gewoonlijk; zijn blik ging recht naar haar hart. 'Weet je, mama?'

'Nou?' Ze bekeek hem aandachtig; haar lieve zoontje.

'Jij bent mooi.' Hij grijnsde; zijn losse tand hing nog een beetje schever dan tevoren.

Molly klaarde helemaal op. 'Dank u wel, edele heer.'

'En weet je wat nog meer?'

Ze glimlachte. Tijdens deze ogenblikken, vlak voordat hij in slaap viel, zei hij waar het werkelijk op aankwam. Dan vervaagden alle grommige beren en basketbalspelers en kwamen zijn diepere gedachten en gevoelens naar boven. Ze aaide hem over zijn bolletje en glimlachte weer. 'Nou?'

'Jij bent mijn beste vriend.' Hij dacht even na. 'En papa tuurlijk ook.'

'Bedankt, maatje.' Ze hield zo veel van hem dat het bijna pijn deed. Hij was alles voor haar. 'Hoezo?'

Hij pakte haar hand vast en glimlachte. 'Want je speelt met me. En daar zijn beste vrienden voor.'

'Nou,' Molly drukte een kus op zijn wang, 'dan ben jij ook mijn beste vriend, denk ik.' Ze deed alsof ze het teddybeertje kietelde. 'En dan heeft meneer Grommes meneer Aap nog.'

Joey lachte. 'Dat zit wel goed. Beren vinden apen leuk.'

Ze stond op en zwaaide ten afscheid. 'Tot over een uurtje.'

Hij gaapte en knikte. 'Oké, mama. Kusje.'

'Kusje terug.'

Het was half drie toen ze door de gang terugliep naar de woonkamer. Beth zou nu thuis zijn om te zorgen dat Jonah zijn dutje niet miste. De grotere kinderen zouden nog niet uit school zijn. Dit was het beste moment voor een telefoontje. Molly klikte op een toets op het toetsenpaneel in een hoek van de kamer. Meteen begon de Steve Wingfield Band te spelen; de melodieuze achtergrondmuziek van *I'll Be Seeing You* klonk door de overal in het vertrek opgestelde luidsprekers. Ze glimlachte tevreden. Er ging niets boven rustige jazzmuziek, uitgevoerd door een groot orkest.

Op weg naar de telefoon viel haar blik op de onderste plank

van de boekenkast. Daar lag een oud fotoalbum, het album dat Beth voor haar gemaakt had toen ze haar middelbareschooldiploma haalde. Ze had het tevoorschijn gehaald om mee te nemen naar de barbecue bij Beth, maar dat was ze naderhand vergeten.

'Foto's en herinneringen' luidde de tekst op de omslag. Molly pakte het album, ging op de bank zitten en pakte de telefoon. Ze toetste Beths nummer in. Het nummer was in gesprek. Beth deed niet aan wisselgesprekken. Zij vond dat iedere beller haar volledige aandacht verdiende. Molly legde de telefoon terug en concentreerde zich op het fotoalbum.

Ze sloeg het open. Wanneer had ze voor het laatst teruggedacht aan hun middelbareschooltijd? Beth had dit album voor haar gemaakt. Beth was altijd zo attent, zo trots op haar grote zus. Aan de binnenkant van de omslag had ze in haar keurige handschrift een opdracht geschreven. De tekst was een beetje verbleekt, maar nog wel te lezen.

Molly, ik kan nog niet geloven dat je eindexamen doet. Wat moet ik volgend jaar beginnen zonder jou? Ik heb dit album voor je gemaakt opdat je nooit meer vergeet hoeveel plezier we de afgelopen drie jaar samen hebben gehad. Ik hou zo veel van je. Beth.

Molly en Beth waren opgegroeid in Orlando; ze scheelden ongeveer een jaar en hadden dus nooit bij elkaar in de klas gezeten. De zusjes verkeerden in verschillende kringen. Beths vrienden waren nogal maatschappijkritisch, terwijl Molly vooral omging met dansers en theaterliefhebbers. Ze waren wel allebei tegelijk cheerleader geweest. Op de eerste foto stonden ze samen als cheerleaders, met hun armen om elkaars nek en een dwaze grijns op hun gezicht.

De foto liet niet zien waarom ze elkaar omhelsden.

Molly tuurde naar de foto en de jaren vielen weg. Hij was genomen na de eerste honkbalwedstrijd van het schooljaar, kort na een van de dieptepunten van haar middelbareschooltijd. Tijdens de rust hadden ze samen met de cheerleaders van de tegenpartij opgetreden. Daarna waren ze op weg gegaan naar de kleedkamer om zich op te frissen. Plotseling waren de tien cheerleaders van hun school als aan de grond genageld blijven staan.

Daar stond Molly's vriendje Connor Aiken, de ster van het honkbalteam, hartstochtelijk te zoenen met een van de meisjes van het dansteam. Ze gingen hier zodanig in op dat ze geen van beiden opkeken of merkten dat de cheerleaders langskwamen. Alle meisjes wisten dat Connor en Molly al ruim een jaar verkering met elkaar hadden. Ze keken afkeurend naar het zoenende tweetal, fluisterden onder elkaar en wierpen haar medelijdende blikken toe.

Beth schoot haar meteen te hulp en haakte bij haar in. 'Wat een sukkel! Ik wist wel dat hij niet deugde.'

Zodra ze de hoek om waren, had Molly de vernedering niet langer kunnen verdragen. Ze was verbijsterd geweest, met stomheid geslagen. Ze liet haar pompons vallen en rende naar het donkerste hoekje van de fietsenstalling bij de gymzaal.

Molly bekeek de foto van zichzelf zoals ze destijds was geweest. Nog altijd herinnerde ze zich de pijn die ze op dat ogenblik gevoeld had. Ze had van Connor gehouden, of in ieder geval dacht ze toen dat ze van hem hield. Het liefst zou ze daar in het donker zijn blijven staan tot de wedstrijd voorbij was, en huilen tot ze niet meer kon. Maar ze was niet lang alleen gebleven.

Toen haar tranen begonnen te vallen, stond Beth naast haar. 'Molly... O, Molly, ik vind het zo erg voor je.' Ze sloeg haar armen om Molly heen. 'Maar Connor is echt een sukkel. Dat heb ik altijd al gevonden.'

Molly snifte en tuurde in het donker naar haar gezicht. 'Echt waar?'

'Ja.' Beth maakte een geluid waaruit bleek hoe weerzinwekkend ze Connor vond. Daarna begon ze zijn tekortkomingen op te sommen. Tien minuten later was ze daar nog mee bezig.

Molly legde haar vriendelijk het zwijgen op. 'Oké, zusje.' Ze zuchtte diep. 'Met mij komt het wel goed. Dat bedoel je toch?'

'Nee, Molly, ik bedoel dat jij het liefste meisje van de hele wereld bent!' Kwaad wees ze in de richting van de plek waar Connor met een ander had staan zoenen. 'Jij verdient beter! En ik denk dat je alleen maar beter af bent zonder hem.' Beth overhandigde Molly haar pompons. 'Kom op. Hoofd omhoog! We moeten de wedstrijd nog afmaken.'

Het feit dat Beth zo in haar bleef geloven terwijl ze zich lelijk en waardeloos voelde, gaf Molly de kracht om er bovenop te komen en terug te gaan naar het honkbalveld. Telkens als ze zichzelf erop betrapte dat ze Connor zocht tussen de spelers, keek ze Beth even aan. Dan schudde Beth haar hoofd en forceerde een stralende glimlach om haar eraan te herinneren dat zij dat ook moest doen.

Na de wedstrijd kwam Connor haar opzoeken. Inmiddels had hij gehoord dat alle cheerleaders hem betrapt hadden terwijl hij een ander meisje zoende. Hij was in paniek toen hij Molly op de parkeerplaats van de school aantrof. Beth, die naast Molly liep, gaf hun de ruimte om te praten door een paar meter voor hen uit te gaan lopen. Connor begon zich te verontschuldigen, maar Molly stak afwerend haar hand op. 'Het is uit tussen ons, Connor.' Ze haalde Beth in en grijnsde over haar schouder naar hem. 'Ik ben beter af zonder jou!'

Voordat Beth en zij opgehaald werden om naar huis te gaan, had een van de andere cheerleaders snel een foto van hen genomen. Beth en Molly. Zusjes en beste vriendinnen.

Molly sloeg de bladzijde om. Een aantal Disneyfoto's. De cheerleaders hadden meegedaan aan een wedstrijd in een sportcomplex vlak bij Disneyworld en daarna hadden ze twee dagen in het pretpark doorgebracht. Ze woonden allemaal in de stad, maar dat maakte niets uit.

De tweede dag waren Beth en zij in de souvenirwinkel gaan kijken en ze hadden foto's gemaakt van alles wat ze niet konden kopen. Er was een foto waarop ze allebei prinsessenhoedjes droegen, een foto van Beth verkleed als piraat, en eentje van Molly als Tinkelbel.

Op een paar bladzijden verder stonden foto's van de strandvakantie op het eiland Sanibel. Molly was destijds zeventien jaar, Beth was zestien. Hun ouders hadden een bevriend stel meegenomen en daardoor waren Beth en Molly een groot gedeelte van de tijd zonder toezicht geweest. Op een van de foto's stonden ze samen tussen twee jongens, eilandbewoners die ze op de tweede dag van de vakantie ontmoet hadden.

Ook deze foto vertelde niet het hele verhaal.

Die avond hadden de jongens hen uitgenodigd voor een strandfeest met kampvuur, bijna een kilometer verderop. Beth had het meteen al geen goed idee gevonden, maar Molly, zoals altijd onnozeler en spontaner dan haar zusje, had net zo lang aangedrongen tot Beth ermee had ingestemd. Hun ouders waren die avond aan het bridgen met hun vrienden en hadden toestemming gegeven zonder veel vragen te stellen.

Beth en Molly waren met de jongens meegelopen naar het feest en aanvankelijk leek het allemaal volkomen onschuldig. Maar toen had een van de jongens een paar bekers bowl voor hen gehaald. Beth nam één slokje en spuugde dat meteen weer uit op het zand. 'Niet opdrinken, Molly. Er zit sterke drank in.'

De jongens begonnen te lachen. 'Jouw zusje heeft blijkbaar nog nooit eilandbowl geproefd!'

'Eilandbowl?' Molly snoof aan haar eigen beker. 'Klopt het wat ze zegt? Zit er echt alcohol in?'

'Natuurlijk niet!' Een van de jongens sloeg zijn arm om haar heen. 'Je zusje maakt zich druk om niets.'

'Molly, niet doen!' Beth had haar andere hand gepakt. 'Kom op, we gaan. We horen hier niet.'

Maar Molly wilde zich niet door haar kleine zusje de les laten lezen. Ze grijnsde naar de jongens en dronk haar beker in een paar slokken leeg. Binnen een kwartier wist ze het zeker: Beth had gelijk gehad. Het drankje moest voor het grootste deel uit alcohol bestaan hebben. Molly was zo dronken dat ze niet meer kon praten of in een rechte lijn lopen.

Zelf herinnerde ze zich niet veel van die avond, maar later hoorde ze wat er was gebeurd. De jongens hadden geprobeerd haar over te halen om met hen langs de branding te gaan wandelen, maar Beth liet het niet toe. Ze pakte Molly bij haar arm en sleepte haar mee terug naar het hotel. Toen hun ouders wilden weten wat er gebeurd was, had Beth Molly's wangedrag verzwegen.

De bladzijden van het fotoalbum brachten herinneringen boven die Molly bijna vergeten was. Ergens achterin stond de verdrietigste foto. Art Goldberg was al vanaf de basisschool een goede vriend van Molly. Ze kon hem altijd bellen als ze advies van een jongen wilde hebben of als ze gewoon haar verhaal kwijt wilde.

Art kwam vaak bij hen thuis en Beth en haar ouders hadden Molly vaak geplaagd door te zeggen dat hij verliefd op haar was. Molly had daar nooit iets van gemerkt. Art en zij waren de beste maatjes, maar meer was er niet tussen hen.

Op de laatste dag van de kerstvakantie had Arts moeder haar opgebeld met tragisch nieuws. Art was met een paar vrienden op wintersportvakantie in Michigan. Twee dagen voor zijn achttiende verjaardag hadden ze 's middags met de sneeuwscooter een uitstapje gemaakt op een goed gemarkeerd pad. Art reed voorop, maar hij nam een bocht te scherp, vloog van de scooter af en raakte een boom. Hij was op slag dood.

Zijn moeder huilde aan de andere kant van de lijn. 'Ik... Ik vond dat jij het moest weten.'

Molly herinnerde zich haar eigen reactie. Ze was niet in staat geweest Arts moeder haar deelneming te betuigen, vragen te stellen of zelfs de telefoon op te hangen. De pijn was te groot; het was alsof ze een van haar ledematen kwijt was. Ze zakte langzaam op de grond en stootte een hartverscheurend gejammer uit; tot op de dag van vandaag voelde ze het verdriet. Haar ouders waren aan het werk, maar Beth zat in een andere kamer te lezen. Ze kwam meteen naar haar toe; toen Molly eindelijk kon vertellen wat er gebeurd was, sloeg Beth haar armen om haar heen en bleef haar bijna een uur lang troostend vasthouden.

In de daaropvolgende maanden wilde Molly vaak niets liever dan in bed kruipen en de hele middag slapen, maar Beth liet dat niet toe. Samen gingen ze na schooltijd hardlopen en voerden langdurige gesprekken over Molly's herinneringen aan Art en haar verdriet over zijn dood.

Dat semester ging Beths cijfergemiddelde omlaag en hield ze weinig tijd over voor buitenschoolse activiteiten. Ze wijdde al haar aandacht aan Molly om te zorgen dat zij zich erdoorheen zou slaan. En zo gebeurde. Molly had het overleefd omdat Beth wilde dat zij het zou overleven, daar twijfelde ze geen ogenblik aan. In die tijd was Beth nog geen christen, dus het ging niet om bidden en Bijbellezen. Ze was gewoon een meisje dat al haar aandacht wijdde aan haar zusje, zodat die haar verdriet te boven kon komen.

De tranen sprongen haar in de ogen terwijl ze de foto's op deze bladzijde bestudeerde. In het hele album zaten wel foto's van Art Goldberg en haar. Maar deze bladzijde was een soort eerbetoon, een verzameling van laatste ogenblikken. Op de eerste foto zaten Art en zij naast elkaar op de bank in de woonkamer televisie te kijken. De foto was in de herfst van dat jaar genomen, tijdens een van de laatste middagen die ze samen zo doorbrachten. Op de volgende foto zaten Art en zij samen op één ligstoel bij het zwembad in de achtertuin. Dat was in november, maar het was nog warm genoeg geweest om feestjes bij het zwembad te houden; waarschijnlijk de laatste keer dat ze samen gezwommen hadden.

Er was een kopie van Arts eindexamenfoto. Daarnaast had Beth geschreven: *Art zal altijd voortleven in de herinneringen die jullie samen gecreëerd hebben.*

De laatste foto was genomen tijdens de herdenkingsdienst. Molly stond op het podium, gekleed in haar netste kleren; de tranen stroomden over haar wangen. Zonder Beths hulp zou ze nooit afscheid van Art hebben kunnen nemen. Beslist niet. Ze ging met haar wijsvinger over Arts eindexamenfoto. 'Ik mis je nog steeds, jongen. Waarom moest je nou zo hard rijden, grote domoor?'

Toen de telefoon ging, had ze de bladzijde nog niet kunnen omslaan. Het was Beth. Dat wist ze al voordat ze op het schermpje keek. Ze nam op. 'Hoi, ben jij het.'

'Hoi.' Beth zuchtte overdreven. 'Ik dacht dat ik een uurtje voor mezelf zou hebben, maar Jonah stuiterde door het hele huis.'

'Ik probeerde jou al te bellen. Toen was de lijn bezet.'

'Dat weet ik.' Beth lachte. 'Jonah oefende zijn telefoonmanieren, daar zullen ze op de kleuterschool wel mee bezig zijn. Maar denk je dat hij mij vertelt dat de telefoon van de haak ligt? Nee, natuurlijk niet.' Ze zweeg even. 'Zo, hoe gaat het bij jou in huis?'

'Nou...' Molly hoorde zelf hoe verdrietig haar stem klonk. 'Ik zat dat oude fotoalbum te bekijken, dat album dat je voor mij gemaakt hebt toen ik van school ging.'

Beths stem klonk meteen minder vrolijk. 'Een zwarte dag in mijn leven.' Ze zuchtte. 'Ik wist niet of ik je dat ooit zou vergeven.'

'Ik zat net naar de bladzijde over Art Goldberg te kijken.'

Beth liet een korte stilte vallen. 'Art was zo'n lieve jongen.'

'Zonder jou zou ik nooit over dat verlies heen gekomen zijn.' Ze huilde bijna weer. 'Ik was vergeten hoe vaak jij dat jaar bij me was, geloof ik.'

'Daardoor was het nog moeilijker toen jij naar de universiteit ging.'

'Ja.' Molly sloeg de bladzijden om. Op bijna elke foto stonden ze samen: Beth en Molly, onafscheidelijk. 'Ik vertrok op de laatste dag van augustus. Ik heb de hele weg gehuild.'

'Ik heb een maand lang elke avond gehuild.' Beth kreunde even. 'Je was niet eens zo ver weg, maar alles was opeens anders. Je had evengoed aan de andere kant van de wereld kunnen zitten.'

Molly snifte en deed haar best om het luchtig te houden. 'Toen ik aankwam, wilde ik rechtsomkeert maken en meteen weer naar huis gaan.'

'Dat weet ik nog.' Beths stem klonk zachter, alsof ook zij die dag opnieuw beleefde. 'Die avond belde je op en zei dat het je te veel werd; je kon ook naar de plaatselijke hogeschool, zodat je thuis kon blijven wonen.'

'En jij zei dat ik het niet moest wagen daar ook maar aan te denken.' Molly glimlachte, hoewel haar ogen vol tranen stonden. 'Je herinnerde me aan alle redenen die ik had om voor de universiteit van Florida te kiezen. Toen zei je dat je bovendien niet kon wachten tot je de slaapkamer voor jezelf alleen had.' Molly schoot in de lach. 'Die redevoering gaf me de kracht om te blijven. Tegen de kerstvakantie voelde ik me daar helemaal thuis.'

'Ik moet je wat bekennen.' Beths stem klonk schaapachtig. 'Ik wilde de slaapkamer helemaal niet voor mezelf alleen hebben. Het heeft bijna een jaar geduurd voordat ik wist hoe ik in slaap kon vallen zonder de gesprekken die we elke avond voerden.'

'Ik weet het, Beth. Ik denk dat ik dat toen ook wel doorhad.' Molly leunde met haar hoofd achterover en hield de telefoon een beetje steviger vast. 'Is het jou nooit opgevallen dat we niet zo waren als andere zusjes? Ik bedoel: ik was de oudste en jij was de jongste.' Ze ging weer rechtop zitten en bekeek nog een foto van hen samen. 'Maar jij hebt altijd op mij gepast en voor mij gezorgd. Je hebt me nooit laten vallen.'

Beth snifte en Molly vroeg zich af of zij ook in tranen was door alle herinneringen. 'Dat was omdat je me nodig had. En ik had jou ook nodig.'

'Ja.' Molly sloeg de laatste bladzijde om. Er waren foto's van haar diploma-uitreiking en van het afscheidsfeest dat haar familie had gegeven voordat ze naar de universiteit vertrok. 'We waren anders dan anderen.'

Het geluid van kinderstemmen maakte het moeilijk om Beths reactie te horen. Cammie, Blain en Braden vuurden vragen op hun moeder af over snoepjes en huiswerk.

'Hé,' Beth moest schreeuwen om er bovenuit te komen, 'de indianen zijn weer thuis.'

'En ze zijn opstandig.'

'Inderdaad.' Het lawaai op de achtergrond werd steeds luider. 'Kan ik je later terugbellen?'

'Natuurlijk.' Molly aarzelde even. 'Hé, Beth, ik hou van je.'

'Weet ik.' Ze kon aan de stem van haar zusje horen dat ze glimlachte. 'Ik ook van jou.'

Ze verbraken de verbinding. Molly las de woorden die Beth op de laatste bladzijde van het fotoalbum had geschreven.

Het leven voert ons ver hiervandaan. Maar op een dag, als we helemaal volwassen zijn, als al onze vragen beantwoord zijn, zullen we misschien vlak bij elkaar wonen en samen onze kinderen opvoeden. Vooralsnog zal ik je missen. Ik zal nooit vergeten dat ik een kamer met jou gedeeld heb. En nog veel meer. Ik hou van je. Beth.

Molly sloot het boek en hield het tegen zich aan. Beth had gelijk gekregen. Het leven had hen ver van hun ouderlijk huis in Orlando gevoerd. Beth kreeg een beurs voor de universiteit van Washington en beide zusjes waren jong getrouwd. Molly en Jack waren naar West Palm Beach verhuisd en Beth en Bill hadden zich in Seattle gevestigd. Er was nooit meer dan een week voorbijgegaan zonder dat ze elkaar gesproken hadden, maar het was niet te vergelijken met hun jonge jaren, toen Beth en zij onafscheidelijk waren geweest.

Geen van beiden had ooit geloofd dat ze op een dag echt vlak bij elkaar zouden wonen. Maar nu was het zo ver. Ze hadden nog een heel leven voor zich, eindeloos de tijd om de kinderen op te voeden van wie ze hielden en te genieten van het leven met de mannen van hun dromen.

En Beth en zij waren weer samen, omringd door al dit geluk.

Molly veegde een verdwaalde traan weg en zette het fotoalbum terug. Eigenlijk hadden ze het nu zo goed dat ze er bijna bang van werd. Alsof het ongeluk zou kunnen brengen als ze erkenden hoe idyllisch hun leven was. Molly knipperde met haar ogen en ging even bij Joey kijken. Haar angst was volledig ongegrond. Het leven was wonderbaarlijk goed en het werd alleen nog maar mooier.

Zo was het nu eenmaal.

7

Het kantoor bevond zich in een bakstenen gebouw in het centrum van Cleveland. Op het bord boven de ingang stond: *Bureau Jeugdzorg*. Wendy hield Rips hand stevig vast. Ze had de afgelopen nacht nauwelijks geslapen omdat er telkens allerlei details over het echtpaar in Florida door haar hoofd spookten. Deden ze er verkeerd aan hierheen te komen? Wat ze nu gingen doen, was toch goed voor het welzijn van hun zoon? Of niet?

Ze stond stil; haar hoge hakken hadden weinig grip op de natte stoep. Boven hun hoofd dreigde alweer onweer. 'We doen hier toch wel goed aan, hè?'

'Natuurlijk.' Rip glimlachte. Sinds het gesprek op de grond in de gang, nu een week geleden, was hij het grootste deel van de tijd alleraardigst tegen haar. Hij kuste haar op de wang. 'Toen waren we nog niet klaar voor het ouderschap. Nu wel.'

'Dat klopt.' Ze knikte. Hij leidde haar de trap op en samen liepen ze het gebouw in. Ze hadden contact opgenomen met Jeugdzorg zodra ze Rip het dossier had laten zien. De maatschappelijk werkster van toen werkte daar nog steeds.

Ze liepen naar een raam en Rip sprak door het kleine gat in het glas. 'Wij hebben een afspraak met Allyson Bower. Ik ben Rip Porter.' Hij raakte Wendy's elleboog even aan. 'Dit is mijn vrouw Wendy.'

De vrouw achter de balie keek op haar computerscherm. 'U hebt nog een paar minuten.' Ze keek Rip aan. 'Ik zal zeggen dat u er bent.'

Rip bedankte de vrouw en leidde Wendy naar een paar lege

stoelen. Er zaten nog twee mensen in de wachtruimte: een treurig uitziende dertiger en een jong meisje, waarschijnlijk hooguit achttien. Wendy huiverde en boog zich naar Rip toe. 'Ik heb de zenuwen,' fluisterde ze in zijn oor. 'Als ze ons nou niet geloven?'

'Ze geloven ons wel.' Rip klonk iets minder opgewekt. 'Weet je nog wat ik zei? Gewoon doen alsof het waar is, dan is het een eitje.'

'Oké.'

Wendy wilde hem niet teleurstellen. Zeker niet hierin, want het was uiteindelijk haar schuld dat het zo gelopen was. In de loop van de afgelopen week hadden ze hun verhaal meermalen geoefend aan de eettafel; een paar keer was Rip geïrriteerd geweest. Als ze in de war raakte of een stuk van het verhaal vergat, snauwde hij tegen haar. Maar elke keer beheerste hij zich weer en bood zijn verontschuldiging aan. Tot nu toe werkte die woedebeheersing, of wat ze hem ook geleerd hadden in de gevangenis, prima.

Bovendien was er geen reden om zenuwachtig te zijn. Tot nu toe leek de maatschappelijk werkster alles te geloven wat ze zei.

Tijdens hun eerste telefoongesprek had de vrouw haar dossier erbij gehaald; ze leek zich hun geval te herinneren. 'Uw man zat in de gevangenis. U stond uw kindje af omdat u zich zorgen maakte over zijn toekomst.' De maatschappelijk werkster zei niet of ze zich de bult op Wendy's sleutelbeen herinnerde, of het feit dat Wendy voor het leven van haar zoon gevreesd had als Rip ooit uit de gevangenis zou komen.

'Ja.' Wendy zuchtte. Rip hield haar in de gaten; hij wilde verschrikkelijk graag weten hoe het gesprek verliep. Ze sloot haar ogen. 'We hebben een probleem. Mijn man, Rip Porter, is deze week vrijgelaten uit de gevangenis.' Ze dwong zichzelf op treurige toon te spreken; ze moest klinken als het slachtoffer van een ernstig misverstand. 'Ik heb al die tijd gedacht dat hij die papieren getekend had om afstand te doen. Maar nu zegt hij dat hij nooit van de baby heeft geweten.' Ze aarzelde even. 'Hij wil onze zoon terughebben, Allyson. Dat willen we allebei.'

Er viel een lange stilte, slechts onderbroken door geritsel met papieren en getik op een toetsenbord. Eindelijk zuchtte Allyson. 'Laten we een afspraak maken. Dit soort dingen kunnen we beter niet via de telefoon afhandelen.'

'Prima.' Ze stak haar duim omhoog om Rip te laten weten dat het goed ging. 'Wanneer kunnen we komen?'

Ze hadden een afspraak gemaakt en in de loop van de week waren ze steeds enthousiaster geworden over het hele idee. Hun zoon zou inmiddels goed op weg geholpen zijn. Een gezond kind was altijd wel in staat om zich aan een nieuwe gezinssituatie aan te passen, vooral als de overgang goed begeleid werd. Ze zouden hem kunnen vertellen dat hij nu in een soort pleeggezin zat, bij aardige mensen die een paar jaar lang op hem gepast hadden. Maar nu kreeg hij de kans om bij zijn echte ouders te komen wonen.

Ja, daarmee zouden eventuele problemen van het kind wel opgelost zijn. Wendy staarde naar haar gevouwen handen. Dat hoopte ze maar. En als het een beetje langer duurde voordat hun zoon zich aangepast had, zouden ze allemaal wat meer geduld moeten hebben. Want op een dag zou hij het begrijpen. Ze deden dit omdat ze van hem hielden, omdat ze oprecht dachten dat hij beter af zou zijn bij hen.

Zijn echte ouders.

Er ging een deur open en daar was Allyson Bower. Ze zag er nog hetzelfde uit als vijf jaar geleden. De vrouw moest inmiddels in de veertig zijn. Haar uitstraling was zakelijk, en het was overduidelijk dat het haar niet kon schelen of mensen haar aardig vonden. Ze deed haar werk uitsluitend omwille van de kinderen.

'Wendy?' Allyson schonk haar een bedachtzame blik en keek

toen van Rip naar haar. Nu klonk haar stem lichtelijk boos en ongeduldig. 'Ik ben klaar om met jou en je man te praten.'

Rip nam het voortouw. Hij liep Allyson tegemoet en schudde haar de hand alsof hij tweedehands auto's verkocht. 'Ik ben Rip Porter.' Hij grijnsde zo charmant als hij maar kon. 'Fijn dat u tijd voor ons hebt.'

'Allyson Bower.' Ze keek Rip recht in de ogen. Zij glimlachte niet.

Wendy's buikpijn nam toe. Allyson had destijds niet zo intimiderend geleken. Wendy hield zich aan Rips arm vast en probeerde zich haar verhaal te herinneren. *Papieren bij de bewaker afgegeven, getekend teruggekregen, Rip lang niet gesproken; vermoeden dat een andere gevangene getekend heeft, misschien om Rip dwars te zitten...*

Allyson deed de deur naar een klein kantoor open en dirigeerde hen naar twee stoelen tegenover een groot, houten bureau. Daarop lag één map, keurig in het midden. Allyson ging in haar bureaustoel zitten en vouwde haar handen boven op het dossier. Zodra Rip en Wendy ook zaten, keek ze hen beurtelings lange tijd aan. Toen zuchtte ze vermoeid. 'Beseft u wel wat u van mij vraagt?'

Rip vertrok geen spier. 'We vragen u om onze zoon terug te halen, mevrouw Bower. Er is een vergissing in het spel.'

'Op dit moment,' ze sloeg het dossier open, 'is hij al bijna vijf jaar de zoon van een ander stel.' Ze keek Wendy aan. 'Jij hebt hen zelf uitgezocht, weet je nog?'

'Ja.' Wendy schoof haar stoel dichter naar die van Rip toe. 'Maar het is nooit onze bedoeling geweest dat het zo zou lopen.'

Allyson bestudeerde de eerste bladzijde van het dossier even en schudde haar hoofd. 'Voordat we ook maar één stap verdergaan, wil ik vragen of jullie hebben gedacht aan de verwarring die dit voor jullie zoon oplevert. Zijn hele leventje valt in duigen!' Ze vouwde opnieuw haar handen. Haar blik sprak boekdelen. 'Ik heb de verslagen van mijn collega in Florida gelezen. Het gaat heel goed met jullie zoon. Hij zou blijvende schade kunnen oplopen als hij wordt weggehaald bij de enige ouders die hij ooit heeft gekend.'

Rip sloeg zijn benen over elkaar en leunde op de armleuning van zijn stoel. Hij liet een geforceerd lachje horen. 'Het zal voor iedereen moeilijk zijn om alles goed te maken, mevrouw Bower.' Hij hief zijn handen op en liet ze weer vallen. 'Maar de jongen is nog maar een kind. Een heel klein kind.' Hij keek Wendy aan, knikte een paar keer nadrukkelijk en richtte zijn aandacht weer op de maatschappelijk werkster. 'Mijn vrouw en ik denken dat het wel goed komt als hij zich eenmaal heeft aangepast.'

Allyson keek Rip verbijsterd aan, alsof hij zojuist had medegedeeld dat hij zijn zoon wilde meenemen naar Mars. 'Het komt niet zomaar goed, meneer Porter. Op deze leeftijd zijn kinderen buitengewoon gevoelig. Bovendien gaat het nu heel goed met hem; hij is in alle opzichten een uitblinker.' Ze was ongemerkt luider gaan praten. Iets zachter vervolgde ze: 'Ik zou het ten zeerste afraden hem uit zijn eigen omgeving weg te halen.'

Rip zag blijkbaar in dat hij in het voordeel was. 'U zou het ten zeerste afraden.' Hij wees op haar en liet zijn hand weer zakken. 'Maar u gaat er niet over, hè?' Hij knikte naar het dossier op het bureau. 'Als mijn handtekening vervalst is, zijn mijn rechten geschonden. Dan is dat kind dus van mij.'

Allyson was verslagen; het stond op haar hele gezicht te lezen. Ze richtte haar aandacht weer op het dossier. Zonder op te kijken, zuchtte ze diep. 'Dus als we kunnen bewijzen dat uw handtekening op deze papieren vervalst is, wilt u dat we de jongen weghalen bij zijn adoptiefouders en terugplaatsen bij u en uw vrouw.' Ze sloeg haar ogen op en keek Rip aan. 'Klopt dat?'

'Ja.' Rip sloeg zijn armen over elkaar. 'We zijn bereid om onze zoon te helpen bij de aanpassing.'

De maatschappelijk werkster tikte op het dossier. 'Goed dan. Laten we die papieren eens bekijken. Leg mij eens uit hoe uw handtekening vervalst zou kunnen zijn.' Ze keek Wendy doordringend aan. 'Als er inderdaad sprake is van vervalsing en we ontdekken wie die handtekening heeft gezet, zal Bureau Jeugdzorg natuurlijk overgaan tot gerechtelijke vervolging. We zullen de hoogste straf eisen die de wet toelaat.'

Wendy voelde dat het zweet in haar handen stond. Ze keek eerst naar Rip en daarna weer naar Allyson. 'Dat zou heel goed zijn. Wie dit op zijn geweten heeft, moet vervolgd worden.' Ze knikte ernstig. 'Dit is gewoon verschrikkelijk.'

'Juist.' Allyson had nog altijd haar blik op haar gericht. 'Vertel dus maar eens hoe dit gebeurd is. Volgens mijn aantekeningen heb ik jou opdracht gegeven de documenten mee te nemen naar de gevangenis om ze door je echtgenoot te laten ondertekenen.'

'Ja.' Wendy keek naar Rip. 'Dat heb ik ook gedaan.'

Allyson trok haar ene wenkbrauw op. Ze pakte een notitieblok en een pen en wachtte.

'Ga door, liefje.' Rip maakte een aanmoedigend gebaar. In zijn blik lag een waarschuwing die alleen Wendy kon lezen. *Nu komt het. Verknoei het niet!*

'Oké.' Ze schraapte haar keel en leunde voorover. Haar blik was volledig geconcentreerd op Allyson. Onder tafel balde ze haar handen tot vuisten en drukte ze buiten beeld strak tegen zich aan. 'Ik heb gedaan wat je vroeg. Ik heb die papieren naar de gevangenis gebracht.' Ze knipperde met haar ogen. 'Mijn man en ik wilden elkaar niet spreken. Ik heb het papierwerk aan de bewaker achter de balie gegeven, met een briefje erbij waarop stond hoe het zat: ik was zwanger en stond de baby af ter adoptie.'

Tegenover haar schreef Allyson iets op haar notitieblok. Ze keek op. 'Ga door.'

'Ik heb heel duidelijk gezegd dat dit pakketje voor Rip Porter bestemd was.'

'Ziet u,' onderbrak Rip haar, 'het gebeurt weleens vaker dat een bewaker de post aan een andere bewaker doorgeeft en dat er stukken bij de verkeerde gevangene terechtkomen.' Hij schonk haar een gekwelde blik. 'Zo moet het gegaan zijn. Wendy en ik hebben er uitgebreid over gepraat. Dat is het enige wat we kunnen bedenken.'

Allyson hield op met schrijven. 'Dus u denkt dat de bewaker dat pakketje aan iemand anders heeft gegeven.'

Rip wees naar zichzelf. 'Ik weet zeker dat ik het nooit gekregen heb.'

'En ik weet zeker dat ik het aan de bewaker gegeven heb om het aan Rip door te geven,' zei Wendy.

Allyson keek eerst Wendy en daarna Rip langdurig aan. 'U weet zeker dat u dit papierwerk nooit hebt gezien.'

'Nooit.' Rip klonk overtuigend, omdat dat gedeelte tenminste de waarheid was. Hij had die papieren niet gezien.

Allyson bestudeerde haar notitieblok en schreef er iets bij. 'Oké, Wendy, wat is er vervolgens gebeurd?'

Weer stond het zweet in haar handen; Wendy veegde ze voorzichtig af. *Nu komt het, maak er een mooi verhaal van.* Ze had zichzelf onder controle. 'Een week later ging ik terug; het pakketje lag al voor me klaar op de balie. Voordat ik ze meenam, heb ik de papieren doorgenomen.' Ze haalde haar schouders op. 'Ik heb niet echt goed gekeken, maar het leek allemaal in orde. Hoe had ik kunnen weten dat die handtekening niet van Rip was?'

'De meeste mensen herkennen de handtekening van hun partner wel,' antwoordde Allyson meteen. 'Denk je ook niet?'

'Natuurlijk.' Ze probeerde haar stem verontwaardigd te laten klinken, alsof ze het de maatschappelijk werkster kwalijk nam dat ze aan haar twijfelde. 'Maar Rips handtekening is nogal onleesbaar, en deze ook. Hij leek er best wel op.'

'Dus je leverde het papierwerk in.' Allyson keek haar doordringend aan. 'En tot vorige week, toen je man uit de gevangenis vrijgelaten werd, heb je gedacht dat hij getekend had en dat hij het eens was met adoptie.'

'Ja.' Opeens voelde ze zich ontspannen. *Was dat alles?* 'Dat dacht ik inderdaad.'

Daarna waren Rip en Wendy tien minuten bezig Allyson duidelijk te maken dat ze elkaar in de loop van de daaropvolgende vier jaar hooguit vijf keer hadden gezien. Tijdens die bezoeken hadden ze zich allebei ongemakkelijk gevoeld en Wendy was zo van streek geweest door de adoptie dat ze de baby liever niet ter sprake bracht.

'Uit het oog, uit het hart,' zei Wendy uiteindelijk. 'Ik dacht dat het voorgoed zo was. Als moeder kun je niet blijven denken aan het kind dat je afgestaan hebt. Dan zou je stapelgek worden.'

Rip pakte haar hand en gaf haar een liefkozend kneepje. Er speelde een zweem van een glimlach om zijn mond; ze had het goed gedaan. Hij was tevreden over haar.

Uiteindelijk liet Allyson Rip verschillende papieren ondertekenen waarin stond dat hij niets over de adoptie geweten had en de betreffende documenten niet had ondertekend. Er kwamen nog meer formulieren tevoorschijn, waaronder een vel papier waarop hij verschillende malen zijn handtekening moest zetten om door een deskundige te laten verifiëren dat de handtekening op de adoptiedocumenten echt niet de zijne was.

Toen ging het gesprek over de aanklacht van huiselijk geweld en over de begeleiding en hulp die hij in de gevangenis had gekregen. 'Nu ben ik een ander mens, mevrouw Bower.' Hij ging rechtop zitten. 'Ik heb geleerd mijn woede te beheersen. Ik ben er klaar voor om vader te zijn.'

'Ja.' Allyson keek hem vol afkeer aan. 'Vast wel.'

Toen het gesprek afgelopen was, stond Allyson op en wees hun de deur. 'Zolang de handtekeninganalyse overeenkomt met wat u me verteld hebt, heb ik geen keus. Ik zal samen met u en uw vrouw een onderzoek instellen naar uw leefomstandigheden. Daarna zal ik de kwestie voorleggen aan een plaatselijke rechtbank en waarschijnlijk zult u het ouderlijk gezag toegewezen krijgen, meneer Porter.' Ze klonk moe en verslagen. 'Daarna zal ik contact opnemen met mijn collega in Florida en dan zullen we de procedure beginnen om de jongen uit zijn huidige omgeving te halen en in uw gezin te plaatsen.'

'Nou, bedankt voor uw tijd.' Rip pakte Wendy's hand en zette koers naar de deur. 'We waarderen uw...'

'Laat maar.' Allyson stak haar hand op. 'Ik moet wel zeggen...' Haar ogen stonden donkerder dan tevoren. 'Ik heb nog nooit meegemaakt dat een plaatsing ongedaan gemaakt werd vanwege een vormfout. Het systeem werkt bijna altijd ten behoeve van het kind. Maar als u de strijd om het ouderlijk gezag wint, meneer Porter, weet ik zeker dat het systeem gefaald heeft.' Ze klemde haar kaken opeen. 'Dat wilde ik u even laten weten.'

'Nou, dat is uw...' Hij slikte de rest van de zin in.

Wendy hield haar adem in. Even was het of Rip elk moment in woede kon uitbarsten. 'Schat...' Ze kneep even in zijn hand en opeens leek hij zich te herinneren waar hij was en wat er gebeurde.

Hij fronste zijn wenkbrauwen. 'Ik vind het jammer dat u er zo over denkt, mevrouw Bower. Misschien verandert u nog van mening als dit allemaal achter de rug is.'

Allyson leek hem niet gehoord te hebben. Ze pakte het dossier op, draaide zich om en stopte het in de bovenste lade van een archiefkast.

Rip deed verder geen moeite. Hij knikte Wendy toe en ging haar voor naar de gang. Zodra de deur achter hen dichtviel, sloeg Rip zijn armen om haar heen. 'Je was geweldig.' Hij draaide haar in het rond. 'Hij is al bijna van ons. Ze weten waar hij is en het gaat geweldig goed met hem.'

'Ik ben zo blij dat dit gesprek voorbij is.' Wendy voelde zich slap en snakte naar frisse lucht. Ze liepen naar het eind van de gang, ver bij het kantoor van Allyson vandaan. Ze hield halt en keek Rip aan. 'Ze had ons door, denk je ook niet? Voor mijn gevoel kon ze elk ogenblik zeggen dat we moesten ophoepelen.'

'Dat kon ze niet maken.' Rip grijnsde breed. 'Ik heb die papieren niet gezien en dat weet ze. Wat zij er ook van denkt, het was verkeerd dat ik het ouderlijk gezag over mijn zoon ben kwijtgeraakt.'

'Ja.' Wendy haalde een stukje kauwgom uit haar handtasje en stopte dat in haar mond. 'Ik verga van de dorst.'

'Ik ook.' Hij veegde zijn voorhoofd af en leidde haar door de wachtkamer naar buiten. 'Laten we onderweg wat biertjes halen.' Hij kuste haar stevig op de mond. 'We hebben een heleboel te vieren.' Opgewekt sprong hij de trap af, draaide zich om en pakte haar hand om te voorkomen dat ze struikelde vanwege haar hoge hakken. In zijn ogen verscheen een dromerige blik. 'Ik weet zeker dat het een bijzonder kind is, die zoon van ons.' Gearmd liepen ze naar de auto. 'Alles komt goed.'

Wendy glimlachte. Hij had gelijk. Dit gesprek was in elk geval beter verlopen dan ze gehoopt hadden. Maar diep vanbinnen was ze een klein beetje ongerust. Misschien kwam dat door de waarschuwing van de maatschappelijk werkster aan het begin van het gesprek. Allyson dacht dat de verandering niet goed zou zijn voor hun zoon. Ze zei dat hij er misschien nooit overheen zou komen. En dan was er nog het laatste wat ze gezegd had: dat het systeem gefaald had als zij de voogdij kregen. Hierdoor werd het gevoel van overwinning minder.

Zelfs die avond, toen Rip en Wendy samen al zes biertjes op hadden, was haar meest intense gevoel geen blijdschap of enthousiasme.

De twijfel overheerste.

Allyson Bower was moe.

Ze had alles gedaan wat ze kon bedenken om haar werk van zich af te zetten. Het was vroeg in de zomer, haar lievelingsjaargetijde, en de onweersbuien waarmee de dag begonnen was, waren voorbij. Zodra ze thuis was, had ze zich verkleed en was naar haar bloementuin gegaan. Petunia's en gardenia's, rozen en narcissen. Ze stonden er allemaal prachtig bij en dat zou zo blijven als ze het onkruid maar bijhield.

Daar was ze het eerste uur na haar werk mee bezig.

Maar bij elk stukje onkruid en elke bloem zag ze het gezicht van de kleine jongen voor zich op de foto's in zijn dossier. De foto's die ze Rip en Wendy Porter niet wilde laten zien voordat er een gerechtelijke uitspraak in hun voordeel was gedaan.

Uiteindelijk probeerde ze iets anders om haar gedachten te verzetten. Ze ging naar binnen en bekeek haar voorraadkast. Melk, slagroom, suiker, bananen. Alle ingrediënten waren aanwezig. Misschien kon ze haar beroemde bananentaart gaan maken. De jongens waren er dol op, en daarmee zou ze het te druk hebben om over het geval Porter na te denken.

Ze pakte het recept uit het doosje met de verbleekte bloemendecoratie. De receptkaarten stonden keurig op alfabet, dus ze vond onmiddellijk de kaart die ze zocht. Het duurde een kwartier om het beslag te maken en terwijl de taart in de oven stond, hielp ze haar zoons met hun huiswerk. Travis van vijftien had vragen over de grootste gemene deler en het ontbinden in factoren; Taylor van zeven probeerde het optellen van tientallen te begrijpen. Meer dan genoeg om Allysons gedachten af te leiden. Vlak voor het avondeten kwam Tavia, haar volwassen dochter, vanuit haar werk even langs voordat ze naar haar eigen huis ging. Ze had kleine Harley, Allysons enige kleinkind, bij zich. Er volgde een gesprek van een uur over lego en dinosaurussen en in de chaos van het klaarmaken van tortilla's, rijst en bonen met Harley voor haar voeten, dacht Allyson dat ze nu haar werk wel van zich afgezet had.

Maar dat was onmogelijk.

Toen de kinderen in bed lagen, zette ze een video op met de hoogtepunten van het afgelopen rugbyseizoen in Alabama, maar zelfs die kon ze niet met volle aandacht bekijken. Uiteindelijk zette ze de televisie uit, deed het licht uit en ging in bed naar het plafond liggen staren.

Hoe haalden ze het in hun hoofd?

Die jongen deed het beslist geweldig. Hij was op de kleuterschool de anderen ver vooruit en in elk opzicht goed aangepast. Uit het laatste verslag bleek dat familieleden van de adoptiefmoeder onlangs naar West Palm Beach verhuisd waren. Dat betekende dat het jongetje een oom en tante en mogelijk neefjes en nichtjes in de buurt had.

Ze had vandaag geen woord te veel gezegd tegen de Porters. Hem uit die omgeving wegrukken zou werkelijk een ramp zijn. Het zou zijn leventje op zijn kop zetten. Ze ging op haar zij liggen en tuurde door de dunne gordijnen heen naar het licht van de straatlantaarns. Er klopte iets niet in hun verhaal. Zelfs als een gevangenisbewaker het pakket met documenten aan de verkeerde gevangene had gegeven, waarom zou die gevangene dan Rips handtekening vervalsen?

Als dat een leugen was, hadden ze het wel goed aangepakt. Zoals het verhaal liep, maakte het niet uit waarom iemand zoiets zou doen. De boosdoener was volledig anoniem. Het was onmogelijk uit te zoeken wie het pakketje ontvangen en Rips handtekening vervalst zou kunnen hebben zonder alle gevangenen van vier jaar geleden te verhoren.

Allyson vermoedde dat de vervalser helemaal geen gevangene was. Waarschijnlijk had Wendy Porter het gedaan. Ze had een duidelijk verslag van het gesprek dat ze vier jaar geleden in het ziekenhuis met de vrouw gevoerd had. Dat verslag had ze in de loop van de dag meermalen gelezen, zowel voor als na de bijeenkomst met de familie Porter.

Wendy Porter was bang geweest voor Rip. Ze had niet gewild dat hij na zijn vrijlating zijn woede op haar zoontje zou afreageren. Daarom had ze het kind afgestaan. Destijds had Allyson haar gevraagd of Rip er geen moeite mee zou hebben om de papieren te ondertekenen. Wendy had snel geantwoord dat dit beslist niet het geval zou zijn.

Maar was dat eigenlijk wel logisch?

De takken in de bomen voor haar raam bewogen licht en wierpen bewegende schaduwen op de vloer van haar slaapkamer. Als die man gewelddadig was en als hij paste in het algemene profiel van de plegers van huiselijk geweld, zou hij nooit iets ondertekend hebben om afstand te doen van zijn eigen zoon. Mannen die hun vrouw mishandelen, hebben meestal een sterke bezitsdrang. Die neiging ligt aan de basis en is de diepste reden van de mishandeling. Ze zien andere mensen als objecten die ze kunnen bezitten en manipuleren. Als iemand niet reageert zoals hij wil, gaat zo'n man tekeer tegen de persoon in kwestie. Woede is een manier om zijn bezit in de hand te houden. Dit soort mensen zijn zich sterk bewust van hun bezit.

Dat geldt vooral voor hun vrouw en kinderen.

Allyson blies langzaam haar adem uit. Ze zou Wendy onder druk kunnen zetten: haar kunnen onderwerpen aan een test met een leugendetector of haar handschrift nauwkeurig laten onderzoeken om te kijken of het mogelijk was dat zij, en niet een medegevangene, Rip Porters handtekening vervalst had.

Maar had dit ook maar enige zin?

Als haar theorie klopte, zouden ze Wendy kunnen vervolgen en misschien zelfs een paar jaar in de gevangenis laten zetten. Maar de jongen zou nog steeds van Rip zijn. En dat was het enige deel van het verhaal dat geloofwaardig klonk: tot hij uit de gevangenis kwam, had Rip Porter niet geweten dat hij een zoon had. De handtekening op de papieren zag er inderdaad anders uit dan de handtekening die hij hun vanochtend gegeven had.

Dus in welk opzicht zou het helpen om Wendy naar de gevangenis te sturen?

Als Rip toch de voogdij kreeg, als de jongen zijn eigen huis toch zou moeten verlaten om een nieuw leven te beginnen in een andere staat bij mensen die hij niet kende, moest Wendy deel uitmaken van die regeling. De jongen zou zijn moeder hard nodig hebben. Iemand die hem kon beschermen als Rips woede terugkeerde.

Geen wonder dat ze de slaap niet kon vatten.

Morgenmiddag zou haar vraag naar Rips handschrift beantwoord zijn; dan zou ze weten of zijn handtekening volgens de expert vervalst was. In dat geval zou de rechter het vaste protocol voor een dergelijke situatie volgen. Hij zou Rip en Wendy de voogdij geven. En binnen de kortste keren zou het idyllische leventje van de jongen ruw beëindigd worden.

Ze sloot haar ogen en haalde zich haar eigen kinderen voor de geest: Tavia met de kleine Harley, Travis en Taylor. Hoe zouden zij reageren als iemand mededeelde dat het leven dat zij kenden voorbij was? Dat ze bij een ander gezin moesten gaan wonen en nooit meer terug mochten komen?

Allyson huilde niet vaak. Ze had te veel gezien en zich te veel verhard om emotioneel te worden over elk geval dat niet goed afliep. Meestal ging het om tijdelijke voogdij: een kind dat goed vooruitging bij pleegouders en dat teruggeplaatst werd bij zijn biologische vader of moeder, die drugs gebruikte of net uit de gevangenis kwam. Hartzeer hoorde bij haar werk.

Maar nu vielen er tranen op haar kussen.

Dit geval deed haar onwillekeurig denken aan haar eigen vader, van wie ze veel gehouden had. Hij had kanker gehad en was daaraan gestorven. Ze snikte het uit. 'Papa, ik mis je nog steeds. Wat moet ik doen?' Het was niet eerlijk! Een jongetje dat al sinds zijn geboorte een bijzonder goede relatie met zijn ouders had, zou hen waarschijnlijk allebei tegelijk verliezen. Niet vanwege kanker, maar omdat het systeem verschrikkelijk tekortschoot.

En dat raakte haar meer dan alle dossiers die in de loop van de laatste tien jaar op haar keurige bureau gelegen hadden. Dit was werkelijk om te huilen.

8

Beth zat naast Molly op de bank bij de schommels in het park. Joey en Jonah deden een wedstrijd wie het hoogst kon schommelen.

'Ik vind dit heerlijk.' Beth glimlachte tevreden. 'Die twee jongens worden de beste vrienden.' Ze keek Molly aan. 'Dat voel ik gewoon. Jij toch ook?'

'Ja.' Molly leunde met haar ellebogen op haar knieën. 'Elke keer dat ze bij elkaar zijn.'

De oudere kinderen waren aan het fietsen op het pad aan de buitenste rand van het park. Ze hadden schoolvakantie, het was half juni. Nu was de lucht wel vochtig, maar het was nog niet ondraaglijk. De lucht was blauw, het was zevenentwintig graden en er stond een koel briesje; het weer kon gewoon niet beter. Het was minder warm dan het aan het begin van de maand geweest was en ze verheugden zich allemaal op hun bezoekjes aan het park, tweemaal per week. Vanmorgen had Beth Molly opgebeld, zoals ze elke dinsdag en donderdag gedaan had sinds hun verhuizing. 'Zin in het park?'

Molly had gelachen. 'Joey zeurt er al om sinds hij wakker is. Laten we gaan picknicken.'

Intussen waren de kinderen al bijna een uur aan het spelen.

Beth leunde achterover. 'Weet je wat ik zat te denken?'

'O-o.' Molly keek over haar schouder naar Beth en huiverde. 'Het gaat toch niet over de kerk, hè?'

Beth was gekwetst. Sinds de barbecue was ze niet meer over de gemeente begonnen; ze had beloofd dat onderwerp te laten rusten. Haar tevreden glimlach verdween. 'Je wordt bedankt.'

'Hoezo?' Molly sloeg snel een verontschuldigende toon aan. Ze legde haar hand op Beths schouder. 'Hé, word nou niet boos. Sorry hoor.' Ze giechelde even. 'Ik plaag je alleen maar. Je bent echt heel lief geweest over dat hele kerkgedoe.'

'Oké. Vertrouw me dan ook een beetje.'

'Doe ik.' Molly draaide zich zo dat ze Beth kon aankijken. 'Nou, wat zat je te denken?'

Beth kon niet meteen omschakelen. Toen ze weer sprak, was ze niet meer zo enthousiast als tevoren. 'Ik zat te denken dat jij en ik zo veel op Joey en Jonah leken. Toen we klein waren, bedoel ik.'

Molly ging weer rechtop zitten en leunde met haar rug tegen de bank. Ze keek naar de jongens en zag hoe Joey Jonah aanmoedigde met een reeks peppraatjes en instructies. 'Ja. Dat zie ik ook.' Ze lachte. 'Joey speelt inderdaad een beetje de baas.'

'Nee, dat niet.' Beth hield haar hoofd schuin; haar blik bleef op de jongens gericht. 'Hij geeft echt om Jonah. Alsof hij persoonlijk verantwoordelijk is voor Jonahs welzijn.'

Molly keek haar aan. 'Gedroeg ik me zo tegenover jou?'

'Toen we klein waren wel.' Beth kruiste haar enkels en strekte haar benen voor zich uit. 'Ik weet nog hoe het was toen wij leerden fietsen.' Ze giechelde; haar gekwetstheid over Molly's vorige opmerking was al helemaal verdwenen. 'Herinner jij je die oranjebruine fietsjes nog, met die witte strepen aan de zijkant?'

'En die witte kwastjes in de handgrepen, die zo mooi wapperden?'

'Ja, die.' Beth keek op en zag een paar blauwe gaaien landen in een esdoorn, een kleine twintig meter verderop. 'Jij was zeven en ik vijf, geloof ik. Jij leerde fietsen, dus dat wilde ik ook. Dat ik te klein was, maakte mij niet uit.'

'We hadden toch zijwieltjes?'

'Ja, maar die zomer haalde papa ze eraf.' Beth zag weer voor zich hoe benauwd ze allebei waren geweest bij het vooruitzicht op twee wielen te moeten rijden. 'Eerst ging hij jou helpen en toen werd hij opgebeld of zoiets, dat weet ik niet meer. Hij zei dat jij moest blijven oefenen. Hij zou zo weer naar buiten komen om het mij ook te leren.'

'O ja!' Molly keek haar weer aan. 'Nou weet ik het weer. Zodra hij binnen was, stapte ik van mijn fiets en rende ik naar jou toe.'

'Dat klopt. Je zei dat je niet zonder mij wilde fietsen.' Beth lachte en keek weer naar de jongens. 'Je ging niet oefenen, maar naast mij lopen; na een paar keer kon ik het al.'

'Maar toen ik weer op mijn eigen fietsje klauterde, wiebelde ik en viel na een meter al om.'

Beth giechelde. 'Precies.' Ze keek naar de jongetjes; ze gingen langzamer, sprongen van hun schommels af en renden naar de draaimolen. Joey ging voorop. 'Je speelde niet de baas. Je zorgde voor me.'

'Net zoals jij voor mij zorgde toen we ouder werden.'

'Ja.' Beth glimlachte naar haar zus. 'Zoiets, denk ik.'

Op dat ogenblik kwamen de jongens naar hen toe rennen; zo te zien hadden ze ruzie gekregen. Jonah kwam het eerst uit zijn woorden. 'Hij laat me niet aan de beurt komen om de draaimolen te duwen! Hij zegt dat ik stil moet staan en ervan moet genieten.'

'Joey, dat is niet aardig.' Molly keek haar zoon streng aan. 'Wat hebben we je geleerd over samen spelen?'

'Ja, maar ik ben groter dan hij, mama.' Joey wees naar de draaimolen. 'Ik mag duwen, want ik ben een grote jongen. Jonah is een kleine jongen.'

'Nietes!' Jonah stak zijn tong uit naar Joey. 'Ik ben ouder dan jij! Dus jij bent een kleine jongen, Joey!'

'Mam...' Joey keek Molly smekend aan. 'Ik wil juist aardig zijn. Het is toch leuker om erop te zitten.'

'Jullie kunnen het toch om de beurt doen?' Beth gaf Jonah een vriendelijk tikje op zijn rug. 'Jullie zijn allebei groot genoeg om te duwen. Laat eens zien of dat werkt.'

Ze keken allebei twijfelend, maar ze renden toch weer weg. Halverwege tikte Joey Jonah op zijn schouder en stak zijn tong uit. 'Zo,' hoorden ze hem zeggen, 'nou staan we gelijk.'

Beide vrouwen lachten. 'Natuurlijk hebben wij ook vaak ruzie gehad.' Beth haalde een appel uit haar picknicktas. 'Ik weet nog die keer dat de hond het hoofd van jouw barbie opgegeten had. Toen waren we hooguit tien en twaalf. Weet je dat nog?'

'Hoe zou ik dat kunnen vergeten? Toen heb ik het hoofd van jouw barbie gestolen om op de mijne te zetten, en ik probeerde te doen of er niets aan de hand was.'

'Alleen had mijn barbie een haarband die bij haar jurk paste.' Beth nam een hap van haar appel en grinnikte. 'Mama zal er weinig moeite mee gehad hebben om dat conflict op te lossen.'

'Ik ben nooit goed geweest in liegen.'

'Nee.'

De wolken stapelden zich steeds sneller op; het begon donkerder te worden. Sinds Beth en haar gezin in West Palm Beach beland waren, had het bijna elke dag geonweerd; ook voor vandaag was onweer voorspeld. 'Volgens mij komt er een bui aan.'

'We kunnen deze picknick beter verplaatsen naar mijn huis.' Molly stond op en verzamelde haar spullen: de picknicktas en het net met Joeys zandbakspeeltjes. Ze wees naar de oudere kinderen. 'Zal ik het hun zeggen?'

'Ja, graag.' Beth pakte haar tas en tuurde naar de lucht. Er waren al bliksemschichten te zien. 'We moeten opschieten. Ik ga de auto starten. De kinderen kunnen hun fietsen wel in de achterbak gooien.' Ze zette haar handen rondom haar mond en riep: 'Kom, jongens! We gaan; het gaat onweren.'

Joey en Jonah aarzelden; even leek het of ze zouden gaan tegensputteren omdat ze weg moesten. Maar Joey sprong van de draaimolen af en rende over het zand naar het grasveld naast de speeltuin. 'Kom op! Kijk eens naar de paardenbloemen, mam!'

'Wacht even.' Molly liep snel naar Beths andere kinderen en riep dat ze naar de auto moesten komen. Toen draaide ze zich om naar Joey. Een maand geleden was het grasveld bezaaid geweest met heldergele paardenbloemen. Nu waren overal pluizenbollen te zien. Toen de jongens over het veld renden, brachten ze een wolk van zaadjes met pluisjes in beweging. Joey en Jonah giechelden en renden terug naar Beth en Molly.

'In dit park zijn wel honderdmiljoen paardenbloemen, wist je dat, mama?' Joey pakte Molly bij de hand. 'Wel honderdduizendmiljoen.'

'Ja!' Jonah huppelde naast Beth. 'Daar kun je lekker doorheen rennen.'

In de verte was weer een bliksemschicht te zien. 'Oké, jongens.' Beth maakte wat meer vaart. 'We moeten rennen!'

Ze waren allemaal net in het personenbusje van Beth toen de eerste regendruppels op de voorruit spatten. 'Poeh!' Beth liet haar contactsleutel in het slot glijden. 'Dat scheelde niet veel!'

De grote kinderen gingen op de achterbank zitten. 'Ik heb de meeste rondjes gemaakt!' zei Cammie trots.

'Echt niet!' Blain trok een lelijk gezicht. 'Ik heb je drie keer ingehaald.'

De discussie ging verder. In de achteruitkijkspiegel zag Beth dat Joey met grote ogen uit het raam keek. 'Ik ben dol op onweer!'

'Behalve 's nachts.' Molly keek Beth laconiek aan. 'Bij de eerste donderslag duikt hij bij ons in bed.'

Joey leunde naar voren. 'Ja, mama, maar dat doe ik omdat je onweer eerlijk moet delen!'

'Precies.' Jonah knikte met een ernstig gezicht. 'Ik deel onweer ook graag eerlijk met mijn papa en mama.'

De hele weg naar Molly's huis en door haar garage heen naar de keuken bleef het gesprek zo komisch. Terwijl ze hun lunch op de eetkamertafel uitspreidden, genoot Beth volop van het samenzijn. Haar zusje was weer haar beste vriendin. En hun zoontjes waren op weg een dergelijke vriendschap te ontwikkelen.

Toch ontbrak er iets. Iets wat Beth niet ter sprake durfde te brengen. Terwijl Molly haar antwoordapparaat ging beluisteren, bad Beth in stilte. *God, geef Molly alstublieft een reden om U nodig te hebben. Ik zal het niet ter sprake brengen, dus doet U het, God. Alstublieft.*

De kinderen zaten al aan tafel, maar het lichtje van het antwoordapparaat knipperde. Waarschijnlijk iemand die haar wat wilde verkopen. Jack zou naar haar mobiele telefoon gebeld hebben, en in de vakantie waren er weinig belangrijke telefoontjes. Toch wilde ze dat bericht even beluisteren.

Een donderslag deed de ramen rammelen, maar dat vond Molly niet erg. Onweer hoorde nu eenmaal bij het leven in Florida. Ze was er bijna mee opgegroeid en inmiddels hield ze er wel van. Als het onweerde, leek het huis aan het meer nog veiliger en warmer, als een omhulsel dat haar beschermde tegen de elementen.

Ze drukte het knopje in en wachtte af.

'U hebt één nieuw bericht,' kondigde de geautomatiseerde stem aan. 'Eerste bericht. Vandaag om 10.31 uur ontvangen.'

De boodschap begon. 'Hallo...' De beller aarzelde even. 'U spreekt met Allyson Bower. Ik ben maatschappelijk werkster in Ohio en ik heb de plaatsing van uw zoon behandeld.'

Onmiddellijk draaide Molly aan de volumeknop en zette het toestel zo zacht dat het nauwelijks hoorbaar was. Joey wist niets van het feit dat hij geadopteerd was. Nog niet. Ze wilden wachten tot hij iets ouder was; dan zouden ze het hem zo eenvoudig en duidelijk mogelijk vertellen.

Aan de andere kant van de kamer stond Beth op. Blijkbaar had de boodschap haar aandacht getrokken. Ze keek Molly aan alsof ze wilde vragen: 'Wat is er aan de hand?'

Molly maakte een afwerend gebaar en liet haar hoofd zakken om de rest van de woorden van de vrouw te verstaan. 'Ik heb geprobeerd contact op te nemen met de collega in Florida die uw zaak behandeld heeft, maar zij werkt niet meer bij Bureau Jeugdzorg.' Er volgde een diepe zucht.

'Er is iets gebeurd,' vervolgde ze. 'Ik moet u zo snel mogelijk spreken. Om twee uur ga ik naar huis, dus als één van u beiden vanmiddag of morgenochtend zou kunnen terugbellen, dan kan ik u op de hoogte brengen.' De vrouw noemde opnieuw haar naam en vervolgens haar telefoonnummer. Molly zette het antwoordapparaat uit en sloeg de boodschap op.

Haar hart ging tekeer als een op tilt geslagen apparaat. Waar had die vrouw het over? Wat zou er in vredesnaam gebeurd kunnen zijn? Het adoptiedossier was gesloten toen Joey een half jaar oud was. De papieren waren getekend, de rechtbanken hadden toestemming gegeven en daarmee uit.

Dus wie was deze Allyson Bower, en hoe had ze hun telefoonnummer te pakken gekregen?

Beth stond naast haar en sloeg haar arm om Molly heen. 'Molly, je ziet zo wit als een doek.' Ze leidde Molly naar een barkruk. 'Wat is er?'

'Joey...' Molly kwam niet verder. Ze wees naar de jongens. 'Joey.'

'Het gaat prima met hem, Molly. Ik heb de boterhammen uitgepakt en uitgedeeld. Maak je maar geen zorgen.'

Molly knipperde met haar ogen en kwam weer bij haar positieven. Waarom reageerde ze zo paniekerig? Het was maar een telefoontje! Ze ging rechtop zitten en keek Beth aan. 'Dat was een maatschappelijk werkster uit Ohio. Er is iets gebeurd. We moeten haar terugbellen.'

'Oké.' Beth keek niet bezorgd. 'Waarschijnlijk moeten ze zijn dossier bijwerken. Dat is toch normaal bij adoptie?'

'Bijwerken?' Molly's hart hervond een normaal ritme. 'Dat doen de maatschappelijk werksters hier in Florida. Eenmaal per jaar, tot Joey vijf is. Daarna mogen we zelf beslissen of we informatie willen geven voor zijn dossier, voor zijn biologische ouders.'

'Misschien heeft Bureau Jeugdzorg in Ohio ditmaal de nieuwe gegevens niet gekregen.' Beth keek nog steeds niet gealarmeerd. 'Kan het dat niet zijn?'

Molly sloot haar ogen. Ja, dat moest het zijn. Er ontbrak iets aan het dossier. Wat zou een maatschappelijk werkster in Ohio anders van Jack en haar willen? De adoptie was keurig geregeld. Geen losse eindjes, dat had de maatschappelijk werkster in Florida toch gezegd? Maar een telefoontje als dit zou kunnen betekenen...

Ze keek naar de blonde Joey, die met stralende ogen zijn dubbele boterham openvouwde en de aardbeienjam eraf likte. Ze voelde dat haar schouders zich iets ontspanden. Het ging prima met hem; hij was hun zoon. Ze zou zichzelf niet toestaan hierover te piekeren. Over zijn biologische moeder wist ze heel weinig. De vrouw was niet verslaafd aan drugs of alcohol. Het grootste probleem was haar echtgenoot, een man die in de gevangenis zat vanwege huiselijk geweld. Volgens de maatschappelijk werkster had de vrouw Joey afgestaan om zijn veiligheid te garanderen. Ze had Molly en Jack uitgekozen na het lezen van de profielen van kandidaat-ouders uit twaalf verschillende staten.

Er kon gewoon geen probleem zijn.

Beth zei nog iets, maar Molly kon zich niet goed genoeg concentreren om te luisteren. 'Je hebt gelijk. Het is natuurlijk een formaliteit, iets wat aan het dossier ontbreekt.' Ze forceerde een lachje. 'Geen enkele reden om in paniek te raken.' Ze keek Beth aan. 'We hebben ons ervan verzekerd dat alles klopte. Geen losse eindjes. Dat zeiden ze. Geen losse eindjes. Niets wat later problemen zou kunnen opleveren als Joey...'

'Molly!' Beth pakte haar stevig bij haar arm. 'Sst!' Ze keek achterom naar de jongens. 'Straks hoort hij je nog.'

Molly stak haar handen omhoog. 'Oké, rustig maar,' zei ze zacht. Had ze echt zo luid gesproken? Ze ging rechtop zitten, met haar rug tegen de leuning van de barkruk. 'Sorry hoor. Alles gaat goed.'

'Mooi zo, hou er dan over op,' zei Beth. Het klonk dringend. 'Kom op.'

Molly klampte zich aan Beth vast, wanhopig op zoek naar een reden om de intense angst die haar plotseling opnieuw overviel van zich af te zetten. 'Niemand zou toch ooit...' Haar stem veranderde in een fluistering. 'Ooit proberen Joey bij ons weg te halen?' Ze keek haar zusje recht aan. 'Nee toch?'

'Nee.' Beth schudde kordaat haar hoofd. 'Beslist niet. De adoptie is jaren geleden al afgerond.'

Ja, natuurlijk. Molly zuchtte diep. Opnieuw gingen alle argumenten door haar hoofd waarmee ze zichzelf kon geruststellen. De adoptie was jaren geleden al afgerond. Niemand zou daar na al die tijd nog aan twijfelen. Ze beval haar hart om weer rustig te gaan kloppen.

'Mama...' Opeens stond Joey naast haar; hij trok aan haar mouw. 'Ben je ziek?'

Molly liet Beth los en ging wat meer rechtop zitten. Ze keek Joey aan. 'Nee, lieverd.' Ze moest nog op adem komen. 'Alles gaat goed.'

'Waarom eet je niet mee?' Hij wees naar de tafel. 'Het was toch een picknick voor iedereen! Zelfs voor mama's.'

'Zo is het.' Beth gaf Joey een vriendelijk tikje op zijn rug en stuurde hem in de richting van de tafel. 'We komen er zó aan.'

'Ik ben al over de helft, mama.' Joey hield zijn boterham omhoog. 'Kom maar gauw!'

Weer een donderslag die het huis deed trillen. Molly ademde diep in en schudde haar hoofd even. 'Je hebt gelijk.' Ze stond op en keek Beth weer aan. 'Ik ga me daar geen zorgen over maken.'

'Goed zo,' zei Beth geruststellend. 'Het is niets, dat weet ik zeker.'

'Zo is het.' Ze keek naar de kinderen aan tafel. Haar benen voelden nog wat onvast aan, maar haar ademhaling was inmiddels normaal. 'Ik heb gewoon een fobie voor maatschappelijk werksters, denk ik.'

'Ja,' zei Beth, terwijl ze met haar vinger een draaiende beweging maakte bij haar slaap. 'Dat heb ik in de gaten.'

Molly spreidde haar armen uit en Beth ook. Ze omhelsden elkaar stevig en Molly voelde weer grond onder haar voeten. Alles zou goed komen. Ze liet haar zusje los en grinnikte. 'Wat zou ik zonder jou moeten beginnen?'

Beth glimlachte en Molly wist dat ze de rest van haar leven bij haar terecht zou kunnen. 'Dat zullen we nooit weten. Wat een heerlijk idee is dat, hè?'

'Nou, zeg dat wel.'

'Oké dan...' Beth pakte Molly bij de hand en leidde haar naar de keukentafel. 'Volgens mij moeten we nog meedoen aan een picknick.' Ze ging naast Jonah zitten.

'Ja!' Joey klopte op de stoel naast zich. En toen Molly ging zitten, sloeg hij zijn armen om haar hals en kuste haar op de punt van haar neus. 'Voordat alles op is!'

Haar eetlust was niet geweldig, maar Molly kon prima doen alsof. Terwijl het buiten bleef onweren, aten ze hun boterhammen met pindakaas en rauwe worteltjes op en dronken hun pakjes sap leeg.

Jonah was onder de indruk van de manier waarop Beth haar

worteltje opat: ze nam piepkleine hapjes van de buitenkant tot er een soort oranje tandenstoker overbleef die ze ook in haar mond stopte. 'Jij bent de kampioen, mama!'

'Ja.' Beth stak triomfantelijk haar handen in de lucht en boog voor haar publiek. 'Niemand kan worteltjes eten zoals ik.'

Joey schaterde toen Molly het probeerde en haar worteltje in tweeën brak. 'Jij bent er niet erg goed in, mama.'

'Nee, je hebt gelijk.' Ze giechelde. Haar angst nam eindelijk af. Gus had bij de deur liggen slapen, maar nu rekte hij zich uit en kwam met zijn grote kop tussen hen in. Molly gooide de stukjes wortel op haar bord. 'Ik denk dat zelfs Gus het beter kan dan ik.'

'Hé, Gussie...' kirde Joey tegen de hond. 'Ik ben bijna klaar met mijn picknick; daarna kom ik spelen.' En tegen Molly: 'Mag hij ook een worteltje, mama? Alsjeblieft!'

Gus vond het heerlijk als Joey hem worteltjes voerde. Of misschien was hij gewoon dol op Joey. 'Oké. Maar laat hem niet aan je vingers likken. Je bent zelf ook nog aan het eten.'

Toen de picknick afgelopen was, gingen Beth en haar kinderen naar huis. Voordat ze vertrok, stak ze waarschuwend haar wijsvinger op en keek Molly veelzeggend aan. *Niet over piekeren.* Alles zou goed komen.

Molly knikte. Maar toen Beth weg was, ging ze in de woonkamer zitten en keek naar Joey en Gus. De kleine jongen zat naast de hond op de vloer en liet zijn hoofd op Gus' rug rusten. Zo nu en dan slaakte Gus een zucht en wierp een blik op Joey die leek te zeggen: *Hé, vriendje van me, word maar nooit een saaie volwassene.* Gus was acht jaar en niet meer zo kwiek als vroeger. Maar zodra de onweersbui voorbij was, zou hij met Joey door de achtertuin rennen.

Joey liet zijn hand over de hals van de hond glijden. 'Vandaag zijn we op de draaimolen geweest, Gus.'

De hond hief traag zijn kop op en wierp een blik op Joey.

'Ja, ik weet het.' Joeys zangerige stemmetje vulde het hele huis. 'Ik wou ook dat jij erbij was.' Hij dacht even na. 'Jij zou niet goed kunnen duwen, maar ik weet zeker dat je heel goed zou vasthouden. Weet je waarom?'

De hond gaapte.

'Precies.' Hij klopte op Gus' voorpoten. 'Want jij hebt goeie klauwen, daarom.'

Na een tijdje legde Gus zijn kop neer en viel in slaap. Joey tilde een van de pluizige hondenoren op. 'Slaap je al, Gus?'

Toen de hond niet bewoog, sprong Joey op en kuierde in Molly's richting. Bij de volgende donderslag holde hij naar haar toe. 'Is het dutjestijd?' Hij leek zich zorgen te maken over die mogelijkheid.

'Al een uur.' Molly tilde hem op schoot, met zijn beentjes naar een kant. 'Wat vind je ervan als we vandaag samen een dutje doen op de bank?'

'Ja, leuk!'

Ze zette hem weer op de grond en ging op haar zij liggen. Er was meer dan genoeg ruimte over voor hem; hij klauterde erbij, nestelde zich tegen haar aan en sloot zijn ogen. 'Weet je waarom dit zo fijn is, mama?'

'Nee, hoezo?' Ze kuste hem op zijn wang. De boodschap van de maatschappelijk werkster speelde weer door haar hoofd. Het was niets. Een formaliteit. Iets voor zijn dossier. Dat had Beth gezegd.

'Want...' Hij deed zijn ogen open en keek haar aan. Hij rook naar pindakaas, naar gras en naar Gus. 'Onweer moet je eerlijk delen.'

'Ja, maatje.' Ze trok hem nog een beetje dichter tegen zich aan. 'Zo is dat.'

Terwijl Joey in slaap viel, hoopte ze met heel haar hart dat Beth gelijk had: dat de donder en bliksem buiten de enige storm was waarmee ze de komende tijd te maken zouden krijgen.

9

Jack belde de volgende ochtend vroeg terug.

Zodra hij thuiskwam uit zijn werk, had Molly hem over de boodschap van de maatschappelijk werkster verteld; hij had die zelf ook beluisterd. Hij was het met Beth eens. Deze Allyson Bower miste waarschijnlijk ergens in Joeys dossier een stukje informatie dat hoorde bij het regelmatig bijwerken van de adoptiegegevens.

Toch kreeg alles wat hij die avond met Joey deed, stoeien op de vloer, hem op zijn schouders tillen alsof hij King Kong was en hem voorlezen voor het slapen gaan, meer betekenis. Jack nam elk detail bewust in zich op: het geluid van Joeys geschater in de woonkamer, het gevoel van die kleine handjes in Jacks eigen handen en de geur van shampoo in zijn vochtige haar toen hij uit bad kwam.

De jongen betekende alles voor hen; hij was het warm kloppende hart van hun gezin.

Daarom kwam Jack moeilijk in slaap, hoewel hij geloofde wat Beth tegen Molly had gezegd: dat dit telefoontje niet belangrijk was en dat ze er morgen om zouden lachen. Had die vrouw niet wat meer details kunnen geven? Wist ze dan niet hoe het op hen zou overkomen als ze alleen zei dat er iets gebeurd was?

Tegen zeven uur 's ochtends zat Jack klaar om die vrouw terug te bellen en de hele situatie op te helderen. Joey lag nog te slapen in zijn kamer aan het andere eind van de gang en Molly zat naast hem op bed terwijl hij het nummer intoetste. Op de achtergrond liet de radio zachte jazzmuziek horen. Molly hield zijn knie vast en omklemde met haar andere hand de rand van het bed.

'Het is niets,' fluisterde hij haar toe terwijl de telefoon aan de andere kant overging. Hij keek op zijn horloge. Vijf minuten, langer zou het gesprek niet duren. Daarna konden ze Joey wekken, samen muesli met banaan eten en dan zou Jack naar zijn werk gaan. Net als altijd.

Na twee keer overgaan werd de telefoon opgenomen. 'Met Allyson Bower, Bureau Jeugdzorg.'

Jacks hart sloeg een slag over. 'Hallo,' zei hij op zakelijke toon. 'Met Jack Campbell. Ik bel terug naar aanleiding van uw telefoontje over onze zoon Joey.' Hij zweeg even. 'U zei dat er iets gebeurd was.'

De vrouw aan de andere kant aarzelde even. 'Ja.' Ze klonk vermoeid of gefrustreerd, dat wist hij niet zeker. 'Meneer Campbell, ik vrees dat ik slecht nieuws heb.'

Hij wilde niet herhalen wat ze zei. Niet nu Molly naast hem zat en elk woord probeerde op te vangen. Hij kneep even in de bovenkant van zijn neus. 'Hoe bedoelt u?'

'Nou, het is een lang verhaal. Een paar weken geleden werd ik gebeld door Joeys biologische ouders. Zijn vader is onlangs uit de gevangenis gekomen en blijkbaar heeft hij toen pas gehoord dat zijn vrouw hun zoontje heeft afgestaan ter adoptie. We hebben de papieren laten onderzoeken, en die man vertelt de waarheid. Op het document waarmee officieel afstand gedaan wordt van het kind, is zijn handtekening vervalst. Dat betekent,' ze zweeg even, 'dat ik u tot mijn spijt moet vertellen dat de adoptiedocumenten ongeldig zijn.'

Zijn hart sloeg op hol. Wat had ze gezegd? *Nee! Nee, dat is niet mogelijk! Dit gebeurt niet echt!* Hij balde zijn hand tot een vuist en drukte die tegen zijn voorhoofd.

'Wat?' Molly keek hem met grote, angstige ogen aan. 'Wat zegt ze?'

Hij schudde zijn hoofd en gebaarde dat ze even moest wachten. De woorden van de vrouw spookten rond in zijn hoofd. Hij kneep zijn ogen stijf dicht. Nooit zat hij om woorden verlegen. Tenslotte verdiende hij de kost als verkoper. Maar hier en nu zou hij geen woord kunnen uitbrengen, zelfs als hij had geweten wat hij moest zeggen. Wat ze zei, was volkomen ongerijmd. Hij reikte opzij en zette de radio uit. Zo. Hij had stilte nodig.

De maatschappelijk werkster probeerde het nog altijd uit te leggen. 'We weten niet precies wie de handtekening van de biologische vader heeft vervalst, maar ik vrees dat het niet uitmaakt.' Ze klonk diep teleurgesteld. 'Het spijt me meer dan ik zeggen kan, meneer Campbell. Ik heb de zaak voor de rechter gebracht en de uitspraak staat zwart op wit.' Ze zweeg even. 'Het permanente ouderlijk gezag over Joey is toegewezen aan zijn ouders, na een overgangsfase van gedeelde voogdij in de komende maanden.'

Jack greep naar zijn keel, nog altijd met gesloten ogen. Ditmaal kwamen de woorden in weerwil van zijn onvermogen tot denken of redeneren. 'Gedeelde voogdij?' Hij voelde dat Molly haar zelfbeheersing verloor.

'Er komt een reeks bezoeken onder supervisie, waarbij Joey een deel van het weekend zal doorbrengen bij zijn biologische ouders en daarna weer terugkomt bij u en uw vrouw.' Elk woord leek de vrouw moeite te kosten. 'De bezoeken zullen plaatsvinden met tussenpozen van een paar weken; tijdens het vierde bezoek zal de voogdij over Joey volledig overgedragen worden.'

Jack sprong overeind en snoof verontwaardigd. 'Gaat dat zomaar? Hebben wij hier niets over te zeggen? En onze advocaat dan?'

Molly stond ook op en begon te ijsberen. 'Nee... Nee, dit kan helemaal niet.' Haar gezicht zag grauw. Ze stond stil en keek hem vragend aan, maar hij stak zijn wijsvinger op en vormde met zijn mond de woorden: 'Wacht even!'

De maatschappelijk werkster ging door. 'Meneer Campbell, het spijt me. De wet is helder en duidelijk over gevallen waarin de handtekening op een adoptiedocument vervalst is.' Ze aarzelde even. 'Die ene concessie is alles wat ik voor u heb kunnen regelen.'

Concessie? Het ging om de voogdij over hun zoon. Misschien ging ze nu vertellen dat het allemaal een vergissing was, dat de rechter van gedachten veranderd was en de hele mogelijkheid om Joey bij hen vandaan te halen, verworpen had. Jack masseerde zijn voorhoofd en probeerde zijn balans te hervinden. Alles was chaotisch en uit evenwicht. Het was een nachtmerrie, dat kon niet anders. Joey was al bijna vijf jaar hun zoon. Welke rechter die bij zijn gezonde verstand was, zou de voogdij over hun zoon aan iemand anders toewijzen?

Moeizaam concentreerde hij zich weer op het gesprek. 'Welke concessie?'

'Het gezamenlijke gezag waarover ik u net vertelde.' Ze leek te wachten of hij misschien enige dankbaarheid zou uitspreken. Dat deed hij niet en zij ging verder. 'Dat was het beste wat ik voor u kon doen.'

Jack haalde diep adem en liet zijn hoofd even hangen. Er klikte iets binnen in hem en hij hervond zijn evenwicht. 'Neem me niet kwalijk, wat was uw naam ook alweer?'

'Allyson Bower. Ik werk voor Bureau Jeugdzorg in Ohio.'

'O ja, mevrouw Bower. Nou, ik vrees dat het beste wat u kunt doen in dit geval niet genoeg is. Ik zal later op de ochtend contact opnemen met mijn advocaat en we zullen deze beslissing aanvechten tot we in het gelijk gesteld worden.' Hij verzamelde zijn krachten. Het aanpakken van de maatschappelijk werkster was nog niets in vergelijking met de taak die nog voor hem lag: de situatie uitleggen aan Molly.

'Meneer Campbell, ik vrees dat u in dit geval niet via de

rechtbank verhaal kunt halen en dat een afspraak met uw advocaat tijdverspilling...'

'Dank u wel, mevrouw Bower. Mijn advocaat zal binnenkort contact met u opnemen.'

Zodra hij ophing, greep Molly zijn elleboog en keek hem paniekerig aan. 'Wat is er? Vertel nou! Waarom moeten we onze advocaat bellen?' Ze klonk bijna buiten zinnen van angst. Een angst die hij nooit eerder in haar stem had gehoord.

Jack keek naar de vrouw die hij meer liefhad dan het leven zelf. Op dat ogenblik zou hij er alles voor gegeven hebben om de hele situatie te laten verdwijnen. Als hij zijn mond opendeed en haar vraag beantwoordde, zou de crisis die ze plotseling onder ogen moesten zien, levensecht reëel worden. Maar hij had geen keus. Hij moest het haar vertellen, daar kon hij niet omheen.

Hij ging tegenover haar staan en legde zijn handen op haar schouders. 'Joeys biologische vader heeft de adoptiepapieren nooit ondertekend.' De woorden klonken alsof ze uit andermans mond kwamen. Alsof hij nu met zijn ogen zou moeten knipperen en zijn excuses zou moeten aanbieden omdat het allemaal een slechte grap was.

'Heeft hij ze niet ondertekend?' Molly begon te beven. De tranen sprongen haar in de ogen. 'Wat... Wat betekent dat dan?'

'Dat betekent dat de adoptiepapieren vervalst zijn.' Ook hij kreeg tranen in zijn ogen, maar tegelijkertijd merkte hij dat hij steeds kwader werd.

'Vervalst?' fluisterde ze. Plotseling was ze buiten adem. 'En wat betekent dat, Jack? Vertel!'

'Rustig, Molly.' Zijn boosheid nam de overhand. Het was allemaal een vergissing. Hij zou de beste advocaten van Florida bellen. Alles zou uiteindelijk goed aflopen. Hij knarsetandde. 'Een rechter in Ohio heeft het permanente ouderlijke gezag over Joey aan zijn biologische ouders toegewezen. De maatschappelijk werkster zei dat het al zwart op wit staat. Zij kan er verder niets meer aan doen.'

'Wat?' gilde Molly. Ze stond op, stormde in de richting van de slaapkamerdeur en kwam weer terug. 'Komen ze hem halen? Nu meteen?'

'Nee.' Hij pakte haar arm en leidde haar voorzichtig terug naar het bed. 'Geen paniek.' Ze gingen naast elkaar zitten en hij legde zijn hand op haar wang. 'We nemen een advocaat.' Daarmee wilde hij zowel zichzelf als haar geruststellen. 'Joey gaat helemaal nergens naartoe.'

Nu beefde ze nog meer. 'Wanneer willen ze hem hebben?' vroeg ze klappertandend.

'Dat gebeurt niet.' Jack wilde niet eens over die mogelijkheid praten.

'Maar als het wel gebeurt, hoeveel tijd hebben we dan nog?' Molly omklemde zijn knie en leunde tegen hem aan. Ze zag eruit of ze elk moment kon instorten.

'Molly, haal eens even rustig adem. We zullen dit aanvechten, dat beloof ik.'

Ze rukte zich los en stond op. 'Ik wil niet rustig ademhalen!' Haar stem klonk schril. De uitdrukking op haar gezicht veranderde van woede in verdriet, en ze ging weer zitten. Langzaam zakte ze tegen hem aan. Ze begon heftig te snikken en haar gezicht zag grauw, alsof ze misselijk was. Nu sloeg ze haar ogen naar hem op. 'Jack, help me!'

'Molly...' Hij ondersteunde haar en sloeg zijn arm om haar schouders. 'Niemand neemt hem mee. Dat laat ik niet gebeuren.'

'Ik kan het niet, Jack. Ik kan hem niet laten gaan.' Het snikken werd zachter, maar het bleef hartverscheurend. Ze kneep haar ogen stijf dicht en wiegde huilend heen en weer. 'Het is mijn kindje, mijn enige kindje. Alsjeblieft, laat hem niet gaan.'

'Sst...' Hij sloeg beschermend zijn armen om haar heen.

'Joey gaat niet bij ons weg. Dat gebeurt niet.' Zo bleef hij nog tien minuten tegen haar aanpraten, waarbij hij alleen datgene zei wat hij naar waarheid kon zeggen en waar hij zelf iets van begreep. Eindelijk kwam ze zelf half overeind.

'Ik kan het niet verdragen om hem kwijt te raken.' Het klonk kinderlijk en zwak.

Hij streelde haar rug. 'Dat hoeft ook niet, lieverd.'

Er ging nog een snik door haar heen; toen haalde ze diep adem en keek hem recht aan. 'Wanneer willen ze hem hebben? Dat moet ik weten.'

Jack begreep het. Voor het geval dat hij het niet kon oplossen, moest ze de waarheid weten. Hij hield zijn ene arm om haar schouders. 'Ze zei iets over op bezoek gaan, eens in de paar weken.' Hij kon het nauwelijks over zijn lippen krijgen. Hij had het absurde gevoel dat het pas echt waar werd nu hij deze woorden uitsprak. 'Na het vierde bezoek zou Joey daar voorgoed blijven.' Voordat ze kon reageren, praatte hij snel verder. 'Maar denk daar maar niet aan. Dat gebeurt niet. Echt niet.'

Ze ging rechtop zitten en stond even later op. 'Ik moet Joey wakker maken. We gaan vandaag met Beth en de kinderen naar het zwembad.'

'Dat kan wachten. We hebben een heleboel uit te zoeken.'

'Nee.' Haar ogen waren gezwollen; ze droogde de resterende tranen. 'Hij heeft een normaal leven nodig, Jack. Een dagje in het zwembad is goed voor hem.' Ze keek hem veelzeggend aan. 'Zoals je al zei: ze zullen hem niet weghalen. Dat laat jij niet gebeuren, en ik ook niet.' Haar blik werd zo hardvochtig dat hij haar nauwelijks herkende. 'Over mijn lijk!'

Die woorden bleven Jack de hele dag bij: terwijl hij zijn advocaat opbelde, die hem een invloedrijke collega in Miami aanbeval, en terwijl hij naar het zuiden reed, de stad in, met alle papieren van de adoptie bij zich. Dit was niet zomaar een gevecht om de voogdij.

Het was een gevecht om het hart, de ziel en het leven van zijn gezin.

Het was heerlijk in het zwembad.

Drie uur lang in de zon zitten en in het water plenzen met Joey; Molly liet geen ogenblik toe dat haar gedachten afdwaalden naar de ondenkbare gebeurtenissen van die ochtend. Jack zou overal voor zorgen. Ze had gemeend wat ze zei. Alleen over haar lijk zouden ze haar zoon kunnen meenemen.

In het zwembad hadden Beth en zij het te druk om elkaar uitgebreid te spreken, maar daarna gingen ze naar Beths huis. Tegen de tijd dat ze daar aankwamen, sliep Joey al. Molly nam hem voorzichtig in haar armen en legde hem op de bank. Beth bracht Jonah naar zijn slaapkamer voor zijn middagdutje en de grotere kinderen zetten een dvd aan in de woonkamer.

Molly vond een kan met ijsthee in de koelkast en schonk een glas voor Beth en zichzelf in. Dit gebeurde niet echt. Dit telefoontje was precies waar ze bang voor was geweest sinds Jack en zij over adoptie begonnen te denken. Ze moest er nu met Beth over praten, voordat ze helemaal instortte. Al die andere ogenblikken uit het fotoalbum kwamen haar weer voor de geest. Beth was er toen Molly's vriendje haar in het openbaar vernederd had, zij had haar getroost en gesteund toen Art Goldberg gestorven was en zij was de enige tot wie Molly zich nu kon wenden.

Jack zou overal voor zorgen, maar zij had nog steeds de behoefte om te praten en de angst te uiten waarvoor ze de hele ochtend op de vlucht was geweest. Zodra Beth terug was in de keuken, keek Molly haar aan en deed haar mond open. Maar ze kon geen woorden vinden. Waar moest ze beginnen? De hele situatie was zo bizar; het leek een scène uit een vreemde film.

Ze had nog geen tijd gehad om het verhaal onder woorden te brengen.

'Hé, wat is er loos?' Beth kwam haar bij het kookeiland tegemoet. Haar stem klonk vriendelijk en teder, alsof ze tegen een van haar kinderen sprak wanneer hij of zij pijn had. Maar ditmaal klonk er ook angst door in haar stem. 'Molly, zeg eens wat, lieverd. Wat is er?'

'Dat telefoontje...' Ze grimaste en begon te snikken.

Beth keek haar onderzoekend aan en toen veranderde de uitdrukking op haar gezicht. 'Dat telefoontje? Bedoel je het telefoontje van die maatschappelijk werkster?'

'Ja.' Molly pakte haar ijsthee en liet zich op de dichtstbijzijnde eetkamerstoel zakken. Niets van wat ze nu zou gaan zeggen sloeg ergens op. 'Joeys adoptiepapieren waren vervalst.' Ze omklemde de armleuningen en keek haar zusje doordringend aan. 'Zijn biologische vader heeft ze nooit ondertekend.'

'Wat?' Beth pakte haar eigen glas en ging tegenover haar zitten. De schok was te zien in fijne rimpeltjes op haar voorhoofd. 'Maar dat is jullie probleem toch niet?'

Molly begon nog harder te huilen en sloeg haar handen voor haar gezicht.

'Dat moeten die mensen van Jeugdzorg maar samen met die biologische ouders uitzoeken.' Beth sloeg haar arm om Molly's schouders. 'Zo is het toch, Molly?'

'Nee.' Molly depte haar tranen weg. Ze voelde het gevecht in haar binnenste weer oplaaien. De hele ochtend had ze tegenstrijdige gevoelens gehad. Naast Joey in het zwembad kwam ze telkens boven water om lucht te happen als de angst haar de adem benam. Joey was alles voor haar; ze zouden hem niet mee durven nemen. Daarna dook ze naar de bodem van het zwembad en voelde zich als een leeuwin, bereid om te vechten voor haar kind.

Nu keek ze Beth aan en ademde snel in. 'Een rechter in

Ohio heeft begin deze week besloten dat zijn biologische ouders binnen een paar maanden de voogdij terugkrijgen, omdat iemand de handtekening van de vader vervalst heeft.'

'Waarschijnlijk heeft de moeder dat gedaan.' Beth bleef Molly aankijken. 'Toen jullie Joey adopteerden, zeiden ze toch dat de vader in de gevangenis zat vanwege huiselijk geweld?'

'Ja.' Molly sloeg haar armen wat krampachtig over elkaar. 'Nu is hij weer vrij.'

'Als de moeder zijn handtekening vervalst heeft, moeten zij dat toch samen uitvechten?'

Molly kneep haar ogen tot spleetjes en probeerde zich te herinneren wat Jack verteld had. 'De maatschappelijk werkster zei dat ze niet wisten wie die handtekening gezet had. Waarschijnlijk denken zij niet dat het zijn biologische moeder kan zijn.'

'Dat is krankzinnig!' Beths stem klonk gefrustreerd. 'Hoe kunnen de rechten van de adoptiefouders dan nog beschermd worden?' Ze zwaaide met haar hand in de lucht. 'Als de biologische ouders jaren later nog kunnen terugkomen om te klagen over het papierwerk, weet je toch nooit waar je aan toe bent!' Snel ging ze door. 'Dit gaan jullie natuurlijk aanvechten.'

'Jack is op dit ogenblik onderweg naar Miami. Onze advocaat heeft hem een of andere hotemetoot in de stad aangeraden.' Haar schouders voelden gespannen; nu liet ze die zakken. *Rustig, Molly. Alles komt goed.* 'Jack zegt dat ik niet ongerust moet zijn, want hij zorgt dat het goed komt.'

'Mooi zo.' Beth stond op en zette haar handen in haar zij. 'De hele zaak is onzinnig. Stel je voor: een gezond kind weghalen uit het enige gezin dat hij kent, waar hij bijna vijf jaar gewoond heeft.' Ze balde haar handen tot vuisten. 'Niemand die ook maar een greintje verstand heeft, zou dat doen.'

'Precies.' Molly proefde de kracht van Beths woorden. Beth was altijd een vechter geweest; ze had nooit enige neiging gehad om de slachtofferrol te spelen. 'Als het goed is, weten we vanmiddag meer.'

De uitdrukking op Beths gezicht werd zachter. 'Ik weet zeker dat het allemaal goed komt. Dat moet gewoon.'

'Het komt goed.' Voor de zekerheid herhaalde Molly in gedachten deze woorden. *Het komt allemaal goed. Het komt goed.* Ze trommelde zachtjes met haar vingers op haar knieën. 'Toch wilde ik dat we er vandaag iets aan konden doen, vanmiddag nog.'

Beths strijdlust leek te verdwijnen. Ze ging naast Molly zitten. 'Dat kan ook.' Uitnodigend stak ze haar handen uit. 'We kunnen er met God over praten.'

'Ik wil niet...' Molly wilde haar stekels alweer opzetten, maar ze veranderde meteen weer van gedachten. Beth had voor elke gelegenheid wel een Bijbeltekst. Opeens wilde Molly het weten. 'Wat zou de Bijbel hierover zeggen? Over de toekomst van een kind, of over het verlies van een kind, of vechten voor een kind?'

Beth aarzelde geen ogenblik. 'Nou, de Bijbel heeft heel wat te zeggen over kinderen en over de strijd die we te strijden hebben.' Ze stak haar duim op, alsof ze ging tellen. 'Het eerste en belangrijkste vers staat in Jeremia. Daarin staat dat Gods plan voor ons vaststaat: Hij heeft ons geluk voor ogen, niet ons ongeluk, en wil ons een hoopvolle toekomst geven.'

Molly dacht daar over na. Als dat waar was, had God een plan voor Joey. Een goed plan. Dat nieuws stelde haar enigszins gerust. 'En wat nog meer?'

'Ik zou een boekje met Bijbelse beloften voor je kunnen kopen. Daarin kun je Bijbelteksten per onderwerp opzoeken.'

'Goed. Dat lijkt me wel wat.' Molly kon zelf nauwelijks geloven dat ze dit zei. Maar ja, Joeys toekomst stond op het spel, dus wilde ze alles wel proberen. Ze keek op haar horloge. 'Zolang Joey slaapt, heb ik toch niets te doen. Misschien kun je me nu vast een paar van die teksten laten zien.'

Dat deed Beth dan ook. Samen lazen ze Bijbelteksten tot Joey uitgeslapen was, en voordat Molly vertrok, mocht Beth zelfs voor haar bidden. Molly had haar hele leven geen acht geslagen op God. Het leek oneerlijk dat ze tot dit ogenblik, het moeilijkste ogenblik van haar leven, gewacht had om erover na te denken of Hij echt bestond en of Hij haar kon helpen. Daarom bezorgde dit gesprek over God haar een vreemd, ongemakkelijk gevoel. Maar toen ze uitgepraat waren, had Molly iets gevonden dat Jack, de wetenschap dat hij bij de advocaat zat en zelfs Beth haar niet hadden kunnen geven.

Vrede.

10

Wendy werd er gewoon duizelig van hoe goed alles verliep.

Als ze maar niet aan de adoptiefouders van haar zoon dacht, als ze maar niet stilstond bij het verlies dat zij binnenkort zouden ervaren, kwam ze elke dag prima door; dan was ze zelfs gelukkiger dan ooit. Rip was thuis en hield zichzelf zorgvuldig onder controle. Hij was op zoek naar werk en had al twee sollicitatiegesprekken bij de bioscoop achter de rug. Het leek al zeker dat hij die baan als manager zou krijgen, wat inhield dat ze zich over een half jaar wellicht een groter huurhuis konden permitteren. Maar het belangrijkste was dat hun zoon thuis zou komen.

Hij heette Joey.

Na de gerechtelijke uitspraak in hun voordeel had Allyson Bower hun meer informatie gegeven. Vandaag, over een kwartier al, zou Allyson bij hen op bezoek komen om zich ervan te vergewissen dat hun huis geschikt was voor een kind. Daarna hoefden ze alleen nog maar af te wachten. Joey zou over twee weken voor het eerst op bezoek komen in Ohio.

Wendy pakte een pannensponsje en sopte het aanrecht nog eens. Tigger, de kat, wist heel goed dat hij daar niet mocht lopen, maar soms vergat hij dat. Kattenhaar op het aanrecht zou geen goede indruk maken op een maatschappelijk werkster.

Tigger wreef zijn kop tegen haar enkels en miauwde luid.

'Even wachten, poes.' Het was bijna twaalf uur, Tiggers etenstijd. 'Mama heeft het druk.'

Ze sopte zorgvuldig in alle hoeken; het aanrecht moest schoner worden dan ooit tevoren. Toen ze klaar was, keek ze de keuken nog eens rond. Alles was smetteloos. Rip had een pot plamuur gekocht en terwijl hij op zoek ging naar werk had zij het gat in de muur dichtgestopt. Ja, alles was in orde.

Maar misschien zou Allyson trek hebben. De geur van versgebakken broodjes zou de atmosfeer in huis beslist knusser maken. Wendy haalde een pakje bladerdeeg met kaneel uit de vriezer en las de gebruiksaanwijzing. Vijf minuten later lagen de broodjes in de oven. Ze waste haar handen en droogde ze af aan de versleten keukenhanddoek die opgevouwen naast de gootsteen lag. De mooie keukenhanddoek met de blauwe strepen hing netjes voor de ovendeur. Wendy leunde tegen het aanrecht en kwam op adem. Sinds hun bijeenkomst met de maatschappelijk werkster leefde ze in een voortdurende waas.

Het eerste goede nieuws was het verslag van de handschriftexpert. Er bestond geen twijfel aan: Rip had de adoptiedocumenten niet ondertekend. Toen Allyson haar over de telefoon dit nieuws vertelde, had Wendy haar adem ingehouden. Als Jeugdzorg haar ervan verdacht de papieren ondertekend te hebben, was dit het ogenblik waarop de beschuldiging zou komen.

Die kwam niet.

Een paar dagen later belde Allyson opnieuw om te zeggen dat ze de volgende ochtend bij een hoorzitting aanwezig moesten zijn. Rechter Rye Evans zou hun zaak bekijken en erover beslissen. Rip en Wendy droegen hun beste kleren en Rip zag er nog knapper uit dan op hun trouwdag. De vrouwelijke notulist die naast de rechter zat, kon haar ogen niet van hem afhouden.

Allyson was het meest aan het woord. Ze vertelde de rechter dat haar aandacht gevestigd was op het feit dat in het adoptiedossier van de familie Porter een vervalste handtekening stond. Ze was niet bepaald enthousiast over hun zaak, dat was wel duidelijk. Op een bepaald ogenblik, toen ze de resultaten van de handschriftdeskundige gepresenteerd had, keek ze de rechter een tijdje zwijgend aan.

Uiteindelijk stak ze het dossier omhoog. 'Edelachtbare, ik moet zeggen: Bureau Jeugdzorg gelooft niet dat het in het belang van het kind is om hem bij zijn adoptiefouders weg te halen.'

De rechter knikte. Het grootste deel van de hoorzitting bleef hij chagrijnig naar een stapel papieren op zijn bureau kijken. Hij vroeg naar Rips strafblad. Twee veroordelingen voor mishandeling en vijf jaar gevangenisstraf voor huiselijk geweld. Hij riep Rip op als getuige.

De vragen die hij stelde, waren gemakkelijk. Had Rip in de gevangenis een cursus herintegratie gevolgd? Ja. Had hij zijn lesje geleerd? Natuurlijk. Was hij een veranderd mens? Beslist. Kon hij het aan om vader te zijn? Ja, hij verheugde zich erop. Had hij erover nagedacht hoe hij zijn kind discipline kon bijbrengen zonder in woede uit te barsten? Ja, hij zou gesprekstherapie blijven krijgen om te zorgen dat hij op het juiste spoor bleef.

'Dat was alles,' zei de rechter. Rip stapte uit de getuigenbank. Hij glimlachte naar de notulist en nam weer plaats naast Wendy.

Zij was de volgende. Aan haar vroeg de rechter nog minder. Zij had het kind destijds willen afstaan ter adoptie, klopte dat? Ja, gezien de situatie. Maar nu wilde ze deze jongen samen met haar echtgenoot grootbrengen? Juist. Ze legde uit waarom. Ze had gedacht dat hij het kind niet wilde hebben. Nu kon ze alleen maar bidden dat ze alsnog de kans zouden krijgen die ze bijna vijf jaar geleden had verspeeld.

Dat was alles.

Allyson zat voor in de rechtszaal aan een lange tafel. Zo nu en dan keek ze naar het dossier en schudde haar hoofd. Op een bepaald ogenblik stond ze op en vroeg de rechter of hij zijn beslissing kon uitstellen tot de adoptiefouders een kans hadden gehad om te getuigen.

'Valse documentatie is geen punt waarover met de adoptiefouders overlegd hoeft te worden.' De rechter tuurde vanaf zijn hoge positie naar beneden. Hij zag er bijna treurig uit. 'Als de handtekening van een van de biologische ouders vervalst is, is de adoptie niet langer geldig.' Hij zakte een beetje in. 'Dat weet u ook wel, mevrouw Bower.'

Allyson knikte en ging zitten.

De rechter nam nog een half uur de tijd om het papierwerk en de informatie in het dossier te bekijken. Toen hij terugkwam, nam hij snel de beslissing. Hij gebruikte een boel lange woorden en zei veel wat Wendy niet begreep. Ze omklemde Rips hand stevig en wachtte op de ontknoping. Eindelijk zei de rechter: 'Daarom is het mijn plicht om in overeenstemming met de wetten van de staat Ohio het ouderlijk gezag over deze minderjarige alsnog toe te wijzen aan zijn biologische ouders.'

Allyson was weer gaan staan. Ze zei tegen de rechter dat het niet eerlijk zou zijn om van de adoptiefouders van de jongen te eisen dat ze hem onmiddellijk, zonder waarschuwing vooraf, zouden laten gaan. De rechter stemde daarmee in. Hij kwam op de proppen met het plan dat Joey in de komende maanden drie keer op bezoek zou komen en pas daarna voorgoed bij Rip en Wendy zou komen wonen.

'Schat, waar zijn mijn sokken?' riep Rip vanuit de slaapkamer. Meteen was ze weer terug in het hier en nu. 'Ik kan geen schone sokken vinden!'

'O, sorry!' Ze kwam met een ruk in actie. Hoe kon ze dat nou vergeten? Ze had alle was gedaan, maar de laatste lading zat nog in de droger. 'Wacht even.'

'Schiet op!' snauwde hij. De laatste tijd was hij een beetje humeurig. Waarschijnlijk was hij gespannen vanwege het huisbezoek dat hun te wachten stond.

Ze had er alles voor over om te voorkomen dat Rip vandaag kwaad werd. De maatschappelijk werkster zou niet alleen inschatten of ze wel genoeg slaapkamers hadden. Ze zou op zoek gaan naar tekenen dat Rips woede nog steeds een probleem vormde. Dat beseften ze allebei.

De deur van de droger stond open en de kleren die erin lagen waren nog vochtig. Ze moest vergeten zijn het apparaat aan te zetten. De angst sloeg haar om het hart. Rip kon natte sokken niet uitstaan, dat zou hij nooit pikken. Ze smeet de deur dicht, voegde twintig minuten toe aan de droogtijd en drukte op de startknop. Verwoed zocht ze om zich heen. Wat nu? Hoe kon ze Rip binnen een halve minuut schone, droge sokken bezorgen?

Toen wist ze het. Ze zetten het op een lopen en rende langs Rip hun slaapkamer in.

'Wat spook jij uit?' Hij grimaste gefrustreerd. 'Waar zijn mijn sokken?'

'De droger heeft kuren.' Ze haalde een paar sportsokken uit haar la en haastte zich naar hem toe. 'Hier. Trek deze maar aan. Je kunt ze later weer omwisselen.'

Hij rukte de sokken uit haar hand. 'Ik heb er een hekel aan om jouw sokken te dragen.'

'Ik weet het. Het spijt me.' Ze schonk hem een flauwe glimlach. 'De droger is nog bezig.'

'Goed dan.' Hij snoof geïrriteerd. 'Is het huis schoon?'

'Brandschoon.'

'Mooi.' Hij ging op de rand van het bed zitten en trok de sokken aan. Toen, alsof het ineens tot hem doordrong dat hij niet bepaald aardig deed, knikte hij haar toe. 'Bedankt voor het opruimen.'

Het deed haar goed. 'Graag gedaan.' Ze ging naast hem op de rand van het bed zitten. 'Ik heb er alles voor over dat dit goed komt.'

'Het komt goed.' Zijn stem klonk vastberaden. 'Hij is ons zoontje. Ik wou dat we hem gewoon terugkregen zonder al dat bezoekgedoe. Alsof we vreemden voor hem zijn of zo.'

'Nou...' Ze vlocht haar vingers in elkaar. Ze vond het vreselijk om hem tegen te spreken. 'We zijn ook een beetje vreemden voor hem. Voorlopig, bedoel ik.' Ze stootte een nerveus lachje uit. 'Hij kent ons nog niet.'

'Hij herkent ons meteen.' Rip snauwde weer, maar zijn stem klonk niet al te luid. 'Kinderen weten wie hun ouders zijn.'

'Ja.' Wendy zei maar niet dat die twee aardige mensen in Florida op dit ogenblik nog steeds Joeys ouders waren. Ze begreep wel wat Rip bedoelde. Een kind zou zijn biologische ouders herkennen, gewoon omdat ze bloedverwanten waren. In stilte overwoog ze dat idee. Ja, dat zou best eens zo kunnen zijn. Waarom niet?

Er werd op de deur geklopt. 'Doe open.' Rip gaf haar snel een duwtje. 'Ik kom zo.'

'Oké.' Ze haastte zich de kamer uit; onderweg streek ze haar nette kleren glad en duwde haar kapsel mooi in model. Ze deed de deur open en glimlachte naar Allyson Bower. 'Hallo. Kom binnen.'

'Hallo.' De maatschappelijk werkster keek niet bepaald blij. 'Het hoeft niet lang te duren.' Met een dossier in haar hand stapte ze naar binnen.

Toen pas zag Wendy de rook die uit de oven kwam. 'O, nee!' Ze hapte naar adem. 'Mijn kaneelbroodjes!' Ze rende door de zitkamer naar de aangrenzende keuken, pakte een pannenlap, deed de deur van de oven open, rukte het rooster eruit en zette dat op het aanrecht.

Allyson kwam achter haar aan. 'Kan ik helpen?'

'Nee, het gaat wel.' Wendy zette de oven uit en deed de deur dicht. Ze had de broodjes vier minuten langer laten bakken dan de bedoeling was. Nu waren ze stuk voor stuk aangebrand en ook vanwege de rooklucht niet meer te eten. Ze glimlachte over haar schouder naar Allyson. 'Mijn oven wordt de laatste tijd een beetje te heet.'

Op dat moment kwam Rip de keuken binnen. Hij rook de rooklucht en fronste zijn wenkbrauwen. 'Wat is er gebeurd?'

'Dat weet ik niet precies.' Met een nerveus lachje gooide ze de aangebrande broodjes snel in de vuilnisbak. 'Ik denk dat de oven heter werd dan gewoonlijk.'

Allyson installeerde zich aan de keukentafel, dus zij zag de woedende blik niet die Rip zijn vrouw toewierp. Zodra de maatschappelijk werkster opkeek, glimlachte hij weer. 'Die elektrische ovens zijn soms lastig.'

Wendy zette de afvoerkap boven het fornuis aan en deed een raam open. Ze probeerde de rook die nog altijd in de lucht hing, weg te wapperen. Daarna haalde ze een paar appels uit de koelkast, sneed die in plakjes, legde ze op een bord en zette dat op tafel. Ze ging tussen Rip en Allyson in zitten. 'Oké.' Ze glimlachte naar haar echtgenoot en naar de maatschappelijk werkster. 'We zijn er klaar voor, denk ik.'

Het gesprek duurde niet lang. Er werden vragen gesteld over hun werktijden; wanneer waren ze beschikbaar voor Joey? Wendy had nu slechts één baantje: secretaressewerk bij een plaatselijk administratiebedrijf. Ze vertelde dat ze van negen tot vijf weg was, maar dat ze achttien dagen ziekteverlof had opgebouwd voor het geval Joey haar nodig zou hebben.

'En verder? Wat hebben jullie in petto voor het kind?'

'Dagopvang.' Rip zei het op een toon alsof hij het over een pretpark had. 'We hebben een geweldig kinderdagverblijf in de buurt. Schoon en gezellig. Betaalbaar.'

'En u, meneer Porter? Wat zijn uw werktijden?'

Hij zette een hoge borst op, zag Wendy. 'Ik verwacht elk moment een reactie van de bioscoop in de stad. Ze willen mij als manager hebben. Dan werk ik natuurlijk 's avonds. De rest van de tijd kan ik op Joey passen, dus we zullen niet vaak dagopvang nodig hebben.'

Aan Allysons blik was te zien dat ze niet zeker wist of dat goed of slecht nieuws was. Ze maakte een aantekening in haar dossier. 'Oké.' Ze keek op. 'Ik kijk nog even rond.' Ze wees in de richting van de gang. 'Twee slaapkamers, klopt dat? Een voor jullie en een voor de jongen?'

'Dat klopt.' Rip ging voorop. Allyson volgde hem door de gang en Wendy sloot de rij. De slaapkamers waren klein, maar schoon en netjes. De maatschappelijk werkster bekeek zwijgend beide slaapkamers en liep naar de badkamer aan het eind van de gang. 'Badkamer met ligbad?'

'Ja.' Rip klonk trots. 'We hebben ook nog een douche naast de zitkamer.' Hij aarzelde even. 'Natuurlijk zullen we veel meer geld hebben als ik manager bij de bioscoop word. Dan willen we graag een groter huis huren, in de buurt van betere scholen. Als onze zoon naar de basisschool gaat.'

Allyson keek hem aan, maar ze bleef zwijgen. Toen ze klaar waren met de rondleiding, maakte ze weer een aantekening in haar dossier. Ditmaal ging zij voorop naar de keuken; daar wees ze in de richting van de koelkast. 'Mag ik?'

'Als u tegen de rook kunt.' Rip grinnikte, maar zodra Allyson hem de rug toedraaide, trok hij een lelijk gezicht en schudde zijn hoofd.

De maatschappelijk werkster bekeek de inhoud van de koelkast even. Melk en eieren, kaas en groenten. Ze hadden de vorige avond boodschappen gedaan en gezorgd dat het eten gezond en vers was. Allyson controleerde een paar keukenkasten en vroeg of ze een EHBO-trommel hadden. Wendy liet haar het trommeltje zien in een van de keukenladen.

Een paar minuten later sloeg Allyson het dossier dicht en stopte het onder haar arm. 'Dat was alles.' Ze knikte hen toe. 'Bedankt voor het openstellen van jullie huis.' Terwijl ze koers zette naar de buitendeur, zag ze de opgelapte muur. Ze stond stil, fronste haar wenkbrauwen en ging met haar vinger over de geplamuurde plek heen. Toen draaide ze zich om en keek Rip recht aan. 'Wat is dit?'

'Mijn schuld.' Wendy deed een stap vooruit. Ze haalde haar schouders op en toverde een beschaamd lachje tevoorschijn. 'Ik was aan het vegen en ineens: boem! Ik ging met de bezemsteel dwars door de muur. Stom hè?'

In Allysons blik stond te lezen dat ze dit verhaal absoluut niet geloofde. Ze maakte een aantekening, knikte hen nogmaals allebei toe en zei dat ze contact zou opnemen. Toen was ze weg.

Zodra de deur achter haar dichtviel, begon Rip Wendy verwijten te maken. 'Aangebrande broodjes?' zei hij met opeengeklemde tanden. 'Is dat jouw opvatting van een goede indruk maken?' Hij kreunde luid en liep met grote stappen naar het fornuis en terug. Het huis was klein, dus hij was in een paar tellen klaar.

'Ik dacht dat ze lekker zouden ruiken.' Ze wilde geen ruzie met hem maken. 'Allyson vond het niet erg. Ze bood zelfs haar hulp aan.' Dat kon ze van hem niet zeggen. 'Kom op, Rip. Niet boos zijn.'

'Boos?' Zijn gezicht was rood aangelopen. Zijn ogen puilden uit alsof hij elk moment zijn zelfbeheersing kon verliezen. 'Ik ben razend.' Hij wees in de richting van de waskamer. 'Eerst mijn sokken.' Hij wees naar de keuken. 'Toen die broodjes.' Hij stormde naar de opgelapte muur. Daar haalde hij uit en stootte met één woeste dreun zijn vuist opnieuw door hetzelfde gat. Woedend keek hij haar aan met flarden pleisterwerk aan zijn handen, precies zoals de eerste keer. 'Toen dit.' Dreigend deed hij een paar stappen in haar richting. 'Die armzalige reparatie van jou!'

'Rip...' Was dit het? Het ogenblik waarop het voor hen beiden overduidelijk zou worden dat er eigenlijk niets veranderd was? Wat haalden ze in hun hoofd om een kind naar deze omgeving te halen? Ze hield haar adem in. 'Alsjeblieft...'

Plotseling, alsof er een schakelaar overgehaald werd, leek hij zijn emoties weer onder controle te krijgen. Hij blies luidruchtig en leunde tegen de rugleuning van de bank. 'Het spijt me.' Zijn woede ebde weg, maar hij was nog verre van gelukkig. Hij wees naar het gat in de muur. 'Goed repareren de volgende keer, hè?'

'Ja, Rip.' Wendy deed een paar stappen achteruit. Ze zou het nu meteen repareren, terwijl hij toekeek. Dan kon hij haar misschien wat aanwijzingen geven zodat ze het de tweede keer niet zo slordig zou doen. 'Ik zal het meteen doen, dan...'

Hij maakte een afwerend gebaar. 'Laat maar. Het is mijn schuld.' Hij liep naar de voordeur. 'Ik repareer het wel als ik terugkom.'

'Waar ga je heen?'

'Afkoelen.' Hij kwam naar haar toe en omhelsde haar vluchtig. 'De stress van dat bezoek werkte op mijn zenuwen.' Hij keek haar in de ogen. 'Vergeef je me?'

'Natuurlijk.' Ze dacht er weer aan om adem te halen. 'Alles komt helemaal goed.'

'Ja.' Hij glimlachte een klein beetje. 'Bedankt, Wendy. Je bent zo lief voor me.'

Zodra hij weg was, belden de mensen van de bioscoop. 'Kan uw man even contact met ons opnemen. Hij heeft die baan.'

Wendy hield haar enthousiasme in bedwang tot ze de verbinding verbroken had. Toen rende ze naar buiten en bleef over de stoep rennen tot ze Rip inhaalde. 'Het is je gelukt!' Ze pakte hem bij zijn schouders. 'Je hebt die baan gekregen!'

'Echt waar?' Zijn gezicht lichtte op.

'Ja!' gilde ze. Rip had gelijk: alles ging helemaal naar wens.

Rip stootte een overwinningskreet uit. Hij pakte haar op en draaide haar in het rond, zoals hij deed als hij helemaal in zijn element was. En op dat moment wist Wendy dat ze zich geen zorgen hoefde te maken. Ja, voor het stel in Florida zou het moeilijk zijn om Joey kwijt te raken, maar dat kwam wel goed. De rechter zou hun het gezag toch niet toegewezen hebben als hij zich zorgen maakte over die andere mensen? En nu Rip werk had, zou hij niet zo gespannen meer zijn. Ze hadden zelfs het onderzoek naar de woonomstandigheden overleefd.

Nu hoefden ze alleen nog maar op Joey te wachten.

11

Jack Campbell bleef de hele weg van Miami naar huis op de rechterrijbaan rijden. Hij had geen haast om Molly onder ogen te komen en haar te vertellen dat zelfs de meest invloedrijke advocaat in heel Florida hun niets te bieden had.

Natuurlijk gaf hij het nog niet op. Er moesten andere advocaten zijn, iemand die bereid was deze zaak aan te vechten. Maar op dit ogenblik had hij verschrikkelijk slecht nieuws. Het was schokkend: uit het gesprek dat hij met deze advocaat gevoerd had over hun noodsituatie, viel helemaal geen hoop te putten.

'Als die papieren vervalst zijn, is het een uitgemaakte zaak.' De man zat, piekfijn gekleed, achter een indrukwekkend bureau in zijn prachtige kantoor met aan twee kanten uitzicht over de stad en de haven. Hij was tenminste wel vriendelijk. 'U moet weten dat ik al mijn afspraken afgezegd heb om u te ontvangen. Uw advocaat is een bijzonder goede vriend van me.' Hij schoof zijn stoel naar achteren en strekte zijn benen voor zich uit. 'Als ik ook maar iets zou kunnen doen om u te helpen, zou ik er bovenop zitten.'

Jack voelde zich alsof hij in drijfzand terechtgekomen was. 'Misschien heb ik de feiten niet duidelijk genoeg op een rijtje gezet.' Hij ging op het puntje van zijn stoel zitten en deed een wanhopige poging de advocaat te overtuigen. 'Bijna vijf jaar geleden kregen wij de ondertekende en verzegelde adoptiedocumenten in handen. De maatschappelijk werkster heeft ons verzekerd dat de biologische ouders nooit terug zouden kunnen komen om Joey op te halen.' Hij betrapte zich erop dat hij steeds luider ging praten en nam wat gas terug. 'Het was een gesloten adoptie.' Hij omklemde de armleuningen van zijn stoel. 'Dit zou nooit gebeuren!'

De advocaat stond op en ging uit het raam staan kijken. 'Dat besef ik wel, meneer Campbell.' Hij draaide zich om en keek Jack recht aan. 'Maar die verklaringen werden afgelegd in de veronderstelling dat de documenten nauwkeurig waren en dat de handtekeningen werkelijk toebehoorden aan degenen die ze moesten ondertekenen.'

'Hoe vaak komt een dergelijke situatie eigenlijk voor? In hoeverre worden adoptiefouders werkelijk beschermd?'

'Tegenwoordig wordt in de meeste gevallen gevraagd om notarieel bekrachtigde handtekeningen.' Hij fronste zijn wenkbrauwen. 'Dat was niet het geval toen uw adoptie werd afgehandeld.'

Jack was verbijsterd. 'Dus u zegt dat het probleem op die manier voorkomen had kunnen worden? Hadden wij zelf notarieel bekrachtigde handtekeningen moeten eisen, terwijl Bureau Jeugdzorg daar niet om gevraagd heeft?'

Door alle ramen kwam de zon naar binnen, maar het gezicht van de advocaat betrok. 'Als ik het goed begrijp, zou de biologische vader in dat geval de papieren nooit getekend hebben, meneer Campbell. Hij had er geen idee van dat zijn vrouw bevallen was. Dus het probleem zou inderdaad opgelost zijn als u om notariële bekrachtiging gevraagd had.' Hij ging weer zitten en richtte zijn blik op Jack. 'Maar dan zou u Joey helemaal niet hebben gekregen.'

Een half uur lang bekeken ze de situatie van alle kanten; toen keek de advocaat op zijn horloge. 'Het spijt me, meneer Campbell. Ik zou echt willen dat ik iets kon doen om u te helpen.' Hij zuchtte. 'Probeer het eens te bekijken vanuit de positie van de biologische vader. Hij komt uit de gevangenis en ontdekt dat zijn vrouw een kind heeft gekregen en ter adoptie heeft afgestaan zonder dat iemand het hem verteld heeft.' De advocaat tuitte verontwaardigd zijn lippen. 'Zou u niet razend zijn?'

Daar wilde Jack absoluut niet over nadenken. Hij stond op, schudde de advocaat de hand en bedankte hem voor zijn tijd. Op de een of andere manier was hij met de lift naar beneden gegaan, het gebouw uitgelopen en in zijn auto terechtgekomen, hoewel hij zich daar niets van kon herinneren. Nu reed hij op de snelweg en probeerde te bedenken wat hij Molly zou vertellen.

Het was druk op de weg, maar hij stond niet in de file. Hij zou veel te snel thuis zijn, en wat dan? Hij had haar beloofd dat hij het zou regelen en dat niemand hem hun zoon zou afnemen. Het idee alleen al was bespottelijk. Nu bleek het uiteindelijk toch niet zo krankzinnig te zijn. Als de beste advocaat van de staat, gespecialiseerd in familierecht, geen enkele juridische reden kon bedenken om het bevel van de rechter in Ohio aan te vechten, wie zou hen dan kunnen helpen?

Het was benauwd in de auto; hij kon niet behoorlijk ademhalen. Hij drukte een knopje in en het raampje aan de passagierskant ging voor de helft naar beneden. Een stroom van warme lucht kwam op hem af, maar ook zo lukte het inademen niet. Zou het dan echt gaan gebeuren? Zouden ze over twee weken Joey moeten uitzwaaien omdat hij in Ohio op bezoek ging? En zou hij een paar maanden later werkelijk voorgoed uit hun leven verdwijnen? Hun enige zoon?

Zijn keel voelde dik aan en zijn ogen werden vochtig. Joey was hun kind. Hij hoorde niet bij een stel in Ohio, bij een vader die net een gevangenisstraf had uitgezeten vanwege huiselijk geweld. Zelfs een eenmalig bezoekje kon al schadelijk zijn voor Joey. Jack blies alle lucht uit zijn longen en probeerde opnieuw diep in te ademen. Hij bewoog zijn kaakspieren. Niemand zou Joey bij hen weghalen, niemand! De rechtbank mocht dan krankzinnig zijn en de maatschappelijk werksters en advocaten waren misschien geschift, maar Molly en hij hadden tenminste hun gezonde verstand nog.

Joey was hun zoon. Punt, uit.

Hij verstevigde zijn greep op het stuur en op dat ogenblik werd zijn aandacht getrokken door een reclamebord aan de kant van de weg. *Binnen een uur in het buitenland! Retourtje Haïti voor nog geen 200 dollar!*

Het was een advertentie van een luchtvaartmaatschappij. Even vergat Jack het feit dat hij op de snelweg zat en dat hij voldoende snelheid moest blijven maken. Achter hem begon de chauffeur van een enorme vrachtwagen te claxonneren. Snel trapte Jack zijn gaspedaal weer in. Binnen een uur in het buitenland?

Zijn hersens begonnen op volle toeren te draaien. Als niemand naar hen wilde luisteren, wat dan? Als geen enkele advocaat de zaak wilde aanvechten, wat zou er dan gebeuren? Werd van hen verwacht dat ze Joey hielpen inpakken en vervolgens werkloos toekeken hoe hij uit hun leven verdween? Zouden ze goede ouders zijn als ze toelieten dat Joey bij een gewelddadige, gevaarlijke man in huis kwam?

In Jacks hart kwam een intense vastberadenheid op. Natuurlijk zou hij nog een paar andere advocaten proberen. Maar als zij niets konden doen om hem te helpen, hadden Molly en hij geen keus. Ze konden samen met Joey het land verlaten en ergens anders een nieuw leven beginnen. Misschien niet op Haïti, maar op een eiland met kilometerslange, stille stranden, zonder maatschappelijk werksters.

Als ze hun huizen verkochten, konden ze nog jaren van de opbrengst leven. Het was slechts een kwestie van zich losmaken uit de maatschappij en een manier vinden om het land te verlaten. Bezaten ze ook maar iets dat belangrijker was dan Joey? Zijn baan? Hun huis? De vrienden die ze gemaakt hadden? Familie? Nee, niets zou opwegen tegen het verlies van hun zoon.

Naarmate hij dichter bij huis kwam, leek het hele idee realistischer. Het was uitvoerbaar. Ze konden valse paspoorten aanschaffen en ongemerkt het land verlaten. Eerst een plaats zoeken waar ze zich tijdelijk konden verbergen en daarna met Joey samen naar Europa gaan. Ze konden hun nieuwe identiteit aanhouden, in Zweden of Duitsland gaan wonen en Joey naar een goede school sturen; niemand zou het te weten komen. Tegen die tijd zou iedereen opgehouden zijn met zoeken. Misschien zou men zelfs denken dat ze dood waren. Het land ontvluchten kon lukken. Hij ging wat gemakkelijker zitten en concentreerde zich op de weg. Hij zou zelfs naar de maan verhuizen als dat nodig was om de rechtbank ervan te weerhouden Joey weg te halen. Niemand zou hem en zijn gezin in het nauw drijven. Hij zou Joey beschermen met zijn eigen leven, wat de gevolgen ook zouden zijn.

Nu moest hij alleen Molly nog zien te overtuigen.

De kinderen waren rusteloos geworden na de dvd en de middagdutjes; Molly en Beth speelden met hen op het grote klimrek in het park. Jack had gebeld, dus Molly was niet verbaasd toen hij de auto parkeerde, uitstapte en met grote, doelbewuste stappen in hun richting kwam lopen. Ze klauterde de ladder af en hield haar hand boven haar ogen. Ja, hij was het. En hij keek bepaald opgewekt.

'Hé, Beth, Jack is er.'

Beth klauterde naar beneden en kwam naast haar staan. 'Zo te zien gaat het prima met hem.'

'Dat dacht ik ook al.' Ze omklemde het metalen klimrek. 'Het moet goed nieuws zijn.'

'Zie je wel?' Beth knuffelde haar even. 'Dat gebeurt er als je bidt. Dan wordt Gods wil tot stand gebracht.'

'Gods wil...' Dat was een idee waarover Molly nog niet vaak nagedacht had. 'Denk je dat Hij wil dat dit op een bepaalde manier verloopt? Bedoel je dat met Gods wil?'

'Reken maar.' Lachend gleden de jongens van de glijbaan af en renden om het klimrek heen. Beth leunde met haar rug tegen de ladder. 'Als je bidt, geeft God niet altijd het antwoord dat je wilt horen. Maar je krijgt altijd wat Hij wil.' Ze glimlachte Molly toe. 'Ik kan me niet voorstellen dat God Joey ergens anders wil hebben dan in jouw armen.'

Molly voelde die hartverwarmende glimlach tot in de diepste, angstigste hoeken van haar hart. 'Bedankt, Beth.'

Joey had Jack ontdekt. 'Papa!' Hij rende over het veld met paardenbloemen en liet wolken van zaadjes opwaaien. 'Papa, je bent er!'

'Mama?' Jonah trok Beth aan haar mouw. 'Waar is onze papa?'

'Die is op zijn werk, schat.'

Molly kneep haar ogen tot spleetjes om de aanblik van haar man en zoon goed in zich op te kunnen nemen. Jack tilde Joey met een zwaai op en hield hem dicht tegen zich aan. Langer dan gewoonlijk. Nadat hij hem weer op de grond had gezet, liepen ze hand in hand naar haar toe.

Beth keek toe. Ze grijnsde naar Jonah. 'Weet je wat? Laten wij de grote kinderen meenemen en ijs gaan halen.'

'Maar mam,' zeurde Jonah, 'ik wil met Joeys papa spelen. Hij is een goeie piraat.'

'Nou, ik denk dat Joeys papa en mama vandaag even moeten praten.' Ze wees op de schommels. 'Ga je zus en je broers maar halen.'

Molly keek Beth dankbaar aan.

'Hè, meen je dat nou, mam?' Jonah wiebelde een beetje.

'Nou en of.' Beth gaf Jonah een schouderklopje. 'Geen piraten, vandaag.'

'Nou, goed dan.' Jonah schopte in het stof. Maar even later klaarde zijn gezicht weer op. 'Mogen we er chocola op?'

'Natuurlijk.' Beth nam Jonah mee naar de bank en verzamelde hun spullen. 'Wat is een ijsje zonder chocolade?'

'Mag George Brett ook wat?'

'Nee, ijs is niet goed voor hondjes.' Beth keek Jonah na toen hij naar zijn broers en zus rende. Toen ze er allemaal waren, zwaaide Beth en de hele groep zette koers naar de auto. Ze hield haar hand bij haar oor. 'Bel me.'

'Doe ik.' Molly richtte haar aandacht op Jack en Joey. Ze waren nog maar een paar meter van haar verwijderd en ze kon Jacks gezicht wat beter zien. Misschien was hij niet echt vrolijk. Maar hij keek ook niet verslagen. Ze zette zich schrap voor het komende gesprek, hoe dat ook zou lopen.

Beth en de kinderen zwaaiden naar Jack en Joey, die ze op weg naar de parkeerplaats tegenkwamen. Iedereen stond even stil en vervolgde daarna zijn eigen weg. Molly liep Jack en Joey tegemoet en ze troffen elkaar tussen de paardenbloemen. Jack ging op zijn hurken zitten en kuste Joey op zijn wang. 'Ik heb een idee.'

'Dief en politieman spelen?'

'Nee.' Jack klemde zijn kaken op elkaar en bleef Joey recht aankijken. 'Vandaag niet. Mama en ik moeten praten.' Hij wees op de schommels. 'Weet je wat? We doen alsof de schommels een heel groot vliegtuig zijn, en dan ben jij de piloot.'

'De hoofdpiloot?' vroeg Joey met grote, onschuldige ogen. Voor hem was het hele leven even eenvoudig als een spelletje.

Jack glimlachte. Maar Molly zag dat zijn ogen ernstig stonden, bijna bang. 'Precies, kerel. De hoofdpiloot.' Hij stond op. 'Laat maar eens zien hoe goed jij dat vliegtuig kunt besturen.'

'Aye-aye, sir.' Joey sprong in de houding en salueerde. Hij rende naar de schommels. 'Kijk maar hoe goed ik vlieg!'

Jack had nog steeds niets tegen Molly gezegd en haar zelfs

niet begroet. Hij stond nog steeds op dezelfde plek en keek toe terwijl Joey op de schommel klauterde en met zijn benen begon te zwaaien. Toen kwam hij met een ruk in beweging. 'Wacht even, ik geef je een zetje.' Nog altijd met zijn netste schoenen en pantalon aan kuierde Jack over een paar meter gras en onkruid en daarna over het zand naar de plek achter de schommel van Joey. Hij gaf hun zoon een paar keer een flinke duw. 'Zo, kerel, nou ben je aan het vliegen, oké?'

Joey straalde. 'Bedankt, pap. Vlieg je met me mee?'

'Straks misschien.' Jack keek Molly aan en nu pas vervaagde zijn glimlach. 'Mama en ik kijken vanaf de bank.'

Molly realiseerde zich dat ze niet bewogen had sinds ze hem Joey op de wang had zien kussen. Nu droegen haar benen haar naar de bank, maar ze had het merkwaardige gevoel dat haar lichaam niet echt meekwam. Wat nu zou plaatsvinden, overkwam niet haarzelf, maar iemand anders. In een filmscène misschien, of in een nachtmerrie.

Jack ging als eerste op de bank zitten en zij nam plaats naast hem. Als ze niets vroeg, hoefden ze er misschien nooit over te praten. Ze konden hier blijven zitten, kijken hoe goed Joey zijn denkbeeldige vliegtuig bestuurde en genieten van de zomerzon, zonder na te denken over zoiets waanzinnigs als hem verliezen.

Jack ging verzitten, voelde ze. Zonder Joey ook maar een ogenblik uit het oog te verliezen, zei hij: 'Ik heb die advocaat gesproken.'

'Die in Miami?'

'Ja.' Hij kneep zijn ogen tot spleetjes en draaide zich naar haar om. 'Ik moest een uur wachten voordat ik hem kon zien. Het was een kort gesprek.'

Een kort gesprek? Wat kon dat betekenen? Hoe moest ze dat in vredesnaam interpreteren? Ze voelde zich misselijk. 'Jack, vertel het nou.' Het klonk alsof ze buiten adem was. 'Waar kwam het op neer?'

Hij haalde diep adem. Nu keek hij weer in Joeys richting. 'Die man kan er niets aan doen. Als de handtekening van de biologische vader vervalst is, is de wet duidelijk. De rechter moet er vanuit gaan dat de biologische vader zijn kind nooit heeft willen afstaan ter adoptie.' Hij liet zijn handen in zijn zakken glijden en strekte zijn benen. 'In dit geval wordt de biologische vader gezien als het slachtoffer en werkt de wet helemaal in zijn voordeel.'

Molly wilde schreeuwen of haar handen voor haar oren houden, maar beide reacties leken ongepast. Tenslotte zaten ze in een openbaar park. Tien meter verderop liepen twee moeders met wandelwagens in de richting van een andere bank. Hoe dan ook, het was niet mogelijk; de woorden die Jack zojuist had uitgesproken, konden niet waar zijn. Dus deed ze het enige wat ze wel kon doen. Ze lachte kort en bitter. 'Ik kan het niet geloven.'

'Ik ook niet.' Jack pakte haar hand vast. 'Ik heb hem gevraagd of hij deze zaak toch wil aannemen. We hebben iemand nodig die voor ons vecht.'

'Wat zei hij?' Het gevoel van Jacks vingers tussen de hare bezorgde haar even de illusie dat alles normaal was, alsof Jack een uur eerder uit zijn werk gekomen was en ze nu samen zaten te genieten van een gezellige middag met hun zoon. Dat was beter en logischer dan erover praten hoe snel ze hem zouden kunnen verliezen. Ze keek Jack aan. 'Hij doet het, zeker?'

Traag, misschien evenals zij enigszins verlamd door de schok, schudde hij zijn hoofd. 'Nee.' Jacks kin beefde. 'Hij zegt dat deze zaak niet te winnen valt.'

Plotseling werd de lucht verstikkend benauwd. Ze stond op en liet haar hand over haar haar glijden. Toen begon ze te kreunen en in een kringetje rond te lopen, verdwaasd, nauwelijks in staat om te praten of te denken. 'Nee. Nee, dit kan niet.' Ze voelde zich uit evenwicht, duizelig, en het hele park werd één vage vlek. 'Dit gebeurt niet echt.'

‘Molly…’ Hij ging op het puntje van de bank zitten en klopte uitnodigend op de plaats naast hem.

‘Papa! Kijk eens hoe hoog ik vlieg!’ riep Joey vanaf de schommel. ‘Ik ben de allerbeste piloot ter wereld!’

Jack wendde zich tot hem. ‘Ja, kerel. De beste van de hele wereld!’

‘Kom jij ook? Dan gaan we samen vliegen!’

‘Nog niet. Mama en ik moeten nog steeds praten.’

Joeys woorden klonken na in haar hoofd. *Kom jij ook? Dan gaan we samen vliegen!* Ja, dat was een goed idee. Ze keek naar haar zoon, naar zijn lichtblonde haar en gebruinde gezicht, naar de blauwe ogen die zo vriendelijk en vol vertrouwen waren. Dat was alles wat ze wilde: vluchten uit dit vreselijke gesprek en samen met hem vliegen. Hoog in de lucht, hand in hand, en helemaal nooit meer naar beneden. Haar zoon en zij, voor altijd samen…

‘Molly.’

Door Jacks stem schrok ze op uit haar dagdroom; ze keerde zich naar hem toe. ‘Wat is er?’

‘Kom eens hier.’ Hij klopte weer op de bank. ‘Ik ben nog niet klaar.’

Hij was nog niet klaar? Ze voelde een stroom van nieuwe hoop, verkwikkend als zuurstof voor een stervende. Als hij haar nog meer te vertellen had, was dat misschien de reden waarom zijn tred zo vastberaden en vrolijk had geleken. Misschien had de advocaat nog meer gezegd; misschien zou hij de zaak alsnog op zich nemen. *God, bent U daar? Ziet U wat er gebeurt?*

Ze wankelde terug naar de bank, ging zitten en keek Jack aan. ‘Hoe bedoel je?’

Jack keek ernstiger dan ze hem ooit gezien had. ‘Ik ga nog een paar advocaten proberen. Maar de man die ik vandaag gesproken heb, zegt dat zij hetzelfde antwoord zullen geven. Volgens de wet is Joey niet langer van ons. Zolang de biologische vader zijn rechten niet opgeeft, is Joey zijn zoon. De advocaat was zelfs aangenaam verrast dat de rechter toestemming gaf voor een overgangsperiode van gedeelde voogdij.'

Molly werd steeds misselijker. 'Ik dacht dat je nog meer te vertellen had.'

'Dat klopt.'

'Oké.' Haar hart bonkte hevig. 'Hoe krijgen we de biologische vader zover dat hij zijn rechten opgeeft?'

'Kijk eens mama, zonder handen!'

'Joey!' Molly draaide zich uitzinnig geschrokken naar hem om. 'Niet loslaten!'

Het kind hield zijn handen recht voor zich uit, maar bij het horen van haar gealarmeerde stem pakte hij de kettingen van de schommel weer vast. 'Sorry.' Hij keek angstig. 'Ik wou even stuntpiloot zijn.'

'Nee, kerel, je bent de piloot van een passagiersvliegtuig.' Jacks stem klonk rustiger dan die van Molly. 'Als jij loslaat, is dat niet veilig voor de passagiers, oké?'

Joey grijnsde. 'Oké.'

Een vlucht vogels cirkelde rond en landde in de esdoorn vlakbij. Molly wilde de vogels toeschreeuwen dat ze stil moesten zijn. Wat Jack probeerde te vertellen, was een zaak van leven of dood. Ze trok haar ene been op de bank en sloeg haar armen er omheen. 'Zeg het dan, Jack. Als we hem niet kunnen overhalen om zijn rechten op te geven, wat dan? Wat kunnen we doen?'

Hij draaide zich iets om, zodat ze elkaar recht aan konden kijken. Eerst keek hij haar alleen onderzoekend aan. De vastberadenheid op zijn gezicht veranderde in wanhoop. Ze kreeg het gevoel dat wat hij ging zeggen, een laatste strohalm zou betekenen. Teder legde hij zijn hand tegen haar wang. 'We gaan weg.' Hij verbrak het oogcontact niet. 'We nemen Joey mee en gaan het land uit.'

'Dat meen je niet!' Ze liet haar voet weer op de grond zakken en schoof een eindje bij hem vandaan. Snel ademde ze in, tweemaal achter elkaar. Haar lichaam was vergeten hoe ze moest uitademen. Ze schudde haar hoofd en trok aan haar haar. Was hij gek geworden? 'Gisterochtend was alles nog helemaal goed! Dit... Dit kan niet waar zijn.' Ze liet haar hoofd zakken tot tussen haar knieën. *Adem uit, Molly. Je bent aan het hyperventileren. Straks val je flauw, hier op het zand.*

'Molly...' Jack schoof weer wat dichter naar haar toe.

'Wat is er met mama?' riep Joey vanaf de schommel. Hij remde af en sprong op de grond. 'Is ze ziek? Toen we bij tante Beth picknickten, was ze al ziek, denk ik.'

'Nee hoor.' Jacks stem klonk opgewekt en een beetje gemaakt. 'Mama is alleen een beetje moe.'

Adem uit. Je moet uitademen! Molly perste de lucht uit haar longen. Zo. Dat was beter. Ze deed het nogmaals, maar pas na de derde keer stond ze zichzelf toe rechtop te gaan zitten en naar Joey te kijken. Hij rende net het grasveld op, in de zee van paardenbloemen.

'Hier knapt ze wel van op!' Joey stond stil en hurkte even neer. Toen hij weer opstond, had hij zijn vuist vol paardenbloemen en een scheve grijns op zijn gezicht. Hij hield zijn andere hand beschermend voor de bloemen en begon met wapperende haren te rennen tot hij buiten adem voor haar stond.

'Mama, kijk eens!' Hij hield haar het boeketje uitgebloeide bloemen voor, bracht het vervolgens naar zijn mond en blies uit alle macht. De pluizige, witte zaadjes vielen uiteen en vulden de lucht.

Toen waren ze weg.

'Dat is paardenbloemenpluis!' Hij gooide de groene stengels weg en liet zijn handen zien. 'Zie je wel? Het is een verdwijntruc!' Hij raakte haar wang aan op dezelfde manier als Jack vaak deed. 'Leuk, hè? Daar knap je van op, hè?'

Molly knipperde met haar ogen om haar tranen te bedwingen. Ze probeerde te lachen, maar het klonk als een snik. 'Nou en of, maatje.' Ze sloeg haar armen om hem heen en hield hem dicht tegen zich aan. Hij rook naar de zomer, zoals altijd. Gras, zweet van een klein jongetje en nog een zoete geur die ze niet precies kon thuisbrengen.

Hij wurmde zich los en keek naar Jack. 'Zag jij dat paardenbloemenpluis, papa?'

'Nou en of.' Jack stak zijn handen omhoog en liet ze weer vallen. 'Je hebt gelijk. Het was echt een mooie verdwijntruc.'

'Ja.' Hij draaide zich om en rende terug naar de schommels. 'Mijn vliegtuig heeft me nodig!'

Toen hij weer in de lucht was, richtte Molly zich tot Jack. Ze voelde zich zwak; ze had helemaal geen energie voor dit gesprek, voor deze nachtmerrie. Ze trok haar neus in rimpels. 'Het land uit vluchten, Jack? Ben je gek geworden?'

Hij keek een hele tijd naar Joey. Toen draaide hij zich weer naar haar om. 'Gek op mijn zoon, dat ben ik.' Zijn ogen werden vochtig en hij hield zijn hand voor zijn gezicht. Toen snoof hij en ging weer rechtop zitten. Nu was hij weer vastberaden. 'Ik laat hem niet bij ons weghalen, Molly. Dat heb ik jou beloofd en dat meende ik.' Hij leunde dichter naar haar toe. 'We hebben toch geen keus?'

Ze drukte haar handpalm tegen haar voorhoofd en zei wanhopig, met verstikte stem: 'Hoe kan dit nou gebeuren?'

'Je moet ophouden met die vraag.' Dit was de eerste keer dat Jack gefrustreerd op haar reageerde. Onmiddellijk leunde hij tegen de rugleuning en tuurde naar de blauwe lucht. 'Sorry.' Hij legde zijn hand op haar knie. 'Ik heb langer over dit idee na kunnen denken dan jij.' Hij aarzelde. 'Zo gek is het niet, weet je. Net als dat paardenbloemenpluis van Joey. Gewoon verdwijnen, weg van alles en iedereen.'

'Verdwijnen?' Ze kon nauwelijks geloven dat deze woorden

afkomstig waren van haar man. Jack was de meest oprechte Amerikaanse staatsburger die ze kende. Hij was lid van de adviesraad voor de YMCA en hoofd van de afdeling van het Rode Kruis op zijn werk. Hij was iemand die zijn belasting zo vroeg mogelijk betaalde en bij elke verkiezing zijn stem uitbracht. 'Meen je dat nou? Zou je echt overwegen het land te verlaten?'

Krampachtig zette hij zijn kiezen op elkaar; zijn kin beefde nog meer dan een paar minuten geleden. Toen hij zijn zelfbeheersing weer enigszins hervonden had, wees hij nijdig naar Joey. 'Mijn zoon pakken ze niet van me af, Molly.' Hij bedwong een snik. 'Het maakt niet uit wat we moeten doen.'

'En ik wil niet leven als een misdadiger.' Ze stond op en deed een paar stappen in Joeys richting. 'Er moet een andere manier zijn.'

Met die woorden begon ze naar haar zoon toe te lopen. Praten over het land verlaten was tijdverspilling. Dat was de oplossing niet. Er moest een andere advocaat zijn, iemand die dit voor hen wilde aanvechten. Het zou een ramp zijn voor Joey als iemand hem nu weghaalde. Dat zou het ergste zijn wat ze hem konden aandoen. 'Mama komt eraan, Joey!'

'Jippie! Ik ben de beste piloot ter wereld.' Hij grijnsde breed. 'Spring maar aan boord!'

Bij hem in de buurt zijn gaf haar de kracht om te blijven bewegen, te blijven ademhalen. Ze hees zichzelf op de schommel naast de zijne en begon uit alle macht met haar benen te zwaaien. Het land uit vluchten? Was Jack helemaal gek geworden? Er moest een andere manier zijn. Dat moest. Ze glimlachte Joey toe. 'Je hebt gelijk, maatje. Jij bent de beste piloot in de hele wereld.'

Hij giechelde. 'Waar wil je heen?'

Ze zei het eerste wat bij haar opkwam. 'Nergensland.'

'Nergensland?' Hij joelde goedkeurend. 'Dat is het allerbeste land, mama!'

'Dat weet ik.' De tranen vielen op haar wangen, maar in de warme wind droogden ze bijna meteen weer op. 'Want in Nergensland hoef je helemaal nooit groot te worden.'

'Zo is het. We blijven gewoon altijd hetzelfde.'

Een half uur lang bleven ze zo bezig. Terwijl Jack zwijgend toekeek vanaf de bank, vlogen Joey en Molly lachend weg en fantaseerden dat ze in Nergensland waren. Het land waar kinderen niet groot hoefden te worden en mensen gewoon hetzelfde konden blijven.

Voor altijd.

12

Joey wilde niet huilen. Baby's huilen, en hij was een grote jongen. Dat had de schoolverpleegster een keer gezegd toen Joey over Timmy's schoen gestruikeld was en zijn knie geschaafd had. Dus hij wilde niet huilen.

Maar hij wilde ook niet weggaan.

Papa en mama hadden het een paar dagen geleden verteld, na het avondeten. Hij moest samen met een aardige mevrouw een reisje maken om bij mensen in Ohio op bezoek te gaan. Een andere papa en mama.

'Hoezo?' Joey riep Gus en sloeg zijn armen om de hals van de hond. Hij keek zijn ouders aan. 'Hoezo gaan jullie niet mee?'

'Omdat we deze keer niet kunnen, kerel.' Zijn papa keek verdrietig. Alsof dit misschien niet het allerbeste reisje was.

'Dan blijf ik hier bij jullie en Gus.' Hij wreef zijn gezicht in de vacht van de hond. Gus draaide zijn kop om en gaf hem een lik over zijn gezicht. 'Oké? Dat doe ik dan maar.'

Toen pas vertelde mama dat hij deze keer niets te kiezen had. Hij moest op bezoek gaan. Het zou maar één nachtje en twee daagjes duren. Maar dat was veels te lang. En nu zou de aardige mevrouw morgen al komen. Dat betekende dat hij nog maar één nachtje slapen bij Gus kon zijn en daarna zou hij heel ver weg gaan.

Misschien wel naar de andere kant van de wereld. Dat wist hij niet precies.

Mama had hem al geholpen zijn tas in te pakken; een paar keer had ze haar ogen afgeveegd. 'Ben je verdrietig, mama?'

'Ja. Heel verdrietig.' Ze sloeg haar arm om hem heen en

hield hem een hele tijd vast. 'Maar je komt zaterdagavond terug. Dus dan hebben we zondag nog de hele dag om met papa te spelen, voordat de volgende week begint.'

Joey lag in bed en tuurde naar het plafond. Daar hing een poster van Michael Jordan, ook al was Michael Jordan echt heel oud. Toch was hij een goede basketballer, dat zei papa tenminste. Hij draaide zich op zijn zij. Gus sliep meestal op de vloer, maar vannacht liet mama hem op bed slapen. 'Waarom, Gus? Waarom ga ik een reisje maken zonder papa en mama?'

Gus snoof luidruchtig. In zijn ogen stond te lezen dat hij het ook niet precies wist, maar dat het in elk geval maar een kort reisje zou zijn.

'Ik weet wel dat het kort is, Gus.' Hij gaf de hond een zoen op zijn kop. 'Maar kort is nog veels te lang.'

Gus knikte een beetje met zijn kop.

'Brave hond, Gus. Jij snapt het.'

Joey keek weer naar het plafond. Aan zijn andere kant lagen meneer Aap en meneer Grommes, zijn andere allerbeste vrienden. Hij pakte meneer Aap op en begon tegen hem te praten. De snuit van meneer Aap viel er bijna af, maar dat maakte niets uit, want hij kon ook praten zonder dat zijn bek het deed. 'Hoe zien die andere papa en mama eruit, denk je?'

Meneer Aap dacht even na. Misschien had hij geen zin om te praten, want hij keek Joey alleen maar aan.

'En wie z'n papa en mama zijn het nou eigenlijk?'

Meneer Aap knipperde met zijn ogen. *Misschien moet je mij meenemen*, leek hij te zeggen.

'Oké, dat doe ik.' Joey had nog een vraag. 'Hoezo zou een vreemde mevrouw mij meenemen naar mensen die ik geeneens ken?'

Ditmaal gaapte meneer Aap. *Ik weet het ook allemaal niet*, leek hij te zeggen. Joey legde hem weer naast zijn kussen. Meneer

Grommes bedankte hem, want meneer Aap was zijn vriend en hij vond het fijn om naast hem te liggen.

Joey stelde alle vragen nog eens aan zichzelf. Wie waren die vreemde papa en mama, en waarom moest hij naar hen toe? Mama had verteld dat de rechter dat gezegd had. Dat was eng. Rechters kwamen op tv, soms met een grote zwarte cape om. Alleen niet zo'n soort cape als Superman en Batman droegen. Dit soort cape bleef strak om hun schouders zitten en daardoor zaten ze hoger dan iedereen in de zaal.

Als de rechter zei dat hij weg moest, dan moest hij ook echt gaan.

Anders gooiden ze hem in de gevangenis bij de dieven. Hij hield zijn gezicht weer dicht tegen Gus aan. 'Als ze mij in de gevangenis gooien, glip ik tussen de tralies door, goed, Gus?'

Gus jankte heel zachtjes. Hij raakte Joeys neus aan met de zijne en Joey giechelde. Zelfs met zo veel angst in zijn buik maakte Gus hem aan het lachen. Want Gus had een heel natte neus.

Joey hoorde dat alles in de kamer weer stil werd. Hij moest gaan slapen. Papa en mama zouden al heel gauw bij hem komen kijken, en zij zouden het niet fijn vinden dat hij nog wakker was. Maar waar zou die vreemde mevrouw hem morgen mee naartoe nemen? Papa zei dat het in Ohio was, maar waar was dat? Het klonk wel een beetje als het land van een indianenstam. Zouden de papa en mama waar hij naartoe ging, misschien in een wigwam wonen?

Er gebeurde een heleboel binnen in Joeys hoofd. Zo veel dat hij kringetjes zag als hij zijn ogen dichtdeed. Naast hem hoorde hij de slaapgeluidjes van Gus. Hij had nog iemand nodig om mee te praten, maar wie? Hij tikte met zijn vingers tegen zijn hoofd. *Denk na, Joey. Met wie kun je praten?*

Toen schoten zijn ogen open en kwam er een geweldig idee in zijn hoofd. Hij kon doen wat Jonah deed! Een tijdje geleden mocht hij in Jonahs huis logeren. Hij sliep in een slaapzak op een matras in Jonahs kamer en ze hadden gepraat en gepraat, zelfs toen de lichten uit waren en tante Beth zei dat ze niet meer mochten praten. Maar toen het heel laat was en ze niets meer te zeggen hadden, gaapte Jonah en zei: 'Tijd om te bidden.'

'Hoezo?' Joey wist niets van bidden. Tuurlijk had hij er wel van gehoord. Misschien in een film of zo. Hij steunde op zijn elleboog. 'Tegen wie dan?'

Jonah tuurde over de rand van zijn bed. 'Tegen God, suffie. Je bidt toch elke avond tegen God.' Hij glimlachte. 'Soms ook overdag.'

'O ja.' Joey voelde zich een beetje dom, alsof hij dat eigenlijk had moeten weten. Dus knikte hij en ging weer liggen. Zo leek het of hij elke avond tegen God bad, net als Jonah.

Toen begon Jonah hardop te praten, net alsof er iemand naast zijn bed stond. Alleen was er niemand anders in de kamer behalve zij tweeën.

'Here God, met Jonah. Dank U voor deze dag en voor mijn huis en mijn papa en mijn mama en mijn neefje Joey. Maar eigenlijk niet voor Cammie, want ze heeft me verklikt.' Hij dacht even na. 'Goed dan, dank U ook voor Cammie. Maar verander haar morgen alstublieft in een lieve zus. Hou over ons de wacht, God. In Jezus' naam, amen.'

Joey wachtte even. 'Amen.' Dat leek het beste wat hij kon zeggen. Maar hij had die avond nog een hele tijd liggen nadenken over het gebed. Jonah bofte maar met zo'n grote God om tegen te praten. Elke avond! Joey zou de volgende dag, als hij weer thuis was, aan zijn mama vragen of zij hem kon leren hoe hij tegen God kon praten.

Maar de volgende dag was hij het vergeten.

Nu pas dacht hij eraan; misschien was bidden wel het beste wat hij kon doen. Jonah gebruikte geen moeilijke woorden toen hij met God praatte. Joey keek uit het raam. Hij had alweer zin om te huilen, maar dat deed hij niet. 'Here God...' Hij haalde een paar keer diep adem. 'Hallo, met Joey. Ik ben bang want morgen moet ik in een vliegtuig met een vreemde mevrouw naar een vreemde papa en mama toe en ik ken ze geeneens.' Zijn gefluisterde woorden kwamen allemaal achter elkaar, als een lange trein. Hij knipperde met zijn ogen en wachtte even voor het geval God iets terug wilde zeggen.

Hij hoorde niets.

'God, ik moet met iemand praten, want ik wil eigenlijk niet op reis met die vreemde mevrouw.' Hij kreeg een idee. Een idee waar hij vanbinnen een klein beetje blijer van werd. 'Als U nou eens meegaat, God? U bent onzichtig, dus niemand heeft er last van als U ook komt.' Hij dacht nog even na. 'Misschien kunt U zelfs naast me zitten. Want dan ben ik een beetje sneller terug, denk ik.'

Vanbinnen leek hij een beetje minder bang. Hij gaapte en herinnerde zich nog iets. 'O ja. Ik was het laatste stukje vergeten. In deze saam, amen.'

Zo. Dat was een echt gebed, want het klonk net zoals Jonah het zou zeggen. Hij gaapte alweer. De slaap kwam eraan. Hij wilde nog steeds niet met die vreemde mevrouw naar dat land dat Ohio heette en misschien naar een wigwam. Maar als God met hem mee wilde gaan, zou het misschien niet zo erg lijken.

Er kwam nog een gedachte in hem op.

'O, ja, God, dank U voor mijn papa en mama en mijn Gus. Want ze zijn de allerbeste familie in de hele wereld.' Daarna voelde hij een klein glimlachje op zijn eigen gezicht. Hij sloeg zijn arm om Gus heen en een heel klein beetje later was hij al slaperig.

Net alsof het gewoon een normale avond was.

13

Om vijf uur 's ochtends ging Molly rechtop in bed zitten en hield het donzen dekbed krampachtig tegen haar borst. Ze zat te hijgen alsof ze de marathon liep. En zo voelde het ook. De marathon om deze week te overleven, de wedloop om Joey thuis te houden, te voorkomen dat hij over een paar uur in een vliegtuig stapte en naar Ohio vertrok.

Maar het was te laat. Al hun geren, geworstel en plannenmakerij hadden niets opgeleverd. Joey was bepakt en bezakt, klaar voor vertrek, en over vijf uur zou hij de voordeur uit wandelen. Molly ontspande haar greep om het dekbed en keek naar Jack. Hij sliep nog, hoewel ze geen van beiden meer dan een paar uur achter elkaar konden slapen zonder wakker te schrikken van de harde realiteit en dwangmatig nog eenmaal alle mogelijkheden op een rijtje te zetten.

Zachtjes ging Molly uit bed en liep naar de badkamer. Ze tuurde naar haar spiegelbeeld. Wie zou ze zijn als ze niet meer Joeys mama was? Ze kreeg het er benauwd van en zette die gedachte snel uit haar hoofd. Het was maar een bezoekje, niet meer dan één nacht. Morgen zou hij weer thuis zijn. Ze douchte zich en kleedde zich aan; om de tien tellen vroeg ze zich af of ze ooit weer vrijuit zou kunnen ademen. Ze had slaap nodig; ze had een goed ontbijt nodig.

Ze had Joey nodig.

Haar hart bonsde zo hard dat ze zich afvroeg of Jack er wakker van zou worden. Op haar tenen liep ze door de gang. De deur van Joeys slaapkamer stond open. Zachtjes stapte ze naar binnen; ze hield haar adem in. Gus lag languit tegen de muur en Joey lag opgerold te slapen; uit zijn mond kwamen zachte snurkgeluidjes. Meneer Aap en meneer Grommes lagen goed ingestopt bij zijn borst. Misschien was het haar verbeelding, maar in de ochtendschemering leek het of hij glimlachte. *Arm kind.* De rillingen liepen over haar rug; ze sloeg haar armen over elkaar. *Je hebt geen idee waarom je vandaag weggaat.* Hoe zou hij dat kunnen begrijpen?

Even overwoog ze naast hem in bed te kruipen, maar er was niet genoeg ruimte. Bovendien wilde ze hem niet wakker maken. De ochtend zou snel genoeg komen. Daarom bleef ze daar klappertandend staan, nauwelijks tot denken in staat, en keek naar hem. De herinneringen overspoelden haar. Nu was hij groot, maar zijn slapende gezichtje was hetzelfde als toen hij nog een zuigeling was, toen ze hem net gekregen hadden.

Vaak was ze midden in de nacht wakker geworden met de gedachte dat ze hem hoorde huilen. Dan sloop ze zijn kamer binnen en keek naar hem. Ze keek goed of zijn borstkas wel op en neer bewoog. Voor alle zekerheid hield ze soms haar hand vlak bij zijn neus. Pas als ze zijn warme, vochtige adem voelde, deed ze een stap naar achteren en glimlachte opgelucht. Hij was haar wonderkind, haar zonnestraaltje, en zolang hij aan het andere eind van de gang lag te slapen, zolang alles goed met hem ging, kon zij ook slapen.

Zo was het zijn hele baby- en peutertijd geweest. Soms kwam ze 's nachts niet tot rust en kon ze de slaap niet vatten tot ze een paar minuten bij hem had staan kijken en naar zijn ademhaling had staan luisteren. De tranen brandden in haar ogen. Het was volkomen ondenkbaar dat hij vanavond in een andere staat zou slapen.

Ze kwam dichterbij, bukte en bestudeerde hem nog wat beter. Hij was zo mooi, haar kleine sprookjesprins, zo nauw met haar verbonden. Misschien zou de ochtend nooit komen, misschien kon ze de tijd tegenhouden en zorgen dat het nooit tien uur werd, dat die ramp hem niet zou overkomen. Ze gaf hem een vederlicht kusje op zijn wang. 'Niet wakker worden, jochie. Nog niet.'

Ze ging weer rechtop staan. Wat kon ze nog meer doen? Haar handen beefden, haar hart bonsde nog harder. Toen kwam ze op een idee. De plinten moesten nodig schoongemaakt worden. Ze sloop de kinderkamer uit, trippelde de trap af, deed het licht aan en keek om zich heen. Tweemaal per week kwam de schoonmaakster drie uur achter elkaar om het zware werk te doen, dus er viel niet veel troep op te ruimen.

Maar de plinten... Die waren minstens een half jaar niet schoongemaakt.

Ze vulde een teiltje met warm sop, pakte een vaatdoek en liep rustig naar de andere kant van het huis. Ze bukte, dompelde de vaatdoek in het water en wrong die weer uit. Het huis was stil. Alsof haar hele bestaan de adem inhield in afwachting van de verschrikking die haar te wachten stond.

Hoe had het zover kunnen komen? Jack had elke advocaat in de staat gebeld, iedereen die een adoptiezaak zou kunnen aanpakken, en ze hadden stuk voor stuk hetzelfde gezegd. Fraude in de originele documenten betekende dat die documenten ongeldig werden. Alsof ze nooit ondertekend waren.

Een van de advocaten had gezegd: 'U moet het zo bekijken: het is een meevaller dat u die jongen vier jaar lang hebt gehad.'

Molly zette haar schouders onder het zelfopgelegde corvee en begon de eerste plint te boenen. Een meevaller dat ze hem vier jaar lang hadden gehad? Was de wereld werkelijk zo krankzinnig? Waren die mensen werkelijk zo ongevoelig? Adoptie betekende niet dat je een minder sterke band met je kind had. Voor deze band hadden Jack en zij bewust gekozen en die band was niet minder sterk dan wanneer zij Joey zelf gebaard zou hebben. Hij was hun zoon. Daar viel niet aan te tornen.

Ze schrobde verder over de plint en concentreerde al haar

angst, frustratie en woede op het vuil dat het gewaagd had zich daar op te stapelen. Jack, Gus en zij waren de enige familie die Joey ooit gekend had. Hij was te jong om iets van adoptie te begrijpen, dus toen dit aan de orde kwam, toen het duidelijk werd dat ze geen keus hadden wat betreft het eerste bezoek, hadden ze hem het enige verteld wat ze konden vertellen. De rechter wilde dat hij een reisje maakte, dus hij moest wel.

Hij was doodsbang.

Dat zagen ze allebei. Toen ze hem gisteravond instopten, knuffelde hij Molly langer dan gewoonlijk. 'Als jij nou eens meegaat, mama? Mag dat?' Hij keek Jack aan. 'Of jij, papa. Ze vinden het vast niet erg als ik jou meeneem, toch?'

Jack en zij wisten geen antwoord meer te bedenken. Hoe konden ze hem in vredesnaam uitleggen dat zijn biologische ouders hem terug wilden hebben? Of dat hij een biologische vader had die net uit de gevangenis kwam, een vent die graag mensen sloeg, vooral zijn vrouw?

En nu moest hij van de rechter op bezoek bij diezelfde mensen.

Hoe ze het ook bekeken, het sloeg nergens op. Ze konden niet verwachten dat Joey er iets van begreep of vrede had met de antwoorden die zij gaven. Dat kon hij niet, maar hij probeerde dapper te zijn. Jack ging op de rand van zijn bed zitten en aaide hem over zijn bol. 'Het is maar een kort reisje, kerel.'

Joey knikte. Hij zoog zijn onderlip naar binnen, waarschijnlijk in een poging om niet te huilen. 'Oké.'

Maar wat moest hij hier allemaal van denken? Ze stopte de vaatdoek terug in het water, spoelde hem uit en wrong hem opnieuw uit. Wat waren zij voor ouders als ze toestonden dat een vreemde hun zoontje meenam naar een andere staat? Het maakte niet uit dat die vreemde een maatschappelijk werkster was. Dat zou Joey niet begrijpen.

Molly schrobde het volgende stuk plint. In haar gedachten

klonk het gesprek in het park na, toen ze voor het eerst gedwongen waren de realiteit onder ogen te zien: dit was niet zomaar een kink in de kabel, maar het zwaard van Damocles dat boven hun gezin hing. *We nemen Joey mee en gaan het land uit. Het is mogelijk, weet je. Gewoon verdwijnen.* Naarmate de dagen verstreken, had ze het idee op zich laten inwerken. Eerst had ze gedacht dat het een waandenkbeeld was, dat hij gek was van angst en verdriet, net als zijzelf. Maar intussen had hij duidelijk gemaakt dat hij het werkelijk meende.

De beslissing was aan Molly. Als zij haar fiat gaf, zou Jack het plan in werking zetten en zouden ze enige tijd voor het vierde bezoek van Joey met z'n drieën verdwijnen. Net als dat paardenbloemenpluis van Joey. Ze schoof een stukje over de vloer en wreef een modderspat van de glanzend witte muur. Geen modderspatten op de muur of in hun leven. Alles was toch altijd volmaakt geweest? Wat was er met het elfenstof gebeurd?

'God, hoe zit het met dat gebed van Beth?' fluisterde Molly en blies een losse pluk haar van haar wang. Wat had Beth ook alweer gezegd? Dat biddende mensen in elk geval zeker konden weten wat God wilde. Soms gaf God het antwoord wat ze wilden en soms deed Hij dat niet. Maar als je er met God over sprak, zou het resultaat in overeenkomst zijn met Zijn wil.

Zo zag Beth het tenminste.

Jack was het daar absoluut niet mee eens. Daar hadden ze drie avonden geleden over gesproken. 'Gods wil?' Hij lachte schamper en haalde zijn vingers door zijn haar. 'Dat meen je niet. Wil je dat ik ga zitten afwachten wat God wil, terwijl de toekomst van mijn zoon op het spel staat?'

Molly wist niet wat ze moest zeggen. 'Dat is niet mijn idee. Beth zei het.'

'Nou ja.' Jack rolde met zijn ogen. 'Ik denk dat we allebei wel weten hoe het met Beth en Bill zit. Dat is een stelletje godsdienstfanaten, Molly. We kunnen ons niet door hen laten beïnvloeden. We moeten iets doen voordat we geen tijd meer hebben.'

'Maar als God wil dat wij Joey krijgen, komt alles op de een of andere manier goed, zegt Beth.'

'Beth is anders niet degene die op het punt staat haar zoon te verliezen.' Jack ging wat zachter praten. Hij pakte haar handen en keek haar smekend aan. 'Alsjeblieft, Molly, zet dat hele idee uit je hoofd. Trouwens, als God nu eens wil dat de Porters hem krijgen, wat moeten we dan?'

Daar had Molly geen ogenblik over nagedacht. Als God het grote geheel kon overzien, zoals Beth geloofde, zou Hij zonder meer weten dat Joey bij hen hoorde, dacht ze. Dat kind hoorde beslist niet bij een veroordeelde misdadiger, een man met gewelddadige neigingen. Zo was het toch?

Daarmee was het gesprek over God afgelopen. Jack en zij waren allebei geïrriteerd geweest, maar ze hadden afgesproken er geen ruzie over te maken. Dat had geen zin. Ze hadden elkaar nu meer dan ooit nodig. Molly dramde niet door over de geloofskwestie. Gisteravond, nadat ze Joey ingestopt hadden, had Jack haar in zijn armen genomen. 'Help me, Molly,' had hij gezegd, vlak aan haar oor. Zijn stem sloeg over en hij hield haar steviger vast dan gewoonlijk. 'Ik ben ten einde raad. Ik weet niet wat ik moet doen.'

Dat wist zij evenmin. Bijna voortdurend was ze in tranen en ook nu, terwijl ze de plinten schrobde, kwamen de tranen weer. Ze wreef haar ogen af aan haar mouw, aangezien haar handen allebei nat waren van het sopwater. Allyson Bower zou hier binnen vier uur zijn en dan zou hun dierbare Joey samen met haar de deur uit lopen. Ze konden nu niets meer doen om te voorkomen dat het bezoek doorging.

Molly bleef vlijtig elke centimeter plint met de vaatdoek bewerken tot alle plinten schoner waren dan ooit tevoren. Met dit project wist ze twee uur te doden. Toen ze eindelijk klaar was, hoorde ze Joeys stem boven aan de trap.

'Mama! Mama, waar ben je?'

Elke ochtend rolde hij uit bed, en nog voordat hij in zijn ogen wreef of de wereld zijn eerste blik waardig gunde, stommelde hij de gang door en kroop in het grote bed tussen hen in. Gus volgde hem meestal op de voet. Dat was hun vertrouwde manier van wakker worden, met Joey die zich tussen hen in vlijde en goedemorgen fluisterde, eerst tegen zijn papa en daarna tegen haar. Molly liet de vaatdoek in het sop vallen en draaide zich om naar de plek waar zijn stem klonk. Hij moest in hun kamer geweest zijn en gezien hebben dat zij daar niet was. Nu zwierf hij door de gang, op zoek naar haar.

Ze stond op en voelde een steek van pijn in haar knieën. Logisch, want ze had al die tijd geknield gezeten zonder ook maar eenmaal pauze te nemen. 'Joey, ik ben hier beneden.'

'Mama!' Ze hoorde hem van de trap trippelen. Daar was hij dan; zijn ogen waren nog maar half open. Hij droeg zijn basketbalpyjama, een van de weinige pyjama's met aangenaaide voetjes die hem nog paste. Hij stak zijn armen uit en rende naar haar toe. 'Daar ben je!'

Ze zakte weer op de grond en trok hem dicht tegen zich aan, de pijn in haar knieën negerend. Ze wiegde hem in haar armen en fluisterde: 'Hier ben ik, jochie. Ik ben helemaal niet weg geweest.'

'Ik dacht dat die vreemde mevrouw jou had meegenomen in plaats van mij.' Hij trok zich los en keek haar aan. De verwarring stond op zijn slaperige gezicht te lezen en hij knipperde een paar keer met zijn ogen om helemaal wakker te worden. 'Maar je bent er nog.'

'Ach, Joey...' Tot haar eigen afgrijzen aarzelde ze even, want wat ze nu ging zeggen, was misschien niet waar te maken. Maar ze zei het toch. 'Ik ben er altijd, maatje. Wat er ook gebeurt.'

Toen kwam Jack naar beneden, gekleed in een spijkerbroek

en een T-shirt. Ze keken elkaar aan en zij zag dat zijn ogen gezwollen waren. 'Goedemorgen.' Zijn stem klonk zacht en hij wist zijn wanhoop nauwelijks te verbergen.

'Morgen.' Ze stond op en wist een glimlach voor Joey op te brengen. 'Laten we jouw lievelingsontbijt gaan maken.'

'Wentelteefjes?' Hij sprong een paar keer op en neer. Maar het kinderlijke enthousiasme op zijn gezicht vervaagde bijna even snel als het verschenen was. 'Is dat omdat ik vandaag op reis ga?'

Molly pakte haar teiltje met het vuile sopje op. Het liefst zou ze dat uit het raam smijten, Joey en Jack bij de hand pakken en samen wegrennen. En was dat niet precies wat Jack wilde doen? Maar ze stak Joey haar vrije hand toe en knikte. 'Ja, dat klopt. Met een goed ontbijt in je maag gaat een reisje wat sneller voorbij.'

'Oké.' Joey volgde haar naar de gootsteen. 'Moet ik me eerst aankleden?'

Het idee alleen al bezorgde haar koude rillingen. Moest hij zich echt aankleden? Dan kon hij het huis verlaten met een maatschappelijk werkster en daarmee een proces in gang zetten waardoor hij voorgoed uit hun leven zou verdwijnen! Ze zette het teiltje in de gootsteen en hield zich aan de rand van het aanrecht vast om haar evenwicht niet te verliezen.

Jack kwam achter haar staan en sloeg zijn arm om Joey en haar heen. 'Ja, kerel. Laten we jou eerst eens aankleden.'

'Dat doe ik wel,' zei Molly snel. Wat moesten ze beginnen als hij een auto- of vliegtuigongeluk kreeg? Als de maatschappelijk werkster hem kwijtraakte op het vliegveld, of als die Porter hem pijn deed? Als dat stel er met hem vandoor ging en ze hem nooit meer zouden zien? Zo waren er nog talloze, angstaanjagende mogelijkheden. Ze keek Jack verontschuldigend aan omdat ze zo kortaf gereageerd had. 'Ik kleed hem wel even aan, oké?'

'Oké.' Hij glimlachte naar Joey. 'Dan maak ik bosbeswentelteefjes.'

Molly nam Joey mee naar zijn kamer en zocht zijn kleren uit: een korte broek van spijkerstof en een wit poloshirt. Ze kleedde hem aan, kamde zijn haar en pakte er toen de juiste sokken bij: wit, met blauwe basketballen. Zijn lievelingssokken.

Hij leunde tegen haar schouder terwijl ze hem de sokken aantrok. 'Bedankt, mama. Je hebt vandaag goede kleren uitgezocht.'

'Graag gedaan.' Ze streek zijn haar glad en gaf hem een kus op zijn voorhoofd. 'Je hebt meneer Aap bij je, toch?'

'Ja. Hij zit in de tas, ook al is hij bang in het donker.'

'Hij kan er vast wel tegen.'

'Maar meneer Grommes niet.' Hij schudde ernstig zijn hoofd. 'Die wilde hier blijven, bij Gus.'

'Dat is een goed idee.' Meer kon Molly niet uitbrengen; ze had een brok in haar keel.

'Ja.' Er stonden weer dikke tranen in zijn ogen en zijn lip trilde een beetje.

Molly trok hem in haar armen en hield hem dicht tegen zich aan. Hoeveel verdriet ze zelf ook had, Joey had het nog veel moeilijker. Op dit ogenblik was dat alles waaraan ze kon denken: zorgen dat hij zich wat beter voelde. 'Luister, maatje. Morgenavond ben je terug, afgesproken?' Dat zei ze ook omdat ze het zelf moest horen. Alles was beter dan weer de hele lijst met mogelijkheden nalopen: het auto- of vliegtuigongeluk, de ontvoering… Ze pakte zijn schouders en masseerde zachtjes zijn spieren. 'Blijf bij mevrouw Bower, afgesproken? Op het vliegveld zijn een heleboel mensen. Zorg dat je haar hand vasthoudt.'

'Mevrouw Bower?' Gealarmeerd keek hij haar aan, met betraande ogen.

'De mevrouw die jou daarheen brengt, Joey.' Dit vond ze

afschuwelijk. Hoe bestond het dat zijzelf, als moeder, niets in te brengen had in wat er nu ging gebeuren? Ze dwong zichzelf rustig te blijven spreken. 'Die heet mevrouw Bower.'

'O.' Hij knipperde met zijn ogen en er rolden twee tranen over zijn wangen. Hij veegde ze snel weg, alsof hij zich ervoor schaamde. 'Weet zij dat al?'

'Dat ze jouw hand moet vasthouden?' Molly ging op de rand van zijn speelgoedkist zitten, zodat ze op gelijke hoogte met hem bleef.

Hij knikte. 'Ik wil niet kwijtraken.' Gus trippelde de kamer in en ging naast Joey staan. 'Misschien moet ik Gus meenemen voor als mevrouw Bower me vergeet.'

Molly gaf zichzelf een standje omdat ze hem ongerust gemaakt had. 'Nee, lieverd. Mevrouw Bower vergeet jou echt niet.' Ze krauwde Gus even onder zijn witte flapoor. Hij was groot voor een labrador. Groot en vriendelijk. Als ze hem met Joey mee had kunnen sturen, zou ze dat zeker gedaan hebben. 'Deze keer kun je Gus niet meenemen. Sorry. Hou de hand van die mevrouw maar vast, dan komt alles goed.'

'Afgesproken.'

Ze hoorden Jack de trap op komen. 'De wentelteefjes zijn klaar.'

'Sjonge!' Het gezicht van Joey klaarde weer op. 'Papa is snel!'

Hand in hand liepen ze de trap af naar de keuken. Joeys enthousiasme over het ontbijt maakte Molly nog treuriger dan ze al was. Kinderen waren veerkrachtig. Als Joey op deze leeftijd bij hen weggehaald zou worden, zou hij het er een hele tijd moeilijk mee hebben en hen missen. Misschien wel een jaar of twee. Maar uiteindelijk zou hij zich aanpassen. Hij zou weer enthousiast zijn over basketbalsokken, schommels en wentelteefjes. Net als nu.

Die gedachte riep een stroom van tranen op, maar Molly beheerste zich. Later kon ze huilen. Voor Joey moest ze zich groothouden, zodat hij de deur uit kon gaan met de zekerheid dat morgenavond alles weer bij het oude zou zijn. Wat moest hij ervan denken als zij nu huilde? Waarschijnlijk zou hij denken dat zijn wereld instortte.

Ze slikte een snik in en pakte een half wentelteefje van het dienblad. Jack ving haar blik op en sloeg zijn arm weer om haar heen. 'Gaat het een beetje?'

'Nee.' Ze sloeg wanhopig haar ogen naar hem op met een gevoel alsof ze elk ogenblik kon sterven. Alsof ze vlak voor een afgrond stonden en niet konden voorkomen dat ze erin zouden storten.

Joey stond al bij de tafel en zette voor elk van hen drieën een glas sap neer.

'Geen sap voor jou, Gus.' Joey bukte en gaf de hond een kus boven op zijn kop. 'Vandaag niet.' Hij legde zijn mollige handen aan weerszijden van de snuit van de hond. 'Maar misschien wel een stukje van de wentelteefjes als mama zegt dat het mag.'

Molly leunde tegen Jack aan en keek naar haar zoon. 'Hij heeft geen idee van wat hem te wachten staat.'

'Nee.'

Het ontbijt vloog om met gesprekken over het snurken van honden en hoe fijn het zou zijn om te gaan zwemmen. Molly kreeg met de minuut meer maagpijn. Ze speelde het nog net klaar drie happen van haar wentelteefje te eten, en Jack at nauwelijks meer. Joey was het meest aan het woord.

'Weet je wat ik gisteravond heb gedaan?' Hij had stroop op zijn wang en alle tien zijn vingers zagen er plakkerig uit. 'Met God gepraat. Hardop, net als Jonah.'

Jack keek Molly aan. Ze haalde haar schouders op en keek weer naar Joey. 'Wat interessant.' Haar stem klonk vriendelijk en nieuwsgierig. 'Sinds wanneer doe je dat?'

'Gisteravond was de eerste keer.' Joey fronste zijn wenkbrauwen een beetje. 'Ik had Gus al, maar die viel in slaap. Ik wilde met iemand praten, dus praatte ik met God.' Hij haalde een paar keer zijn schouders op. 'Daarna kon ik wel slapen.'

Jack schraapte zijn keel. Hij veegde zijn mond af met zijn servet. 'En waar heb je dan met God over gepraat?'

Onder tafel kneep Molly Jack even in zijn knie. Ze keek hem waarschuwend aan. Hun zoon mocht best met God praten als hij dat wilde; het maakte niet uit wat zij er van vonden.

Joey nam nog een hap van zijn wentelteefje. Met volle mond zei hij: 'Ik heb hem verteld dat ik op reis ga met een vreemde mevrouw.' Hij was klaar met kauwen en slikte zijn eten in. 'Ik heb gevraagd of God met me meeging, omdat mijn papa en mama en mijn Gus niet mee konden.'

Molly betrapte zich erop dat ze haar wenkbrauwen optrok. 'Wat een goed idee.' Ze voelde weer tranen opkomen. Ze had nog nooit samen met Joey gebeden, hem meegenomen naar de kerk of hem geleerd met God te praten. Maar nu had hij helemaal uit zichzelf precies gedaan wat Beth hem aangeraden zou hebben. Hij had God gevraagd met hem mee te gaan, zodat hij niet alleen zou zijn.

'Ja.' Jack zorgde dat het niet te serieus klonk. Hij schoof zijn stoel wat naar achteren en hield nieuwsgierig zijn hoofd schuin. 'Heeft tante Beth gezegd dat je dat moest doen?'

Er verscheen een verbaasde blik op Joeys gezicht. 'Nee. Tante Beth vertelt me nooit iets over God.' Hij glimlachte. 'Ik hoorde het Jonah doen toen ik bij hem logeerde. Als hij het kan, kan ik het ook.'

Molly zou Jack graag een triomfantelijke blik toegeworpen hebben. Haar zusje zou er niet aan denken hun zoon te zeggen dat hij moest bidden, en zeker niet achter hun rug om. Natuurlijk niet. Van zoiets had Jack haar niet mogen verdenken. Maar het was al half tien en ze hadden geen tijd om te kibbelen.

Joey stond op het punt om weg te gaan.

Toen ze klaar waren met eten, hielpen ze hem met tandenpoetsen en ze haalden Joeys kleine reiskoffer naar beneden. Nu stonden ze bij de voordeur, en Jack nam Joey in zijn armen. 'Mevrouw Bower heeft ons telefoonnummer. Als je ons wilt bellen, waarom dan ook, kun je dat aan haar vragen.'

Joey knikte. De luchthartige blik was weer helemaal verdwenen. Hoewel er weer dikke tranen in zijn ogen stonden, wilde hij nog steeds niet huilen. 'En 's avonds dan? Als mevrouw Bower er niet is?'

'Dan ben je bij de familie Porter. Zij hebben ook een telefoon. Als je ons wilt bellen, kun je dat tegen hen zeggen. Dan mag je hun telefoon gebruiken.'

Dat detail hadden ze eigenlijk niet met de maatschappelijk werkster besproken, maar het leek hen nogal logisch. Hij moest toch naar huis kunnen bellen als hij daar behoefte aan had. Ter voorbereiding hadden Jack en Molly uitgebreid met Joey geoefend, zodat hij nu hun telefoonnummer met netnummer uit zijn hoofd kende. Zo zou hij altijd weten hoe hij hen kon bereiken.

'Oké, nog één keer.' Jack liet Joey een beetje achteroverleunen, zodat hij zijn gezicht kon zien. 'Wat is je telefoonnummer, kerel?'

Met gemak dreunde Joey alle tien cijfers in de goede volgorde op.

Molly stond naast hen. Ze sloeg haar arm om Joeys schouders. 'En op het vliegveld hou je goed haar hand vast, hè? Als je met mevrouw Bower meegaat.'

Voordat hij kon antwoorden, ging de deurbel. Onmiddellijk sloeg Joey zijn armen stevig om Jacks hals. 'Nee, papa. Ik wil niet weg.'

Dit was het ergste. Molly voelde de tranen in haar ogen springen, maar ze mocht er niet aan toegeven. Ze moest sterk blijven, anders zouden ze het geen van drieën redden. Ze sloot haar ogen en leunde met haar hoofd op Jacks schouder. 'Ik kan het niet,' fluisterde ze Jack in het oor. 'Hoe kunnen we dit nou doen?'

Jack kuchte tweemaal en Molly begreep waarom. Ook hij had de grootste moeite om niet te huilen. Hij hield Joey stevig vast en wiegde hem even heen en weer. 'Ik wil ook niet dat je weggaat. Maar misschien is het wel leuk. Een soort avontuur.'

De deurbel ging weer en opnieuw klemde Joey zich steviger vast. 'Ik wil geen vontuur. Ik wil jou en mama.'

Molly dwong zichzelf naar de deur te lopen en deed die open. Aan de andere kant stond een lange vrouw. Molly deed een stap achteruit en liet haar binnen. 'Mevrouw Bower?'

'Ja.' Ze liet een pasje zien waarop stond dat ze in dienst was van Bureau Jeugdzorg in Ohio. Haar gezicht was tegelijkertijd vriendelijk en bezorgd. Aangezien Joey zich nog altijd aan Jack vastklampte, sprak ze alleen tegen Molly. 'Het spijt me zo.' Ze keek even naar de grond. Toen ze haar ogen weer opsloeg, waren die vochtig. 'Ik wil dat u weet dat ik helemaal tegen dit besluit ben.' Ze zweeg even, alsof ze een manier zocht om hier onderuit te komen. 'Toch is het mijn taak om het uit te voeren.'

'Is er geen uitweg?' fluisterde Molly. Ze klampte zich vast aan de deur en voelde dat ze bleek werd. Er moest een andere mogelijkheid zijn, als zelfs de maatschappelijk werkster tegen het hele idee gekant was. Dat hoorde ze nu voor het eerst. 'We kunnen toch niet toestaan dat ze hem afpakken. Alstublieft, mevrouw Bower...'

Allyson sloot even haar ogen en zuchtte. Toen schudde ze haar hoofd. 'Het spijt me. Ik wilde dat ik beter nieuws te vertellen had. De wet is pijnlijk duidelijk over dit soort gevallen.' Ze keek naar Jack en Joey, die nog altijd opgingen in hun eigen, vertrouwelijke gesprek. Nu huilde Joey, met zijn gezicht tegen Jacks hals gedrukt. De vrouw richtte haar aandacht weer op Molly. 'Uw man vertelde dat hij in gesprek is met een aantal advocaten. Niemand kan hier iets doen.'

'En de gouverneur dan, of de president?' Molly had wel gehoord over soortgelijke situaties waar de media voor enorm publiek protest had gezorgd en de zaak de aandacht van topambtenaren gekregen had. 'Moeten we mensen gaan opbellen?'

'Daar heb ik wat onderzoek naar gedaan.' Allyson schudde treurig haar hoofd. 'Als ik dacht dat het zou helpen, zou ik dat al eerder voorgesteld hebben. Maar bij ieder geval waar fraude de oorzaak was dat het ouderlijk gezag hersteld werd, ging het kind terug naar de biologische ouders. Zelfs als de adoptiefouders contact opnamen met het Witte Huis.' Ze deed een stap verder naar binnen. 'Elke keer weer.'

Molly beefde. Nu kwam het moment waaraan ze niet wilde denken: het moment waarop de maatschappelijk werkster Joey bij de hand nam en hem uit hun huis leidde. Als dit een film was, zou ze nu naar de wc gaan of naar buiten om een frisse neus te halen. Zelfs de gedachte aan een dergelijke scène joeg haar angst aan, en nu was het echt zover.

De maatschappelijk werkster keek op haar horloge. 'Ik ben bang dat we moeten opschieten. We moeten het vliegtuig halen.' Ze overhandigde Molly een stapeltje papieren. 'Dit zijn de routebeschrijving, de informatie van de luchtmaatschappij, het nummer van mijn mobiele telefoon en naam en telefoonnummer van de familie Porter, waar Joey zal overnachten. Normaalgesproken wordt deze informatie niet vrijgegeven, maar gezien de omstandigheden heeft de rechter mij toestemming gegeven u deze gegevens te verstrekken. Joey is heel jong. U moet hem kunnen bereiken in geval van nood.'

'In geval van nood?' Molly's hart sprong op bij de gedachte dat ze het telefoonnummer van de familie Porter had. Ze zou Joey elk uur kunnen bellen als ze dat wilde.

'Ja, mevrouw Campbell.' Allysons gezicht stond ernstig. 'Als u de familie Porter onnodig belt, zal de rechter dit ten sterkste afkeuren. Hij zou zelfs kunnen beslissen dat de overdracht eerder plaatsvindt, zodat het hele proces sneller en voor iedereen gemakkelijker verloopt.'

Jack overbrugde de afstand tussen hen. Voorzichtig maakte hij zich los uit Joeys armen. Zijn wangen waren vochtig, maar Molly kon niet zien of het zijn tranen waren of die van Joey. 'Oké, kerel. Tijd om te gaan.'

'Nee, papa, alsjeblieft niet!' Joey klampte zich uit alle macht aan Jack vast.

Molly leunde tegen de muur om niet op de grond ineen te zakken. Hoe kon dit gebeuren? Wat deden ze nu? Keken ze werkeloos toe terwijl een vreemde hem weghaalde? Het sloeg allemaal nergens op. 'Joey, lieverd. Kom eens hier.'

Bij het horen van haar stem liet Joey zich langzaam uit Jacks armen op de grond glijden en rende naar haar toe. Hij was zwaar, maar ze kon hem nog steeds optillen en vasthouden. Hij sloeg zijn benen om haar middel en legde zijn hoofd op haar schouder. 'Ga met me mee, mama. Alsjeblieft!'

Ze zei het eerste wat bij haar opkwam. 'God gaat met je mee, weet je nog? Je hebt gevraagd of Hij meeging.'

Voor het eerst in tien minuten hield Joey op met snikken. Hij was nog steeds verdrietig en de tranen rolden nog over zijn wangen. Maar hij leek zich weer te kunnen beheersen. Hij ging rechtop zitten en wreef met zijn neus tegen de hare. 'Dat klopt, hè mama? God is bij me, want ik heb het gevraagd.'

'Precies.' Molly vroeg zich af of God misschien ook op dit ogenblik bij hen was. Anders had ze toch niet meer kunnen staan, praten of wat dan ook kunnen doen, behalve instorten? De tranen stonden ook haar in de ogen, maar opnieuw weigerde ze te gaan huilen. Ze glimlachte naar Joey. 'Eskimoneuzen, oké?'

Op de achtergrond zag ze dat Jack zich omdraaide en zijn voorhoofd tegen de muur drukte. Zijn schouders schokten.

Joey merkte het niet. Hij wreef met zijn neus tegen Molly's neus. Daarna knipperde hij met zijn wimpers tegen haar wang. 'En vlinderkusjes.'

'Ja.' Ze drukte haar wang tegen de zijne, hield hem vast en prentte dit gevoel, van zijn lijfje in haar armen, in haar geheugen. Toen knipperde ze met haar wimpers tegen zijn wang. 'Vlinderkusjes.'

'Joey...' De maatschappelijk werkster deed een stap naar voren. 'Ik ben mevrouw Bower.'

Joey keek haar aan. Hij wreef de tranen van zijn wangen. 'Hoi.'

'Hoi.' Ze glimlachte. 'Ik zal heel goed voor jou zorgen en vóór je het weet, breng ik je weer terug. Dat beloof ik.'

Toen kwam Jack naar hen toe. Hij sloeg zijn armen om Molly en Joey heen. Zo bleven ze een volle minuut staan; geen van drieën wilde loslaten. Eindelijk zette Jack Joey op de grond. 'Vergeet niet wat we afgesproken hebben.'

'Oké.' Hij hield nog steeds Molly's hand vast. Nu keek hij haar aan. 'Mama?'

Meer hoefde hij niet te zeggen. Met dat ene woord stelde hij haar nogmaals dezelfde vragen. Moest hij echt weg? Kon ze niet met hem mee? Waarom kon hij niet bij Jack en haar en Gus blijven?

Molly bukte en bracht zijn hand aan haar lippen. Ze drukte er een kus op en keek recht in zijn ogen, in zijn hart. 'Ik hou van jou. Er is op de hele wereld geen enkel jongetje van wie ik zo veel hou als van jou.'

'Ik hou ook van jou.' Hij omhelsde haar nog eenmaal.

Toen hij haar losliet, hield ze haar adem in. Ze had geen idee hoe ze dit moest aanpakken, maar het moest gebeuren. Ze tuitte haar lippen en blies. 'Mevrouw Bower zal goed voor jou zorgen, maatje.' Daarna stopte ze zijn hand in de hand van de maatschappelijk werkster. 'Vergeet dat van God niet.' Ze deed een stap achteruit. Misschien zou ze een hartaanval of een beroerte krijgen; deze pijn was krachtig genoeg om haar fataal te worden.

Opnieuw werden de zorg en angst op zijn lieve snuitje verlicht door vrede. 'O ja. God gaat met me mee. Niet vergeten.'

Jack deed een stap naar voren en kuste hem nogmaals op zijn voorhoofd. 'Ik hou van jou, kerel. Bel ons als je je alleen voelt, oké?'

'Oké. Ik hou ook van jou.'

'Dag, Joey.' Molly klampte zich vast aan Jacks arm en leunde op hem om niet om te vallen.

'Alles komt goed. Morgen kom je weer thuis.' Allyson Bower keek hen nog eenmaal aan. Op haar gezicht stond te lezen dat ze haar eigen woorden bijna niet kon verdragen. Alles zou niet goed komen. En hoewel hij deze keer inderdaad thuis zou komen, zouden ze over een paar maanden voorgoed afscheid van hem moeten nemen.

De maatschappelijk werkster hield Joeys handje stevig vast en pakte met haar vrije hand zijn koffertje. Ze liepen het halletje uit en het tuinpad af naar de auto. Molly en Jack liepen naar de hordeur en keken hen na. Joey keek om de paar stappen over zijn schouder en zwaaide.

Hij zag er nog steeds bang uit, maar hij huilde niet meer. Mevrouw Bower hielp hem met zijn koffertje in de auto en zette hem vast in het kinderzitje. Ze zei iets wat Molly niet precies verstond, iets over een ijsje op het vliegveld. Joey glimlachte zwakjes. Even later ging de maatschappelijk werkster achter het stuur zitten en samen reden ze weg.

Molly had verwacht dat ze gillend en jammerend op de grond zou zakken. Tenslotte had ze de hele ochtend haar tranen lopen bedwingen. Maar ze stond daar alleen maar naar de lege weg voor hun huis te staren en te luisteren naar het wegstervende geluid van de motor. Toen er niets meer te zien en te horen viel, leidde Jack haar weer naar binnen en sloot de deur. Ze vond haar weg naar de bank en ging zitten.

Geen van beiden sprak, huilde of gilde. Er viel niets meer aan te doen; Joey was weg. Over de komende twee dagen van zijn leven hadden ze helemaal niets in te brengen. Molly sloeg haar handen voor haar gezicht en verbaasde zich over zichzelf. Waar waren haar tranen gebleven? Waar was haar hart in alle pijn en gruwelijkheid van dit ogenblik? Hoe kwam het dat ze nog steeds ademde?

Opeens begreep ze het.

Haar lichaam bewoog alsof het op de automatische piloot stond. Maar haar hart en ziel en haar emoties functioneerden niet meer. Op het moment dat Joey hun huis uit liep, was ze elk contact met het leven kwijtgeraakt. Het zou wellicht nog tientallen jaren duren voordat haar hart ophield met kloppen, maar zonder Joey voelde ze zich volkomen levenloos. Slechts één ding kon haar bestaan nieuw leven inblazen.

Het moment waarop Joey weer door die deur kwam rennen en in haar armen sprong.

14

Het bezoek verliep nict zo goed.

Wendy en Rip hadden alles klaar toen Allyson en Joey die middag binnenkwamen. Zij had een vrije dag genomen en hoewel Rip eigenlijk al op het rooster stond om in de bioscoop te gaan werken, had ook hij tot maandag vrijaf gekregen.

Sinds de dag van het huisbezoek konden Rip en zij prima met elkaar opschieten. Hij was zo nu en dan een beetje gespannen, maar wie zou dat niet zijn? Hun leven was enorm aan het veranderen. Hij was nog maar net uit de gevangenis, en nu kregen ze bovendien hun zoon terug. Ze hadden geen van beiden ervaring met het ouderschap, dus natuurlijk waren ze bezorgd.

Rip had het gat in de muur gerepareerd, zoals hij beloofd had, en het grootste deel van de tijd had hij zich gedragen als de ideale echtgenoot. Zelfs vandaag. Ze hadden chocoladekoekjes gebakken en Rip was de hele tijd bij haar gebleven.

'Dan verbranden ze tenminste niet,' had hij gezegd. Maar hij was niet kwaad; hij knipoogde erbij en het was eigenlijk een heel leuk karweitje. Iets wat ze samen konden doen.

Joeys kamer was ook helemaal ingericht. Rip was de vorige dag thuisgekomen met een knuffelbeer. 'Denk je dat hij hem leuk vindt?' Rip legde de beer keurig netjes precies midden op Joeys hoofdkussen.

'Natuurlijk.' Ze was dol op deze kant van Rip; hij wilde zo graag een goede vader zijn. 'Vind je zijn nieuwe bed mooi?'

'Hoe veel was je kwijt?' Rip keek haar mat aan.

'Niet veel. Het was een aanbieding.'

'Driehonderd?'

'Driehonderdtwintig.' Ze huiverde. 'Maar ik heb het op afbetaling gekocht. Twintig dollar per maand. Dat kunnen we ons wel veroorloven, toch?'

Hij glimlachte en nam haar in zijn armen. 'Met mijn nieuwe baan wel.' De trots op zijn gezicht was aanstekelijk. 'Alles wordt beter voor ons, Wendy. Ik heb altijd al geweten dat het op een dag zo zou gaan. Ik had alleen nooit gedacht dat we zo snel een zoon zouden krijgen.' Hij grinnikte. 'Het lijkt wel of al mijn dromen uitkomen.'

De ellende begon toen Joey arriveerde.

Mevrouw Bower moest hem bijna naar de voordeur slepen; hij zag er moe en huilerig uit. Wendy's hart ging naar hem uit. Dit was haar kleine baby, maar dan groot geworden. De baby die ze jaren geleden in dat ziekenhuisbed in haar armen gehouden had. Dit was de zoon die tegen haar leek te fluisteren: *Mama, geef me niet weg. Laat me niet los.* Hij was prachtig met zijn lichtblonde haar en lichtblauwe ogen. Ze zag zichzelf terug in de vorm van zijn gezicht, en Rip in zijn atletische bouw.

Maar de vreugde was van korte duur geweest.

'Nee!' Hij had zich omgedraaid en sprak tegen het been van de maatschappelijk werkster. 'Ik wil naar huis.'

Allyson stond stil en boog zich naar hem toe. Ze zei iets wat Wendy en Rip niet konden verstaan, maar Joey schudde zijn hoofd. Zijn stem had niet onbeleefd geklonken, alleen heel verdrietig. Hartverscheurend verdrietig. Allyson fluisterde hem nog iets toe. Joey snifte een paar keer. 'Nee! Ik wil mijn papa en mama!'

Wendy hoorde Rip nerveus grinniken. Dat deed hij altijd vlak voordat zijn woede hem de baas werd. 'Eh, wat jammer nou.' Weer grinnikte hij. 'Laten we naar binnen gaan. Misschien wordt hij daar rustig van.'

De maatschappelijk werkster speelde het klaar Joey een paar meter mee naar binnen te nemen tot aan de keukentafel; daar ging hij vlak bij haar zitten. Wendy nam ook plaats aan de tafel, aan de andere kant van Joey. Rip bleef staan, zichtbaar slecht op zijn gemak: hij leunde tegen de dichtstbijzijnde muur, waarbij hij om de haverklap van houding veranderde.

'Alstublieft...' Joey begroef zijn betraande gezicht in zijn armen, zodat zijn stem gedempt werd. 'Ik wil naar huis.'

Rip trok een lelijk gezicht en zuchtte overdreven. Hij deed zijn mond open alsof hij iets wilde zeggen, maar veranderde van gedachten. Zijn kaakspieren bewogen krampachtig en zijn woede werd bijna zichtbaar. Hij kwam de keuken in, graaide een glas uit de kast en schonk zichzelf water in.

Wendy bad in stilte dat hij zijn mond zou houden. Hier waren ze toch voor gewaarschuwd? De maatschappelijk werkster had gezegd dat ze de eerste dag niet met de jongen in discussie mochten gaan. Ze mochten hem niet vertellen dat zij zijn echte ouders waren en als hij zei dat hij terug wilde naar Florida, mochten ze hem niet laten denken dat hun huis zijn thuis was.

Toch leek het Rip enorme moeite te kosten om rustig te blijven. Wendy keek hem streng aan; zo streng had ze niet gekeken sinds hij uit de bak was. Gewoonlijk zou Rip zo'n blik niet van haar pikken, maar hier en nu, met Allyson Bower in hun keuken, was hij wijs genoeg om er het zwijgen toe te doen.

Wendy legde haar hand op Joeys schouder en voelde hoe bijzonder dit ogenblik was. Dit was haar zoon, haar kindje. Het was de eerste keer dat ze hem aanraakte sinds de vreselijke middag dat ze hem aan de verpleegster overhandigd had. Ze was niet voorbereid op de gevoelens die deze aanraking bij haar zouden oproepen. 'Liefje...' Het kostte moeite om rustig te praten. 'Ik heb koekjes voor je gebakken. Heb je trek?'

Ongevraagd bemoeide Rip zich ermee. '*Wíj* hebben koekjes gebakken.' Hij hief zijn glas in hun richting. 'Het was mijn idee.'

Mevrouw Bower wierp hem een eigenaardige blik toe. Maar ze richtte haar aandacht snel weer op Joey. 'Hoor je wat de mama zegt?' De rechter had geëist dat Joey hen vanaf het begin 'de mama' en 'de papa' zou noemen. Op die manier zou het voor iedereen gemakkelijker zijn als hij voorgoed bij hen kwam wonen. En de maatschappelijk werkster formuleerde het zorgvuldig. Ze zei niet 'je mama' maar 'de mama'.

Wendy vond het prima. Die arme jongen. Hij zag er doodsbang uit.

Zodra ze over koekjes spraken, tilde Joey zijn hoofd op. Hoewel hij niet meer huilde, ademde hij telkens drie keer in, alsof hij inwendig nog steeds hevig snikte. Toen keek hij op en voor de eerste keer sinds de dag van zijn geboorte keken ze elkaar in de ogen.

Onmiddellijk wist Wendy dat ze hem nooit meer kon laten gaan. Hij had de weg naar huis gevonden door een vreemd wonder, vanwege een leugen van haar kant. Wat ze gedaan had, was verkeerd. Maar nu was hij hier; hij keek recht in haar ziel en dat was een verbijsterend, wonderbaarlijk gevoel, mooier dan ze zich ooit had kunnen voorstellen.

'Hoi, Joey.' Voorzichtig raakte ze zijn vingers aan. Hij trok zijn handen niet weg. 'Zal ik een glaasje melk voor je pakken?' Ze glimlachte. 'Chocoladekoekjes zijn echt lekker bij een glaasje melk.'

Even kneep hij zijn ogen tot spleetjes. Toen keek hij naar mevrouw Bower en weer naar Wendy. 'Ja, graag.' Zijn stem klonk zo zacht dat ze hem nauwelijks kon verstaan. Maar hij huilde tenminste niet. En wat was hij beleefd! Haar kleine jongen had nu al goede manieren. Het hele proces zou tijd kosten, maar alles zou goed komen. Joey was een voorbeeldig kind, dus natuurlijk zou hij zich goed aanpassen.

'Oké, liefje.' Ze maakte aanstalten om op te staan.

Maar Rip was haar voor. 'Ik pak het wel.' Hij gedroeg zich

als een verwend kind, jaloers op elke poging die zij deed om de barrière tussen Joey en zichzelf te doorbreken. Rip schonk melk in en zette het glas neer, iets harder dan noodzakelijk.

'Rip...' Ze bleef rustig praten. 'Wees voorzichtig. Je maakt hem nog bang.'

Meer hoefde Rip niet te horen. Hij begon kwaad te kijken, maar voordat hij iets kon zeggen waarvan hij spijt zou krijgen, leek hij zich te herinneren dat de maatschappelijk werkster erbij was. Hij glimlachte naar haar, maar het was bijna een gemene grijns. 'Neem me niet kwalijk, maar ik heb nog het een en ander te doen.'

'Dat lijkt me eigenlijk het beste.' Allyson keek naar Joey. 'Laat uw vrouw eerst maar vriendschap met hem sluiten. Misschien voelt hij zich dan meer op zijn gemak.'

Rip wierp Wendy nog één strenge blik toe. Toen draaide hij zich om, liep snel de gang door naar hun slaapkamer en smeet de deur achter zich dicht. In de keuken hing een ongemakkelijke stilte.

'Sorry. Rip is een beetje nerveus vanwege...' Wendy keek naar Joey. 'Nou ja, u weet wel. Dit is de eerste keer...'

'Ik begrijp het.' Allyson schoof haar stoel wat verder weg om Wendy en Joey meer ruimte te geven.

Wendy begreep de hint en zette de schaal met chocoladekoekjes wat dichter bij Joey. 'Hier, liefje.' Ze gaf hem een koekje. 'Je mag het in je melk dopen.'

Joey wreef in zijn ogen. Zijn ademhaling klonk rustiger dan tevoren. 'Dank u wel.' Zijn stemmetje klonk meelijwekkend angstig. Hij pakte het koekje aan en brak het doormidden. 'Het gaat makkelijker met halfjes.'

'Ja.' Wendy glimlachte. Dat was een overwinning. Hij had iets tegen haar gezegd! Dat ontroerde haar. Nooit had ze zich durven indenken hoe het zou zijn als ze de kans zou krijgen samen met haar zoon aan tafel te zitten en met hem te praten.

Hij stak haar de andere helft van het koekje toe. 'Wilt u ook?'

Ze stond op het punt 'nee, dank je' te zeggen, maar bedacht zich. Misschien begon hij zich op zijn gemak te voelen en probeerde hij op deze manier contact met haar te krijgen. Ze nam het stukje koek aan en glimlachte naar hem. 'Bedankt, Joey. Dat is heel aardig van je.'

Hij knikte en doopte zijn koekje in de melk. Na één hapje hield hij zijn hoofd scheef. 'Morgen ga ik naar huis, toch?'

Dat was een klap in haar gezicht. Het arme kind voelde zich helemaal niet op zijn gemak, besefte ze; hij probeerde alleen te overleven. Dit was zijn thuis niet, en zij was zijn moeder niet. Hij voelde zich eenzaam en bang, zo ver verwijderd van zijn eigen veilige, goede, echte omgeving. Ze slikte haar teleurstelling in. 'Ja, morgen.'

'Oké.' Hij keek de maatschappelijk werkster aan. 'Dan gaat u met me mee, toch?'

'Precies.' Allyson Bower drukte het dossier krampachtig tegen haar borst. Ze keek Wendy aan. 'Heb je me nog nodig? Anders ga ik maar.'

Wendy werd overvallen door angst. Kon ze het aan om alleen te zijn met haar zoon? Als hij ging huilen, wat moest ze dan? Als Rip weer uit de slaapkamer kwam en kwaad werd, wat dan? De jongen reageerde niet zoals hij wilde, dat was wel zeker. Aan de andere kant: als ze het niet probeerden, zouden ze het nooit weten. Ze knikte snel. 'Ja.' Ze glimlachte weer naar Joey. 'Het wordt vast gezellig.'

'Ik blijf in de buurt. Ik moet een paar uur naar kantoor, maar ik laat mijn mobiele telefoon aanstaan. Je kunt me dag en nacht bellen, om welke reden dan ook.' Allyson legde het dossier op tafel. 'Hier staat alles in. Joey weet dat hij mij of zijn ouders kan bellen als hij daar behoefte aan heeft.'

Wendy merkte dat ze even aarzelde bij het woord 'ouders'. Joey had geen idee wat er allemaal gebeurde; hij wist niet dat juist dat woord iets anders voor hem zou gaan betekenen. Allyson stond op en legde haar hand op zijn schouder. 'Weet je nog wat we afgesproken hebben? Als je iets nodig hebt, kun je bellen.'

'Dank u wel.' Hij pakte nog een koekje en brak het in tweeen. 'Tot morgen.'

De maatschappelijk werkster nam afscheid en toen waren ze alleen, Wendy en Joey, met Rip in de andere kamer. Ze sloeg haar armen over elkaar en leunde op de keukentafel. 'Vond je het leuk om te vliegen?'

'Ja.' Hij doopte het koekje in de melk en propte het grotendeels in zijn mond. Toen hij weer kon praten, schonk hij haar een bibberige glimlach. 'Soms ga ik met mijn papa en mama vliegen. We zijn weleens naar Mexico geweest en toen hebben we dolfijnen gezien.'

'Sjonge...' Wendy wist niet precies wat ze moest zeggen. Dat was nog iets waaraan ze niet gedacht had. Joeys adoptiefouders waren blijkbaar rijk; ze gingen met Joey op vakantie naar het buitenland. Dat konden Rip en zij zich niet veroorloven. Hadden zij hem wel genoeg te bieden? Ze ging rechtop zitten. Dat maakte allemaal niets uit. Je hoefde geen geld te hebben om goede ouders te zijn. Liefde, daar ging het om. En wie zou er meer van Joey kunnen houden dan zijn echte, biologische ouders?

'Ik ben ook weleens met het vliegtuig naar Frankrijk geweest.' Hij kauwde en slikte. Er zaten koekkruimels op zijn mond en wangen; hij zag er zo schattig uit. 'Ik heb de ijsbergtoren gezien.'

'De ijsbergtoren?' Ze dacht diep na. 'Bedoel je de Eiffeltoren?'

'O ja, die.' Hij dronk de rest van zijn melk op. Toen hij het glas neerzette, had hij een wit melksnorretje, wat hem zo mogelijk nog schattiger maakte. Hij keek haar recht aan. 'Hebben jullie een hond?'

'Nee.' Ze keek om zich heen. De kat moest bij Rip in de achterkamer zitten. 'We hebben wel een kat die Tigger heet.'

'O. Ik heb een hond die Gus heet.'

Haar angst nam toe. Een hond die Gus heette. Nog een reden waarom het voor Joey moeilijk zou zijn om deze overgang te maken. Moeilijker dan ze ooit gedacht had. 'Nou, misschien nemen wij ook wel een hond. Ik vind honden wel lief.'

Hij trok zijn gezicht in rimpels. 'Maar honden eten katten op.'

'O, Joey toch!' Ze hoorde zelf hoe gealarmeerd haar stem klonk. 'Nee hoor. Meestal jagen ze katten alleen maar weg.'

'Dat zal wel.' Hij keek om zich heen. 'Waar is hij dan? De kat?'

Voordat ze antwoord kon geven, klonk Rips stem in de gang. 'Is ze weg?'

'Ja.' Wendy stond op en liep hem tegemoet tot in de zitkamer. Zacht zei ze: 'Het gaat al veel beter met Joey. Hij moet gewoon nog even aan ons wennen.'

Rip knikte, maar hij bleef wantrouwig kijken. 'Hij mag me niet.' Hij gluurde over Wendy's schouder naar de tafel; zij volgde zijn blik. Joey draaide zijn glas rond en speelde met de laatste druppels melk met koekkruimels erin.

'Doe niet zo gek.' Ze bleef gedempt praten. 'Hij kent je niet eens.'

'Nou, daar kan hij dan maar beter mee beginnen.' Rip trok zijn schouders naar achteren en zijn borst naar voren. 'Tenslotte ben ik zijn papa.'

'Rip...' Ze stak waarschuwend haar vinger op. 'Zeg daar nou niks over. Dat heeft mevrouw Bower verboden, weet je nog?' Ze tuurde naar Joey. 'Hij weet nog van niks.'

'Oké, ik snap het.' Hij grimaste en deed alsof hij zijn mond dicht ritste. 'Ik zeg geen woord.'

Rip liep voorop naar de keukentafel. Wendy nam weer plaats

en Rip ging aan de andere kant naast Joey zitten. 'Hé, mannetje.' Hij klopte Joey op de rug, misschien een beetje te hard. 'Hoe vond je de koekjes?'

Joey liet zijn hoofd een beetje zakken. Zijn ogen werden groot en hij schoof dichter naar Wendy toe. 'Lekker, dank u.'

'Niet zo verlegen, jochie.' Hij stond op en pakte Joey bij de hand. 'Zullen we jou eens naar je kamer brengen?'

'Nee, dank u.' Joey leunde tegen Wendy aan en trok zijn hand los. 'Ik wil liever hier zitten.'

Rip keek alsof hij zijn oren niet geloofde, en dat verbaasde Wendy niets. Niemand zei ooit nee tegen Rip Porter. Opnieuw pakte hij Joey bij de hand en ditmaal trok hij hem van zijn stoel af. 'We moeten jouw koffer uitpakken, mannetje.' Zijn stem klonk streng. 'Als ik zeg dat we iets gaan doen, dan doen we dat. Zo gaat dat hier.'

Joey had geen keus; hij werd meegetrokken. In het voorbijgaan pakte Rip het reiskoffertje van de jongen mee. Joey begon te huilen. Hij wees naar Wendy. 'Ik wil bij haar zitten.'

'Straks kun je bij haar zitten.' Rip trok Joey weer mee en deze keer ging de jongen naast hem lopen.

Wendy begreep wel waarom Rip dit deed. Hij wilde Joey de beer laten zien, het knuffelbeest dat hij voor hem had gekocht en zo trots op het hoofdkussen had gezet. Maar zo deed je dat niet. Hij had moeten wachten tot Joey moe was. Dan hadden ze hem samen naar zijn kamer kunnen brengen en dan zou het misschien een leuke verrassing geweest zijn. Ze stond op en volgde hen. *God, laat dit alstublieft goed gaan.* 'Rip, wacht op mij.'

Het was al te laat. Tegen de tijd dat zij bij de slaapkamer kwam, stond Joey snikkend en hoofdschuddend naar de deur te wijzen. 'Ik wil bij haar blijven.'

'Kijk!' Rip gaf een ruk aan zijn arm. Niet zo hard dat het kwaad kon, maar wel hard genoeg om te zorgen dat hij ophield met huilen. Dat leek Rip tevreden te stemmen. Hij ontspande zich een beetje en nam Joey mee naar het bed. 'Zie je wel, daar.' Hij knikte naar de knuffelbeer. 'Ik heb een cadeau voor je gekocht.'

Joey knikte. Zijn schouders schokten nog steeds, maar hij huilde niet meer hoorbaar. 'D... dank u wel.'

'Nou...' Rip pakte de beer en gaf hem aan Joey. 'Je mag hem wel vasthouden als je wilt.'

'Ik h... heb meneer Grommes al. D... die is thuis.' Hij wees op zijn koffertje. 'En m... meneer Aap zit daarin.' Het kind praatte zacht, maar Wendy verstond hem vanuit de deuropening. Blijkblaar had hij al lievelingsknuffelbeesten. Hij trok zijn hand weer los, ritste zijn koffertje open en haalde er een versleten knuffelaap uit. 'D... dit is meneer Aap.'

'Best.' Op Rips gezicht stond te lezen dat hij zich gekwetst voelde. Hij smeet de beer terug op het bed en Joey schrok daar zo van dat hij de aap op de grond liet vallen. Rip bracht zijn gezicht vlak bij dat van de jongen. 'Op een dag ga ik jou wat manieren bijbrengen, mannetje.'

Rips gemene toon en blik moesten Joey de stuipen wel op het lijf jagen. Hij begon te huilen, liet de aap die hij net opgeraapt had weer vallen en stortte zich voorover op het bed. Wendy en Rip keken elkaar aan. Rip keek woedend naar het huilende kind op het bed en toen weer verontwaardigd naar haar. 'Ik doe mijn best!'

Ze schudde haar hoofd, liep om hem heen en ging op de rand van het bed zitten. Als Rip er zo'n puinhoop van maakte, moest zij het oplossen. Ze streek Joey over zijn rug. 'Liefje, het spijt me dat je zo verdrietig bent.' Ze raapte het speeltje van het kind op en legde het vlak bij hem. 'Hier, Joey. Hier is meneer Aap.'

Hij huilde alleen maar harder. 'Ik wil naar huis! Alstublieft!' Hij hief zijn betraande gezicht op en schonk haar een hartverscheurende blik. 'Ik wil naar mijn papa en mama.'

'Nou ben ik het zat!' Rip gaf een klap tegen de muur en kwam dreigend op hen af. Hij greep Joeys arm en rukte hem overeind. 'Laten we één ding duidelijk afspreken.' Hij kwam bijna neus aan neus met Joey. 'Zolang jij hier bent, is dit jouw huis.'

'Rip... niet doen!' Wendy probeerde hem bij de jongen weg te trekken, maar hij gaf geen krimp. Ze wist dat ze beter uit zijn buurt kon blijven nu hij kwaad begon te worden, maar ze wilde niet toestaan dat hij Joey pijn deed. Dat moest ze voorkomen, al stelde ze haar eigen leven daarmee in de waagschaal. 'Zo verknoei je alles!' beet ze Rip toe.

'Nee.' Hij sloeg zijn arm om haar schouders. 'Ik maak alleen even wat duidelijk.' Opnieuw keek hij Joey kwaad aan. 'Zoals ik al zei: zolang je hier bent, is dit jouw huis.' Hij trok Wendy dichter naar de jongen toe. 'Dit is je mama.' Hij grijnsde, maar het was een gemene grijns. 'En ík ben je papa.' Hij duwde Joey terug op het bed. 'Begrepen?'

'J... j... ja,' zei Joey met een bleek snuitje.

Wendy zag dat Rips woede even snel tot bedaren kwam als hij begonnen was. Hij keek even naar beneden en wreef over zijn nek. Toen draaide hij zich om en ging snel de kamer uit zonder haar aan te kijken of nog een woord tegen het kind te zeggen.

Zodra hij weg was, ging Wendy weer naast Joey zitten; ze streelde hem over zijn rug en nam hem in bescherming. Ze was woedend op Rip. Als de jongen er ook maar iets over zei, zou Allyson Bower naar de rechter rennen en dan was het afgelopen. Dan zou Joey beslist bij zijn adoptiefouders blijven.

'Liefje, het komt wel goed,' fluisterde ze Joey in het oor. 'Hij is alleen een beetje gespannen. Zo doet hij anders niet.'

Joey lag te jammeren. 'H... hij is gemeen.'

In stilte maakte ze zich boos op Rip. Ze had een paar van de jonge vrouwen uit de kerk gevraagd om voor hem te bidden, maar niets of niemand kon Rip zover krijgen dat hij zich altijd gedroeg zoals van hem verwacht werd. Niet zolang hij zo eigenwijs was. Ze streelde Joey over zijn bolletje. Hij rolde op zijn zij en keek haar aan. Zijn ademhaling was onregelmatig en zijn lijf schokte nog van het snikken. 'Hoezo... Hoezo is hij boos op me?'

'Nee, dat is het niet.' Ze probeerde de juiste woorden te vinden. 'Hij wil gewoon dat jij het beertje dat hij voor jou gekocht heeft, leuk vindt.'

Joey knikte. Hij balde zijn handen tot vuisten en wreef in zijn ogen. 'Misschien kan meneer Aap wel t... twee berenvrienden hebben.'

Er kwam weer een straaltje hoop in Wendy's hart. 'Ja, dat is een goed idee. Misschien wel.'

'Hoe laat is het?'

'Bijna tijd voor het avondeten.' Ze wreef nog even over zijn rug. 'Kun je uit je kamer komen, denk je? Dan gaan we met ons drietjes pizza eten.'

'Ja.' Hij ging langzaam rechtop zitten en keek het bed rond. Aan de andere kant van het hoofdkussen trof hij de beer aan; die pakte hij op. 'Het is een leuke beer.'

'Ja.' Wendy hield haar adem in. Kon Rip het kind nu maar zien.

Joey pakte de beer en zette hem voorzichtig op het kussen. Toen pakte hij de aap en zette die er vlak naast. Ten slotte pakte hij de voorpoot van de beer en de arm van de aap en legde die zo op elkaar dat het leek alsof ze elkaar een hand gaven. 'Luister, meneer Aap. Dit is je nieuwe vriend: meneer Beer. Het is niet meneer Grommes, maar apen kunnen wel t... twee berenvrienden hebben. Oké?'

Wendy keek gefascineerd toe. Nog maar een paar minuten geleden was Joey op het bed ineengekrompen onder Rips harde woorden en handen. Maar nu richtte hij al zijn aandacht op zijn speelgoeddieren; hij wilde dat ze goed met elkaar konden opschieten.

Het avondeten verliep minder dramatisch, op één incident na. Joey vroeg Rip of hij ananas op zijn pizza mocht.

'Nee,' snauwde Rip. Hij leek geen enkele poging te doen om de ramp in de slaapkamer goed te maken. 'Ananas op je pizza is smerig.'

'Oké. S... s... sorry.' De rest van de avond zei Joey niets meer tegen hem.

Rip bracht het grootste deel van de avond door met het kijken naar een honkbalwedstrijd op televisie. Halverwege de pizza trok Joey even aan Wendy's mouw. Hij sprak zachtjes, alsof hij met Rip in de buurt niet hardop durfde te praten. 'Kijkt hij naar honkbal?'

'Ja. Naar de Indians.' Wendy was nog steeds kwaad op Rip. Hij had Joeys eerste avond zo veel beter kunnen aanpakken. Ze glimlachte naar de jongen en sloeg haar arm om hem heen. 'De Indians komen hier uit de buurt.' Ze keek naar Rip. 'Hij kijkt altijd naar hun wedstrijden.'

Joey knikte, maar tegelijkertijd gaapte hij. Toen het avondeten op was, hielp hij Wendy met afruimen. Het was fantastisch om zij aan zij met hem te werken. Al die jaren zonder hem had Wendy zich afgevraagd hoe het zou zijn om moeder te zijn, om het onvoorstelbare voorrecht te hebben deze jongen groot te brengen. Vandaag kreeg ze voor het eerst de kans om dit werkelijk te ervaren.

Toen ze hem naar bed bracht en instopte, kon ze alleen hopen dat ze hem nog talloze malen zou instoppen en zou weten dat haar zoon aan de andere kant van de gang lag te slapen in haar huis.

Net toen ze dacht dat hij in slaap viel, ging hij met wijd open ogen rechtop zitten. 'Ik wil naar huis bellen. Mijn papa en mama hebben gezegd dat het mocht.'

Wendy aarzelde. Ze had gehoopt dat ze door dit eerste weekend heen zouden komen zonder dat hij naar huis belde. Hoe kon hij anders binnen een paar visites aan hen gewend raken? Ze hielp hem weer te gaan liggen. 'Nog even wachten, oké? Dan mag je bellen.'

Zijn ogen vielen al bijna dicht. 'Beloofd?'

'Beloofd.' Ze wreef over zijn rug tot ze hem zachtjes hoorde snurken. Zodra ze zeker wist dat hij haar niet meer kon horen, fluisterde ze: 'Welterusten, Joey. Mama houdt van je.'

Rip moest er maar snel achterkomen hoe hij met Joey moest omgaan, dacht ze terwijl ze de kamer uitliep. Want nu ze Joey gevonden had, wist ze één ding zeker.

Ze zou hem nooit meer laten gaan.

Joey wist niet precies hoe laat het was of hoelang het nog zou duren voordat het morgen werd. Zijn ogen gingen open en hij ging rechtop zitten. Hij keek om zich heen. Waar was hij, en waarom was zijn bed anders dan anders? Hij voelde zijn hart bonken van binnen. Hard en snel. Hij tastte rondom zijn kussen. 'Gus... Gus, waar ben je?'

Maar er klonken geen hondengeluidjes en hij voelde geen pluizige staart kwispelen.

Toen wist hij het weer.

Vannacht sliep hij niet thuis. Hij sliep bij de andere papa en mama in een vreemd bed. Hij tastte nog wat verder rond en daar was hij. 'Meneer Aap!' Hij hield zijn pluizige vriend dicht bij zijn gezicht. Toen fluisterde hij, zodat alleen meneer Aap het kon horen: 'Ik wil naar huis.'

Door het raam scheen licht naar binnen, dus hij kon het gezicht van meneer Aap zien. *Ik wil ook naar huis*, zei meneer Aap. *Maar ik vind mijn nieuwe vriend, meneer Beer, wel aardig.*

'Ja, meneer Beer is aardig. Ik denk dat meneer Grommes hem ook aardig vindt.' Hij klopte op zijn kussen en vond de andere knuffel. Toen hield hij ze allebei dicht tegen zich aan en ging weer liggen.

De papa van dit huis was erg gemeen en boos. Helemaal niet zoals zijn eigen papa. En zijn arm deed ook pijn waar die man hem beetgepakt had. Hij knipperde met zijn ogen. Zijn hart bonkte nog steeds luid en snel. Toen dacht hij aan de mama hier. Zij was een aardige mevrouw. Ze bakte lekkere chocoladekoekjes, en ze had ook zachte handen. Haar ogen waren ook aardig en daardoor was hij niet meer zo bang voor de gemene man.

Hij had geen slaap, maar het zou heel lang kunnen duren tot het morgen was. Mama had een hele tijd geleden iets gezegd waar zijn hoofd nu helemaal vol mee was. *Als je slaapt, gaat de nacht een stuk sneller voorbij.* Dat had ze tegen hem gezegd. Hij deed zijn ogen dicht en probeerde het. *Slaap. Slaap, slaap, slaap!*

Dat helpt niet, zei meneer Aap.

'Dat weet ik wel.' Hij bleef heel stil liggen, maar deed zijn ogen open en keek om zich heen. Wat had de gemene man ook alweer gezegd? *Zolang je hier bent, is dit jouw huis. Dit is je mama. En ík ben je papa.* Hij kreeg een bang gevoel en zijn hart bonkte nog sneller. Waarom zou hij dat zeggen? Misschien zou de aardige mevrouw hem dat morgen aan het ontbijt wel vertellen.

Hij deed zijn ogen weer dicht, maar nog steeds kon hij niet slapen. Hij dacht aan de Indians. Hij wist wel dat Ohio een indianenstam was, maar waarom waren er dan geen wigwams? Hij bibberde een beetje.

Toen wist hij het weer van God. Hij glimlachte en meneer Aap en meneer Beer glimlachten ook. Deze keer zei hij de woorden niet hardop, maar alleen in zijn hart. *Hallo, God, ik ben het, Joey. Bedankt dat U vandaag bij me was in het vliegtuig en in dit huis. Weet U nog, God? Een paar keer was ik bang, maar toen kon ik voelen dat U bij mij was.* Hij glimlachte weer. *Daarom weet ik dat U echt bent. Ook al bent U onzichtig.*

Hij voelde zich een beetje moe worden. *Kunt U nog wat voor mij doen, God? Kunt U alstublieft morgen en onderweg naar huis ook bij mij blijven? Want mijn papa en mama en mijn Gus zijn er dan niet, weet U nog? En kunt U ook iets tegen mijn familie zeggen? Want ik mocht ze niet bellen. Zeg maar dat ik van ze hou en dat ik niet kan wachten tot ik weer thuis ben.* Hij probeerde zich het einde te herinneren, hoe Jonah zijn gebed afmaakte. Hij wist niet zeker wat het betekende, maar hij zei het toch maar in zijn hart. *In deze saam, amen.*

Meneer Beer sliep al, maar meneer Aap tikte Joey op zijn arm. *Ik vind het fijn als je tegen God praat,* zei hij.

'Ik ook.' Hij was nu veel slaperiger. 'Ik vind het fijn omdat ik dan niet alleen ben.'

Je bent niet alleen, zei meneer Aap. *Je hebt mij toch.*

'Dat weet ik wel.' Hij glimlachte een beetje, maar hij sliep bijna. Hij wilde het niet tegen meneer Aap zeggen, maar hij vond het nog fijner om God te hebben. Want God was de allersterkste van het heelal. En daarom voelde hij zich heel veilig. Veilig genoeg om zijn ogen dicht te doen en in slaap te vallen. Want God was sterker dan iedereen.

Zelfs sterker dan de gemene man die in dit huis woonde.

15

In Fuller Park werden ze het eens.

Het park was vlakbij, het was er rustig en zo wisten ze tenminste zeker dat Joey niet naar hun gesprek luisterde. Molly kon het allemaal nog nauwelijks geloven, maar Jack had gelijk: ze hadden geen keus meer. Ze leunde tegen de rugleuning van het bankje en keek naar haar man, van wie ze met hart en ziel hield en aan wie ze haar leven kon toevertrouwen. Hij duwde Joey, die op de schommel zat, en zei iets over vliegtuigen, piraten of hoog in de lucht schommelen. Molly was blij met de afleiding.

Joey was nog maar vijftien uur thuis en ze had in gedachten zijn thuiskomst al zeker twaalf keer opnieuw beleefd.

Tijdens het wachten had ze de keukenvloer bijna versleten met ijsberen. Toen hij samen met mevrouw Bower binnenkwam, rende ze op hem af, liet zich op haar knieën vallen en hield hem dicht tegen zich aan.

'Mama! Ik heb je zo gemist!'

'Ik jou ook, maatje.'

Maar nog voordat ze hem naar behoren kon begroeten of vragen kon stellen, tikte de maatschappelijk werkster haar op de schouder. 'Kan ik u even alleen spreken?'

Jack was boven in de fitnessruimte geweest. Toen hij aan de geluiden bij de deur hoorde dat Joey er was, haastte hij zich naar beneden. Ook hij omhelsde Joey stevig. Toen hij eindelijk kon praten, was de ingehouden emotie in zijn stem te horen. 'We hebben je gemist, kerel. Ik ben zo blij dat je terug bent.'

Molly gebaarde naar hem dat Allyson Bower hen beiden wilde spreken. Gus zorgde voor de ideale afleiding. De hond trippelde naderbij en liep Joey bijna omver in zijn haast om hem te begroeten. 'Gus!' Joey klonk vrolijk en gezond. Normaal. Eindelijk kon Molly gerust ademhalen. Haar zoon liep geen gevaar. Voorlopig niet meer.

Ze lieten de maatschappelijk werkster voorgaan naar de keuken; daar kon Joey hen niet horen. Allyson Bower sloeg een map open en haalde er een vel papier uit. 'Op Joeys linker bovenarm zult u vier blauwe plekken aantreffen, in de vorm van vingerafdrukken.' Haar gezicht stond bezorgd en was vol medeleven. 'Dat heeft de familie Porter meteen gemeld. Volgens hen was Joey gevallen en moest overeind geholpen worden.' In haar stem klonk afkeer door. 'Blijkbaar heeft meneer Porter Joey bij zijn arm gepakt om hem te helpen.' Ze liet hun het vel papier zien. 'Het staat allemaal in dit verslag.'

Opnieuw voelde Molly zich draaierig worden. Dit was toch niet te geloven? Ze hadden het hier over gedocumenteerde blauwe plekken op het lichaam van hun zoon! Vingerafdrukken van een veroordeelde misdadiger, een pleger van huiselijk geweld! Was de hele wereld krankzinnig geworden? Joey zou nooit veilig zijn bij zo'n man, nooit! Ze probeerde zich te concentreren. Nu was Jack aan het woord.

'Heeft iemand Joey gevraagd wat er gebeurd is? Dat vraag ik me af.'

'De familie Porter vertelde dit verhaal waar hij bij stond.' Allyson schudde haar hoofd om aan te geven dat het wat haar betrof allemaal heel anders zou zijn verlopen. 'Ik heb Joey apart genomen en hem gevraagd of het waar was en of hij zo aan die blauwe plekken gekomen was.'

'En wat zei hij?' Molly kon haar eigen emoties niet zo snel op een rijtje krijgen. Het ene moment was ze woedend, het volgende moment wilde ze niets anders dan Joey in haar armen nemen en hem heen en weer wiegen tot hij zich weer veilig voelde.

De maatschappelijk werkster knikte bedachtzaam. 'Hij zei dat het klopte. Wat mij helemaal niet aanstond, was de manier waarop hij over zijn schouder bleef kijken terwijl ik met hem praatte.' Ze aarzelde. 'Ik denk dat hij bang is voor Rip Porter, maar dat kan ik niet bewijzen.'

'Is dit niet de druppel?' Jacks stem was vol beheerste woede. 'Die man heeft in de gevangenis gezeten voor huiselijk geweld. Hij laat blauwe plekken na op de arm van mijn zoon. Nu zal de rechter die man toch niet meer de voogdij toekennen?'

Mevrouw Bower drukte haar lippen op elkaar. 'Als u met Joey aan de wandel was en hij struikelde, zou u hem ook opvangen. En daardoor zouden er blauwe plekken op zijn arm kunnen komen.' Ze haalde haar schouders op. 'Ik heb geen andere keus dan dit verhaal te geloven. Als Joey niet tegen hem getuigt, zal niemand Rip Porter beschuldigen vanwege een paar blauwe plekjes.'

Molly had het gevoel dat er meer achter deze opmerking zat. 'Wat bedoelt u precies?'

'Ik bedoel dat er veel meer voor nodig is om hem te beschuldigen van het mishandelen van zijn eigen biologische zoon.' Ze keek hen aandachtig aan. 'Kinderen getuigen zelden tegen volwassenen, mevrouw Campbell.'

'Maar als de familie Porter liegt,' zei Jack, die blijkbaar hetzelfde dacht als Molly, 'en als we Joey zover kunnen krijgen dat hij ons dat vertelt, zou de rechter Porter dan niet opnieuw achter slot en grendel zetten en beslissen dat wij Joey mogen houden?'

'Nee.' Allyson was, voor zover ze wisten, een sterke, zakelijke vrouw. Maar op dit moment zag ze er verdrietig en zelfs kwetsbaar uit. 'Zo werkt het systeem niet. De papieren zijn vervalst, dus naar wettelijke maatstaf is Joey nooit volledig en officieel geadopteerd. Als Rip Porter een gewapende bankoverval zou plegen met tien getuigen, zouden ze hem de rest van zijn leven kunnen laten opsluiten, maar dan zou Joey nog altijd niet van u zijn.' Ze tikte op de map in haar hand en keek van Molly naar Jack. 'De adoptie heeft nooit plaatsgevonden. Niet wettelijk.'

Toen Allyson weg was, kropen Molly, Jack, Joey en Gus dicht tegen elkaar op de bank. Ze keken naar de film *Nanu, zoon van de jungle* van Disney en lachten om het team dat zo slecht was dat de spelers niet eens wisten welke kant ze op moesten rennen. Toen Nanu, de jongen uit de jungle, met de coach meekwam naar de Verenigde Staten om het team te helpen, zat Joey op het randje van de bank. Hij was zichtbaar onder de indruk van de manier waarop de jongen kon rennen, springen en gooien. Maar tegen het eind van de film zat Joey stilletjes te huilen. 'Nanu wil geeneens winnen. Hij wil alleen maar naar huis.'

'Zo is het, Joey.' Molly gaf hem een kus op zijn hoofd.

Hij keek naar haar op. 'Want thuis is het allerbeste.'

Jack en Molly keken elkaar aan. Daarna zei Molly tegen Joey dat het tijd werd om zijn pyjama aan te trekken. Ze liepen mee naar zijn kamer en Molly trok hem zijn T-shirt uit. De blauwe plekken waren goed te zien. Die konden alleen veroorzaakt zijn door iemand die opzettelijk de arm van hun zoon had beetgepakt.

Molly liet haar vingers er overheen glijden. 'Joey, wat is er met je arm gebeurd?'

Joey bleef zwijgen.

'Het is goed, lieverd.' Molly kuste hem op zijn wang. 'Je kunt het ons wel vertellen. We worden niet boos op je.'

Joey beet op zijn lip. Gus kwam de kamer in en even werd hij afgeleid; hij aaide de hond.

Ditmaal probeerde Jack het. 'Joey, vertel eens hoe je aan die blauwe plekken komt, kerel. Wat is er gebeurd?'

'N… N… Niet aan die andere p… p… papa vertellen, oké?'

Molly kon wel huilen. Wanneer was hij begonnen met stotteren? Was hij zo bang dat de 'andere papa' hem pijn zou doen? Na één kort bezoek? Wat zou een heel leven bij zo'n man dan een ramp betekenen voor Joey.

'Die andere papa heet meneer Porter,' zei Jack rustig, om Joey op zijn gemak te stellen. 'Hij komt het niet te weten, dat beloof ik.'

Joey ging met zijn andere hand over de blauwe plekken; de tranen sprongen hem weer in de ogen. 'Die m... m... man was b... b... boos op me. Ik lag op b... b... bed en hij wilde m... m... met me p... p... praten.' Hij leek steeds erger te gaan stotteren. 'Hij p... pakte me beet en trok me overeind. Toen schreeuwde hij tegen me. Hij z... z... zei dat hij me m... m... manieren zou b... b... bijbrengen.'

Jack kreunde en leunde tegen de muur.

Molly kon zich de innerlijke strijd van haar man goed voorstellen, want zij had het al even moeilijk. Als Rip Porter nu voor haar stond, zou ze hem zo een klap in zijn gezicht geven. Hoe durfde hij haar zoon aan te raken? Dat Rip de biologische vader was, maakte niets uit. De man was een vreemde, en nog een schurk ook.

Zachtjes liet ze haar vingers weer over Joeys arm glijden. 'Waarom heb je dat niet aan mevrouw Bower verteld, maatje?'

'Om... Omdat die gemene p... p... papa naar ons keek. Als ik de w... w... waarheid vertelde, z... z... zou hij me m... misschien weer pijn doen. Ik heb v... v... vooral met God gepraat. Hij is de hele tijd bij me gebleven.'

Jack rolde met zijn ogen. Molly begreep hem wel. Wat deed God nu helemaal om hen te helpen? Ondanks de gebeden van Beth en Molly was Joey naar Ohio gegaan en hij was fysiek en emotioneel beschadigd teruggekomen. Toch weigerde Molly cynisch te reageren, in elk geval tegenover Joey. Ze boog zich naar hem toe. 'Ik ben blij dat God bij jou was, maatje. Ik ben blij dat je niet alleen was.'

Jack nam Joey mee naar de badkamer om hem te helpen met tandenpoetsen en Molly pakte zijn reiskoffertje uit. Bovenin vond ze de knuffelbeer. Die hield ze omhoog. 'Joey, wat is dit?'

'Wat?' Joey keek vanuit de badkamer naar haar om. 'O, dat is meneer B... Beer. De nieuwe vriend van meneer Aap.' Tien minuten na het gesprek over de blauwe plekken stotterde Joey alweer minder. 'Die heb ik van de andere papa gekregen.'

Op dat ogenblik realiseerde Molly zich wat mevrouw Bower bedoeld had. Natuurlijk getuigden kinderen niet tegen volwassenen. Ze hadden een soort veiligheidsmechanisme in hun hart, waardoor ze traumatische gebeurtenissen konden vergeten. Het ene moment was Joey doodsbang voor Rip Porter en even later was hij gelukkig omdat hij een knuffelbeest van die man gekregen had.

Een half uur later, toen zijn koffer uitgepakt was en Joey met meneer Aap, meneer Beer en meneer Grommes aan zijn ene kant en Gus aan zijn andere kant in slaap gevallen was, stapten Molly en Jack de gang op. Molly stond stil en keek Jack aan. Ze had maar één ding te zeggen.

'Jack...'

'Ik kan het niet uitstaan, Molly,' zei hij vol ingehouden woede. Hij drukte zijn handen tegen zijn slapen en liet ze daarna weer vallen. 'Ik zou hem het liefst eens onder handen nemen! Hij pakt een kleine jongen die zich al zo bang en alleen voelt, en...'

'Jack...'

'Nee, ik meen het, Molly. Dit is niet eerlijk. Er moet een wet bestaan die kinderen beschermt, want ik ga niet staan afwachten tot die vent mijn zoon iets verschrikkelijks aandoet voordat ik...'

'Jack!'

Hij hield op. 'Wat?'

Ze keek hem onderzoekend aan. Toen ze zeker wist dat ze zijn volle aandacht had, deed ze haar mond open en zei wat ze nooit verwacht had te zeggen: 'Ik ben bereid om jouw plan uit te voeren.'

Dat was de voorgaande avond gebeurd. Nu zaten ze samen in het park, klaar om zijn plan, wat dat ook mocht zijn, te bespreken. Een plan waardoor ze gedwongen zouden zijn de banden met alles en iedereen in de Verenigde Staten te verbreken en ergens anders helemaal opnieuw te beginnen.

Molly vond dat idee nog even angstaanjagend en schokkend als altijd. Maar wat ze ook deden, hun leven zou een wilde, angstaanjagende, oncontroleerbare wending nemen. Het plan van Jack was de moeite van het uitvoeren waard omdat ze dat samen met Joey zouden kunnen doen. Niet zonder hem. Dat was het enige lichtpuntje aan het einde van deze lange, donkere tunnel.

Jack liep terug naar Molly en nam plaats op de bank. Hij draaide zich naar haar toe. 'Ik hou van jou.' Nu legde hij zijn handen om haar gezicht en keek haar onderzoekend aan. Vol tederheid kuste hij haar op de lippen. 'Voordat we ook maar iets ondernemen, wil ik dat je dat weet. Ik ben al verliefd op je sinds de dag dat ik je ontmoet heb.'

Haar keel kneep bijna dicht van emotie. Wat kende hij haar toch goed. Dit was precies wat ze nu wilde horen: dat hij van haar hield. Wat ze ook onder ogen moesten zien, ze zouden het samen ondergaan, als geliefden en vrienden. Ze beantwoordde zijn kus. 'Jij bent alles wat ik nodig heb, Jack.' Ze smolt onder zijn liefdevolle blik. 'Ik vertrouw je. Wat we ook moeten doen, samen kunnen we het aan.'

Ze gingen weer met hun rug tegen de rugleuning van de bank zitten en hielden Joey in het oog. 'Oké, Molly.' Jack sloeg zijn arm om haar heen en ze liet haar hoofd op zijn schouder rusten. 'Wat we nu gaan doen, mag nooit of te nimmer met iemand anders besproken worden. Onze plannen en onze gesprekken hierover moeten absoluut geheim blijven.'

Molly stond op het punt te zeggen dat zijn waarschuwing onnodig was. Tenslotte waren ze van plan heimelijk het land te verlaten en een nieuwe identiteit aan te nemen.

Maar toen keek hij haar met bezorgde blik aan. 'Dat geldt ook voor Beth.'

Alles om haar heen leek te vervagen: de vogelgeluiden, het zachte briesje, Joey op zijn schommel en zelfs het bonzen van haar eigen hart.

Beth.

Waarom had ze geen moment aan haar zusje gedacht? Molly ging rechtop zitten en keek weer recht voor zich uit. In haar derde jaar had ze tijdens de lunchpauze eens een spelletje basketbal gespeeld met de jongelui van haar toneelclub. Geen van hen had veel ervaring met sport en een van de jongens had de bal naar haar toegegooid terwijl ze daar niet op rekende. De bal was in volle vaart tegen haar buik aan gekomen; het had een halve minuut geduurd voordat ze weer kon ademhalen.

Zo voelde ze zich nu ook.

Vertrekken uit Florida, het leven dat ze nu kenden vaarwel zeggen, Jack en Molly Campbell en alles wat met hen te maken had uit haar geheugen wissen; daarop was ze voorbereid. Maar Beth achterlaten? Voorgoed? Molly boog zich diep voorover en leunde op haar knieën. Ze begon weer op adem te komen, maar haar hart ging nog steeds tekeer. Beth was haar beste vriendin. Ze vertelde haar zusje altijd alles.

'Molly...' Jack legde zijn hand op haar onderrug. 'Had je niet aan Beth gedacht?'

Ze kneep haar ogen even stijf dicht en ging toen langzaam weer rechtop zitten. Ze draaide zich naar Jack om en schudde haar hoofd. 'Blijkbaar niet.'

'Je mag haar hier niets over vertellen.'

'Nee.' Het juiste antwoord geven was gemakkelijk. Het in praktijk brengen zou heel wat anders zijn. Ze zou de moeilijkste, pijnlijkste tijd in haar leven doormaken zonder Beth hier een woord over te kunnen vertellen. Daarna, als alle plannen uitgevoerd werden, zou ze het onmogelijke moeten doen. Ze zou afscheid moeten nemen van haar zusje en beste vriendin in de wetenschap dat ze elkaar nooit meer zouden zien.

Opnieuw keek ze recht vooruit, naar Joey, naar het lichtblonde haar dat danste in de wind terwijl hij steeds hoger ging schommelen. Ze had geen keus. Over een paar maanden zou Molly Campbell dood zijn, en dat zou tevens het einde betekenen van haar relatie met haar zusje. Molly wapende zich tegen de pijn die dit zou opleveren. Ze zou het allemaal voor Joey doen.

Ze kon niet anders.

Ze knikte. 'Ik begrijp het.'

'Mooi zo.' Jacks stem klonk opgelucht. Hij keek haar aan. 'Ik heb een plan bedacht.'

'Oké.' Haar hart ging tekeer. Ze voelde zich alsof ze voor de open deur van een vliegtuig stond, klaar om te springen. Alleen was ze er niet zeker van of ze wel een parachute had. 'We moeten het land uit zien te komen, toch?'

'Precies.' Jack begon sneller te praten. 'Dat is het moeilijkst, omdat we verantwoording moeten afleggen aan Allyson Bower.'

'Niet voor alles.' Molly voelde zich weer strijdvaardig worden. Dat gaf nieuwe energie, alsof ze hierdoor minder slachtoffer werd. 'We hebben gedeelde voogdij over Joey tot dat laatste bezoek. Dat zei ze toch?'

'Inderdaad.' Jack dacht even na. 'In dat geval zou het net kunnen lukken.' Hij tikte een paar keer op zijn knie, iets wat hij alleen deed als hij enthousiast of nerveus was. 'Ik heb online gekeken naar werkvakanties op Haïti. Je weet wel, zoals Beth en Bill met hun gemeente gaan doen.'

Ondanks dat het bijna dertig graden was, huiverde Molly. Waren ze nu echt aan het praten over de vraag hoe ze ongemerkt het land konden verlaten? 'Ga door.'

'Eigenlijk was ik op zoek naar een humanitaire groep: het Rode Kruis of een andere internationale hulporganisatie. Want het zou gek kunnen overkomen als twee mensen die nooit in de kerk komen ineens zo veel belangstelling hebben voor de zending.'

'Inderdaad.'

'Maar dat was een probleem.' Hij draaide zijn handen om in een hulpeloos gebaar. 'Ik kon hier in de buurt geen enkele hulporganisatie vinden die in de komende maanden op reis gaat.' Hij grinnikte. 'Op een handjevol kerken na.'

'Hm.' Molly wist niet precies waarom, maar deze uitspraak deed haar goed. 'Misschien moeten we onze mening over kerken herzien.' Ze dacht aan Joeys recente gesprekken met God. 'Over God trouwens ook.'

'Misschien wel.' Jack wuifde het weg, zichtbaar gespitst op het voortzetten van zijn verhaal. 'Daar hebben we het nog weleens over. Het punt is dat bij de meeste werkvakanties geen kinderen onder de twaalf mee mogen.'

Molly begreep er niets van. 'Wat hebben wij daar dan aan?'

'Maar er is één kerk hier in de buurt die een reis organiseert op de eerste maandag in september; ze gaan helpen in een weeshuis.' Zijn ogen glinsterden en hij ging zachter praten. 'De deelnemers worden aangemoedigd hun hele gezin mee te nemen. Op die manier kunnen de kinderen met elkaar spelen terwijl de volwassenen aan het gebouw werken.'

Opnieuw begon Molly's hart sneller te slaan. Jack keek ernstiger dan tevoren. 'Welke kerk is dat?'

Hij keek haar veelzeggend aan. 'De gemeente van Beth en Bill.'

Ze verstijfde. 'Dat meen je niet.'

'Jawel.' Hij knikte. 'Dus zodra we weer thuis zijn, moet je Beth bellen om te zeggen dat we volgende week zondag graag mee willen naar de kerk.' Hij legde zijn hand op de hare. 'Ik weet dat jullie elkaar heel na staan, maar je moet je rol echt goed spelen, Molly. Ze mag geen enkele reden hebben tot argwaan.'

'Ja hoor.' Ze lachte sarcastisch. 'Dus ik bel haar gewoon op om te zeggen dat we van gedachten veranderd zijn. Na tien jaar kritiek omdat ze naar de kerk gaan en geloven wat er in de Bijbel staat, willen we nu opeens graag mee naar de samenkomst. En dat moet zij slikken?'

Twintig meter verderop zwaaide Joey naar hen. 'Hé! Raad eens?'

'Wat is er, kerel?' Jack richtte zijn aandacht meteen weer op hun zoon.

'Ik ga dit vliegtuig aan de grond zetten en daarna ga ik met die raket de ruimte in.' Hij wees naar het klimrek met twee ingebouwde glijbanen.

'Goed idee!' Jack zorgde dat zijn stem opgewekt bleef klinken. Als iemand hen ongemerkt gadesloeg, zou de persoon in kwestie, zelfs als hij of zij hen goed kende, nooit kunnen vermoeden dat ze plannen maakten om het land voorgoed te verlaten, de autoriteiten te ontvluchten en een nieuw leven te beginnen.

Joey remde af, sprong van de schommel en rende naar het klimrek. Hij zou nog minstens een kwartier druk bezig zijn.

'Ja, Molly.' Jack richtte zich weer tot haar. Zijn stem klonk zacht, maar dringend. 'Dat bedoel ik inderdaad. We zitten midden in de grootste crisis van ons leven. Als mensen in een crisis zitten, willen ze wel naar de kerk. Dat gaat toch wel vaker zo?'

Molly dacht hier even over na. Hij had gelijk. De eerste maanden na de terroristische aanslag van 11 september 2001 zaten de kerken vol. Een nieuwslezer had gezegd dat een tragedie de deur kan openen om tot geloof te komen. Vanaf de dag dat ze gehoord had dat de adoptiepapieren vervalst waren, had ze deze kwestie met Beth besproken. Haar zusje bad voor haar en samen met haar. Misschien zou Beth het inderdaad niet zo vreemd vinden dat ze nu naar de kerk wilden gaan.

'Goed, dus ik bel Beth.' Ze begreep het nog steeds niet helemaal. 'En dan worden we meteen lid en we geven ons op voor een werkvakantie, allemaal vanmiddag nog? We hebben niet veel tijd meer.'

'Dat weet ik.' Jack keek niet bezorgd. Wat hij ook in gedachten had, hij had met alle details rekening gehouden. 'Je zei toch dat Beth, Bill en de kinderen meegaan?'

'Ja, voor zover ik weet, wel.'

'Oké, dan vragen we daar gewoon naar. Dat zou de laatste keer zijn dat we met ons allen bij elkaar kunnen zijn voordat we Joey zouden moeten afstaan, tenzij de rechter nog van gedachten verandert.' Hij leunde tegen de rugleuning van de bank. 'Ik vind het zelf niet zo vreemd. We zouden zelfs kunnen zeggen dat we erover denken nog een kind te adopteren, dit keer uit een ander land. We kunnen zeggen dat we willen dat Joey deel uitmaakt van dat volgende adoptieproces.'

'En zou de rechter ons zomaar het land uit laten gaan?'

'Werkvakanties naar Haïti komen veel voor.' Vastberaden kneep hij zijn lippen op elkaar. 'We doen altijd al mee aan allerlei liefdadigheidsacties, Molly. Het is nogal logisch dat een werkvakantie naar Haïti een van de laatste dingen is die we samen met Joey willen ondernemen.'

Molly had zo haar twijfels, maar ze zei niets.

'Bovendien hoeven we het Allyson Bower niet te vertellen.' Jack leunde naar voren en zette zijn ellebogen stevig op zijn knieën. 'De maatschappelijk werkster heeft niets gezegd over het land verlaten; blijkbaar waren daarover geen gerechtelijke regels of bevelschriften.' Hij keek even naar de grond. 'Ze controleren ons blijkbaar ook niet. We hebben verder niets van mevrouw Bower gehoord.' Hij ging weer rechtop zitten. 'We gaan gewoon. De rechter en de maatschappelijk werkster hoeven er voorlopig niet achter te komen.'

Ze hoorde de bitterheid in zijn stem. Het was echt een goed idee. Jack en zij waren avontuurlijk en ze vonden het heerlijk om mee te werken aan liefdadigheidsprojecten. Ze hadden geld ingezameld voor het gebouw van de YMCA in West Palm Beach en ze hadden verschillende malen meegedaan aan sponsorlopen voor een plaatselijke daklozenopvang. Een reisje naar Haïti om een weeshuis op te knappen was echt iets voor hen.

Beth en Bill zouden dat zeker ook niet vreemd vinden.

Het zou inderdaad nogal logisch zijn dat ze mee wilden gaan met die werkvakantie. Dat avontuur zou iets zijn waarop ze zich konden verheugen terwijl ze onverdroten doorzochten naar een advocaat die de strijd om de voogdij over Joey wilde aangaan.

'Oké...' Molly zat nog steeds te rillen, maar ze begon te begrijpen wat Jack dacht. 'En daarna?'

'Tegen de tijd dat we vertrekken, moeten we alle details geregeld hebben. Onze eindbestemming worden de Kaaimaneilanden. Daar zullen we gaan wonen, in elk geval de eerste paar jaar.'

'De Kaaimaneilanden?' Molly moest zich aan de rand van de bank vasthouden. Opnieuw had ze het gevoel dat ze midden in een vreemde droom of in andermans leven terecht was gekomen. Ze waren een keer samen op Grand Cayman geweest. Het was een schitterend eiland, omzoomd door prachtige stranden en het helderblauwe water van de eindeloze oceaan. Maar zou ze het daar twee jaar kunnen uithouden? Ze drukte haar rug weer tegen de leuning van de bank. 'Waar zouden we dan wonen?'

'Dat zal ik wel regelen.' Hij was nog steeds beheerst, nog

steeds erop gespitst om haar alles te vertellen wat hij had bedacht. 'We zullen valse paspoorten nodig hebben; ik heb al een paar mensen gebeld. In Miami zit iemand die het wel voor mij wil doen. Hij denkt dat we zendelingen zijn.'

'Waarom zou een zendeling een vervalst paspoort nodig hebben?' Het duizelde Molly meer dan ooit. Ze kon het gesprek nog maar nauwelijks volgen.

Jack probeerde wat langzamer te praten. 'Sommige zendelingen werken in landen die vijandig tegenover de christelijke leer staan. Als een zendeling dan ontdekt wordt, kan hij of zij het land ontvluchten onder een andere identiteit.' Hij haalde zijn schouders op. 'De man die ik aan de lijn had, zei dat hij in vrijheid van meningsuiting gelooft. Als wij valse paspoorten nodig hebben om vrijheid van meningsuiting te bevorderen, maakt hij ze voor de halve prijs.'

Molly drukte haar handen tegen haar slapen. 'Dit is ongelooflijk...'

'Hé, kijk mij eens!' Joey stond bovenaan de hoogste glijbaan. 'Ik ben een brandweerman!' Met een klap zette hij een onzichtbare helm op zijn hoofd, plofte op de glijbaan en gleed in vliegende vaart naar beneden. Onderaan sprong hij op, keek in tien verschillende richtingen en spoot onzichtbaar water op een onzichtbare, maar ongetwijfeld verwoestende vlammenzee.

'Je bent een held, Joey!' Jack zweeg even. 'Mama en ik zijn nog even aan het praten, oké?'

'Oké!' Zo snel als hij kon, beklom Joey de ladder aan de andere kant van het klimrek. 'Nu ga ik naar de maan!'

Op het pad, dat zich door het hele park slingerde, wandelde een ander stel langs. Jack wachtte tot ze gepasseerd waren voordat hij weer begon. 'Die valse paspoorten hebben we dus, en de dag voor vertrek schrijven we geld over op een rekening van een bank op de Kaaimaneilanden. Daar bevindt zich het op een na grootste financiële centrum ter wereld. Daarna,' zijn stem klonk gespannen, 'laten we zeggen op de derde dag van die werkvakantie, ondernemen we een excursie naar de hoofdstad en daar verdwijnen we. Tegen de tijd dat iedereen beseft dat we vermist zijn, zitten wij onder onze nieuwe identiteit in een vliegtuig naar Europa. Daar blijven we een paar weken, om te zorgen dat niemand ons op het spoor komt, en daarna vliegen we naar de Kaaimaneilanden.' Hij hief zijn handen op. 'Wat vind jij ervan?'

Wat vond zij er eigenlijk van? Ze werd bestookt door ontelbare vragen tegelijk, vanuit haar gevoel en haar verstand. Ze deed haar mond open en stelde de eerste vraag die bij haar opkwam. 'Waarom zouden ze ons niet op het spoor komen?'

'We reizen onder een andere identiteit. De autoriteiten in Haïti zullen er geen probleem van maken om ons het land uit te laten gaan. In Europa zullen we opgaan in een menigte van miljoenen mensen. Op de politiebureaus in Engeland zullen heus geen aanplakbiljetten verspreid worden met onze gezichten erop. De autoriteiten zullen geen flauw idee hebben waar ze ons moeten zoeken.' Aan de uitdrukking op zijn gezicht was te zien dat hij dit vanzelfsprekend vond. 'Zie je, we gaan er één dagje tussenuit, en daarna hoort niemand meer iets van ons.' Hij aarzelde even. 'Na een tijdje zouden ze zelfs kunnen veronderstellen dat we slachtoffer zijn geworden van een misdaad.'

'Dus we verdwijnen een week voordat we de voogdij over Joey verliezen? Dat verhaal komt overal in Amerika in het nieuws!'

'Ja. Na enige tijd wel.' Nu ging hij steeds sneller praten, alsof hij ook dit detail had overdacht. 'Tegen die tijd zijn wij in Europa, onder een andere identiteit. Daar zijn we toeristen, zoals zo veel anderen. Als de grootste commotie in de pers voorbij is, vliegen we naar de Kaaimaneilanden.'

Het plan klonk geloofwaardig, maar nog altijd had ze meer vragen dan antwoorden. 'Waarom zouden we onze zoon van vier meenemen naar de straten van Haïti? Is dat niet gevaarlijk?'

'Ja, daar heb ik ook over nagedacht. Bij deze werkvakanties horen ook dagexcursies, uitstapjes naar kleine dorpen om eten uit te delen, dat soort dingen.' Jack wilde niet op andere gedachten gebracht worden. 'Maak je geen zorgen, ik verzin wel een reden om de stad in te trekken. Daar zoeken we vervoer naar het vliegveld. Als we eenmaal in Haïti zijn, hoeven we ons daar geen zorgen over te maken.'

'Goed dan.' Ze zou hem moeten vertrouwen. Wat kon ze anders doen? Een andere vraag nam haar in beslag. Misschien had ze het mis wat haar zusje betrof; misschien zou Beth toch achterdochtig worden. 'En als Beth het nu vreemd vindt dat we een reisje naar het buitenland maken vlak voordat Joey weggaat?'

Hij trok zijn wenkbrauwen op. 'Dat is jouw taak. Jij zult haar moeten overtuigen.' Hij legde zijn hand op haar knie. 'Dat kun jij wel aan, toch?'

Een man liep samen met zijn zoontje over het pad; ze hadden een honkbal en twee honkbalhandschoenen bij zich. Jack wachtte tot ze voorbij waren. Hij ging nog wat zachter praten. 'Natuurlijk is het verdacht, maar Beth zal jou op je woord geloven. Denk je ook niet?'

'Misschien.' Er kwam weer angst in haar op; haar strijdlust verdween naar de achtergrond. 'Maar misschien ook niet. Misschien doen we iets waardoor Allyson Bower gaat vermoeden wat we in ons schild voeren. Dan zouden we betrapt kunnen worden.' Ze knikte in de richting van Joey. 'Onze kleine jongen zou aan de familie Porter overgedragen worden en wij zouden meteen de gevangenis ingaan. Heb je daar aan gedacht?'

'Natuurlijk.' Jacks stem klonk nog net niet boos. 'Luister, Molly. We reizen niet onder onze eigen namen. We hebben nieuwe paspoorten. We verlaten Haïti onder die namen, arriveren in Europa en kopen Eurail-kaarten, zodat we vrijuit kunnen reizen met alle treinen in Europa. We reizen rond alsof we als gezin op vakantie zijn en in elk hotel kijken we naar het journaal en op internet. Als we niet meer gezocht worden, gaan we naar de Kaaimaneilanden.'

'En ons geld dan?' Nu beefde ze van top tot teen. 'Kunnen ze dat niet traceren? Jij zei dat we het overmaken naar de Kaaimaneilanden, dus zodra ze dat ontdekken, blokkeren ze ons geld en dan kunnen we niets meer.' Ze vond het afschuwelijk om het Jack zo moeilijk te maken, maar als ze haar twijfels nu niet ter sprake bracht, zou ze zich tijdens het uitvoeren van het plan geen ogenblik op haar gemak voelen. 'Als ze het geld eenmaal gevonden hebben, is het een kwestie van tijd voordat ze ons vinden.'

'Dat heb ik ook uitgezocht.' Hij leunde weer naar voren met een geconcentreerde, intelligente blik in zijn ogen. 'We maken het geld over via een hele reeks overboekingen. Het is nogal ingewikkeld, maar als dat allemaal geregeld is, staat het op een rekening van een bank op de Kaaimaneilanden die op onze nieuwe naam staat.' Hij knikte haar toe. 'Laat dat gedeelte maar aan mij over, Molly.'

Ze voelde zich slap en een beetje misselijk. Gingen ze dit echt doorzetten? Er kwam meer bij kijken dan zij aankon, meer dan ze zich kon voorstellen. Ze stak haar arm door de zijne en leunde tegen zijn schouder. 'Hoeveel geld?'

'Daar gaat nogal wat werk in zitten.' Hij kuste haar op de wang. 'Maar ook daar heb ik over nagedacht. We kunnen de overwaarde van onze huizen omzetten in contanten. Dat zou iets meer dan een miljoen moeten zijn.'

'Een miljoen dollar?' Dat gegeven riep een andere reeks vragen bij haar op, maar die kreeg ze niet over haar lippen.

'Ja.' Hij sloeg zijn armen om haar heen en streelde haar zachtjes. 'Het komt allemaal goed, Molly. Echt. Als we eenmaal een paar jaar op de Kaaimaneilanden gewoond hebben, en als de zoektocht naar ons helemaal gestaakt is, kunnen we onder onze nieuwe naam reizen. Eigenlijk kunnen we dan overal naartoe. Alleen niet terug naar de Verenigde Staten.'

'En niet meer terug naar Jack en Molly Campbell.'

Hij knikte langzaam. 'Precies.'

Molly sloot haar ogen en haalde diep adem. 'Jack...' Ze klampte zich aan hem vast. 'Ik kan nog steeds niet geloven dat we dit doen.'

'Ik ook niet.' Jack hield haar dicht tegen zich aan en zo bleven ze zitten, zwijgend.

Wat viel er nog te zeggen? Het was een ingrijpende beslissing, maar hun besluit stond nu evenzeer vast als dat van de rechter. Ze zouden het plan in werking zetten. Dit soort gesprekken zouden ze nog vaak moeten voeren om zich ervan te verzekeren dat alles klopte. Ze zouden afscheid nemen van alle vertrouwde, geliefde aspecten van het leven als Jack en Molly Campbell en ze zouden helemaal opnieuw beginnen. Als de rechtbank niet opkwam voor de belangen van hun kind, moesten ze het recht in eigen hand nemen.

Wat het hun ook zou kosten, het zou de moeite waard zijn.

Ze deden het allemaal uit liefde voor Joey.

16

Molly belde haar zusje die middag nog; ze wist dat Beth en Bill inmiddels terug zouden zijn uit de kerk. Ze had haar rol in gedachten zo vaak geoefend dat ze haar stem in bedwang kon houden toen Beth de telefoon opnam; die klonk gewoon, net als anders.

Beth vroeg meteen hoe het met Joey ging en hoe hij zijn eerste bezoek had verwerkt.

'Het gaat goed met hem, maar er moet echt iets gebeuren.' Molly's stem klonk aangeslagen, zoals ze zich gevoeld zou hebben als ze niet van plan waren geweest het land uit te vluchten. 'Morgenochtend gaan we een hele lijst politici bellen.'

'Dat is een geweldig idee.' Beth was nog steeds bereid voor hen te vechten. 'Ik zal er ook een aantal bellen. Zeg maar wat ik kan doen om te helpen.' Ze pufte verontwaardigd. 'Dit is belachelijk, Molly. Die jongen hoort bij jullie.'

'Dat weet ik.' Haar stem klonk nog steeds treurig. Op aanwijzing van Jack liet ze het verhaal van de blauwe plekken op Joeys arm weg. Ze mocht Beth geen enkele aanleiding geven om te vermoeden dat ze gek werden van angst en bezorgdheid. Met moeite bleef ze rustig praten. 'Jack gaat morgen ook een nieuwe lijst advocaten af. Iemand zal ons helpen. Dat moet ik gewoon geloven.'

'Ik vind het zo vreselijk, Molly. Ik kan me niet eens voorstellen hoe het is om dit door te moeten maken.' Beth aarzelde even. 'Ik weet niet of jullie hier iets aan hebben, maar iedereen in onze zondagse studiegroep bidt voor jullie. Niemand kan geloven dat een rechter een kind bijna vijf jaar later terugstuurt naar zijn biologische ouders.'

'Dat betekent veel voor ons.' Dit was een goede aanleiding voor haar verhaal. 'Hé, dat doet me ergens aan denken. Dit zul je niet geloven. Jack en ik zaten vanmorgen in het park en we hadden echt een bijzonder gesprek.' Ze kneep even in de brug van haar neus. Nog nooit had ze tegen Beth gelogen. Zelfs nu wilde ze niets liever dan haar zusje alles vertellen, maar dat kon ze niet doen. Geen woord. 'Weet je, Joey praat tegenwoordig met God.' Ze liet een treurig lachje horen. 'Ik denk dat Jonah hem dat geleerd heeft.'

'Echt waar?' Beths stem klonk ontroerd. 'Wat schattig.'

'Dat vonden wij ook.' Ze dwong zichzelf tot de volgende stap. 'Jack vroeg of ik tegen jou wilde zeggen... We willen aanstaande zondag graag met jullie mee naar de kerk.'

Beth hapte zacht, maar hoorbaar naar adem. 'Meen je dat nou?'

'Ja.' Molly lachte en snikte tegelijk. 'We hebben alle hulp nodig die we kunnen krijgen.'

'Molly, wat ben ik daar blij mee.' De blijdschap in Beths stem klonk volkomen oprecht. Ze reageerde zonder enige achterdocht. 'God heeft een plan voor Joey. Dat meen ik. Hoe vreselijk het er nu allemaal ook uitziet, als je God zoekt en als je Hem echt vertrouwt, zal Hij zijn plannen aan jullie duidelijk maken, dat weet ik zeker.'

Molly vond het afschuwelijk om haar zusje iets wijs te maken, maar ze zette door. 'Dat beginnen wij ook te geloven.'

'Nou, laten we dan niet wachten tot zondag. Dat duurt nog een week. Bill en ik kunnen van de week een paar keer met jullie afspreken zodat we samen kunnen bidden. Molly, ik zeg altijd dat er kracht vrijkomt door gebed. Ik ben zo blij dat jullie dat nu ook inzien.' Beth was sneller gaan praten; haar enthousiasme en geloofsijver waren bijna tastbaar. 'Wil je dat ook tegen Jack zeggen?'

'Oké.' Molly kreeg een vieze smaak in haar mond van haar eigen huichelarij. En dit was nog maar het begin. 'Nou, Beth, ik moet eens ophangen. Maar bedankt. Ik weet niet zeker of we er zonder jou aan gedacht hadden om ons tot God te wenden.'

'O, Molly toch.' Beths stem sloeg over. 'Ik hou zo veel van je. Juist daarom heb ik altijd gewild dat jij en je gezin tot geloof zouden komen.'

'Ik weet het.' Molly balde haar handen tot vuisten. Ze moest zo snel mogelijk ophangen, voordat ze in tranen uitbarstte en alles zou gaan opbiechten. 'Ik hou ook van jou.'

Beth ging nog even door over het nut van een sterk geloof. Molly luisterde niet echt. In plaats daarvan deed ze wat Joey zou doen. Ze praatte met God, een beetje maar. *Het is niet helemaal gelogen, God. Ik wil echt meer over U weten en ik denk echt dat het goed is als er mensen voor ons bidden.*

Beth rondde het gesprek af. 'Oké. Dus jij overlegt met Jack en dan spreken we later af waar en wanneer we bij elkaar komen.'

'Doe ik.' Ze zeiden elkaar gedag en Molly verbrak de verbinding.

De week verliep precies zoals ze gepland hadden. Tweemaal kwamen ze met Beth en Bill bijeen om te praten over God, over Zijn plan voor hen allemaal en over verlossing. Ze bekeken Bijbelverzen en Molly betrapte zich erop dat ze ondanks alles echt luisterde en geloof hechtte aan de dingen die Beth en Bill hun vertelden.

'Het klinkt logisch,' zei Molly op een avond tegen Jack.

'Het is de meest logische voorbereiding op ons plan.' Jack glimlachte haar toe. 'Daar gaat het om.'

Ze ging er maar niet op door. Het werd zondag en Beth was zo mogelijk nog liever dan anders. Ze gaf Molly een envelop met haar naam erop. 'Dit is een kaartje dat ik tegenkwam,' zei ze en omhelsde haar even. 'Maak het later maar open.'

Molly wist niet wat ze moest zeggen. Elke hartslag leek haar toe te roepen: *Leugenaar! Huichelaar!* Ze beantwoordde de omhelzing van haar zusje. 'Het is fijn om hier te zijn.'

'Het is geweldig.' Beth hield haar schouders vast en keek haar onderzoekend aan. 'Ik denk dat God een wonder gaat doen, Molly. Dat voel ik.'

De vier volwassenen brachten hun kinderen naar de zondagsschool en gingen naast elkaar in een kerkbank halverwege zitten. Jack sloeg doelbewust het kerkblaadje open dat voor hem klaarlag en begon erin te lezen. Daarna leunde hij voor Molly langs en sprak Bill aan. 'Gaan jullie met het hele gezin mee met die werkvakantie naar Haïti?'

'Inderdaad.' Op Bills gezicht was een mengeling van oprechte vriendelijkheid en diep ontzag te lezen. Molly begreep wel waarom hij zo onder de indruk was. Waarschijnlijk hadden Beth en Bill jarenlang gebeden dat deze dag zou aanbreken. Bill sloeg zijn eigen kerkblaadje open en wees naar de aanbevelingstekst over de reis. 'Straks, na de dienst, is hier nog een informatiebijeenkomst over dat project.'

Jack keek Molly veelzeggend aan. 'Heb jij het Beth al verteld?'

Beth zat tussen Molly en Bill in. Ze keek nieuwsgierig op. 'Wat bedoel je?'

Nu was het Molly's beurt. Ze ging er onmiddellijk op in en hoopte in stilte dat het hele gesprek niet als een slecht geacteerd filmscenario klonk. 'Die werkvakantie.' Ze keek van Bill naar Beth. 'Wij denken erover om ook mee te gaan.'

'Dat meen je niet!' zei Beth, net een beetje te hard. 'Ik moet zelf nog helemaal aan het idee wennen.' Ze giechelde en keek een beetje schaapachtig rond omdat ze zo veel lawaai maakte in de kerk. Daarna vervaagde haar glimlach. 'En Joey dan?'

Jack kneep liefkozend in Molly's knie. 'We geloven dat alles goed komt. Dat moeten we gewoon geloven.' Hij wierp Bill een treurige glimlach toe. 'Maar op dit kruispunt in ons leven hebben we behoefte aan afleiding, iets positiefs wat we samen met onze zoon kunnen doen.'

Bill knikte. 'Dat begrijp ik wel.'

'Een paar dagen geleden heb ik op de site van de gemeente het een en ander over die werkvakantie gelezen. Het lijkt ons in alle opzichten een goed idee.' Hij keek Molly aan.

'Het is een mooie gelegenheid om met onze gezinnen samen iets te ondernemen,' zei Beth behulpzaam. Het idee stond haar wel aan, dat was duidelijk. Ze zei niet dat dit de laatste keer zou zijn dat ze samen met Joey op reis gingen, als hij bij hen weggehaald werd, maar ze knikte. 'We zouden het heerlijk vinden als jullie meegingen.'

'Denk je dat we mee mogen? Omdat we nieuw zijn, bedoel ik.' Jack vroeg het aarzelend.

'Dat denk ik wel.' Bill keek eerst Beth en daarna Jack weer aan. 'Dan gaan jullie met ons mee. Iedereen mag vrienden of familieleden meenemen. Als het een zendingsreis was, zou dat anders zijn, maar werkvakanties zijn niet zo streng geregeld.'

'Precies.' Beths ogen glinsterden. 'Deze werkvakantie is heel wat anders. Ze zullen wel nagaan of jullie geen strafblad hebben, maar verder is iedereen die een hamer vast kan houden, welkom.' Ze keek van Bill naar Molly. 'Kunnen jullie straks naar die bijeenkomst komen?'

'Dat denk ik wel.' Molly keek Jack aan. Er was geen spoor van onoprechtheid in zijn ogen te lezen, zag ze vol verbazing. Jack was bepaald zijn roeping misgelopen; hij bleek een geweldige acteur te zijn. 'Hebben we daar tijd voor?'

'Absoluut.' Hij richtte zijn volgende vraag tot Bill. 'We mogen toch onze kinderen meenemen op die werkvakantie? Dan kunnen we Joey meenemen.'

'Ja.' Bill keek ineens bezorgd. 'Denk je dat ze dat toestaan, met al dat gedoe rond de voogdij?'

Jack leek even onschuldig als Joey. Hij wisselde een blik met Molly. 'Ik zie niet in waarom niet. We melden het natuurlijk eerst bij de maatschappelijk werkster.' Hij liet het klinken alsof ze dit al van plan geweest waren. 'Zij zal toestemming moeten geven.'

Molly keek al net zo onschuldig als hij. 'We hebben nog steeds gedeelde voogdij over hem, hoe dan ook.'

Beth pakte Molly's hand en gaf haar een liefkozend kneepje. 'Misschien is het tegen die tijd wel permanente voogdij.'

'Ja.' Ze gingen allemaal weer rechtop zitten. Voorin de kerk was een groep mensen muziek aan het maken. De dienst kon elk moment beginnen.

'Na de dienst kunnen we verder praten,' fluisterde Beth.

'Oké.' Opnieuw overtuigde Molly zichzelf ervan dat ze niet alles bij elkaar logen, maar ze had nog steeds een hekel aan zichzelf. Beth en Bill geloofden volledig in hun goede bedoelingen. Ze glimlachte naar Beth. 'Bedankt voor alles.'

Haar zusje sloeg een arm om haar heen en trok haar even tegen zich aan. 'Ik zei toch dat we er voor jullie zijn. We zullen alles voor jullie doen wat nodig is, Molly. Dat meen ik.'

Tijdens de dienst vulde Jack een gebedskaart in. Molly zag dat hij de kaart omdraaide en erop schreef: *Bid voor ons gezin.* Aan de voorkant vulde hij hun namen, adres en telefoonnummer in. Dit was een grote gemeente: meerdere diensten per zondag, zesduizend leden. Molly vermoedde dat niemand de mensen in de gaten hield die op onregelmatige tijden naar de samenkomst gingen. Onderaan de kaart kon Jack kiezen wat hij wilde aankruisen: *bezoeker* of *lid*. Hij kruiste het tweede vakje aan, vouwde de kaart dubbel en legde hem bij het geld en de andere kaarten in de collecteschaal.

En zo kwam hun plan op gang.

17

Het propellervliegtuig kon elk ogenblik landen op Grand Cayman. Jack kon bijna niet wachten.

Dit reisje naar de Kaaimaneilanden moest hij om de paar jaar maken. Hij had daar een vrij groot bedrijf als klant en meestal konden ze zaken doen via de telefoon. Maar zo nu en dan besloot hij, met welwillende toestemming van zijn werkgever, een reis naar het eiland te maken om de goodwill van zijn bedrijf te bevorderen. Dan kwam hij samen met de directeuren van het andere bedrijf, trakteerde hen op een paar peperdure dinertjes en verstevigde zo de zakenrelatie.

Met dit soort reisjes hield hij de concurrentie op een afstand; het was uitstekende klantenbinding.

De laatste keer was alweer veertien maanden geleden, dus Jacks baas had geen moment geaarzeld toen hij voorstelde weer eens naar de Kaaimaneilanden te gaan. De man keek even op zijn kalender. 'Geweldig idee.' Hij grijnsde naar Jack. Zijn baas beschouwde hem als de meest gewaardeerde medewerker van het bedrijf, dat was duidelijk. 'Neem je Molly en Joey ook mee?'

'Nee, meneer. Deze keer niet.' Hij glimlachte de man vriendelijk toe. Dit kon hij tenminste naar eer en geweten zeggen. 'Misschien de volgende keer.'

Op zijn werk wist niemand iets over de strijd om de voogdij die Jack moest voeren. Al vanaf het begin had hij het beter gevonden om er niets over te zeggen. Nu was hij blij dat hij zijn mond gehouden had. Hij had niet altijd behoefte aan mensen die medelijden met hem hadden en vragen konden stellen over de stappen die hij nu ging ondernemen.

Voor dit reisje was alles binnen een paar dagen geregeld; over een paar minuten zou hij op Grand Cayman landen. Hij keek uit het raam en liet het prachtige uitzicht op zich inwerken. Zijn geweten bleef hem kwellen. Telkens weer drong het tot hem door dat het illegaal was wat ze zouden gaan doen. Als ze om de een of andere reden betrapt werden, zouden ze alles verliezen: hun vrijheid en hun goede reputatie. Het ergste was nog dat ze Joey zouden kwijtraken.

Jack deed zijn best die gedachten niet te vaak toe te laten. Het was niet zo dat Molly en hij zich zomaar neerlegden bij het idee dat ze criminelen werden. Intuïtief vond hij dat het verkeerd was wat Molly en hij gingen doen: niemand mocht het recht in eigen hand nemen. Maar als het betekende dat ze Joey konden redden van een leven vol mishandeling, als het betekende dat hij zijn zoon kon houden, kon Jack het rechtvaardigen. Hij zou alles doen om zijn zoon te beschermen. Absoluut alles.

Hij moest denken aan vaders die in de crisistijd, vlak voor de Tweede Wereldoorlog, geld gestolen hadden om hun gezin te kunnen onderhouden. Daar had hij nooit veel over nagedacht; tot nu toe had hij in deze kwestie nooit partij gekozen. In het licht van wat er nu met Joey gebeurde, wist hij zeker wat hij gedaan zou hebben. Als zijn gezin eten nodig had, zou hij een manier zoeken om hen te voeden. Zelfs als hij daardoor van een rechtschapen burger zou veranderen in een ordinaire dief.

Hij zou alles doen wat maar nodig was om zijn gezin te redden.

Onder het vliegtuig leek het water van de oceaan lichter te worden waar het tegen het land omhoog spatte. De stranden van de Kaaimaneilanden waren prachtig, paradijselijk. Alleen al door ernaar te kijken voelde hij zich rustiger worden. Zodra ze hier woonden, zou hij een oude gitaar kopen en liedjes gaan schrijven op het strand. Daar had hij altijd al over gefantaseerd.

Ja, hij nam het recht in eigen hand, en dat ging tegen zijn aard in. Maar het plan zat goed in elkaar. Het zou werken. En niemand zou er onder lijden.

Joeys biologische ouders verdienden dat kind niet. Zijn moeder wilde hem destijds niet eens houden en zijn vader was een gewelddadige crimineel. Als ze het ooit zouden klaarspelen een normaal leven te gaan leiden, moesten ze tegen die tijd maar weer kinderen krijgen.

Joey hoorde bij Molly en hem. Punt, uit.

Jack drukte zijn voorhoofd tegen het raam en ging verzitten, voor zover dat mogelijk was in deze krappe ruimte. Niemand zou Joey pijn doen of meenemen zolang Jack daar iets tegen kon doen. Hij sloot zijn ogen en liet zijn opstandige hart tot rust komen door de warmte van de zon. Zijn liefde voor Joey was intenser dan elke emotie die hij ooit gekend of ervaren had. Dat was het bewijs dat de rechter het mis had. Rip en Wendy Porter waren niet de echte ouders van deze jongen.

Dat waren Molly en hij.

Een paar minuten later landde het vliegtuig. Na het uitstappen, toen hij met zijn enige koffer over de landingsbaan liep, nam Jack zijn omgeving in zich op: de palmbomen wuifden in het milde oceaanbriesje en de lucht was zo blauw dat het bijna pijn deed om ernaar te kijken. Hij rook de zilte geur van de oceaan.

Hij stelde zich voor hoe hun leven hier zou zijn. Molly zou Joey helpen met zijn lessen en zorgen dat hij klaar was voor school als het veilig genoeg was om naar Europa te verhuizen. Jack zou zich af en toe in de stad wagen om eten en andere voorraden in te slaan en op lome zomermiddagen zou hij op het strand zitten en gitaar spelen. Ze zouden urenlang samen in de oceaan zwemmen en over het strand rennen. 's Avonds zouden er duizenden sterren aan de lucht staan en ze zouden eindeloos de tijd hebben om met elkaar te praten.

Het zou Joey beslist geen kwaad doen om een paar jaar zo te leven. En als de zoektocht naar hen gestaakt was, konden ze opnieuw beginnen in Engeland, Ierland of Duitsland; daar waren goede scholen, zodat Joey de allerbeste opleiding kon volgen en intussen interessante, welopgevoede kinderen leerde kennen. Twee jaar op de Kaaimaneilanden wonen zou geen probleem zijn. Als er een eind moest komen aan het leven dat ze nu kenden, was dit een prima plek om opnieuw te beginnen.

Jack versnelde zijn pas. Hij had drie drukke dagen voor de boeg. De eerste anderhalve dag zou hij volledig in beslag genomen worden door vergaderingen, zakenlunches en diners met leidinggevenden. Daarna zou hij met het vliegtuig een uitstapje maken naar Little Cayman, waar afgelegen huizen in overvloed te huur stonden. Als alles goed ging, zou hij een strandhuisje kunnen huren en een eerste aanbetaling doen onder zijn nieuwe naam: Walt Sanders.

De eerste dag verliep volgens planning; tijdens de maaltijden weerstond Jack de verleiding om eilandbewoners uit te horen over de meest afgelegen stranden. Hij wilde niets doen wat later tegen hem gebruikt kon worden. Zodra het tot de autoriteiten doorgedrongen was dat ze op de vlucht geslagen waren, zou zijn baas ondervraagd worden en dat zou opsporingsambtenaren naar Grand Cayman leiden. Het was van het grootste belang dat hij tijdens dit uitstapje niets deed wat hem zou kunnen verraden.

Voor zover de eilandbewoners wisten, was hij de volle drie dagen bezig met zakelijke afspraken.

De Kaaimaneilanden staan onder Britse heerschappij, maar ze bevinden zich midden in het Caribische gebied. Het zijn slechts drie eilanden. Handel en toerisme vinden voornamelijk plaats op Grand Cayman, het grootste eiland. Daar wilde Jack ver vandaan blijven. Op dat eiland woonden te veel mensen die hij wilde vermijden; de kans dat hij daar herkend werd, was te groot.

De volgende middag vloog hij naar Little Cayman. Op dat eiland had hij ook een cliënt; dat gaf hem een legitieme reden om daar te zijn. Hij bracht een half uur door met zijn cliënt en nam daarna een taxi naar het dichtstbijzijnde makelaarskantoor. Het was een klein, stoffig kantoortje; hij kreeg de indruk dat de makelaars het grootste deel van hun tijd op het strand doorbrachten, zoals iedereen op dit afgelegen eiland deed.

'Ik zoek een strandhuis dat ik voor langere tijd kan huren,' vertelde hij de oudere vrouw achter het bureau. Molly en hij hadden hierover gepraat. Ze wilden geen huis kopen. In feite waren ze van plan al het geld in contanten op te nemen en hun bankrekening op te heffen zodra ze op de Kaaimaneilanden waren. Het was weliswaar een groot bedrag, maar Jack kon vragen om grote coupures. Met hun nieuwe paspoorten moesten ze flexibel en mobiel zijn. Als iemand verdenkingen tegen hen koesterde of als de autoriteiten besloten hen op de Kaaimaneilanden te zoeken, moesten ze kunnen ontsnappen zonder geld achter te hoeven laten.

De vrouw glimlachte. 'We hebben veel huizen die voor u geschikt zijn.' Ze sprak met een Brits accent. 'Hebt u vandaag nog tijd om ze te bezichtigen?'

Jack was door het dolle heen. Dit was precies wat hij gehoopt had. 'Ja.' Hij keek even op zijn horloge. 'De rest van de middag.'

De vrouw had een open jeep, waarmee ze over een weg reden die weliswaar Main Street heette, maar ongeplaveid was. Naarmate ze verder kwamen, ging de weg steeds meer op een slecht onderhouden voetpad lijken. Na een tijdje was elk spoor van bebouwing verdwenen. De weg liep door dichte vegetatie en langs palmbomen. Van tijd tot tijd maakte de makelaar zonder voorafgaande waarschuwing een scherpe bocht naar rechts, zodat ze op een nog smallere weg kwamen die uitkwam bij een groepje huizen.

Alle huizen waren op zich fraai, maar Jack wilde geen buren hebben. Het eerstvolgende huis moest meer dan een kilometer verderop zijn. 'Hebt u iets met meer privacy?'

'Jazeker.' Op haar gezicht stond te lezen dat ze meer privacy niet per definitie een goed idee vond. 'Dichter aan de kust, verder bij de winkels vandaan.'

'Ja.' Hij glimlachte. 'Dat is prima.'

De vrouw stuurde haar jeep weer de hoofdweg op. Het daaropvolgende kwartier reed ze zwijgend door. Toen ze eindelijk een bocht naar rechts nam, besefte Jack dat ze aan het andere eind van het eiland moesten zijn. Dit pad was anders dan de vorige die ze hem had laten zien. Deze oprit was minstens drie kilometer lang.

Toen ze eindelijk op een open plek kwamen, glinsterde de oceaan hen tegemoet. Iets verderop naar links stond een wit huis met een met schermen beschut terras. Het leek wel wat op de strandhuizen in Zuid-Florida. Het gebouw was oud en onopvallend; het stak nauwelijks af tegen het witte zandstrand.

'Dit staat leeg, en het is moeilijk te verhuren.' De vrouw wierp een minachtende blik op het huis. 'De meeste cliënten geven de voorkeur aan wat betere voorzieningen. Dit is niet bepaald het beste wat Little Cayman te bieden heeft.'

Nee, dacht Jack. Maar voor hen was het ideaal. Dat kon hij nu al zien. Ze stapten uit de jeep en Jack liep in de richting van het water.

'Wilt u het niet eerst van binnen zien?' De vrouw keek verbaasd.

'Nee. Ik wil eerst het strand zien.'

'Dat soort dingen zal ik nooit begrijpen.' De vrouw wapperde met haar hand. 'Amerikanen sporen niet.'

Jack lachte, maar versnelde zijn pas. Vanaf de waterkant was het uitzicht adembenemend, alsof het zo uit een advertentie of een film kwam. De hele omgeving was zo rustig dat hij het gevoel kreeg dat ze de enige mensen op aarde waren. Er waren geen huizen te zien.

Iemand had een oude picknicktafel in het zand laten staan, vlak naast een groepje palmbomen. Jack zag voor zich hoe Molly, Joey en hij daar over een paar maanden zouden zitten. Aan die picknicktafel zouden ze naar de schitterende zonsondergang kijken. Ze zouden er kaartspelletjes doen en lachen om dingen die Joey zou zeggen en doen. Hij holde over het strand terug naar de plek waar de vrouw stond te wachten. 'Ja...' Hij was buiten adem en zijn hart ging tekeer, niet zozeer van het rennen over het zand als van louter opwinding. Het huis was precies wat hij zocht. Hij haalde zijn digitale camera uit zijn broekzak en nam een stuk of twaalf foto's.

'Maar u hebt nog lang niet alles gezien.' Ze fronste haar wenkbrauwen en keek hem aan alsof hij van een andere planeet kwam. 'We moeten nog een kijkje in het huis nemen.'

Toen herinnerde hij zich waar hij mee bezig was. Hij wilde absoluut niet vreemd overkomen. De kans dat deze vrouw ooit ondervraagd zou worden over deze middag, was bijzonder klein. Maar toch...

Hij grinnikte, stopte zijn camera weer in zijn zak en klopte zijn handen af aan zijn broek. 'Ja. Laten we daar eens een kijkje nemen.'

Het huis had drie slaapkamers en een ruime woonkamer. Het scherm van de veranda was hier en daar gescheurd, maar dat kon hij gemakkelijk repareren. De keuken was heel eenvoudig, maar er stond wel een koelkast. De wasruimte was beslist kleiner dan Molly gewend was. Maar ook hier waren de apparaten bij de huur inbegrepen. Hij zou alleen zo nu en dan een paar meubelen, wat beddengoed en andere basisbehoeften in het dorp moeten kopen; dan zouden ze hier zo kunnen intrekken.

Tijdens de terugrit naar het makelaarskantoor zei Jack vrij weinig. Hij had het druk met het in zich opnemen van het natuurschoon: de weelderige planten en bomen, de tropische geuren. Het was moeilijk te geloven dat dit binnen twee maanden hun thuis zou zijn. Ja, het zou een hele verandering zijn. Vooral voor Molly. Zelf had hij er geen enkel probleem mee de zakenwereld achter zich te laten. En op een dag, als ze naar Europa verhuisden om te zorgen dat Joey een goede opleiding kon volgen, zou hij weer een baan kunnen zoeken. Hij zou weer in de farmaceutische verkoop gaan.

Molly daarentegen zou afscheid moeten nemen van haar vriendinnen, haar kennissen en alles waaruit hun leven nu bestond. Het ergste was nog dat ze Beth zou verliezen. Bij deze gedachte moest Jack even slikken om zijn emoties te bedwingen. Ze hadden geen keus. Door dit te doen, zouden ze tenminste elkaar nog hebben. Elke keer dat ze erover gesproken hadden, had Molly hetzelfde gezegd.

'Als ik jou en Joey maar heb, schat. Meer heb ik niet nodig.'

Toen Jack aan boord ging van het vliegtuig naar huis, had hij alles geregeld. Onder de naam Walt Sanders had hij de huurovereenkomst ingevuld en een waarborg betaald. Hij had tegen de makelaar gezegd dat ze het huis minstens een jaar nodig zouden hebben en dat ze rond half september contact met haar zouden opnemen, zodra ze op het eiland waren.

Tot slot had hij een bankrekening geopend. Alles was anders op de Kaaimaneilanden. Om te beginnen waren er meer banken dan waar ook ter wereld. Alleen al op Grand Cayman bevonden zich binnen een gebied van ongeveer vijfendertig kilometer meer dan vijfhonderd banken en andere financiële instellingen. Geld verbergen zou hier gemakkelijker zijn dan waar dan ook ten zuiden van Florida. Hier kon iedereen die dat wilde onder een valse naam een rekening openen; zolang je maar geen lening wilde afsluiten, zou geen enkele bank ooit vragen stellen.

Jack opende een rekening op naam van Walt en Tracy Sanders en stortte daar drieduizend dollar op. De bankmedewerker begon een vriendelijk gesprek en Jack zei dat hij samen met zijn gezin een jaar naar de Kaaimaneilanden zou komen omdat hij aan een project moest werken.

'Heel goed.' De man nam het geld maar al te graag van Jack aan. 'Uw bankrekening staat geheel tot uw beschikking.'

Nu zat Jack goed en wel aan boord van het vliegtuig. Hij ging wat gemakkelijker zitten en sloot zijn ogen. Hij had overal voor gezorgd; hij wist zelfs de naam van de plaatselijke kruidenier en van een paar meubelwinkels op Grand Cayman. Little Cayman was namelijk zo klein dat er alleen een kleine winkel met levensmiddelen te vinden was. Hij kon bijna niet wachten om Molly te spreken en haar de foto's van het huis op Little Cayman te laten zien. Een paar keer werd zijn voldoening ondermijnd door angst, maar die zette hij meteen weer van zich af. Ze deden wat ze moesten doen.

Alles zou prima voor elkaar komen.

18

Een half uur geleden was Joey samen met Allyson Bower vertrokken voor zijn tweede bezoek aan de familie Porter, en Molly was in paniek. Jack en zij zaten in de auto, maar Jack reed niet snel genoeg. Het zou nog een kwartier duren voordat ze bij het vliegveld waren.

'Schiet op!' Ze beet op haar vinger en tikte met haar voet op de automat. Sneller, ze moesten sneller zijn. 'We halen het nooit.'

Ze moesten Joey zien voordat hij in het vliegtuig stapte. Ja, hij was ditmaal een stuk rustiger geweest toen Allyson hem ophaalde. Hij had maar een beetje gehuild. Allyson leek even gefrustreerd als de vorige keer. Ze had hun verteld dat ze de rechter verscheidene malen had opgebeld, maar die wilde nog steeds geen duimbreed wijken. Binnenkort zou de jongen bij de familie Porter horen.

Joey was nog even naar de wc gegaan voordat hij vertrok. Toen hij eruit kwam, droogde hij zijn natte handen af aan zijn spijkershort. Zijn wangen vertoonden sporen van tranen, maar hij snikte niet en klampte zich niet hysterisch aan Jack vast.

Molly stak haar handen naar hem uit en vroeg zich af of veranderingen altijd zo verliepen. Werd alles wat aanvankelijk afschuwelijk en angstaanjagend was geweest, geleidelijk aan niet meer dan verdrietig en ongemakkelijk? Zou het uiteindelijk op een dag zelfs aanvaardbaar zijn, omdat het nu eenmaal bij het leven hoorde?

De eerste week na zijn eerste bezoek aan de familie Porter was Joey blijven stotteren. Ook had hij in de loop van die week een paar keer in bed geplast, iets wat hij het laatste jaar niet meer had gedaan. Maar nu praatte hij weer normaal en stond 's nachts weer op om naar de wc te gaan, net als voorheen.

Ze hield Joey stevig vast en fluisterde in zijn oor: 'Bel me op, oké? Voordat je naar bed gaat.'

Hij leunde iets naar achteren, met zijn handen nog steeds in haar nek. 'Ik heb God weer gevraagd of Hij met mij meegaat.'

'Mooi zo.' Molly meende het. Ze had nog altijd vreselijke angsten: dat hij zou omkomen in een vliegramp, zou stikken in een hotdog of doodziek zou worden zonder dat iemand het merkte. Toen ze de laatste keer samen met Jack bij Beth en Bill was geweest, had Molly een besluit genomen. Waarom zou ze bij het bidden doen alsof? Als Joey met God kon praten, kon zij dat ook. Ze kuste haar zoon op zijn neus. 'Ik zal het Hem ook vragen.'

Van Jack had Joey al eerder afscheid genomen. Nu stond Jack een eindje verderop met mevrouw Bower te praten. Joey wreef zijn neusje tegen Molly's neus. 'Eskimoneuzen.'

Ze volgde zijn voorbeeld. Daarna knipperde ze met haar wimpers tegen zijn wang. 'En vlinderkusjes.'

Hij begon daar ook mee, maar halverwege hield hij op en liet zijn voorhoofd tegen het hare rusten. 'Ik ga je zo erg missen, mama.'

'Joey toch...' Haar hart brak. Ze probeerde zich het huisje op Little Cayman voor te stellen. Dit hele afscheid was maar tijdelijk. Binnenkort zouden ze voorgoed bij elkaar zijn en dan zou niemand Joey ooit bij hen weghalen. Ze hield hem nog even vast. 'Ik zal jou ook missen.'

Gus zat vlakbij en begon uitgerekend op dat ogenblik zachtjes te janken. Joey liet Molly los en sloeg zijn armen om de hond heen. 'Jij vindt het niet leuk als ik wegga, hè Gus?'

Hij vlijde zijn gezicht in de vacht van de hond. 'Hoorde je dat, mama?' Hij keek op. 'Gus vraagt of ik alsjeblieft hier mag blijven.'

'Zeg maar tegen Gus dat we allemaal zouden willen dat je blijft.' Molly deed een stap achteruit en ging naast Jack staan. Joey nam nogmaals afscheid van iedereen. Toen was mevrouw Bower klaar om te vertrekken. Zodra ze de deur uit waren, reageerde Molly alsnog zoals ze drie weken eerder verwacht had: ze zakte in Jacks armen ineen en huilde bittere tranen. Een kwartier later beseften ze allebei wat Joey vergeten was.

'We moeten er op tijd bij zijn. Hij kan niet zonder.' Molly schoof ongedurig heen en weer op de passagiersstoel en keek op haar horloge. 'Over een uur vertrekt het vliegtuig. Ze kunnen elk moment aan boord gaan.'

'Ik doe mijn best.' Jack grimaste.

De hele nachtmerrie bestond uit de ene krankzinnige dag na de andere. Alleen al het feit dat Joey uit hun gezichtsveld verdwenen was en samen met een maatschappelijk werkster aan boord ging van een vliegtuig naar Ohio, was nog steeds meer dan ze konden bevatten. De familie Porter, het gebrek aan hulp van advocaten, de halsstarrigheid van de rechter, die belachelijke wetgeving, hun plan om het land te verlaten; niets van dat alles leek echt te gebeuren. Vijf weken geleden had het leven hun nog toegelachen.

Maar zelfs te midden van alle waanzin was dit overduidelijk een heel belangrijk ogenblik. 'We moeten hem te pakken krijgen voordat hij vertrekt.'

'Dat gaat lukken.' Jack sloeg de afrit naar het vliegveld op; na de bocht gaf hij vol gas. Zes minuten later was de auto geparkeerd en renden ze samen de vertrekhal in. Bij de balie van de veiligheidscontrole vertelden ze dat hun minderjarige zoon vlucht 317 naar Cleveland zou nemen en dat hij iets vergeten was.

'Hij kan niet zonder.'

De veiligheidsbeambte hielp hen met alle plezier. Hij schreef een tijdelijk toegangsbewijs uit en begeleidde hen naar de toegangscontrole. De rij was die dag kort, dus binnen vijf minuten konden ze verder. Ze kwamen aangerend terwijl Allyson en Joey net in de rij gingen staan om aan boord te gaan. Joey zag er niet uit alsof hij nu huilde, maar zelfs op twintig meter afstand zag Molly dat zijn blik verdrietiger was dan ze ooit gezien had.

'Joey!' Ze herkende haar eigen stem nauwelijks. Ze klonk als een waanzinnige, maar dat kon haar niet schelen. 'Joey, wacht!'

Hij hoorde zijn naam en draaide zich om. 'Mama!' Hij rukte zijn hand los en rende naar hen toe. 'Papa!'

De maatschappelijk werkster stapte uit de rij. Zo te zien nam ze het hen absoluut niet kwalijk dat ze naar het vliegveld gekomen waren, maar ze moesten wel aan boord. Ze tikte op haar horloge. Als ze op het laatste ogenblik nog iets tegen Joey wilden zeggen, moesten ze opschieten.

Molly haalde het voorwerp uit haar tas en hield het haar zoon voor.

'Meneer Aap!' Joeys gezicht lichtte op. 'Die had ik vanmorgen in mijn bed laten liggen!'

'Dat weet ik.' Molly ging rechtop staan en bleef haar zoon aankijken. 'Ik zag hem pas toen je al weg was.'

'We zijn gauw hierheen gekomen om hem aan jou te geven.' Jack tilde Joey op en zwierde hem in het rond. 'Want we houden van jou.'

Joey giechelde. 'En ook van meneer Aap, hè papa?'

'Precies.' Een stralend ogenblik te midden van deze donkere dagen: hun hele gezinnetje en een speelgoedaap gevangen in één grote, hartelijke omhelzing.

In de verte keek Allyson Bower hen verontschuldigend aan en tikte weer op haar horloge. Jack reageerde op dit gebaar. Hij knuffelde Joey nog even en zette hem toen weer op de grond. 'Tijd om te gaan, kerel.'

'Oké.' Joeys blik werd weer verdrietig, maar minder dan tevoren. 'Weet je?' Hij keek eerst Jack aan en daarna Molly. 'God is altijd bij me, want God gaat altijd mee als je dat vraagt.' Hij stak het knuffelbeest omhoog. 'Maar meneer Aap moet ook mee. Want met hem kan ik knuffelen.' Hij trok een gek gezicht. 'En met God kun je niet knuffelen.'

'Dat is waar.' Molly bukte en gaf hem een kus. 'Ga nu maar, maatje. Mevrouw Bower staat op je te wachten.'

Met meneer Aap nog altijd stevig tegen zich aangeklemd zwaaide hij hen gedag. Even later liep hij samen met de maatschappelijk werkster de slurf van het vliegtuig in en verdween uit hun gezichtsveld. Molly was opgelucht. 'Ik ben blij dat we hem die aap mee konden geven.'

'Ik ook.'

Jack nam haar bij de hand en ze liepen, net als gewone mensen, de vertrekhal uit naar hun auto. Hun zoon zou de komende nacht in een vreemd bed slapen, in een huis dat ze niet kenden, bij twee mensen die ze nog nooit hadden gezien. Hij was het middelpunt van een voogdijzaak die overal in het nieuws zou zijn als zij ervoor kozen om de media in te schakelen. Zeer binnenkort zou hij ontvoerd worden naar een strandhuis op een eiland midden in de oceaan. Zijn naam zou veranderd worden van Joey in Aaron. Aaron Sanders.

Maar vannacht zou hij in ieder geval meneer Aap bij zich hebben.

Wendy stond voor de wastafel.

Haar gewone foundation zou genoeg moeten zijn om de blauwe plek op haar wang te bedekken, maar het lukte vandaag niet. De vlek schemerde er nog steeds doorheen, terwijl Joey en de maatschappelijk werkster elk ogenblik konden aankomen. Rip had haar duidelijke instructies gegeven.

'Of je werkt die plek weg, of je laat je gezicht helemaal niet zien. Ik zeg wel tegen die mevrouw Bower dat je niet thuis bent.'

Maar dat kon helemaal niet. Er waren heel specifieke afspraken gemaakt. Rip en Wendy moesten allebei thuis zijn om Joey te verwelkomen, zodat ze eventuele instructies met de maatschappelijk werkster konden doornemen. Wendy kon niet weg zijn; dat zou beslist verdacht overkomen.

Maar dat gold ook voor de blauwe plek.

Wendy voelde tranen in haar ogen opkomen; ze knipperde met haar ogen om ze tegen te houden. Ze mocht niet huilen, nu zeker niet. Haar tranen zouden de make-up die ze al op haar gezicht gesmeerd had, bederven. Ze snoof. *Niet huilen. Joey kan elk moment voor de deur staan. Dan is alles goed.*

Ze groef in haar toilettasje en vond het potje camouflagecrème waarmee ze kringen onder haar ogen wegwerkte. Dat was dik en kleverig spul, maar het zou de blauwe plek wel verbergen. Ze zuchtte beverig. Wat ze zichzelf ook wijsmaakte, het ging niet goed met haar. Joey op bezoek krijgen zou de andere ellende niet oplossen.

De ellende met Rip.

Het was zo goed gegaan tot het eerste bezoek. Maar toen hij niet onmiddellijk contact kreeg met Joey, leek er iets in hem te knappen. Hij was kortaf tegen Wendy, snauwde haar vaak af en vond telkens weer een reden om kwaad op haar te zijn. Dat zou op zich nog niet zo erg zijn, want tijdens die cursus in de gevangenis had hij geleerd hoe hij met zijn gevoelens om moest gaan.

Maar er bestond geen enkel hulpprogramma om goed te leren drinken.

Sommige mensen vielen in slaap als ze gedronken hadden; anderen gingen raar doen. En Rip? Voor zover Wendy zich kon herinneren, ging Rip altijd door het lint als hij gedronken had.

Daarom had Rip haar iets beloofd toen hij ontdekte dat ze Joey zouden krijgen en een gezinnetje zouden vormen.

Hij zou van de fles afblijven.

Misschien zo nu en dan een paar biertjes. Maar geen sterke drank meer. Niet nu hij op het punt stond vader te worden.

Die belofte had hij gebroken zodra Joey na zijn eerste bezoek weer vertrokken was. Die avond was Rip naar de slijter gereden, had twee flessen whisky gekocht en was weer naar huis gegaan. De eerste fles was al open voor hij over de drempel stapte. Wendy zei natuurlijk niets. Ze wist wel beter. Als hij dronk, moest ze uit zijn buurt blijven.

Daarom gaf ze hem de volgende ochtend beide flessen in handen, een fles was halfleeg, de andere nog steeds ongeopend, en vroeg hem een besluit te nemen. 'Ze kunnen nog steeds van gedachten veranderen wat Joey betreft, weet je.' Boos schudde ze met de flessen. 'Ze loeren op ons als roofvogels, ze houden in de gaten of we niks verkeerd doen.'

'Ik beslis zelf wat ik doe!' Rip zette een grote mond op, maar hij had eigenlijk geen keus. Later op de ochtend goot hij de aangebroken fles leeg in de gootsteen. Maandagmiddag, voordat hij zich weer bij de bioscoop moest melden om ingewerkt te worden, bracht hij de andere fles terug naar de winkel en kreeg zijn geld terug omdat hij beweerde dat het een ongewenst cadeautje was.

Daarmee was de kous af, wilde ze graag denken.

Daarna had hij zich een paar weken koest gehouden; hij werkte in de bioscoop en was trots op zichzelf. De meeste avonden was hij aardig tegen haar en vertelde haar hoe belangrijk hij in zijn nieuwe baan was. 'Ze hebben grote plannen met me, Wendy.'

'Mooi zo, Rip. Ik ben zo blij voor je.' Dat meende ze oprecht. 'Ik geloof in je, schat. Dat heb ik altijd al gedaan.'

Toen begon hij bier te drinken. Flink wat bier: elke avond

een paar flesjes meer. Maar geen sterke drank meer, tot twee dagen geleden.

Het begon met de vragen die hij stelde. 'Als dat joch me deze keer weer niet mag, wat dan?'

'Dat komt wel.' Ze wilde met hart en ziel dat het goed kwam. 'Geef hem gewoon de tijd om aan je te wennen, Rip.'

Nadat ze zo nog een uur gepraat hadden, graaide Rip naar zijn sleutels. 'Ik heb frisse lucht nodig.'

Toen hij terugkwam, had hij geen fles bij zich, maar het was duidelijk dat hij gedronken had. Op dat moment deed ze wat ze nooit had moeten doen. Ze confronteerde hem met zijn gedrag.

'Waar is die fles?' Ze kwam hem bij de voordeur tegemoet met haar handen in haar zij.

'Wat?' Hij stonk naar sterke drank en keek wazig uit zijn ogen. Kwaad wapperde hij haar weg. 'Uit de weg, jij.'

'Het gaat allemaal om Joey, hè? Je bent bang voor je eigen zoon, Rip. Zie je dat zelf niet in?'

Zijn gezicht verstrakte; zo ging het altijd. Deze spanning kon alleen een uitweg vinden in een stortvloed van razernij. 'Jij hebt me niet te zeggen...' Hij sloeg in haar richting, maar ze dook opzij.

'Dit is allemaal jouw schuld!' Ze was het helemaal zat om op eieren te lopen, te hopen dat hij aardig zou doen, dat hij nuchter zou blijven. Het werd tijd dat ze hem vertelde wat ze er werkelijk van vond. 'Jij was gemeen tegen Joey toen hij hier was, daarom mocht hij je niet!' Ze leunde naar voren en sprak luider tegen hem dan ze sinds zijn vrijlating had gedaan. Opnieuw haalde hij uit, maar zijn vuist raakte haar wang nauwelijks.

Ze deed een paar stappen achteruit. 'Wat doe je nou, Rip? Zo deed je ook tegen Joey. Jij denkt dat je mensen kunt intimideren en dat jij dan boven ze staat, klopt dat?'

'Die snotaap heeft geen manieren.' Hij sprak onduidelijk, ook al door zijn woede.

Maar Wendy verstond hem wel degelijk. Nu werd ze zelf ook kwaad. 'Zo praat je niet over Joey! Hij is geweldig, een heel lief jongetje.' Ze deed weer een stap achteruit. 'Misschien moet je eens proberen aardig voor hem te zijn. Pak hem niet zo hard bij zijn arm. Behandel hem zoals een vader zijn zoon behandelt!' Nu schreeuwde ze onbeheerst. Als Rip zijn woede op haar wilde botvieren, was zij als eerste aan de beurt.

Hij deed nog een stap in haar richting. Op zijn gezicht stond verbazing te lezen, en daarna een woede waar ze bang van werd. Het soort woede waardoor hij achteraf zou beweren dat hij niet aansprakelijk was voor wat hij nu zou doen. Nu kwam er een echte woedeaanval, dat wist ze zeker. Hij steigerde en haalde uit met zijn vuist.

Ditmaal stond de muur in de weg toen ze achteruit probeerde te gaan. Toen Rips vuist op haar af kwam, had ze nog net genoeg tijd om haar gezicht af te wenden, maar niet genoeg om uit de weg te gaan. De klap kwam op haar jukbeen terecht, zo hard dat ze tegen de vloer sloeg.

Zodra ze de grond raakte, kwam Rip weer bij zijn positieven. Ontzet keek hij naar haar en deed kleine stapjes achteruit. 'Wat... Wat heb ik gedaan?'

Mijn gezicht bont en blauw geslagen, dat heb je gedaan. Nu, twee dagen later en nog altijd kwaad, klakte Wendy met haar tong en keek kritisch in de spiegel. Ze depte de camouflagecrème over de blauwe plek en smeerde er nog een laag foundation overheen. Zo. Ze deed een stapje achteruit en bewonderde haar werk. Nu was het echt onmogelijk om de blauwe plek nog te zien. Met een kwastje bracht ze nog een dun laagje rouge aan.

Zo goed als nieuw.

Nadat hij haar geslagen had, gedroeg Rip zich als een echte heer. Hij had al verscheidene malen zijn excuses aangeboden en tot een paar uur geleden had hij niet eens meer op haar gemopperd. Maar nu wilde hij de blauwe plek weggewerkt hebben. Dat was duidelijk. Hij zat in de woonkamer tv te kijken en had haar duidelijke bevelen gegeven.

De deurbel ging en Wendy's hart sprong op van blijdschap. Joey was er! De vorige keer was hij aardig aan haar gewend geraakt. Diep vanbinnen moest hij geweten hebben dat zij zijn mama was, zijn echte moeder. Wendy deed het licht uit, rende door de gang en deed de deur open.

Het eerste uur verliep ditmaal een stuk beter. Joey huilde niet en Rip bemoeide zich nergens mee; behalve een paar beleefde groeten en korte antwoorden zei hij niets. De Indians speelden weer en al zijn aandacht was op de tv gericht. Maar voordat ze vertrok, vroeg Allyson Bower of Wendy even mee wilde lopen naar buiten.

Zodra ze op de stoep stonden, keek Allyson haar achterdochtig aan. 'Hoe gaat het nou met Rip?'

'Met Rip?' Wendy lachte; ze hoopte dat het verbaasd klonk en niet nerveus. 'Prima. Hij kan niet wachten tot we Joey voorgoed terug hebben, dat is alles. Deze overgangsperiode is voor iedereen lastig.'

De maatschappelijk werkster keek haar doordringend aan. 'Slaat hij je, Wendy?'

'Natuurlijk niet!' Onwillekeurig ging haar hand naar haar wang. Meteen liet ze haar arm weer zakken, maar het was al te laat.

'Je liegt tegen me.' Ze keek weer naar Wendy's wang. 'Ik weet zeker dat onder al die make-up het bewijs te vinden is dat het helemaal niet goed gaat met Rip.'

Wendy deed haar best om verontwaardigd te kijken. Het ging de maatschappelijk werkster helemaal niets aan. 'Rip en ik kunnen prima met elkaar opschieten. Hij heeft een cursus woedebeheersing gevolgd. Ik dacht dat ik dat al verteld had.'

'Ja hoor.' Allyson fronste haar wenkbrauwen. 'Hij heeft ook nog een ontwenningsprogramma voor alcoholisten gevolgd. Dat heb ik in zijn ontslagformulier gelezen.' Ze knikte in de richting van het huis. 'Maar in de koelkast zag ik zes blikjes bier staan.'

'Hoor eens even...' Wendy sloeg haar armen over elkaar. 'Het is niet verboden om af en toe een biertje te drinken. Het gaat echt prima met Rip en onze relatie kan niet beter.' Ze ging rechtop staan en deed haar best om geïrriteerd te kijken. Als de maatschappelijk werkster problemen vermoedde, zouden ze Joey misschien niet mogen houden. Dat mocht ze niet laten gebeuren. 'Het bevalt me niks dat u zoiets vraagt.'

'Vragen is mijn werk, Wendy.' Allyson keek weer naar Wendy's wang. 'Jij kunt wel voor jezelf zorgen. Wat jij met Rip doet, is jouw zaak. Dat moet je zelf weten.' Ze wees naar de deur. 'Maar dat kind is mijn zaak. Als Rip weer begint op te spelen, moet je mij dat meteen vertellen. Begrepen?'

'Ja. Prima.'

De maatschappelijk werkster ging weer naar binnen en gaf Joey dezelfde toespraak als de vorige keer: dat hij haar of zijn ouders mocht opbellen wanneer hij maar wilde. Ditmaal zei ze 'ouders' luid en duidelijk. Zodat ze goed begrepen wie zij als Joeys rechtmatige ouders beschouwde.

Toen ze weg was, zuchtte Wendy diep. Dat had niet veel gescheeld. De maatschappelijk werkster had het bij het verkeerde eind. Rip mocht haar dan af en toe slaan, maar Joey zou hij niet slaan. Een kind niet. Natuurlijk, hij zou hem misschien bij zijn arm pakken, maar dat was toch normaal? Als een kind niet meewerkte, deed je dat. Maar hij zou nooit zo woest en onbeheerst tegen Joey optreden als tegen haar.

Of wel?

Wendy ging naast Joey aan de keukentafel zitten. Weer had ze koekjes voor hem en weer doopte hij die in een glas melk.

Maar diep vanbinnen kon ze niet tot rust komen. De woorden van Allyson Bower achtervolgden haar de hele middag en avond.

Rip hield zich bijna voortdurend op een afstand, maar dat hielp niet. Wendy kon nog steeds geen vrede vinden en toen ze die avond naar bed ging, begreep ze eindelijk waarom niet. Dat Rip nooit een kind zou slaan, dat hij nooit zou uithalen naar zijn eigen zoon, was geen vaststelling geweest maar een vraag die ze zichzelf stelde. En wat ze ook wilde geloven, als het over Rip ging, wist ze het antwoord op die vraag niet zeker. Dat riep een andere vraag bij haar op, een vraag die haar het grootste deel van de nacht wakker hield.

Welke moeder bracht haar zoon willens en wetens in gevaar?

19

Beth kon er niet precies de vinger op leggen, maar er was iets met Molly. Voor de tweede keer zaten ze samen met Molly en Jack in de kerk en daar was Beth dolgelukkig mee. Ja, de omstandigheden waren triest, maar waar kon je beter hulp krijgen dan in de gemeente? God had beslist een plan met Joey, en Hij zou het tot een goed einde brengen. Daar bad Beth voor, en Bill ook.

Ze waren ervan overtuigd dat dit gebed verhoord zou worden.

Het feit dat Molly en Jack besloten hadden samen met hen te bidden voor het ouderlijk gezag over Joey was niets minder dan een wonder. Maar zelfs in aanmerking genomen wat er allemaal speelde in het leven van haar zusje, de telefoongesprekken met senatoren, congresleden en met de gouverneur van Florida, vond ze nog dat Molly zich anders gedroeg dan anders. Afstandelijker misschien.

Voorheen hadden Beth en Molly alle problemen die in hun leven speelden samen onder ogen gezien. Juist daarom was hun relatie in de loop van de jaren zo hecht gebleven.

Beth dacht terug aan de periode na de geboorte van Cammie, toen ze drie miskramen had gehad. Ze had zich afgevraagd of ze het wel zou overleven. Al die baby's die ze nooit zou leren kennen, die ze nooit zou zien voordat ze in de hemel kwam. Al die kinderen die niet zouden opgroeien met haar liefhebbende aanraking en de vriendelijkheid van Bill.

Beth zou dit verdriet niet hebben kunnen verdragen als ze Molly niet had gehad.

Molly had haar na elke miskraam een maand lang elke avond opgebeld. Wat er ook verder in hun leven speelde, ze zetten alles opzij en maakten er tijd voor om met elkaar te praten, te lachen of te huilen. En in de loop van die weken begon Beth het daglicht weer te zien. Haar geloof werd weer sterk en ze zag in dat God de maat van een mensenleven kent. Zelfs als het aantal levensdagen pijnlijk klein is.

Maar nu, midden in de grootste beproeving die Molly ooit meegemaakt had, spraken ze elkaar nauwelijks. Goed, ze gingen elke week een paar keer met de kinderen naar het zwembad en ze gingen ook nog steeds naar het park. Maar Molly gedroeg zich afstandelijk en hield de gesprekken kort. Zelfs vanmorgen in de gemeente.

Ze zaten op een rijtje in de kerkbank: Bill, Beth, Molly en Jack. Toen ze net zaten, hadden ze over koetjes en kalfjes gepraat, vooral over de werkvakantie naar Haïti. Het hele gezin Campbell was ingeschreven als deelnemer en ze verheugden zich erop Joey mee te nemen; het zou een nieuwe ervaring voor hem zijn.

Maar Beth voelde dat er iets niet klopte; het gesprek verliep op de een of andere manier verre van natuurlijk.

Toen Molly net gehoord had dat ze Joey zou kunnen kwijtraken, was ze volkomen buiten zichzelf geweest van verdriet. Ze huilde en beefde en kon nauwelijks de kracht opbrengen om te blijven ademhalen. Nu was ze nog wel verdrietig, ze was voortdurend verdrietig, maar ze leek minder wanhopig. Haar stem klonk hol, leeg, en in haar ogen stond iets te lezen wat Beth daar nog nooit gezien had. Ze wist niet hoe ze daarmee om moest gaan.

Beth ging wat naar achteren zitten toen de muzikanten begonnen te spelen. Ze genoot altijd volop van het zingen in de gemeente, maar vandaag bleef ze piekeren over Molly. Was er nog iets anders aan de hand? Zag ze iets over het hoofd? Waren er meer problemen dan Molly wilde toegeven? In haar relatie met Jack, misschien? Ze wierp een blik op haar zus, die vlak naast haar zat. Molly zat wel mee te zingen. Het was moeilijk te zeggen of ze het met hart en ziel deed, maar ze was tenminste hier. In de gemeente. Met alles waar zij mee te maken had, kon je nergens beter zijn.

Misschien was dat het wel. Misschien had de afstandelijkheid wel te maken met Molly's worsteling met het geloof. Beth keek naar de woorden op het projectiescherm. En dan was er nog een andere mogelijkheid, waarover ze met niemand wilde praten: niet met Bill en zeker niet met Molly.

Hoewel Molly bijna elke dag vertelde dat ze telefoongesprekken met ambtenaren had gevoerd en dat Jack contact opnam met advocaten, leken ze geen vooruitgang te boeken. Als iemand een van haar eigen kinderen zou weghalen, zou Beth inmiddels gezorgd hebben dat het verhaal overal in het nieuws was. Dan zou de rechter geteisterd worden door verslaggevers die hem vroegen waarom hij toeliet dat een dergelijke verschrikkelijke uitspraak standhield terwijl het kind in kwestie er alleen maar door beschadigd zou kunnen worden.

Molly en Jack leken bijna passief. Misschien waren ze verlamd door verdriet en hoopten ze dat er op het laatste moment een wonder zou gebeuren, het wonder waar Beth en alle anderen om aan het bidden waren. Dat wonder kon natuurlijk gebeuren. Het zou op de een of andere manier gebeuren. Dat geloofde Beth beslist. Wat ze niet kon geloven, was dat Molly en Jack niet meer moeite wilden doen voor Joey.

Of er nu een wonder gebeurde of niet, zij had verwacht dat Molly inmiddels helemaal razend zou zijn, de onderste steen boven zou willen halen, zelf de beslissing van de rechter zou aanvechten als geen enkele advocaat dat aandurfde. Maar de verhalen van haar zus gingen meestal over de laatste telefoongesprekken met verschillende politici en over de komende werkvakantie.

'Welke kleren pak jij in?' had ze vorige week gevraagd. En: 'Laten jullie de kinderen nog inenten voordat jullie vertrekken?'

Beth zou haar willen toeroepen: 'Molly! Word wakker! Ze kunnen elk moment je zoon bij je weghalen en jij denkt er alleen over na of hij lange of korte broeken nodig heeft op Haïti!'

Beth zat ongemakkelijk heen en weer te schuiven in de kerkbank. Als haar zus in blind geloof verder durfde te gaan, was dat sterk van haar. God was almachtig en sterk genoeg om Joey bij de familie Campbell in huis te houden als Hij dat wilde. Maar op dat ogenblik sloop er een andere mogelijkheid in haar gedachten, die zwaar op haar geweten drukte.

Misschien maakten Molly en Jack zich niet ongerust omdat ze een ander plan hadden, een meer drastische oplossing. Kwamen ze daarom misschien mee naar de gemeente en gingen ze daarom mee naar Haïti? Was het mogelijk dat ze erover dachten het land uit te vluchten en Joey mee te nemen? Beth concentreerde zich weer op de woorden van het lied dat ze zongen. Nee, dat zou Molly nooit doen. Nooit. Beth vond het vreselijk dat haar gedachten die kant uit gingen. Het was afschuwelijk om zo over haar zus te denken. Molly en Jack gehoorzaamden de wet. Ze zouden er geen ogenblik aan denken het land te ontvluchten, zich schuil te houden en tegen alle gezag in te gaan. Ze waren oprechte mensen, die hun plaats in de maatschappij en in hun eigen buurt innamen op een manier waar de meeste mensen een voorbeeld aan konden nemen.

Beth zong weer een paar regels mee.

Echt niet? Haar zus en zwager zouden er niet aan denken samen met Joey de benen te nemen. Of wel? Beth gaf zichzelf een standje en zette de gedachte uit haar hoofd. Het was volkomen logisch dat Molly wat afwezig was. Alles in haar leven liep uit de hand, zo zou ze het wel voelen. Natuurlijk was ze niet helemaal zichzelf. Ze was diep geschokt.

Toch nam Beth Molly even apart na afloop van de dienst en alweer een bijeenkomst over de werkvakantie naar Haïti. 'Jullie hebben deze werkvakantie toch wel besproken met die maatschappelijk werkster van Joey? Want met die voogdijtoestand moeten jullie vast haar toestemming hebben voordat je hem kunt meenemen het land uit.'

Heel even leek Molly paniekerig te kijken. Misschien was het verbeelding, maar Beth dacht te zien dat Molly het doodsbenauwd kreeg bij de gedachte dat ze deze werkvakantie met de maatschappelijk werkster moest bespreken. Maar dat duurde maar even. Daarna glimlachte ze zachtmoedig. 'Natuurlijk, Beth. We hebben haar toestemming al.'

'Mooi zo.' Beth knikte, van harte opgelucht. 'Dan weten we dat tenminste zeker.'

De hele weg naar huis stond ze zichzelf deze opluchting toe. Ze leek wel gek om te denken dat haar zus samen met Joey zou vluchten voor de wet, weg uit de Verenigde Staten. Waarschijnlijk was ze gewoon wat afgeleid door de zoektocht naar een advocaat of politicus die hen kon helpen. En ze zouden hulp krijgen. Er zou een wonder gebeuren.

Dat geloofde Beth met hart en ziel.

Allyson Bower verbrak de verbinding en haalde zich het hele gesprek weer voor de geest. Het was dinsdagmiddag en zojuist had Molly Campbell haar gebeld met een bijzonder verzoek. Haar man en zij wilden Joey meenemen op een werkvakantie, georganiseerd door hun kerk. De groep zou vijf dagen naar Haïti gaan om herstelwerkzaamheden te verrichten in een weeshuis en de kinderen daar te leren kennen.

Dat zou toch wel mogen?

Als door de staat erkend maatschappelijk werkster was Allyson erin getraind om noodsignalen te herkennen. Ze had de verantwoordelijkheid voor kinderen, en kinderen weten maar zelden wanneer ze in moeilijkheden zijn. Daarom hadden ze een volwassene nodig die door de staat was aangesteld om te helpen onderscheiden of een situatie gevaarlijk was of niet. Iemand die voor hun welzijn opkwam.

Dit echtpaar stond op het punt de zoon te verliezen die al bijna vijf jaar in hun leven was, en een week voordat ze definitief de voogdij moesten afstaan, wilden ze haar toestemming hebben om het kind mee te nemen naar het buitenland.

Normaalgesproken zou ze meteen weten wat ze moest antwoorden.

Geen denken aan!

Als het misging en de hele familie Campbell verdween, waren de problemen en de daaropvolgende kritische onderzoeken voor Allyson niet te overzien. Zodra de adoptiefouders het land uit waren, zou het moeilijk worden om hen terug te krijgen in de Verenigde Staten, zelfs als ze een huis in Port-au-Prince kochten en hun naambordje op de voordeur hingen.

Toch sprak het idee Allyson om de een of andere reden wel aan. Voor het laatst samen op vakantie, een laatste week om de emotionele band met Joey te versterken en hem te laten zien wat zij belangrijk vonden. Bovendien zou Joey misschien wel bevriend raken met een van de weeskinderen en misschien kon de familie Campbell dat kind wel adopteren. Een kind uit Haïti.

Dat was een reële mogelijkheid.

Het probleem was dat Allyson in het dossier van de familie Campbell niets had gezien over een kerkelijke gemeente of over het belang van het christelijk geloof in hun leven. Ze had Molly Campbell de naam van de gemeente gevraagd, dus nu was het eigenlijk gemakkelijk. Allyson kon het even controleren; als hun verhaal bleek te kloppen, als ze echt bij een kerk waren ingeschreven om mee te gaan op werkvakantie, zou zij deze situatie aan de rechter voorleggen en hem aanraden toestemming te geven.

Hiervoor had ze geen gerechtelijk bevel nodig. Ten tijde van deze werkvakantie zou de familie Campbell gedeelde voogdij over Joey hebben. Pas de vrijdag erna zouden ze het gezag voorgoed kwijtraken. Als zij ter gelegenheid van dit afscheid met hun zoon op vakantie wilden, zou zij hun die gelegenheid niet onthouden.

Als het allemaal maar klopte.

Allyson toetste het telefoonnummer van de kerk in kwestie in. Toen ze een secretaresse aan de lijn had, vertelde ze waarom ze belde: dat ze maatschappelijk werkster was en moest verifiëren of bepaalde mensen waren ingeschreven als gemeenteleden.

De secretaresse reageerde vriendelijk. 'Ga uw gang.'

'Het gaat om Jack en Molly Campbell. Ze zeggen dat ze lid zijn en regelmatig de diensten bezoeken.'

Via de telefoonlijn hoorde ze het geluid van aanslagen op een toetsenbord. 'Een ogenblikje. Ik kijk even in de computer.' De secretaresse zweeg even. 'Ja, hier staan ze. Jack en Molly Campbell.'

'Dus ze zijn inderdaad lid van de gemeente?'

'Even kijken. Ja, op hun informatiekaart staat dat ze lid zijn.'

'Wat betekent dat precies? Hoelang komen ze al in de gemeente?'

'Tja, dat is per persoon verschillend. Wij stellen geen speciale eisen aan het lidmaatschap.' Ze dacht even na. 'Maar ik zou zeggen dat de meeste mensen geen lid worden voordat ze hier minstens een jaar komen.'

Allyson glimlachte. Alles leek te kloppen. 'Is er een manier om te bewijzen dat de familie Campbell al een jaar komt?'

‘Nee, daar houden we geen toezicht op. Maar we kijken wel naar de giften. Onze leden geven in het algemeen ook nogal regelmatig een bijdrage.’

‘Hoe zit dat met de familie Campbell? Geven zij regelmatig?’

‘Dat zal ik hieronder even nakijken.’ Weer zweeg ze even. ‘Ja. Daar lijkt het wel op. De laatste, even zien, dertien maanden heeft de familie Campbell maandelijks gedoneerd.’

Allyson maakte snel aantekeningen van alles wat de secretaresse haar vertelde. Daarna informeerde ze naar de werkvakantie.

‘Die reizen organiseren we speciaal voor onze leden. Dit is een gezinsreis. Ouders kunnen samen met hun kinderen een onvergetelijke week beleven. Ze gaan helpen in een van de zes weeshuizen in en rond Port-au-Prince, die wij als gemeente ondersteunen. We hebben teams van twaalf tot vijftien personen samengesteld; elk team gaat naar een ander weeshuis.’

‘En is er ook toezicht vanuit de gemeente?’

‘Ja, elke groep wordt begeleid door iemand van de gemeenteleiding.’

Allyson glimlachte en voegde die informatie toe op het papier dat voor haar lag. ‘Prachtig. Bedankt voor uw tijd.’

Die middag legde ze de kwestie voor aan de rechter.

Hij las het dossier, keek haar aantekeningen door en fronste zijn wenkbrauwen. ‘Een werkvakantie naar Haïti?’

‘Edelachtbare, u moet begrijpen dat werkvakanties naar Haïti de gewoonste zaak van de wereld zijn.’ Geestdriftig bepleitte ze toestemming voor de familie Campbell. ‘Ze gaan met een groep mee, onder toezicht van iemand uit de gemeente.’

Hij keek haar waakzaam aan. ‘Vlak voor de overdracht van het ouderlijk gezag.’

‘Edelachtbare, vrijwel alle bewoners van Haïti zijn zeer donker van huid. Als de heer en mevrouw Campbell midden in de nacht de benen nemen, zullen ze beslist op het vliegveld opgepakt worden. Ze vallen daar op, geloof me.' Ze zuchtte en wuifde in de richting van de klok. 'Ik zou graag vandaag nog de familie Campbell willen opbellen met het bericht dat ze toestemming krijgen. Dit is bijzonder belangrijk voor hen, edelachtbare. Ik heb er een goed gevoel over.'

De rechter tikte met zijn vinger op de stapel papieren voor zich. Na een tijdje zuchtte hij diep. 'Goed.' Hij keek haar streng aan. 'Ik weet hoe u over dit geval denkt, mevrouw Bower. Maar de wet is de wet.'

'Ja, edelachtbare.'

'Ik zal toestemming geven.' Hij kneep zijn ogen tot spleetjes. 'Maar het is te hopen dat u gelijk hebt.'

Ze kon nauwelijks wachten om Molly Campbell op te bellen. 'Dank u wel, edelachtbare.'

Een kwartier later zat ze weer in haar eigen kantoortje aan de telefoon. 'De rechter geeft u toestemming, mevrouw Campbell. Alles is helemaal in orde.' Ze probeerde haar toon professioneel te houden en niet triomfantelijk te klinken. Ze werd verondersteld namens de staat te spreken en geen partij te kiezen. 'U krijgt toestemming om Joey mee te nemen op die werkvakantie, als u zich houdt aan de data die u aan ons hebt verstrekt.'

'Dank u wel.' Molly's opluchting klonk duidelijk in haar stem door.

Allyson was ontroerd. 'Ik hoop dat jullie een fijne tijd met elkaar hebben, mevrouw Campbell.'

'Ja. Het zal voor ons alle drie heel bijzonder zijn.'

Toen het gesprek voorbij was, verbrak Allyson de verbinding. Natuurlijk had ze nog wel enige achterdocht over de reden waarom de familie Campbell op reis ging; ze had te veel meegemaakt om helemaal onbevangen te zijn. Maar ze had voor deze toestemming gevochten vanwege één bepaald beeld: de zwaar opgemaakte wang van Wendy Porter. Rip Porter had haar weer mishandeld. Als ze in deze situatie een van beide echtparen van leugens verdacht, kwam de familie Porter voor haar als eerste in aanmerking. Bovendien had ze haar werk gedaan door het verhaal van Molly Campbell te controleren.

De rest was niet haar verantwoordelijkheid.

20

Jack had Molly beloofd dat hij voor de financiële kant zou zorgen en tot nu toe maakte hij die belofte waar. Zijn oplossing voor de kwestie met de kerk was zonder meer briljant geweest.

Aanvankelijk waren ze van plan geweest de werkvakantie geheim te houden voor de maatschappelijk werkster. Het ging niemand iets aan als zij Joey mee wilden nemen op een werkvakantie. Maar aangezien Beth het afgelopen zondag in de gemeente aan Molly had gevraagd, moesten ze terugvallen op 'plan B': Allyson Bower opbellen en haar om toestemming vragen. Voordat ze dat deden, moesten ze zorgen dat hun verhaal klopte. Als ze de maatschappelijk werkster vertelden dat ze lid waren van de Bethel Bijbelgemeente, moesten ze ook in staat zijn dat te bewijzen.

Gelukkig stelde deze gemeente nauwelijks eisen aan haar leden, en aangezien er ieder weekend duizenden mensen naar de samenkomsten kwamen, was er ook geen controle op de feitelijke aanwezigheid van één bepaald gemeentelid. Alleen uit overgemaakte giften of cheques viel te concluderen dat iemand bij de gemeente hoorde. De middag na het gesprek tussen Molly en Beth schreef Jack thuis dertien cheques voor tweehonderd dollar uit. Op elke cheque zette hij een andere datum uit het verleden: dat was telkens de eerste dag van de maand, netjes op volgorde. Hij stopte elke cheque in een envelop, plakte die dicht en schreef de maand voorop. Vervolgens stopte hij de dertien enveloppen in een grotere, bruine envelop en haastte zich terug naar de kerk.

Er waren nog steeds diensten bezig; de laatste was net begonnen. Hij ging naar de boekentafel van de gemeente en legde de man die daar toezicht hield, uit dat hij de secretaresse van de gemeente moest spreken en dat het nogal dringend was. Ze was niet aanwezig, werd hem verteld. Toen hij echter verklaarde dat hij giften voor de gemeente wilde afdragen, vond de toezichthouder binnen de kortste keren iemand die bij de administratie werkte.

Het bleek een studente te zijn die daar stage liep.

Toen Jack zag hoe jong het meisje was, kostte het hem moeite zijn opluchting niet te laten merken. 'We hebben een fout gemaakt en ik vind het echt vreselijk,' vertelde hij haar. Zo te zien was ze hooguit twintig. Hij zette zijn charmantste glimlach op. 'Meer dan een jaar geleden hebben mijn vrouw en ik besloten regelmatig iets te doneren: elke maand een vast bedrag.' Hij hield de envelop omhoog. 'We hebben elke maand een cheque uitgeschreven en die hierin gestopt. Maar wat blijkt nou?' Hij trok een gek gezicht. 'Ik dacht echt dat zij ze meenam, maar zij dacht dat ik dat deed!'

'Op die manier.' Het meisje had haar wenkbrauwen opgetrokken. 'Nou ja, vergissen is menselijk. Waarom stopt u ze nu niet gewoon in de collectekist achter in de kerkzaal?'

'Nou, zo gemakkelijk is het niet, zie je.' Hij grimaste en keek over zijn schouder. 'Mijn vrouw schaamt zich een ongeluk voor deze hele toestand. Ze denkt dat de mensen ons als heidenen zullen beschouwen omdat we al die maanden geen cent gegeven hebben.' Hij wees op zichzelf. 'Het is mijn schuld, dus ik heb gezegd dat ik het in orde zou maken.'

Het meisje schudde haar hoofd en glimlachte meewarig. 'Hoe kan ik u helpen, meneer?'

'Als je deze cheques op de aangegeven datum in jullie systeem zou willen invoeren, ben ik je immens dankbaar.' Hij schonk haar zijn beroemde glimlach, de glimlach waarmee hij als verkoper sinds hij van school kwam ieder jaar een bonus binnengehaald had. 'Wij willen graag dat in de administratie onze intentie te zien is: dat we van plan waren elke maand dit vaste bedrag te geven. Je begrijpt toch wel wat ik bedoel? Dat willen we liever dan dat jullie alles bij elkaar optellen en het als één grote donatie op onze naam zetten.'

'Voor de belasting, bedoelt u?' Ze keek zenuwachtig. 'We mogen niets veranderen vanwege belastingvoordeel, dat weet ik zeker.'

Hij schudde zijn hoofd en wuifde dat idee weg. 'Nee, nee. Het heeft niets met de belasting te maken.' Hij grijnsde weer. 'Het is nu juli. Het enige wat ik wil, is dat mijn vrouw zich wat beter voelt over de verantwoording over onze giften. Die sturen jullie ons toch aan het eind van het kalenderjaar? In feite wil ik juist dat daar minder staat, want de helft van dat geld had vorig jaar gegeven moeten worden. Begrijp je?'

'Dus u wilt geen verklaring over de giften van vorig jaar, terwijl een aantal van uw giften voor vorig jaar ingevoerd zullen worden?'

'Inderdaad. Vorig jaar is verleden tijd. Ik ben niet uit op belastingvoordeel, maar we willen met opgeheven hoofd in deze gemeente kunnen komen.'

Ze leek het nog steeds niet te begrijpen. 'Dus u bedoelt dat ik elke gift apart moet invoeren op de datum die op de cheque staat?'

'Precies.'

Ze fronste haar wenkbrauwen. 'Maar als ik dat doe, krijgt u geen belastingaftrek voor de cheques die gedateerd zijn op het vorige kalenderjaar.'

'Dat weet ik.' Hij schonk haar een scheve grijns. 'We zijn niet geïnteresseerd in belastingteruggave. Echt niet. Ik wil alleen maar mijn vrouw gelukkig maken, daar gaat het om.'

Dat bleek de juiste tekst te zijn. Ze glimlachte en knikte.

'Waren er maar meer mensen zoals u. Voor het budget van de gemeente zullen we het als één grote donatie noteren. Maar in de administratie kunnen we best elke cheque op zijn eigen datum invoeren. Ik zou niet weten wat daar op tegen is.'

'Bedankt.' Hij deed zijn best om het nederig te laten klinken. 'Zou het zo snel mogelijk zo gedaan kunnen worden, denk je? Mijn vrouw durft bijna geen voet meer in de kerk te zetten tot het geregeld is.'

'Weet u wat?' Het meisje glimlachte en keek even op de klok aan de muur. 'Ik doe het nu meteen even. Ik heb toegang tot de computer.' Ze schonk Jack een veelzeggende blik. 'Maar vertel uw vrouw alstublieft dat niemand op haar neer zou kijken omdat jullie niets gegeven zouden hebben. Er zijn zo veel mensen die dat niet doen. Dit is een gemeente, geen vereniging waar contributie verplicht is. Bovendien zijn er maar een paar mensen die zien wat er allemaal gegeven wordt.' Ze nam de envelop van hem aan. 'Dan weet u dat ook weer.'

'Dank je wel.' Jack juichte inwendig terwijl hij haar nakeek. Prima geregeld. Weer een stap dichter bij het doel.

Nu vervaagde de herinnering aan die dag alweer. Jack wist niet zeker of Allyson Bower de secretaresse van de gemeente gevraagd had na te kijken wat zij gegeven hadden. Maar hij was er wel zeker van dat de maatschappelijk werkster had opgebeld om hun lidmaatschap te verifiëren. Dat had ze gisteren gezegd toen ze Molly terugbelde om door te geven dat de rechter toestemming gaf voor de werkvakantie. Die beslissing was deels gebaseerd op het feit dat haar informatie over het lidmaatschap van de kerk en de werkvakantie op Haïti volledig klopte.

Tot nu toe ging alles goed.

Nu zat Jack in het kantoor van Paul Kerkar, een van de scherpzinnigste makelaars die hij kende. Paul bemiddelde bij de aankoop van zeer dure huizen en zakelijke objecten. Hij had Jack en Molly het huis verkocht waarin ze nu woonden, en zo nu en dan belde hij op om hen een gunstige belegging in vastgoed aan te bieden.

Ditmaal had Jack hem gebeld. 'Luister, ik heb wat geld gekregen.'

Dat klonk Paul als muziek in de oren. Zijn stem klonk meteen een stuk vrolijker. 'Over hoeveel hebben we het?'

'Meer dan een miljoen, misschien anderhalf.' Hij bleef er volkomen rustig onder. 'Molly en ik hebben er eens over gepraat. We willen graag een zakelijk object kopen, iets in het oude centrum van West Palm Beach, in dat gebied waar ze nu aan het renoveren zijn.'

Jack hoorde het geluid van toetsen die ingedrukt werden. Paul had altijd een rekenmachine op zak. 'Oké, dus jullie zoeken iets tussen de vier en zes miljoen, hè?'

'Met een aanbetaling van vijfentwintig procent, ja.'

'Zo doen we dat. Vijfentwintig procent is het absolute minimum voor commerciële objecten, maar gezien jullie uitmuntende kredietwaardigheid zal dat geen probleem zijn.'

Jack glimlachte. 'Dat had ik ook niet verwacht.'

Een uur later had Paul teruggebeld; hij had drie mogelijkheden voor hem. Jack nam de rest van de dag vrij en ging samen met Paul alle drie de objecten bekijken. Tegen het eind van de dag was hij bereid een bod uit te brengen op een kantoorgebouw dat weliswaar wat meer leegstand vertoonde dan gebruikelijk, maar per vierkante meter voordeliger was dan alle andere objecten in het centrum.

'Dit gebouw heeft geweldig veel potentieel,' bleef Paul maar zeggen. *Potentieel* was zijn lievelingswoord. 'Het investeringspotentieel hier is ongeëvenaard.'

Jack was overtuigd. Hij belde Molly op en vroeg haar ook naar Pauls kantoor te komen; meer dan een uur waren ze bezig met het doornemen van de cijfers en het ondertekenen van de papieren. Jack schreef een cheque uit voor tienduizend dollar als onderpand. Voordat de werkdag voorbij was, belde hij zijn hypotheekadviseur.

'Hoe staan mijn leningen ervoor?'

'Geweldig.' De man grinnikte. 'Dat gebeurt niet iedere dag: een cliënt die binnenwandelt om een participerende lening van meer dan een miljoen dollar aan te vragen.' Weer grinnikte hij. 'Ik zal vertellen hoe we dat gaan klaarspelen.'

Hij legde uit dat hij geld kon vrijmaken uit de hypotheekoverwaarde van de drie huizen die de familie Campbell verhuurde en dat er dan minstens dertig procent overwaarde per huis overbleef. 'Dat is een veilige buffer.'

'Juist.' Jack zat achter het bureau in hun kantoortje thuis. Hij tikte met een potlood op een stapel papier. *Het eindresultaat graag, makker. Alleen dat telt: het eindresultaat.* 'Dus hoeveel kun je in totaal voor me vrijmaken op de huurhuizen?'

'Iets minder dan een miljoen.' Op de achtergrond hoorde hij geschuif met papieren. 'Hier staat het: zo'n negenhonderdvijftigduizend. Meer kan ik er niet van maken.'

'Mooi.' Hij tikte nog sneller met het potlood. 'En hoe zit het met het huis waarin we nu wonen?'

'Jullie woonhuis...' Meer papiergeritsel. 'Met een veilige buffer komen we op bijna vijfhonderdduizend uit.'

'Meer dan vierhonderdduizend?' Jack voelde een schok van opwinding. 'Dat is meer dan we dachten.'

'De taxatie viel hoog uit.' Aan de stem van de hypotheekadviseur was te horen dat hij in zijn nopjes was. 'De waarde van koophuizen vliegt omhoog, Jack. Dit is een mooie tijd om onroerend goed te hebben.'

'Dat zal wel.'

'Eh, Jack...' Nu sloeg de man een heel andere toon aan. 'Mag ik misschien vragen waar je al dat geld voor nodig hebt?'

'O, had ik dat niet verteld?'

'Nee.' De adviseur lachte alsof hij zich slecht op zijn gemak voelde. 'Ik bedoel, het zijn mijn zaken natuurlijk niet. Maar anderhalf miljoen? Gaan Molly en jij een nieuw bedrijf beginnen of zoiets?'

Terloops, Jack. Alsof het heel gewoon is. 'Zakelijk onroerend goed. We hebben het perfecte kantoorgebouw gevonden in het centrum, in dat gebied dat gerenoveerd wordt.'

'Meen je dat?' De man was hoorbaar onder de indruk. 'Het valt niet mee om daar iets te vinden.'

'Ik heb connecties.' Jack grinnikte. 'Dat gebouw gaat meteen geld opleveren.'

'Geweldig.' Hij aarzelde even. 'En zo te zien kun je met de opbrengst van de huurhuizen de participerende lening royaal afbetalen.'

'Precies.' Jack leunde achteruit in zijn stoel en legde het potlood op zijn bureau. 'Iedereen heeft er baat bij.' Hij deed zijn best om niet te gretig te klinken. 'Wanneer kunnen we het geld van die leningen verwachten?'

'Over een week moeten we de papieren tekenen. Daarna kan het bedrag binnen een paar dagen vrijkomen.'

'Uitstekend.'

Ze babbelden nog een paar minuten verder en rondden het gesprek af. Jack kon nauwelijks geloven dat het allemaal zo goed gegaan was. Hij had dat onroerend goed echt nodig. Want als de maatschappelijk werkster of de rechter ontdekte dat er 1,4 miljoen dollar op de spaarrekening van de familie Campbell stond, zou dit verdacht lijken, in ieder geval genoeg om hen in de gaten te houden of de toestemming om het land te verlaten in te trekken. Maar als ze binnenkort overgingen tot de aankoop van zakelijk onroerend goed, was het volkomen logisch. Dat geld was precies het bedrag dat ze nodig zouden hebben om een aanbetaling te doen voor het kantoorgebouw. Natuurlijk zouden ze het op hun spaarrekening zetten. Met die aankoop in het vooruitzicht was alles volkomen verklaarbaar.

Over een maand begon die werkvakantie al. Elke keer dat Jack daaraan dacht, dreigde hij in paniek te raken en de hele nacht wakker te liggen op zoek naar details die hij nog over het hoofd had gezien. Ze hadden slechts één kans om dit voor elkaar te krijgen. Het moest allemaal perfect kloppen, anders zou het finaal mislukken.

Maar dankzij deze telefoontjes was het financiële deel van het plan al bijna opgelost. Op het laatste ogenblik zou hij het geld overmaken op een hele reeks andere rekeningen, zodat het uiteindelijk op hun nieuwe rekening op de Kaaimaneilanden terecht zou komen. Jack had het zo geregeld dat het geld een paar dagen voordat zij in Grand Cayman arriveerden op die rekening gestort werd. Vrijwel onmiddellijk daarna zouden ze alles contant opnemen. Tegen de tijd dat de autoriteiten konden ontdekken waar het geld gebleven was, zou die laatste rekening opgeheven zijn. Daar zou het spoor doodlopen.

Ja, alles klopte nu. De tweede week van augustus zou Joey weer op bezoek gaan in Ohio. Als het plan slaagde, zouden ze daarna nooit meer afscheid van hem hoeven nemen.

Beth kon zichzelf niet uitstaan om wat ze allemaal dacht, maar ze kon er niet omheen. Ze maakte zich zorgen over Molly en Jack omdat ze misschien echt iets krankzinnigs van plan waren. Molly bleef afstandelijk reageren, zelfs toen Beth haar probeerde uit te horen.

Het was de eerste woensdag van augustus en ze hadden bijna de hele dag doorgebracht bij het zwembad in de buurt. Nu waren ze bij Molly thuis; de kinderen zaten aan de eettafel druiven te eten.

Molly deed de afwas en Beth stond naast haar. 'Dus jullie hebben nog steeds niets gehoord?' Beth vroeg het zachtjes, want Joey wist er nog steeds niet het fijne van.

'Nee, niets.' Molly schrobde een opgedroogd stukje ei van een ontbijtbordje. Ze schudde haar donkere haar uit haar gezicht naar achteren. 'Iedere politicus die ik gesproken heb, schrijft een brief naar de rechter met de vraag of hij zijn beslissing wil herzien. We moeten gewoon geloven dat het iets zal opleveren.'

Beth was verbijsterd. 'Wanneer dan?' Ze leunde met haar heup tegen de rand van het aanrecht en keek naar haar zus alsof ze haar nog nooit gezien had. 'Volgende week gaat Joey voor het laatst op bezoek. Dan is hij nog drie weken thuis en daarna verdwijnt hij voorgoed!'

'Dat weet ik heus wel.' Molly hield op met afwassen. Ze draaide haar hoofd om en keek Beth recht in de ogen. Haar stem klonk gefrustreerd. 'Daarom blijf ik het ook proberen.' Ze begon hetzelfde bordje opnieuw te schrobben.

'Oké.' Beth hield haar handen omhoog. 'Je wilt hier niet over praten. Dat snap ik wel.' Ze liet haar handen weer vallen. 'Maar ik begrijp jou niet! Het is net of je huis in brand staat en jij er een glas water naartoe gooit.'

Molly smeet haar pannensponsje in de gootsteen en keek Beth woedend aan. 'Bedoel je dat het me niet kan schelen dat ik Joey kan kwijtraken? Dat ik niet genoeg mijn best doe?' Ze keek even naar de kinderen in de eetkamer en ging weer zachter praten. 'We doen alles wat we kunnen. We hebben gevraagd om een hoorzitting in de derde week van augustus. Dan zal de rechter de brieven van al die politici bekijken en van ons horen waarom wij vinden dat Joey niet bij ons vandaan gehaald mag worden.' Ze graaide weer naar het pannensponsje. 'Elke nacht ga ik huilend naar bed en ik word huilend wakker, Beth.' Ze zweeg even. 'Je hebt geen idee hoe erg ik het vind. Ik zou er mijn leven voor overhebben om dat kind te kunnen houden. Wat wil je nog meer van me?'

Beth had meteen spijt. Ze bleef even zwijgen om Molly de kans te geven weer tot rust te komen. Toen legde ze behoedzaam haar hand op de schouder van haar zus. 'Molly, wil je me vergeven? Ik kan me niet eens voorstellen hoe het voor jou is om dit allemaal door te moeten maken.'

'Het is...' Molly's handen werden slap. Ze keek Beth aan; de pijn in haar ogen was zo intens dat Beth die bijna fysiek meevoelde. 'Het is alsof hij doodgaat.' Haar onderlip beefde. 'Alsof we allemaal doodgaan.' Haar gezicht kreeg een verwilderde uitdrukking, als van een verdwaald kind. 'Ik weet niet hoe ik moet handelen, Beth. Ik heb dit nooit eerder gedaan.'

De telefoon ging over. Beth stak haar hand op. 'Ik neem wel op.' Molly had een telefoon in de keuken, op een klein ingebouwd bureautje naast de provisiekast. Bij de derde keer overgaan nam Beth op. 'Hallo?'

'Hoi. Ik hoopte al dat jij daar zou zijn. Ik hoorde dat je gebeld had.'

Het was Bill. 'Ja.' Ze gebaarde naar Molly dat het telefoontje voor haarzelf bedoeld was. 'Hoi, lieverd.' Ze keerde Molly de rug toe en keek afwezig naar de rommel op het kleine bureautje. Een paar wenskaarten, uitnodigingen voor een bruiloft en een geboortekaartje. Daarnaast lag een stapel papieren van de bank. 'O ja.' Beth keek wat beter. 'Zou jij onderweg naar huis een pot olijven willen kopen? Die heb ik nodig voor de stoofschotel.'

'Natuurlijk. Hoe was het in het zwembad?'

'Lekker.' Beth probeerde over koetjes en kalfjes te praten, maar ze werd afgeleid. Ze leunde voorover en las de eerste regel op de bankpapieren. *Gefeliciteerd! Uw participerende krediet van 987.000 dollar is goedgekeurd. Zoals mondeling afgesproken kunt u volgende week de papieren ondertekenen en de lening zal worden uitgekeerd zodra u...*

'Je moet zeker ophangen?'

'Sorry.' Beth pakte de rugleuning van de bureaustoel vast om haar evenwicht niet te verliezen. Waarvoor zouden Molly en Jack in vredesnaam bijna een miljoen dollar nodig hebben? 'Ja...' Ze probeerde zich te concentreren. 'Kan ik je terugbellen?'

Bill lachte. 'Natuurlijk. We praten straks wel verder.'

Ze hing op en keek achterom naar Molly. Had haar zus gemerkt dat ze aan het rondneuzen was? Zo te zien niet. Molly stond nog steeds af te wassen. Beth zou dolgraag vragen stellen over die lening, maar ze hield haar mond erover. Die avond laat vertelde ze Bill het hele verhaal tot in detail. Inmiddels had ze minstens tien scenario's bedacht die verklaarden waarom Molly en Jack niet hard leken te vechten om Joey te redden.

Ze zette haar handen in haar zij. 'Bill, ik denk dat ze er vandoor gaan.'

'Schat, je kijkt te veel televisie.'

De kinderen lagen al te slapen en zij waren in hun slaapkamer. Bill zat in bed naar de sportzender te kijken. Beth ging voor het scherm staan. 'Ik kijk niet te veel televisie, Bill. Ik meen het. Ze proberen de zaak te vertragen en beweren dat ze hulp zoeken, maar ze hebben bijna geen tijd meer.' Ze stak haar handen in de lucht. 'Molly heeft het Joey nog niet eens verteld! En waarom hebben ze een lening van een miljoen dollar nodig? Dat slaat toch nergens op!'

'Misschien om een advocaat te betalen.' Bill tuurde om haar heen, vastbesloten om tv te blijven kijken. 'Misschien heeft Jack een dure, succesvolle advocaat gevonden die weet hoe hij die zaak kan winnen.' Hij keek Beth aan. 'Dat kan toch?'

'Een miljoen dollar?' Ze fronste haar wenkbrauwen. 'Voor zo'n honorarium mag die vent wel een wonder verrichten.'

Bill keek geïrriteerd. 'Volgens mij hoeft Molly jou niet alles tot in detail te vertellen. Dat bedoel ik.'

'Dat heeft ze tot nu toe wel altijd gedaan.' Beth liep naar het raam. Buiten was het donker; boven de groep eikenbomen die hun tuin scheidde van het terrein van de buren, was de smalle sikkel van de maan te zien. Ze draaide zich om en kreunde. 'Snap je het dan niet, Bill? Ik ken mijn zus langer dan vandaag. Er klopt iets niet. Die lening is het bewijs.'

Hij stak zijn armen naar haar uit. 'Kom hier.'

Eigenlijk wilde ze dat niet. Bill wilde zich er zo vanaf maken; hij nam haar absoluut niet serieus. Maar ze had behoefte aan zijn omhelzing, dus ging ze toch. Langzaam kroop ze naast hem in bed, legde haar hoofd op zijn schouder en trok haar benen op.

'De enige die een wonder voor Joey kan verrichten, is God.' Hij gaf een kus op haar kruin. 'Weet je nog?'

God kan een wonder verrichten. Daar dacht ze even over na. Bill had gelijk. Ze zuchtte diep. 'Daar bid ik voor.' Ze ontspande zich en voelde haar schouders zakken. 'Maar ik vergeet het steeds weer, denk ik.'

'Ik denk dat Jack en Molly echt geloven dat God hen kan helpen.' Hij keek bedachtzaam. 'Anders zouden ze niet meegaan naar de kerk en met ons samen bidden.'

'Dat is waar.' Ze keek naar beneden en vroeg zich af wat haar nog dwarszat. 'Waarschijnlijk ben ik inconsequent. Aan de ene kant vraag ik van Molly dat ze op God vertrouwt en gelooft dat God een plan met Joey heeft, en vervolgens word ik wantrouwig omdat ze niet voortdurend in paniek is.'

'Precies.' Bill zette de televisie uit.

George Brett liep met soepele passen de kamer in en kwispelde.

'Fijn dat we konden praten. Bedankt.' Beth liep in de richting van de deur en keek streng naar de hond. 'Wie heeft jou binnengelaten?' Ze klakte afkeurend met haar tong. 'Stoute hond. Kom op, we gaan naar buiten.'

Toen ze George Brett buiten de deur had gezet, sloot Beth

haar ogen en probeerde de puzzelstukjes aan elkaar te passen. Ja, Molly en Jack probeerden op de situatie te anticiperen. Ze belden allerlei mensen op, vroegen om een hoorzitting en smeekten God om een wonder. Als je het zo bekeek, waren haar angsten volkomen ongefundeerd. Molly en Jack zouden er niet vandoor gaan; ze zouden wachten op de wil van God. Alles wat Bill zei, was logisch, maar het gaf geen antwoord op de voor de hand liggende vraag. En die vraag hield Beth het grootste deel van de nacht uit haar slaap.

Waarvoor hadden Molly en Jack een miljoen dollar nodig te midden van alles wat er met Joey gebeurde? Zij had natuurlijk niet mogen rondsnuffelen en niet mogen kijken, maar deze vraag moest beantwoord worden. Rond het middaguur van de volgende dag nam Beth een besluit.

Zodra het juiste ogenblik aangebroken leek, zou ze het vragen, of Molly nou kwaad werd of niet.

21

De deur ging dicht en Molly liet zich er tegenaan vallen. Ze pakte Jacks handen stevig beet. Gus stond vlak naast hen zachtjes te janken.

'Ik haat dit! Ik kan het niet meer opbrengen.'

'Dat weet ik.'

Joey was zojuist vertrokken voor zijn derde bezoek. Ditmaal huilde hij minder, maar hij was banger dan tevoren. Na het tweede bezoek was hij thuisgekomen zonder blauwe plekken, maar hij stotterde weer en hij wilde niet over Rip Porter praten.

'Hij vindt me niet aardig, mama,' was het enige wat hij over hem zei. Daarna begon hij over iets anders.

'Doet hij je pijn, maatje?'

'Nee!' Joey schudde snel zijn hoofd. 'Hij doet me geen pijn. Echt n... n... niet.'

Voor zover ze wist, had haar zoon nog nooit tegen haar gelogen. Maar dit snelle antwoord en zijn angstige blik maakten haar ongerust. Ongeacht hun verdere plannen, als die man hem kwaad deed, zou ze hem niet meer terug laten gaan naar de familie Porter. Het was al moeilijk genoeg geweest om hem de tweede keer te laten gaan na die blauwe plekken op zijn arm.

Nu zat haar maag in de knoop en haar hart bonkte in haar keel. 'Elke keer dat ik afscheid van hem neem, ga ik een beetje dood. En dat gaat pas over als hij weer thuis komt.'

Jack wreef over zijn nek. Hij zag er uitgeput uit. 'Kun jij je voorstellen dat je hem voorgoed zou moeten laten gaan? Over drie weken?'

'Nee.' Ze sloeg haar armen om zijn hals. 'Ik heb Beth verteld dat het is alsof hij doodgaat, alsof we allemaal doodgaan.'

Hij keek haar onderzoekend aan. 'Is dat alles wat je Beth verteld hebt?'

'Natuurlijk.'

'En weet je zeker dat ze de papieren van de lening niet heeft gezien?' Hij sprak langzaam en vermoeid.

'Vrij zeker.' Ze sloeg zich zachtjes voor het hoofd. 'Dat was nogal stom. Die ochtend kwam de post. Ik had de envelop van de bank net opengemaakt. Joeys rug moest worden ingesmeerd met zonnebrandcrème. Toen heb ik de post op het bureautje neergelegd en tegen mezelf gezegd dat ik die moest opruimen voordat we weggingen.' Ze stak haar handen in de lucht. 'Ik snap niet hoe ik dat heb kunnen vergeten.'

'Maar je denkt niet dat ze ze gezien heeft.'

'Nee.' Ze haalde zich die dag voor de geest. 'Beth werd gebeld door Bill, maar dat was een kort telefoontje. Bovendien, als ze ze gezien zou hebben, zou ze ernaar gevraagd hebben, denk ik. Beth en ik hebben geen geheimen voor elkaar.'

'Tja.' Hij trok haar tegen zich aan en hield haar hoofd tegen zijn borst. Zijn stem klonk verdrietig. 'Nu wel, mijn lief.'

Er ging een steek van pijn door haar hart; ze sloot haar ogen. 'Ja.' Ze telde de dagen af. Nu waren het er nog veertien. Over veertien dagen was de werkvakantie. Over veertien dagen zouden ze voor de laatste keer dit huis uit lopen. Over twee weken moest ze een blonde pruik gaan dragen en de naam Tracy Sanders aannemen. Het ergste was dat ze over veertien dagen afscheid moest nemen van Beth, haar zusje en beste vriendin.

De meeste dagen overleefde ze door zichzelf voor te houden dat ze op de een of andere manier op een dag misschien in staat zouden zijn de weg terug te vinden. De familie Porter zou komen te overlijden of de hele zaak zou vergeten zijn. Dan zouden ze onopgemerkt naar de Verenigde Staten gaan, een week met Beth, Bill en de kinderen doorbrengen en weer vertrekken.

Maar de realiteit was volkomen anders.

Jack wreef zijn neus tegen haar voorhoofd. 'Gaat het een beetje?'

'Het is te veel om te bevatten.' Ze smolt weg in zijn armen. Op dit soort momenten leek hij sterk genoeg voor hen allebei. 'Ik zou net als Joey willen zijn. Dan kon ik altijd als ik bang was, met God praten.'

Ze voelde Jack verstijven. Hoe vaak ze ook bij Beth en Bill kwamen, hoeveel kerkdiensten ze ook bijwoonden, Jack had nog steeds geen enkele neiging om echt te gaan geloven. Voor hem was het allemaal gewoon een noodzakelijk deel van het plan. 'Praat jij maar met God wanneer je wilt.' Er sloop een zweem van sarcasme in zijn stem. 'Vraag maar of Hij zorgt dat die valse paspoorten goed genoeg zijn om door de douane te komen.'

'Jack!' Ze vond het niet prettig als hij de spot dreef met God. 'Het zou geen kwaad kunnen als jij ook eens met God ging praten.'

Hij slaakte een gefrustreerde zucht. 'Later misschien. Bijvoorbeeld als we op de Kaaimaneilanden op het strand zitten en tijd te veel hebben.' Hij kuste haar teder op de mond. 'Nu moet ik zorgen dat het goed komt; ik heb het te druk om God iets te vragen.'

Molly wilde daar iets aan toevoegen. Ze wilde hem eraan herinneren dat Beth en Bill baden om de wil van God. Misschien pakten Jack en zij het allemaal wel helemaal verkeerd aan. Misschien zouden ze echt politici en advocaten moeten bellen en om hoorzittingen moeten vragen. Maar nu was het te laat.

Ze leunde naar achteren. 'Hoe staat het met de plannen?'

'Goed. Voor het geld wordt gezorgd en de paspoorten krijg ik volgende week.' Zijn stem klonk ernstiger dan gewoonlijk.

'Maar we moeten nog ergens over praten.'

'Waarover?' Gus kwam naar hen toe en ging tegen hun benen zitten. Molly duwde hem een beetje naar achteren. 'Liggen, Gus.'

Gus deed wat hem gezegd werd en Molly keek op naar Jack. 'Waar moeten we nog over praten?'

'Over hem.' Jack keek naar Gus. 'We kunnen hem niet meenemen, Molly. Dat weet je.'

'Wat?' Ontzet deed ze een stap achteruit. 'Waarom hebben we daar niet eerder over nagedacht? Jack, we kunnen hem niet achterlaten. Joey zal er kapot van zijn.'

'Ik heb er wel over nagedacht, en het kan absoluut niet.'

Molly ging met een zucht naast Gus op de vloer zitten. 'We laten hem toch in de kennel achter als we naar Haïti gaan?'

'Ja.'

'Dan moeten we iemand van de kennel geld geven om hem drie weken later naar de Kaaimaneilanden te laten overvliegen.'

Jack kwam naar haar toe. Hij liet zich ook op de vloer zakken en wreef Gus achter het oor. 'Tegen die tijd worden we overal gezocht.' Hij hield zijn hoofd schuin en probeerde het haar duidelijk te maken. 'Het zal groot nieuws zijn, Molly.'

'Maar we hebben het verhaal expres uit het nieuws gehouden.'

'Inderdaad. Maar als Porter en zijn vrouw eenmaal doorhebben dat wij niet terugkomen, zullen ze elke verslaggever die bij hen aanklopt, te woord staan.'

Gus gaapte en duwde zijn kop tegen Jacks hand. 'Brave hond.'

Molly keek even naar het plafond. 'Dus jij denkt dat de mensen van de kennel de autoriteiten zouden inlichten dat we onze hond willen laten overvliegen naar de Kaaimaneilanden?'

'Precies. We kunnen niet alles op het spel zetten voor Gus, lieverd. Dat doen we niet.'

'Als het inderdaad zo uitgebreid in het nieuws komt als jij

denkt...' Ze keek hem weer aan. 'Dan gaan ze op zoek naar Molly en Jack Campbell.'

'Juist.'

'Laten we hem dan naar een andere kennel brengen. Ik zet mijn blonde pruik op en ik vertel dat we naar de Kaaimaneilanden gaan verhuizen. Daarna vraag ik of onze hond over drie weken overgevlogen kan worden.'

'Ik begrijp niet wat je bedoelt. Wat zou het verschil zijn?'

Molly pakte Jack bij zijn schouders. Ze voelde dat haar hele gezicht gloeide. 'Begrijp je dat niet? We laten ons bij de kennel inschrijven als Walt en Tracy Sanders.'

'Molly toch.' De tranen sprongen Jack in de ogen. Hij klopte Gus op zijn rug en wreef zijn gezicht tegen de kop van de hond. Toen hij haar weer aankeek, begreep ze meteen dat hij niet van gedachten zou veranderen. 'Ik kan onze toekomst en ons leven toch niet op het spel zetten om hem te houden.' Hij beet op zijn lip. 'We brengen hem naar dezelfde kennel als altijd. Dan nemen Beth en Bill hem mee naar huis als wij hem niet komen halen.'

Beth en Bill? Gus kende hen niet eens. Plotseling drong de realiteit ook tot haar door. Wat ze ook deden, welke naam ze ook gebruikten, binnen een uur zouden alle kennels in de stad gebeld kunnen worden om te vragen of er een lichtbruine labrador naar het buitenland overgebracht was. Jack had gelijk.

Ze zouden ook van Gus afscheid moeten nemen.

Molly sloeg haar armen om de hals van de hond en liet haar tranen de vrije loop. Gus was de beste vriend van Joey. Waarom had ze er niet over nagedacht wat er met hem zou gebeuren? Het was een hele klap. Arme Gus. Hij zou nooit meer dezelfde zijn zonder hun gezinnetje, zelfs als Beth en Bill hem inderdaad in huis namen.

Deze klap kwam boven op het verdriet over Joey die weer naar de familie Porter moest; het werd Molly te veel. Het verlies was alles bij elkaar zo groot dat ze het zich nauwelijks kon voorstellen. Ze schokte van het snikken en haar tranen stroomden op de vacht van de hond. Gus jankte zacht en keek met zijn zachte hondenogen vol vertrouwen naar haar op.

Jack masseerde haar schouders. Er viel niets meer te zeggen; voor deze situatie bestond geen remedie. Ze zouden afscheid nemen van alles wat vertrouwd was, van iedereen van wie ze hielden, en dat zouden ze allemaal voor Joey overhebben. Daarna zouden ze doen wat Joey het meeste verdriet zou doen, iets wat hij nooit zou begrijpen.

Ze zouden afscheid nemen van Gus.

Joey lag eindelijk te slapen en Rip was naar de kroeg, net als bijna elke avond in de afgelopen week. Wendy bleef op de rand van Joeys bed zitten en keek naar zijn slapende lijfje dat zich eindelijk ontspande.

Ze viel als een blok voor haar kleine jongen, dat was duidelijk. Deze keer glimlachte hij toen hij samen met Allyson Bower over de drempel stapte. Hij vloog haar nog niet bepaald in de armen, maar hij huilde evenmin, dus dat moest een goed teken zijn.

Nog altijd zei hij dat hij zijn papa en mama miste; dat begreep Wendy eigenlijk niet. Inmiddels had de familie Campbell hem alles moeten uitleggen. Dat hoorde bij de regeling. Bij het derde bezoek zou hij moeten weten dat hij bij de familie Porter in Ohio zou gaan wonen en dat zij zijn nieuwe ouders waren.

Dat maakte ook niet uit, want Rip vertelde het Joey zo vaak mogelijk. Vanavond was het ook zo gegaan. Ze zaten aan tafel voor het avondeten: macaroni met kip en kaas. Rip zwaaide met zijn vork in de lucht. 'Je kunt me nu wel papa gaan noemen. Dat heeft de rechter gezegd.'

Joey knipperde met zijn ogen. Hij zag er verbijsterd en angstig uit. 'Mijn p... p... papa woont bij mij thuis in Florida.' Hij prikte met zijn vork in de volgende hap macaroni.

'Weet hij het nog niet?' Rip keek Wendy aan. Ditmaal was hij tenminste niet boos, alleen nieuwsgierig.

'Blijkbaar niet.' Wendy had geen trek. Ze duwde haar bord van zich af en glimlachte haar echtgenoot vriendelijk toe. Misschien kon ze hem zo rustig houden. 'Daar komt hij snel genoeg achter, Rip.'

Hij keek Joey weer aan. 'Luister eens, mannetje.' Hij wachtte tot Joey hem aankeek. 'Ik zal je eens uitleggen hoe het zit. Ik ben jouw echte papa en dit...' hij maakte een weids gebaar dat de keuken en de zitkamer omvatte, 'is je echte huis.' Hij leunde over de tafel heen zodat zijn gezicht dichter bij dat van Joey was. 'De familie Campbell heeft je geadopteerd, maar er is een fout gemaakt.' Hij wees naar Wendy. 'Zij en ik zijn jouw echte ouders en de rechter zegt dat je bij ons komt wonen. Over drie weken.'

De tranen sprongen Joey in de ogen en hij schudde zijn hoofd. 'Mijn p.. p... papa en mama en mijn Gus wonen in Florida.' Hij liet zijn vork vallen. 'Dat is mijn echte f... f... familie.'

Rip werd steeds kwader. Op het moment dat het ernaaruit zag dat hij de jongen een glas melk naar het hoofd zou gooien, schoof hij met een ruk zijn stoel naar achteren, stond op en graaide naar zijn autosleutels. 'Ik ga naar de kroeg.'

En dat was dat. Wendy had een uur nodig om Joey te kalmeren; dat deed ze door hem in alles gelijk te geven. Ja, zijn echte ouders woonden in Florida. Ja, dat was zijn echte huis. 'Maar wij zijn ook een soort papa en mama,' vertelde ze hem. Want als ze dat nu niet zei, hoe kon ze hem de situatie dan uitleggen als hij over drie weken bij hen kwam wonen?

Aan Joey was te zien dat hij er niets van begreep. Hij at zijn bord niet leeg en hij belde langer met de familie Campbell dan anders. Eigenlijk werd hij pas een beetje minder gespannen toen Wendy hem voorging naar de televisiekamer en het kinderprogramma *Spongebob* aanzette. Halverwege de uitzending lachte hij zelfs even. Het horen van dat geluid zette Wendy aan het dromen over de dagen die voor hen lagen, als de overgang voorbij was en de aanwezigheid van Joey bij de dagelijkse gang van zaken zou gaan horen.

Toen het programma afgelopen was, wilde Joey nog meer tekenfilms kijken. Ze vonden nog een leuk kinderprogramma. Toen dat eenmaal op gang was, deed Wendy iets wat ze al had willen doen sinds de eerste keer dat Joey op bezoek was. Voorzichtig, om haar zoon niet aan het schrikken te maken, stak ze haar hand uit en legde die op zijn handje.

Hij keek haar aan en glimlachte. Toen stopte hij, zonder enige aarzeling, zijn handje in haar hand. Die aanraking voelde zo verbazingwekkend, zo goed, dat dit gevoel haar de hele avond bijgebleven was. Zelfs toen hij voor het slapen gaan het volgende gebed uitsprak.

'God, breng me alstublieft veilig en snel thuis, want ik mis mijn papa en mama en mijn Gus zo heel erg. In deze saam, amen.'

Nu keek Wendy weer naar zijn slapende gestalte en klopte hem nog eenmaal zachtjes op zijn rug. 'Welterusten, Joey. Mama houdt van je.'

Ze slenterde de gang door naar de keuken. Onderweg pakte ze haar bijbel. Eigenlijk was het de bijbel van haar oma, maar de laatste tijd was zij erin gaan lezen. Op zondag nam ze hem mee naar de kerk en ze zocht erin naar iets zinvols. Kracht of vrede of wijsheid. Iets wat haar kon helpen het soort moeder te zijn dat Joey nodig had.

Ze had een stuk gelezen uit het Bijbelboek één Koningen, want daarin stond veel over Salomo's beslissingen. Dat had de voorganger een paar weken geleden gezegd. En niemand uit het Oude Testament was zo wijs als koning Salomo. Rip vond het natuurlijk niet prettig als ze in de Bijbel las. Daar werd hij zenuwachtig van, zei hij. Maar Rip zou pas ver na middernacht thuiskomen.

Ze keek uit het raam en zuchtte. De vorige dag had Rip haar weer geslagen, ditmaal op haar rug. Ze had er niet naar gekeken, maar ze wist vrij zeker dat ze een blauwe plek had. Het speet hem, dat had hij zelf gezegd. In het algemeen leek hij beter met zijn woede om te gaan dan hij had gedaan voordat hij naar de gevangenis ging.

Maar het ging allemaal niet de goede kant op. Hij had ontslag genomen bij de bioscoop. Tegen haar had hij gezegd dat het te veel stress gaf om avonddiensten te draaien terwijl hij probeerde een goede vader te worden. Wendy begreep niet precies waarom in de kroeg hangen beter zou zijn, maar die vraag had ze maar niet gesteld.

Ze sloeg de bijbel open. Ze was bij het derde hoofdstuk, bij het stuk onder het kopje *De wijsheid van Salomo*. Het verhaal ging over twee vrouwen die in hetzelfde huis woonden en allebei net een kind hadden gekregen. Dat gegeven was zo fascinerend dat het meteen al haar aandacht opeiste.

Het verhaal vermeldde dat een van de kinderen op een ochtend dood was en dat er ruzie kwam over de vraag wie van de twee vrouwen de moeder van het levende kind was. De vrouwen brachten het kind bij koning Salomo en vroegen hem dit te beslissen; toen vroeg de koning om een zwaard. Hij zei tegen de moeders dat hij het levende kind in tweeën zou hakken en hun ieder de helft zou geven omdat ze het niet eens konden worden wie de moeder was.

De echte moeder stapte meteen naar voren. 'Geef het kind maar aan de andere vrouw,' zei ze.

Maar de andere vrouw daagde de koning uit. Zij had er geen probleem mee als hij het kind in tweeën zou hakken. Daarop gaf de koning het kind aan de eerste vrouw. De reden was duidelijk: alleen de echte moeder van het kind hield zo veel van hem dat ze hem liever wilde opgeven dan hem te zien sterven.

Wendy las het verhaal uit en klapte snel de bijbel dicht. Wat had ze zojuist gelezen? Een verhaal over twee moeders, twee vrouwen die hetzelfde kind opeisten. Net zoals Molly Campbell en zij. Allebei hielden ze van Joey en allebei wilden ze hem voor zichzelf hebben.

Ze duwde de bijbel weg. Dit verhaal streek haar tegen de haren in. Welke wijsheid zat hier voor haar in? In dit geval was zij de echte moeder, maar ze was niet bereid Joey op te geven, zelfs niet als dat het beste voor hem was. Ze hield te veel van hem. Nu helemaal.

Genoeg Bijbelverhaaltjes, zei ze tegen zichzelf. Ze legde het dikke boek weg en zette de televisie aan. Er waren herhalingen van een talentenjacht te zien. Dat zou haar wel helpen dat vreemde verhaal uit de Bijbel te vergeten. In de wereld van nu werd de beslissing over de voogdij tenminste niet genomen door een rechter die dreigde het kind in tweeën te hakken. Ze pakten het open en eerlijk aan. Zelfs als het op het eerste oog een hardvochtige beslissing leek. Wendy was ook meer dan tevreden. Lang geleden, toen ze Joey nog niet kende, had ze hem laten gaan. Maar nu ze wist hoe het voelde om zijn handje vast te houden, hem zijn avondeten te geven en samen met hem tekenfilms te kijken, wist ze het zeker.

Ze zou hem nooit meer loslaten.

Nooit meer.

22

Het kantoor was klein, rommelig en vuil. Jack zat in een van de twee beschikbare stoelen. De andere stoel stond bij de deur. Er stonden twee archiefkasten met patronen voor het kopieerapparaat en de printer er bovenop gestapeld, en het stonk naar sigarenrook en inkt. Achterin stond de drukpers; Angelo St. Pierre was ermee aan het werk bij het licht van een paar kleine, stoffige bureaulampen. Jack vermoedde dat de hele ruimte zo'n negen vierkante meter groot was.

Angelo drukte een knopje in en deed een stap achteruit. 'Meneer Sanders?' Hij draaide zich om en keek Jack aan. De man was afkomstig uit de Dominicaanse Republiek en hij sprak met zo'n sterk accent dat Jack hem bijna niet verstond. 'U hebt deze vandaag nodig, ja?'

'Ja.' Jack legde zijn handen op het bureautje voor hem. De poten waren ongelijk en het bureau wiebelde. 'Dat zou het beste zijn.'

'Vertel uw verhaal nog eens.'

De man leek van verhalen te houden. Gezien het karwei dat Angelo voor hem deed, was Jack wel bereid hem een plezier te doen. 'Mijn vrouw en ik zijn zendelingen.' Hij glimlachte; het was niet zijn gewone, zelfverzekerde grijns, maar een imitatie van de bescheiden glimlach die de mensen in de Bethel Bijbelgemeente onderling gebruikten. 'We gaan met ons zoontje naar Indonesië.' Hij fronste zijn wenkbrauwen. 'Heel gevaarlijk.'

'Ja.' Angelo St. Pierre benadrukte die gedachte door in Jacks richting te wijzen. 'Ik ken dat land. Heel gevaarlijk.'

Jack had de informatie over Angelo in een chatroom op het

internet gevonden. Tijdens zijn speurtocht was hij terechtgekomen op een site waar mensen in gebroken Engels en bovendien in codes leken te schrijven. Het had hem een paar avonden in deze chatroom gekost om te ontdekken dat bijna iedereen illegaal in het land verbleef, of dat in elk geval beweerde. Valse paspoorten waren een veelbesproken onderwerp. Jack schreef mee.

Ik heb snel documenten nodig. Ik woon in Florida. Suggesties? 'Snel' was de code voor 'illegaal', had Jack inmiddels begrepen.

AAA Copiers is een goed begin, schreef iemand terug. Twee andere gasten in de chatroom stemden daarmee in.

De volgende dag had Jack het adres opgezocht en een telefoongesprek gevoerd met Angelo St. Pierre. Ook toen spraken ze in codes. Jack vertelde dat hij snel paspoorten nodig had en Angelo zei dat dat geen probleem zou zijn. Hij zei ook dat hij vóór Amerikaanse vrijheid was, wat dat ook mocht betekenen.

'Breng pasfoto's mee, dan kunnen we alles heel snel regelen.' Hij zweeg even. 'Voor heel snelle paspoorten geldt een speciaal tarief.'

Daarmee had Jack ingestemd en zo was het gegaan. Toen hij in het kantoortje aankwam, had hij voor elk van hen drieën een formulier ingevuld met de gewenste nieuwe naam en een verzonnen antwoord op elke andere vraag. Angelo vroeg niet om identificatie; hij keek alleen naar de papieren, verzamelde de pasfoto's en ging aan het werk.

De machine achter Angelo St. Pierre kwam knarsend tot stilstand. Hij bewerkte en kreukelde de documenten en duwde ze in een tweede machine. Vervolgens gebruikte hij een reeks stempels en tot slot een scherpgepunte pen. Na tien minuten legde hij drie paspoorten op het bureau en glimlachte. 'Zo. U hebt uw paspoorten snel.'

Inderdaad.

Jack pakte de paspoorten op en bekeek ze grondig. Hij had

zijn eigen paspoort vaak genoeg gebruikt om te kunnen zien dat het nieuwe er precies op leek. Angelo had briljant werk geleverd. De douanebeambten in Haïti zouden ze beslist accepteren. En zodra ze dat deden, zouden ze stempels achterin zetten, waardoor het nog gemakkelijker zou worden ambtenaren in Europa en Grand Cayman te bedriegen.

'Je levert goed werk, Angelo.' Jack had al een prijs afgesproken. Snelle paspoorten waren duur. Tweehonderd dollar per stuk. Contant. Hij betaalde de man.

Angelo glimlachte. 'Angelo St. Pierre is vóór Amerikaanse vrijheid.' Hij knikte. 'Goedemiddag.'

Op een bonnetje hoefde hij niet te wachten. Jack pakte de paspoorten, knikte de man nog eenmaal toe en verliet het gebouw. Net toen hij naar buiten stapte en de paspoorten in zijn jaszak deed, kwam er een auto aanrijden die bijzonder veel leek op de auto van Bill en Beth Petty.

Jack wilde vluchten of zich verstoppen, maar daar had hij geen tijd voor. Het moesten andere mensen zijn, want Bill en Beth waren niet midden in de week hier in Miami. Bill had wel af en toe zaken te doen in Miami, maar hier stonden geen kantoren van grote bedrijven. Jack zorgde dat hij in een normaal tempo liep, niet te gehaast. Het bedrijfje van Angelo bevond zich in een drukke straat midden in het slechtste deel van de stad, het stadsdeel dat werd beheerst door drugsbaronnen, maffiabazen en aardige zwendelaars uit de Dominicaanse Republiek, die in Amerikaanse vrijheid geloofden.

In dit gedeelte van de stad zou de familie Petty niet komen. Maar toen de auto naderde, verdween elke twijfel. Het was wel degelijk hun auto en Bill zat achter het stuur. Bij hem in de auto zaten minstens drie zakenvrienden. Jack bleef recht voor zich uit kijken.

Pas toen de auto voorbij was, stond hij zichzelf weer toe adem te halen.

Tien stappen verder arriveerde hij bij zijn eigen auto. Bill had hem niet gezien; hij had het te druk gehad met het gesprek met zijn passagiers. Maar wat deed Bill in vredesnaam in dit deel van Miami? En als hij Jack gezien had, zou hij toch even gestopt zijn om een praatje te maken? Tenslotte zat Bill achter het stuur. Hij had de auto aan de kant kunnen zetten. Jack voelde zich weer rustig worden. Als Bill hem gezien had, zou hij gestopt zijn. Zo eenvoudig was het. Jack zette Bill, Angelo St. Pierre en de valse paspoorten uit zijn hoofd en concentreerde zich op wat hij nog zou moeten doen. Nu had hij de meest onaanvaardbare dingen gedaan: hij had gelogen en was medeplichtig aan een criminele activiteit. Vanaf nu moest elk detail perfect kloppen.

De werkvakantie was al over tien dagen; er was geen tijd om fouten te maken.

Beth en Molly zaten weer bij het zwembad, en Beth besloot dat ze er genoeg van had. Over acht dagen zouden ze naar Haïti vertrekken. Het werd tijd om open kaart te spelen en de vraag te stellen die haar dwarszat.

De kinderen waren in het zwembad. De jongens stonden aan de ondiepe kant een wild spelletje watervolleybal te spelen. Cammie zat met een paar bevriende buurkinderen aan de diepe kant. Ze waren allemaal buiten gehoorsafstand. Beth en Molly zaten op de rand van het zwembad met hun voeten in het water. Molly hield Joey in de gaten en Beth maakte golfjes met haar tenen. Tot nu toe hadden ze nog niet veel met elkaar gepraat. Beth besloot te beginnen met de gemakkelijke vragen.

'Wanneer is jullie hoorzitting?'

'Wat?' Molly draaide haar hoofd niet eens om. Ze leunde op haar handen naar achteren.

'De hoorzitting in Ohio om te kijken of de rechter nog van gedachten wil veranderen over Joey.' Beth deed haar best niet kortaf te praten. 'Die hoorzitting.'

'O ja.' Molly knikte. 'Maandag of dinsdag, zei Jack.'

Beth aarzelde even. 'Wanneer vertrekken jullie dan?'

'Vertrekken?' Molly knipperde met haar ogen en draaide zich naar haar om. 'Vrijdag, net als jullie.' Ze richtte haar aandacht weer op Joey.

Dit was belachelijk. Als Beth niet beter wist, zou ze denken dat Molly drugs had gebruikt. 'Ik bedoel niet voor de werkvakantie. Wanneer gaan jullie naar Ohio? Ik neem aan dat Jack en jij daarbij willen zijn.'

Aan de andere kant van het zwembad klauterde Joey druipend van het water aan de kant en zwaaide naar Molly. Zij zwaaide terug en draaide zich weer om naar Beth. 'Jack heeft een goede advocaat gevonden. Hij zegt dat we niet bij de hoorzitting aanwezig hoeven te zijn. Hij kan uitstel vragen om tijd te winnen.' Ze zocht Joey weer. 'Ik dacht dat ik dat al verteld had.'

Beth wist niet zeker of ze opgelucht moest zijn of haar zus als leugenaar moest bestempelen. Bill had haar verteld dat hij Jack in de binnenstad van Miami had gezien. Hij dacht dat Jack hem wel herkend had, maar omdat Jack snel de andere kant opgekeken had, nam hij aan dat Jack niet betrapt wilde worden. Zelfs Bill was nu achterdochtig. Maar Beth had nog geen kans gezien om Molly hierover te bellen. Die dag hadden Blain en Jonah buikgriep gehad en had ze haar handen vol met heen en weer draven naar de wc en hun tussendoor te drinken geven om uitdroging te voorkomen. Nu, vierentwintig uur later, waren de jongens weer helemaal opgeknapt en Beth wilde vreselijk graag weten hoe het allemaal zat.

Ze draaide haar voeten rond in het water. 'Uitstel vragen? Bedoel je dat jullie Joey langer mogen houden? Jullie zouden hem toch een week na de werkvakantie moeten afstaan?'

'Nee dus.' Molly glimlachte, maar haar gezicht bleef eigenaardig vlak en mat. Het lawaai van lachende en spetterende kinderen op de achtergrond leek te vervagen. 'Je had gelijk, Beth. God heeft een wonder voor ons gedaan. Die advocaat gaat tijd winnen: een maand, misschien nog meer. Hij zegt dat hij ons kan helpen de voogdij over Joey te behouden.'

'Waarom ben je dan niet in een jubelstemming?' Beth lachte kort. 'Jou kennende zou ik denken dat je meteen aan de telefoon zou hangen met zulk goed nieuws!'

Molly keek haar aan, maar haar blik leek leger dan anders. 'Ik kan je toch niet bellen over alles wat Joey betreft.'

Beth kreeg het eigenaardige gevoel dat Molly haar iets wilde vertellen, maar het niet kon of wilde zeggen. 'Dat heb je anders altijd gedaan.'

'Ik weet het.' Nu keek Molly oprecht verdrietig. 'We zijn nog niet uit de problemen. Daarom heb ik je niet gebeld.'

Het was de hoogste tijd. Als Beth het nu niet vroeg, zou ze nooit meer de moed kunnen opbrengen. Ze draaide zich half om en keek haar zus diep in de ogen in een poging om de oude vertrouwelijkheid te herstellen. 'Mag ik je iets vragen?'

'Als het over Joey gaat, heb ik verder niet veel te zeggen.' Molly pakte de fles zonnebrandcrème die achter haar stond en goot een kleine hoeveelheid op haar rechterhand. Langzaam wreef ze haar knieën ermee in.

'Kijk me aan, Molly. Ik moet je ogen kunnen zien.'

Haar zus trok een verbaasd gezicht, maar deed wel wat Beth zei. 'Oké.'

'Waarom hebben Jack en jij een lening afgesloten van bijna een miljoen dollar?'

En nu wist ze het. Zodra ze die vraag stelde, viel de muur die Molly had opgetrokken weg en in haar blik bleef louter angst over. Ze keek zoals een hert dat in de koplampen van een auto kijkt: verlamd van dodelijke angst. Beth had haar betrapt.

Maar die blik verdween meteen weer. Molly trok haar wenkbrauwen op. 'Mooi is dat. Steek jij je neus in onze post?'

'Natuurlijk niet,' siste Beth. Ze wilde geen ruzie, maar ze kon ook niet lijdzaam toezien. Zeker niet als Jack en Molly van plan waren te vluchten. 'Die post lag open en bloot in de keuken.'

'Inderdaad.' Molly boog zich naar haar toe. Ze was kwaad; dat was aan haar stem te horen. 'En waarom, denk je? Omdat Jack en ik niets te verbergen hebben, daarom.' Verontwaardigd ging ze rechtop zitten. 'En als je het per se moet weten: we gaan een kantoorgebouw in het centrum van West Palm kopen. Oké? Verder nog vragen?'

'In het centrum...' Beth kon wel huilen. Molly kwaad maken was wel het laatste wat ze wilde, maar zelfs na deze uitleg was ze niet overtuigd. Ze slikte en raapte al haar moed bij elkaar. 'Ja, nog één.'

'Oké, kom maar op. Wil je weten hoeveel dat gebouw kost? Vier miljoen. Wil je weten hoe we eraan komen? Jack heeft goede connecties. Makelaar Paul Kerkar, om precies te zijn. Hij staat in het telefoonboek. Zoek maar op.' Ze perste haar lippen op elkaar tot een smalle, rechte lijn. 'Ga door, Beth. Wat wil je nog meer weten?'

Om hen heen leek alles stil te vallen, zelfs de kinderstemmetjes. Beth verbrak het oogcontact met haar zus niet. 'Ik wil weten of jullie er vandoor gaan.'

Molly leek oprecht geschokt. 'Beth Petty! Vraag je nu echt of Jack en ik er met Joey vandoor willen gaan?'

'Ja.' Nu was er geen weg terug. 'Bill vertelde dat hij Jack zag lopen in het centrum van Miami, vlak bij een bedrijfje waar ze valse paspoorten maken.' Haar blik werd vertroebeld door tranen. 'Ik moest het vragen, Molly, want jullie mogen er niet vandoor gaan. Als ze jullie te pakken krijgen, zit je de rest van je leven achter slot en grendel.'

En hun relatie zou voorbij zijn. Daarover wilde Beth niet eens nadenken, omdat het haar hart brak. Dat ze Molly wilde beschermen tegen zichzelf, tegen een daad waardoor ze in de gevangenis terecht zou komen, was een prima motivatie om in te grijpen. Maar als ze dit vooral deed omdat ze bezorgd was over zichzelf, omdat ze te veel van Molly hield om haar te verliezen, was alles anders.

Molly trok haar voeten uit het water en ging staan. Met een diep gekwetste uitdrukking op haar gezicht keek ze neer op Beth. 'Ik kan gewoon niet geloven dat je dat van me denkt.'

Beth stond ook op en keek haar recht in de ogen. 'Wat deed Jack in Miami?'

Toen ontspande Molly's gezicht weer enigszins. 'Beth toch.' Het klonk vriendelijk, bijna verontschuldigend. 'Wat vind ik dit naar voor je. Hoelang loop je hier al over te piekeren?'

'Sinds gisteren in elk geval.' Beth deed een paar stappen achteruit en ging op een ligstoel zitten.

Molly nam de ligstoel naast haar. 'Jack was bij een documentenspecialist; het had iets te maken met de eigendomsakte van het gebouw dat we gaan kopen. Hij laat al dat officiële papierwerk in Miami doen.'

Beth was niet overtuigd. Ook later op de middag, toen ze er thuis nog eens over nadacht, niet. Transacties met betrekking tot onroerend goed in West Palm Beach zouden hier plaatsvinden, niet in Miami. Welke documenten er ook nodig waren, ze zouden hier in de stad opgehaald kunnen worden.

Er was nog steeds te veel bewijs tegen haar zus en zwager. Het geld, het bedrijfje voor valse paspoorten, de bijna nonchalante manier waarop Molly en Jack alles wat er met Joey gebeurde, aanpakten... Beth kon het allemaal niet negeren, maar ze had bijna geen tijd meer om er iets aan te doen.

Als Molly en Jack er met Joey vandoor gingen, zouden ze ingaan tegen God, tegen de wet en tegen alles wat goed en oprecht was. Ze zouden gedood of gearresteerd kunnen worden. Ze zouden zowel Joey als hun vrijheid voorgoed kunnen verliezen. Beth wilde niets liever dan geloven dat haar verdenkingen schandelijk en onmogelijk waren en dat haar zus zoiets nooit zou doen.

Maar er was nog een detail dat Beth niet kon ontkennen, iets wat Molly een paar weken geleden zelf gezegd had. Ze zei dat ze desnoods haar leven voor Joey zou overhebben. En dat was precies wat ze zou doen als ze er vandoor gingen. Ze zou het leven dat ze kende opgeven, en afscheid nemen van alles wat met de oude Molly Campbell te maken had, als ze maar Joeys moeder kon blijven.

Er was slechts één manier om te zorgen dat het niet zou gebeuren. Dan zou ze zeker weten dat ze alles had gedaan wat in haar macht lag om haar zus ervan te weerhouden de grootste fout van haar leven te maken. Beth wist de naam van de maatschappelijk werkster. Molly had in de loop van de afgelopen maanden ontelbare malen over de vrouw gesproken.

Allyson Bower.

Ze werkte bij Bureau Jeugdzorg in Cleveland, in Ohio, ook dat wist Beth. Met behulp van die twee stukjes informatie zat ze binnen drie minuten aan de telefoon en liet zich doorverbinden met het kantoor van Allyson Bower.

Na vier keer overgaan kreeg ze een antwoordapparaat. Beth haalde diep adem, wachtte op de pieptoon en begon haar boodschap in te spreken.

'Mevrouw Bower, u kent mij niet. U spreekt met Beth Petty, de zus van Molly Campbell.' Ze zweeg even. 'Dit telefoontje is voor mij heel moeilijk, maar ik vind dat u moet weten dat ik me ernstig zorgen maak. Mijn zus en haar man overwegen misschien om op de vlucht te slaan en samen met

Joey de Verenigde Staten te verlaten.

Zoals u weet, gaan we vandaag over een week het land uit voor een werkvakantie op Haïti. Ik heb het vermoeden dat de familie Campbell op die vakantie valse paspoorten bij zich zal hebben. Bovendien zullen ze de beschikking hebben over een enorme hoeveelheid geld.' Haar keel werd dichtgeknepen door opkomende tranen; haar handen beefden. Als Molly wist dat ze dit deed, zou ze nooit meer met haar willen praten. 'Mevrouw Bower, als u dit verontrustend vindt, bel me dan alstublieft zo snel mogelijk terug.'

Beth sprak haar telefoonnummer in en verbrak de verbinding.

Zo. Nu had ze alles gedaan wat ze kon. De maatschappelijk werkster zou haar boodschap ontvangen en als Molly tegen haar gelogen had, was het alleen nog maar een kwestie van tijd. Allyson Bower zou hen tegenhouden voordat ze de kans kregen iets stoms te doen waar ze de rest van hun leven spijt van zouden hebben. Ze hoefden Joey niet op te geven. Er was nog tijd genoeg voor een juridische interventie, tijd genoeg voor God om een wonder voor hen te doen. Maar als Molly en Jack op de vlucht sloegen, zou er geen weg terug meer zijn. Nooit meer.

Beths hoofd bonkte. Ze nam twee pijnstillers in en ging languit op de bank liggen. De kinderen speelden in het kikkerbadje in de achtertuin en ze had nog een uur voor het avondeten. Niet dat de gedachte aan eten haar aanstond. Er lag een steen op haar maag. Dit telefoontje plegen was het moeilijkste wat ze ooit gedaan had.

Nu kon ze alleen nog bidden dat Molly hier nooit of te nimmer achter zou komen. Als Molly dit ontdekte, hoefde Beth niet meer te piekeren over de vraag of hun vriendschap ten einde zou zijn omdat Molly in de gevangenis zat of in een ver land woonde.

Als Molly er achter zou komen dat zij de maatschappelijk werkster gebeld had, zou dit de nekslag voor hun relatie betekenen.

En dat zou Beths schuld zijn.

23

Molly was in Joeys kamer om hem in te stoppen en te zorgen dat zijn koffer goed ingepakt was voor de volgende ochtend. Het duizelde haar zo dat ze nauwelijks een hele zin kon uitspreken. Over een paar uur zouden ze hun plan uitvoeren.

'Op deze werkvakantie zie ik die andere papa en mama niet, toch?' Joey had zijn dinosauruspyjama met korte broek en korte mouwen aan. De beruchte luchtvochtigheid van Florida was op het hoogtepunt; zelfs met de airconditioning aan was het benauwd in de slaapkamer.

'Nee, maatje.' Molly ging op de rand van zijn bed zitten en veegde de haarlokken van zijn bezwete voorhoofd. 'Dit reisje is speciaal voor ons en het gezin van tante Beth.'

'En Gus dan?' De afgelopen maanden had Gus er een gewoonte van gemaakt om op Joeys bed te slapen. Nu zat hij geduldig op de vloer te wachten tot Molly opstond, zodat hij zijn plaats weer kon innemen.

Er ging een steek van verdriet door Molly heen. 'Gus niet.' Ze aaide Gus over zijn kop, vlak bij zijn oor. 'Die gaat naar een hondendagverblijf.'

Joey giechelde. 'Ik weet zeker dat hij het leuk vindt, mama.'

Molly kon wel huilen. 'Ja, dat denk ik ook.'

Jack was de gang op gelopen en kwam nu terug met zijn gitaar. Voordat het leven zo vreselijk uit de hand was gelopen, had Jack vaak gitaar gespeeld voor het slapen gaan. Dan deden ze het licht uit en speelde Jack zachte, melodische muziek, iets wat hij zelf bedacht had of een liedje dat hij ooit op de radio had gehoord.

Nu wees Jack op de koffer. 'Helemaal ingepakt?'

'Ja.' Ze leunde voorover en gaf Joey vlinderkusjes met haar wimpers. 'Zal ik over je rug wrijven, maatje?'

'Goed.' Hij glimlachte naar haar. 'Dat doet de andere mama ook.' Hij begon zich om te draaien, maar bleef haar nog even aankijken. 'Zij is aardig.'

Molly slikte. Was de andere mama aardig? Ze deed haar best niet verbaasd te kijken. 'Dat is fijn, lieverd. Daar ben ik blij om.'

'Maar die man is nog steeds echt gemeen.'

'Dat weet ik.' Ze keek naar Jack. Hij had elk woord gehoord, dat zag ze aan zijn gezicht.

Jack speelde drie slaapliedjes die hij zelf bedacht had. Toen Joey sliep, slopen ze op hun tenen de kamer uit. Ze hadden heel wat te bespreken en over een paar uur zouden ze al in het vliegtuig stappen.

Toen Jack zijn gitaar opgeborgen had, gingen ze op de veranda zitten. Zelfs in de plakkerige warmte van deze avond voelde het beter om buiten te zijn. Op de een of andere manier maakte dat de gedachten die Molly's hoofd deden tollen, meer beheersbaar.

Ze gingen op de schommelbank zitten; daar pasten ze precies samen op. De krekels maakten meer lawaai dan gewoonlijk. Jack leunde met zijn hoofd achterover en tuurde naar de sterren. 'Onze laatste avond hier.'

'Ja.' Molly trok haar voeten op de bank en sloeg haar armen om haar knieën. 'Ik heb nog zo veel vragen. Vertel nog eens wat je vandaag allemaal gedaan hebt.'

Jack zag er rustig uit. 'Alles is gereed.' Hij legde zijn arm om haar schouders. 'Ik heb het geld overgemaakt. Het gaat via zes verschillende rekeningen, die stuk voor stuk zo goed beveiligd zijn dat het spoor daar dood moet lopen.'

'En het komt de dag voor ons op de Kaaimaneilanden aan?'

'Ja.' Hij legde zijn voeten op het hek van de veranda. 'Dat heb ik tweemaal gecontroleerd. De instructies die ik aan de bank in Zweden gegeven heb, zijn volkomen duidelijk. Drie weken wachten en het geld doorsturen.'

'En je weet zeker dat het geld in Zweden aangekomen is?'

'Vanmorgen al.'

'Je hebt toch gezorgd dat het naar een speciale onderpandrekening leek te gaan, hè? Vanaf onze spaarrekeningen.'

'Precies. Als de autoriteiten Beth verhoren en ze hun vertelt dat we een zakelijk gebouw wilden kopen, lijkt alles te kloppen. In ieder geval voorlopig.'

'En hoe gaat dat dan met de makelaar?'

'Die zal later over onze verdwijning horen en veronderstellen dat de koop niet doorgaat.' Jack bleef onverstoord op haar vragen reageren. 'Hij heeft geen reden iemand op de hoogte te brengen. Dat soort dingen gebeurt voortdurend.'

'Oké, en verder?' Haar hart sloeg tweemaal zo snel als anders. Na alle gesprekken en plannenmakerij was ze plotseling doodsbang. Sinds Beth haar botweg had gevraagd of ze er vandoor gingen, voelde ze die angst. 'Ik heb onze hele fotoverzameling op cd's en USB-sticks gezet en ingepakt.'

'Mooi zo.'

Dat was haar idee geweest. Ze kon niet alles achter zich laten zonder foto's mee te nemen. Eerst had ze een tiental fotoalbums willen inpakken, maar toen wist ze het weer: sinds de adoptie van Joey hadden ze alles digitaal gefotografeerd. Ze hadden alleen de cd's en een reservekopie op USB-stick nodig. Als ze eenmaal op de Kaaimaneilanden waren, konden ze de foto's opnieuw laten afdrukken.

Telkens als ze de slaap niet kon vatten, had ze 's avonds laat de dierbaarste foto's van voor de adoptie gescand en in een computerbestand gezet. Daarna had ze elke foto zorgvuldig teruggeplakt, zodat er niets van zijn plaats zou zijn als hun bezittingen later gecontroleerd zouden worden. Er mocht geen enkel teken zijn dat ze dit gepland en voorbereid hadden.

Molly pakte slechts één fotoalbum in: het album dat Beth voor haar gemaakt had toen ze haar middelbareschooldiploma haalde. En een klein mapje met kunstwerkjes van Joey. Verder lieten ze alles achter.

Jack leunde naar voren met zijn ellebogen op zijn knieën. 'Ik heb onze levensverzekeringen opgezegd met ingang van vandaag.'

'Mooi. Dat vind ik prettig.' Een paar weken geleden hadden ze het hierover gehad. Als ze dit niet deden en als iedereen na verloop van tijd veronderstelde dat ze verdronken, ontvoerd of vermoord waren, zou het geld van de levensverzekeringen uitgekeerd moeten worden. Beth en Bill zouden minstens de helft krijgen, aangezien Molly's ouders niet meer leefden.

'Ik vind het ook beter. We willen geen verzekeringsfraude plegen. Alles wat we willen, is onze zoon.'

'Precies.' Ze trok haar knieën nog steviger tegen zich aan. 'En verder?'

'Om zeven uur 's morgens breng jij Gus naar de kennel. Je hebt ze al opgebeld en alles geregeld, toch?'

'Inderdaad. Vorige week.' Molly begon te beven. Waar waren ze allemaal mee bezig? Het voelde nog steeds als het script van een slecht toneelstuk. Kinderen werden bij hun ouders weggehaald; dat gebeurde niet vaak, maar het gebeurde wel. Hoe vaak gingen de ouders in kwestie er met hun kind vandoor? En waarom had ze nog nooit gehoord dat zoiets goed afgelopen was? Ze klemde haar tanden op elkaar tegen het klapperen. 'En verder?'

'Beth heeft geen gekke vragen gesteld, hoop ik?'

'Na het zwembad niet meer.' Over dat gesprek had ze Jack alles verteld. 'Ik denk dat ze mijn antwoorden geloofde.'

'Oké. Dan is alles klaar. Hoe we precies ontsnappen, zullen

we in Port-au-Prince moeten uitpuzzelen.' Hij stond op en leunde op het hek.

Molly kon niet langer stilzitten. Ze ging naast hem staan en schouder aan schouder keken ze uit over de voortuin. Die zouden ze na morgen nooit meer zien.

Hij vlocht zijn vingers in de hare. 'Waar denk je aan?'

'Aan van alles.' Ze liet even haar hoofd hangen. Vreemd dat ze zo rilde. Het moest hier buiten nog altijd meer dan dertig graden zijn. Ze keek weer omhoog en bestudeerde de sterren. 'Laatst moest ik weer aan iets denken wat Joey en ik vorig jaar Kerst op tv gezien hebben.'

'Mmm.'

'Het was een tekenfilm van een half uur over de geboorte van Jezus.'

'En daar moest je laatst aan denken?' Jack schonk haar zijn innemendste glimlach.

Zijn blik gaf haar nieuwe moed. In haar nieuwe leven, dat morgen zou beginnen, zou ze Jack en Joey hebben. Dat zou genoeg zijn, ondanks alles wat ze zou verliezen. Als ze de komende week maar doorkwamen, zouden ze verder samen de weg wel vinden. Ze knikte. 'Ja. Toen Jezus werd geboren, was er een slechte koning aan de macht. Hij wilde het kindje Jezus vermoorden.'

'Oké, een slechte koning dus.'

'Precies. Toen kwam er een engel in een droom naar Jozef om hen te waarschuwen. Ze stonden op en vertrokken naar een ander land. Midden in de nacht, zonder iemand iets te vertellen.'

'Aha.' Hij keek haar aan en zijn ogen schitterden in het licht van de sterren. 'Een beetje zoals wij.'

'Klopt.'

Even stonden ze stil te luisteren naar de geluiden van de krekels en de kikkers in het moeras aan de andere kant van de wijk. 'Ik blijf maar denken aan die paardenbloem van Joey.' Hij ademde diep in. 'Die dag in het park wist ik maar één ding: ik kon hem niet laten gaan. Ik wilde verdwijnen.'

'Zoals die paardenbloempluisjes vervlogen.'

'Ja.' Weer zwegen ze.

Molly vroeg zich af of hij haar hart kon horen kloppen. Hoe vaak ze de details ook met elkaar doornamen, ze was nog steeds doodsbang. Dit soort dingen hadden ze geen van beiden ooit gedaan. Ze waren brave mensen die zich aan de wet hielden. Als ze nu eens niet goed waren in slecht zijn? Molly drukte haar onderarmen tegen het hek. 'En hoe zit het met de wil van God?'

Jack glimlachte welwillend, zoals hij naar Joey glimlachte als het jochie over Peter Pan en Nergensland praatte. 'De wil van God?'

'Beth zei dat ze bidt dat de wil van God gebeurt. Bill ook. Als God wil dat Joey bij ons blijft, gebeurt dat toch? Hoe dan ook! Zouden we dit allemaal niet voor niets doen?' Ze gaf hem geen tijd om hier iets op te zeggen. 'Maar als God nu wil dat Joey naar de familie Porter gaat, wat dan?'

'Wat wil je daarmee zeggen? Als God wil dat Joey bij ons weggaat, gaat hij op de een of andere manier ook weg, wat we ook doen? Bedoel je dat?'

'Ja.' Haar stem klonk zacht en verdrietig. Deze angst was te groot om in haar gevoel toe te laten. 'Wat dan?'

Jack nam een ogenblik de tijd voordat hij haar antwoord gaf. 'Ik weet niet precies wat God wil, Molly. Zoals ik al zei: daar kunnen we later over praten.' Hij sloeg zijn armen om haar heen en zij beantwoordde zijn omhelzing. 'Wat ik wel weet, is dat mijn plan uitvoerbaar is.' Hij pakte haar schouders vast en keek haar diep in de ogen. 'Echt, Molly. Ons zal niets gebeuren.'

Dat was de enige gedachte die het haar de rest van de nacht

mogelijk maakte te blijven ademhalen. Hun zou niets gebeuren. Niets. Het plan was uitvoerbaar.

Dat moest wel.

Joey sliep nog niet. Hij lag Gus te aaien en naar het plafond te staren. Er was iets wat hij zijn papa en mama niet verteld had, en hij voelde zich vanbinnen niet fijn als hij daaraan dacht. De laatste keer dat hij in dat huis in Ohio was waar de Indians honkbal speelden, had de gemene man enge dingen tegen hem gezegd.

Hij zei dat Joey eigenlijk zijn zoontje was en dat hij de echte papa was. Joey zei nee en vertelde dat zijn echte familie in Florida woonde. Toen kwam er iets nog veel ergers. De man kwam heel dicht bij zijn oor en zei: 'Als je dat nog eens zegt, mannetje, geef ik je een pak rammel dat je van je leven niet meer zult vergeten.'

Toen duwde de man Joeys hoofd een hele tijd in het kussen. Daar was het eng. Hij ademde kort en klein en hij hoopte dat de aardige mevrouw zou komen en zou zorgen dat de man ophield.

Toen ze eindelijk kwam, gilde ze tegen de man.

Joey keek naar Gus. Zijn hondenogen waren open, want hij was een goede vriend. 'Hoi, Gus. Weet je?'

Wat? vroeg Gus met zijn ogen.

'Ik wil die gemene man nooit meer zien. En misschien hoeft dat ook niet. Weet je waarom?'

Waarom?

'Omdat ik het aan God gevraagd heb.' Soms vergat Gus dingen, zelfs als hij het hem al honderd keer verteld had. 'Weet je nog, Gus? Ik vroeg of God meeging naar Ohio en dat deed Hij. Dus nou heb ik God gevraagd of ik alstublieft mag ophouden met die reisjes zodat ik thuis kan zijn bij papa en mama en jou.'

Vergeet meneer Aap en de beren niet.

'Dat weet ik, Gus. Die vergeet ik niet.' Hij stak zijn handen uit en pakte meneer Aap. 'Maar ik kan niet bij meneer Beer zijn, want ik heb hem in het huis in Ohio laten liggen. Onder het bed. Weet je waarom?'

Waarom? Gus jankte zachtjes.

'Omdat ik elke keer dat ik hem zag aan die gemene man moest denken, tuurlijk.'

Gus gaapte en sloot zijn ogen. Hij praatte niet graag 's avonds. Dat gaf niks. Nu had Joey een reden om weer met God te praten, want God viel helemaal nooit in slaap. Hij had het bij het zwembad aan Jonah gevraagd, en dat had Jonah gezegd. God blijft de hele tijd wakker. Voor het geval dat we met Hem ergens over willen praten.

'God, met mij, Joey. Ik heb het U al gevraagd, maar ik denk dat ik het nog een keer vraag. Voor het geval dat U de laatste keer in gesprek was.' Hij keek uit het raam. 'God, kunt U de rechter alstublieft vertellen dat ik niet meer naar Ohio wil? Ik wil alleen hier blijven. Bij mijn papa en mama en mijn Gus en meneer Aap en meneer Grommes. En dat is alles.'

Hij dacht nog even na. 'O ja, en tante Beth en oom Bill en mijn nichtje en neefjes. Vooral Jonah.' Hij sloot zijn ogen. Slapen was makkelijk als hij eerst met God gepraat had. 'Dank U wel, God. In deze saam, amen.'

24

Nooit eerder was Beth ergens zo zeker van geweest.

De maatschappelijk werkster had niet meer teruggebeld, en nu was het bijna te laat: de volgende ochtend zouden ze naar Haïti vertrekken. Beth had Molly niet opnieuw geconfronteerd met haar verdenking dat ze op de vlucht zouden slaan, maar toch voelde ze dat de relatie met haar zus onder spanning stond.

Een paar dagen geleden had ze Molly gevraagd hoe de hoorzitting verlopen was. Als het goed was, zou de hoorzitting tot gevolg hebben dat Joey langer bij hen mocht blijven. Zelfs nu ze op gespannen voet met elkaar stonden, verwachtte Beth dat Molly enthousiast zou zijn over de uitkomst van de hoorzitting. In elk geval als die positief uitviel. Maar Molly schudde haar hoofd. 'De zitting is uitgesteld tot volgende week.'

'Vinden jullie dat niet erg?'

'De advocaat denkt nog steeds dat hij tijd voor ons kan winnen. We geloven hem op zijn woord, Beth. Wat kunnen we nog meer doen?'

Eigenlijk was niets wat Molly haar in de loop van de afgelopen maanden verteld had, echt te verifiëren. Daarom had Bill wat rondgesnuffeld en makelaar Paul Kerkar opgebeld. Zijn zwager had verteld dat hij een kantoorgebouw ging kopen, zei hij; vervolgens vroeg hij of Paul nog meer van dergelijke gebouwen in de aanbieding had.

'Misschien wel.' Paul reageerde vriendelijk, zonder enige achterdocht.

'Jack zegt dat de aankoop nu elk moment rond kan zijn. Klopt dat?'

'Binnen een paar weken, dat is zeker. Uit de bouwinspectie bleek dat reparaties aan het dak noodzakelijk zijn. Dat moet eerst nog gebeuren.'

Bill rondde het gesprek geloofwaardig af. Daarna keek hij Beth aan en stak zijn handen omhoog. 'Het klopt. Jack en Molly gaan een gebouw in West Palm kopen.'

Toch maakte Beth zich zorgen. Ze had geen enkele brief van een politicus gezien, evenmin als enig bewijs dat er werkelijk een advocaat bij de zaak betrokken was. Molly had geen afspraken met hem gehad, voor zover ze wist. En zelfs Jack praatte nooit over de advocaat die hij gevonden had: hij noemde geen naam, geen kantoor, en geen enkele reden waarom deze man hen kon helpen terwijl niemand anders dat kon.

Het was negen uur 's avonds. Over twaalf uur zou het vliegtuig vertrekken, en Beth was nog steeds bang dat haar zus van plan was te verdwijnen. Ze kon het niet bewijzen, maar ze voelde het. Net zoals ze altijd geweten had wat Molly zou doen, hoe ze zich voelde en of ze in de problemen zat.

Daarom had ze eerder op de dag het informatienummer gebeld en het telefoonnummer van Wendy Porter in Cleveland, Ohio, gekregen. In de eerste periode nadat de maatschappelijk werkster contact had opgenomen met Molly en Jack, had Molly haar het verhaal meermalen in alle details verteld. Hoewel ze de naam van het echtpaar in Ohio de laatste weken niet meer genoemd had, wist Beth die nog.

Nu ging ze, terwijl Bill bezig was met inpakken, naar boven en haalde een stukje papier uit de zak van haar spijkerbroek. De kinderen sliepen, hun koffers waren gepakt en ze waren klaar voor de volgende dag. Ze wist vrij zeker dat Bill niet zou willen dat ze op deze manier tussenbeide kwam. Voor hem was het gesprek met de makelaar afdoende geweest; hij was ervan overtuigd dat Molly en Jack niet van plan waren op de vlucht te slaan. Maar was dat terecht? Ze had geen andere keus. Als ze nu niet belde, zou ze geen tweede kans krijgen.

Haar hart sloeg een slag over terwijl ze de telefoon pakte en het nummer intoetste. Na een lange stilte hoorde ze de telefoon tweemaal overgaan. Daarna werd hij opgenomen en een vrouwenstem zei: 'Hallo?'

Beth hield haar adem in en dwong zich tot kalmte, zodat ze zich kon concentreren op wat ze moest zeggen. 'Ja, hallo.' Ze sloot haar ogen. Hoe kon ze dit doen en wat zou ze ermee bereiken? Op deze vragen had ze zelf geen antwoord, maar ze had geen andere keus. Snel ging ze verder. 'U spreekt met Beth Petty. Ik ben de zus van Molly Campbell.'

Aan de andere kant van de lijn werd geaarzeld. 'De adoptiefmoeder van Joey, bedoelt u?' Zo te horen was de vrouw verbijsterd. Ze hapte hoorbaar naar adem en haar stem klonk geschokt. 'Waarom belt u mij?'

Daar gaan we dan. Beth zuchtte diep en ging verder. Ze kon niet meer terug. 'Nou, mevrouw Porter, de situatie is als volgt.'

Wendy Porter was alleen thuis toen de telefoon ging.

Ze drukte het toestel tegen haar oor en probeerde te begrijpen waarom de zus van de adoptiefmoeder van Joey haar opbelde. De vrouw vertelde hoeveel de familie Campbell van Joey hield en hoe zijn leven in Florida was.

'Ik begrijp het nog steeds niet.' Wendy ging aan de keukentafel zitten en legde haar hoofd in haar handen. 'Ik weet al dat de familie Campbell fantastisch voor mijn zoon heeft gezorgd. Maar nu gaat het heel goed met mijn man en mij, mevrouw Petty. Wij vinden dat we recht hebben op deze kans om ouders voor Joey te zijn, vooral omdat mijn man pas een paar maanden geleden van zijn bestaan gehoord heeft.'

'Juist. Nou, daarom bel ik dus.' De vrouw aan de andere kant van de lijn klonk nerveus. 'Ziet u, er is iets aan de hand waarvan ik vind dat u het moet weten.'

Op dat moment vloog de deur open en kwam Rip binnen. Hij had een tas in zijn armen waar een paar flessen sterke drank uit staken. Wendy gebaarde dat hij stil moest zijn. Ze wees op de telefoon en bedekte die met haar hand. 'Het gaat over Joey,' fluisterde ze.

Hij rolde met zijn ogen, zette de tas op het aanrecht en haalde er een fles uit. Binnen een minuut schonk hij zijn glas voor de tweede keer in. Hij liet er een handvol ijsklontjes in vallen en kwam naast haar staan. 'Wie is het?'

Wendy probeerde te horen wat de vrouw zei. Iets over een reisje naar Haïti. De vrouw dacht dat de familie Campbell misschien nooit meer terug zou komen naar de Verenigde Staten.

'Ik zei: wie is het?' herhaalde Rip met dreunende stem. Waar hij ook geweest was, hij was al dronken. Hij kon zijn ogen nauwelijks openhouden.

Ze maakte nogmaals een afwerend gebaar. Met de telefoon aan haar ene oor hield ze haar andere oor dicht en probeerde te horen wat er gezegd werd. 'Dus ze gaan het land uit? Waarom is mij dat niet verteld?'

Rip trok een lelijk gezicht. Hij wankelde even en zette zijn glas op de tafel. 'Wie gaan het land uit?'

'Hoor eens.' Wendy wist zeker dat de vrouw Rip kon horen. De zus van Molly Campbell mocht beslist niet te weten komen dat alles uit de hand liep in huize Porter. 'Kan ik u terugbellen? Ik moet nog even iets regelen.'

'Zo snel mogelijk, alstublieft. Ik maak me ernstig zorgen.'

'Oké.' Wendy noteerde het telefoonnummer dat de vrouw opgaf. 'Over vijf minuten.'

Zodra ze de verbinding verbrak, viel Rip haar aan. Hij pakte haar ruw bij de schouder en trok haar met een ruk overeind. 'Wat was dat allemaal?'

'Rip, alsjeblieft, geef me de ruimte.' Ze probeerde hem weg te duwen, maar hij omklemde haar arm nog steviger.

Ze negeerde de pijn en ging zachter praten om hem te helpen rustig te worden. 'Hoor eens, het komt allemaal goed.' Liegen was in dit geval het beste. 'Niemand gaat het land uit. Laat mij dat telefoontje maar afmaken.'

Hij gaf haar een duw en keek haar weer woedend aan. 'Je vraagt er gewoon om, weet je dat?'

Dat was nog het ergste als hij dronk. Als hij bezopen was, werd hij meteen kwaad en dan begon hij haar overal de schuld van te geven. 'Niet doen, Rip.'

Hij liet haar los en maakte een wegwuivend gebaar, waarbij hij bijna zijn evenwicht verloor. Terwijl hij zich omdraaide naar de keuken, graaide hij zijn glas mee en dronk het in een paar tellen leeg. Daarna boerde hij luid. Hij grinnikte en zette onvast koers naar de keuken.

Ze hield hem angstvallig in de gaten, zoals altijd als hij in deze toestand was. Voor het geval dat hij op haar afkwam en uithaalde.

Rip hield de drankfles omhoog naar de lamp en grijnsde. 'Alleen het beste is goed genoeg voor mij, schatje.' Hij schonk zijn derde glas in en zette de fles met een klap neer. Meteen was zijn woede weer terug en hij keek haar dreigend aan. 'Het is allemaal jouw schuld.' Hij stond te wankel op zijn benen om gevaar op te leveren; hij leunde tegen het aanrecht om niet te vallen. 'Alles wat je van mij krijgt, heb je verdiend.'

Wendy wachtte tot de tirade afgelopen was. Zolang hij dronken was, kon ze niets tegen hem zeggen. Morgen zouden ze praten en dan zou ze hem aansporen om hulp te zoeken en weer naar de bijeenkomsten van de anonieme alcoholisten te gaan. Als Rip niets aan zijn drankprobleem deed, zouden ze Joey verliezen, of Rip zou weer iets doen waardoor hij in de bak terechtkwam.

Even later pakte Rip zijn drank en wankelde de huiskamer in. Hij plofte in zijn gemakkelijke stoel, zette de televisie aan en ging onmiddellijk op in het een of andere sportprogramma.

Dit was haar kans. Wendy pakte de telefoon en toetste het nummer van de vrouw in. Wat ze ook precies probeerde te zeggen over Haïti en het land verlaten, het klonk ernstig. Zo ernstig dat deze vrouw haar wilde bellen. Niet alleen om te vertellen hoeveel de familie Campbell van Joey hield, maar om Wendy te waarschuwen.

De familie Campbell stond op het punt iets ergs te doen.

Allyson Bower had volop genoten van haar vakantie. Elke zomer ging ze samen met haar kinderen een week naar Walton Beach in Florida, voor zon, zee en ontspanning. Allyson deed niets liever dan op het strand zitten en naar het water kijken.

De timing van hun jaarlijkse uitstapje was beter dan ooit. Het geval Campbell had de hele zomer aan haar geknaagd, maar de afgelopen week niet. Het grootste deel van de afgelopen zeven dagen was ze in staat geweest haar werk te vergeten, in elk geval lang genoeg om van haar kinderen te kunnen genieten. Nu was ze echter weer thuis en ze voelde zich zwaarmoedig. Het was de eerste vrijdag in september. Over zeven dagen zou de familie Campbell Joey voorgoed kwijtraken.

Ditmaal had de rechtbank het bij het verkeerde eind. Wat er ook in de wetboeken stond, Joey hoorde bij Molly en Jack Campbell thuis. Daar twijfelde Allyson geen seconde aan. Ze kon niet bewijzen dat Rip teruggevallen was in zijn gewelddadige manier van doen; de kleine blauwe plekken op Joeys arm waren verklaarbaar en niet voldoende om de overdracht van het ouderlijk gezag tegen te houden.

Maar Wendy Porter kon haar echtgenoot niet voor onbeperkte tijd in bescherming nemen. Die man was gevaarlijk. Allyson maakte zich zorgen om Joey, vooral als het systeem binnenkort geen maatschappelijk werkster meer zou sturen om toezicht te houden.

Ze inspecteerde haar kantoor. Het was keurig opgeruimd, zoals altijd. Elk papiertje lag op zijn plaats, elk dossier was op alfabet geordend. Ze moest minstens tien telefoontjes plegen, maar eerst moest ze de berichten op haar antwoordapparaat beluisteren. Na een week afwezigheid zouden dat er tientallen zijn.

Een van de berichten was ingesproken door een verontruste vrouwenstem die Allyson niet herkende.

'Mevrouw Bower, u kent mij niet. U spreekt met Beth Petty, de zus van Molly Campbell.'

Wat? Waarom zou de zus van Molly Campbell gebeld hebben? Allyson leunde naar het antwoordapparaat toe en zette het volume hoger.

'Dit telefoontje is voor mij heel moeilijk, maar ik vind dat u moet weten dat ik me ernstig zorgen maak. Mijn zus en haar man overwegen misschien om op de vlucht te slaan en samen met Joey te verdwijnen. Zoals u weet, gaan we vandaag over een week het land uit voor een werkvakantie op Haïti. Ik heb het vermoeden dat de familie Campbell op die vakantie valse paspoorten bij zich zal hebben. Bovendien zullen ze de beschikking hebben over een enorme hoeveelheid geld.'

Allyson voelde de grond onder zich wegzakken. Het verhaal van de familie Campbell klopte; daarvan had ze de rechter weten te overtuigen. Natuurlijk had ze wel zo haar twijfels gehad, maar ze had geen moment geloofd dat het stel op de vlucht zou slaan. Ze keek naar de kalender die aan de muur hing.

Inmiddels zouden ze in het vliegtuig naar Haïti zitten en ongeveer halverwege zijn.

Het bericht ging verder. Ze hoorde een kuchje; het klonk alsof de zus van Molly het benauwd had of huilde. 'Mevrouw

Bower, als u dit verontrustend vindt, bel me dan alstublieft zo snel mogelijk terug.' De vrouw noemde haar telefoonnummer en beëindigde het bericht.

Allyson zette het antwoordapparaat stop, omklemde de armleuningen van haar stoel en liet haar hoofd hangen. Had ze iets over het hoofd gezien? En waarom had deze Beth Petty niemand anders van Jeugdzorg gebeld als ze zo ongerust was? Als de vrouw gelijk had, als de familie Campbell van plan was op de vlucht te slaan, zou Allyson daar de schuld van krijgen.

De rechter zou beslist willen weten waarom zij hem geadviseerd had toestemming te geven voor de werkvakantie, en de familie Porter zou gegronde reden hebben om Jeugdzorg gerechtelijk te vervolgen. Vooral omdat zij niet op de hoogte gebracht waren. Als de zus van Molly Campbell gelijk had, zou dit het einde betekenen van Allysons carrière, inkomsten en toekomst.

Maar dat maakte niets uit. Ze kon het de familie Campbell niet kwalijk nemen. Het was haar werk om erop toe te zien dat de wet werd nageleefd en te zorgen dat werd uitgevoerd wat het systeem goed achtte voor het welzijn van het kind. Ze drukte haar vingers tegen haar voorhoofd. Wie moest ze als eerste bellen? De rechter, waarschijnlijk. Ja, beslist. Hij kon alles het snelst in beweging krijgen, contact opnemen met de autoriteiten in Haïti en zorgen dat de familie Campbell aangehouden en teruggebracht werd. Voordat die mensen de tijd hadden om een misdaad te plegen.

Ze maakte aanstalten de telefoon te pakken, maar die ging precies op dat ogenblik over. Ze viel van schrik bijna van haar stoel en pakte de telefoon alsnog. Wie het ook was, ze moest opschieten. Eerst moest ze contact opnemen met de rechter en daarna had ze pas tijd voor andere zaken. Snel nam ze op. 'Hallo?'

'Allyson Bower?' De vrouw aan de andere kant huilde.

'Ja, daar spreekt u mee.' Allyson keek op de klok aan de muur. Elke minuut telde. Ze haalde diep adem. 'Wat kan ik voor u doen?'

'U spreekt met Wendy Porter.' Ze huilde inderdaad.

Allyson voelde het bloed uit haar gezicht wegtrekken. 'Wat is er aan de hand, Wendy?'

Eerst hoorde ze een tijd niets, alleen snikken. Toen zei Wendy met bevende stem: 'Ik moet u iets vertellen.'

25

De hoofdweg van het vliegveld naar en door Port-au-Prince zat vol gaten en overal stonden kapotte auto's. Molly en Jack zaten, met Joey tussen hen in, in een roestig, oud busje. Molly dacht telkens opnieuw hetzelfde: nu waren ze hier echt. Ze waren de Verenigde Staten uit; over een paar dagen zouden ze als toeristen door Europa reizen. Een paar weken daarna zouden ze op de Kaaimaneilanden zijn. Het lukte. Het plan werkte.

In haar hart was evenveel blijdschap als verdriet bij dit vooruitzicht.

Jesper, hun chauffeur, wees op een gebouw aan de rechterkant van de weg. Het was opgebouwd uit witte, afbrokkelende bakstenen en het zag er ernstig beschadigd uit. 'Dit is het ziekenhuis.' Hij glimlachte. 'Het ziekenhuis blijft open, zelfs na de orkaan.'

Voor hen zaten Beth, Bill en Jonah. De achterste bank werd geheel in beslag genomen door de andere kinderen Petty; twee van de drie sliepen. In het busje achter hen zaten drie studenten die de rest van hun team vormden en een van de jeugdleiders uit de gemeente. Hij zou toezicht houden op hun werk in het weeshuis.

Molly deed haar uiterste best om naar Jesper te luisteren. Dat leidde haar af van alle details die nog geregeld moesten worden voordat ze Haïti konden verlaten.

Jesper was een sympathieke man met een donkere huid en stralende ogen. Hij bezat een diep geloof, dat was duidelijk vanaf het ogenblik dat ze hem ontmoet hadden.

'God gaf u een goede reis, ja?' Hij glimlachte stralend.

'Ja.' Bill antwoordde namens hen allen. 'God heeft ons een geweldige reis gegeven. Dank u wel.'

Jesper sprak aan één stuk door over de goedgunstigheid, genade en voorzienigheid van God terwijl hij hun koffers pakte en hen voorging naar het busje. Sinds hij hen had opgehaald, had hij aan één stuk door gepraat.

Op dit ogenblik praatte hij over het geloof van de Haïtianen. 'God is alles voor de mensen in mijn land. De mensen zijn niet toegewijd aan duisternis.' Hij wees naar de grote hoeveelheid mensen aan weerszijden van de hoofdweg. 'Ziet u wel? Ziet u hoe de mensen leven? God is alles voor ze.'

Molly kon nauwelijks geloven hoe deze mensen leefden.

Vanwege de kapotte auto's, hier en daar een fietser met aanhangwagen of zomaar iemand die zijn dieren over de hoofdweg dreef, was het verkeer traag. Dat gaf hun allen de gelegenheid om de omgeving in zich op te nemen. Joey zat tussen hen in te slapen, maar Jack zat gefascineerd naar buiten te kijken, net als zij.

Ze passeerden rijen huizen die meer op barakken leken, kleine schuurtjes zonder vloer en soms zelfs zonder dak. Het was overduidelijk dat de meeste woningen geen elektriciteit of stromend water hadden. Op de kapotte trottoirs liepen mensen met grote watervaten op hun hoofd zigzaggend over een grote, permanent opgestelde vlooienmarkt, zo te zien.

Jesper bracht het busje met piepende remmen tot stilstand en gaf een mep op zijn claxon. Alle chauffeurs rondom hem deden hetzelfde. Een eindje voor hen was een kleine open bestelwagen midden op de weg gestopt om zes of zeven jongens uit de achterbak te laten; zij renden door het verkeer heen naar de kant van de weg.

De jongens zwaaiden vriendelijk en het incident leek voorbij. Maar voordat het verkeer weer op gang kwam, voelden ze een bons en een schok aan de achterkant van hun busje.

'Wat was dat?' Bill en Beth draaiden zich snel om.

Molly en Jack volgden hun voorbeeld en zagen dat twee van de jonge mannen zich aan de achterkant van het busje vastgeklemd hadden.

Jesper lachte. 'Amerikanen vinden het vreemd dat mensen elkaar een lift geven.' Hij draaide zijn raampje open en stak zijn duim op naar de mannen die aan de achterkant hingen. '*Bondye reme ou*!'

Molly wist wat dat betekende. *God houdt van jullie.* Ondanks de absurditeit van de situatie glimlachte ze. Jesper ging sneller rijden en de mannen achterop wisten zich goed vast te houden. Bij de volgende keer dat het verkeer knarsend tot stilstand kwam, sprongen ze eraf, zwaaiden en gingen huns weegs.

Tijdens deze stop zag Molly naast de weg een vrouw uit een dorp achter een vuile stenen tafel zitten. De vrouw zag er verwilderd en vermoeid uit; ze was gekleed in lompen en had haar haren in een staart gebonden. Voordat Jesper weer optrok, graaide de vrouw een kip uit een kooi vol angstig kakelende kippen, die naast haar op de grond stond.

Ze drukte de hals van de kip tegen de grote, smerige steen en greep een slagersmes. Binnen een paar tellen was het gebeurd. Behendig vilde en ontweide de vrouw het beest en gooide het vlees in een bak die achter haar stond. Uit de bak steeg een zwerm vliegen op.

Molly voelde een golf van misselijkheid en keek Jack aan. Zijn gezicht was bleek en hij knikte. Hij had het ook gezien. Bill draaide zich om en fluisterde: 'Het is maar goed dat we tonijn in blik bij ons hebben.'

'Zeg dat wel!' Molly speelde het klaar te glimlachen. Ze tikte Beth op haar schouder. 'Zag je dat?' Haar stem was nauwelijks hoorbaar, want voorin zat Jesper nog altijd te praten.

'Wat?' Beth keek afwezig. Dat was al zo sinds ze in West Palm Beach aan boord van het vliegtuig gegaan waren.

'Die kip. Heb je die vrouw met die kip gezien?'

'Nee.' Beth bleef haar even aankijken. 'Ik heb nogal veel aan mijn hoofd, denk ik.'

Molly wilde vragen waarom, maar ze was bang voor het antwoord dat haar zusje zou geven. Sinds de dag waarop Beth gevraagd had of Jack en Molly er vandoor wilden gaan, hadden ze het moeilijk met elkaar. Molly vermoedde dat haar zusje zich daar nog altijd zorgen over maakte. Maar Beth moest nu wel beseffen dat ze er niets meer tegen kon doen.

Er ging een steek van pijn door Molly's hart toen Beth zich weer omdraaide. *Mijn lieve zusje, kon ik het jou maar vertellen, kon ik maar afscheid van je nemen zoals ik zou willen. Blijf alsjeblieft niet voorgoed boos op me.* Ze zuchtte en Jack keek haar aan. Hij legde zijn arm op de rugleuning van de bank en streelde haar schouder. Geruststellend keek hij haar aan. Ze moest zich geen zorgen maken. Alles zou goed komen.

Ze schonk hem een bezorgde glimlach. Het zou allemaal goed moeten komen. Nu hadden ze geen keus meer.

Jesper praatte door over gebedsdiensten. 'Urenlang zingen, want de mensen weten dat God alles is. Hij is alles wat we hebben, Hij is alles wat we nodig hebben.'

Molly had plotseling het gevoel dat Jack, Joey en zij binnenkort, als het lukte om hun nieuwe leven te beginnen, er ook zo over zouden kunnen denken.

Beth wilde zich concentreren op de werkvakantie, op de ervaring die nu voor hen lag, vooral toen ze het weeshuis naderden. Maar om de paar minuten betrapte ze zich erop dat ze naar haar zus keek en probeerde haar blik en de toon waarop ze sprak te begrijpen. Had ze het mis? Was alles gewoon zoals Molly het uitgelegd had? Misschien had Bill wel gelijk en had zij, Beth, alleen last van een te levendige fantasie.

Jesper richtte hun aandacht op de gebouwen aan hun linkerkant. 'Het eerste gebouw is het weeshuis en daarnaast staat het zendingshuis.'

Beide waren omheind met stenen muren van minstens tweeënhalve meter hoog. Boven op de muren waren lussen prikkeldraad bevestigd. Inmiddels stonden de ramen van het busje open; ze hoorden het lawaai van kinderen aan de andere kant van de muur.

'Het weeshuis en het zendingshuis moeten beveiligd worden,' zei Jesper.

Blijkbaar moest het grootste deel van Port-au-Prince beveiligd worden, dacht Beth. Alle gebouwen in die straat hadden namelijk soortgelijke muren en prikkeldraad.

Een bewaker met een geweer duwde een zwaar, ijzeren hek voor hen open. Hij grijnsde naar Jesper en tikte even aan zijn versleten honkbalpet. Het busje reed het terrein op en Jesper parkeerde het op de smalle oprit. 'Dit is het zendingshuis. We lopen straks naar het weeshuis toe.'

Nu waren alle kinderen wakker; ze vuurden de ene vraag na de andere op Jesper af. De volwassenen stapten via de schuifdeur uit, pakten hun bagage onder de banken vandaan en probeerden iets van de chaos te begrijpen. Het busje met de drie studenten en de jeugdleider reed binnen en werd achter hen geparkeerd.

'Wie woont er in het zendingshuis?' Cammie klauterde van de achterbank af. Blain en Braden volgden haar.

'Vrijwilligers en Amerikaanse bezoekers.' Jesper glimlachte. 'Vandaag woon jij er met je familie!'

'Wat eten de mensen hier?' Braden wreef in zijn ogen. 'Ik heb honger.'

'Over een uur heeft Faun een feestmaal met rijst voor jullie.' Jespers stem klonk trots. 'We zorgen goed voor Amerikaanse gasten.'

De vragen bleven komen terwijl ze hun koffers het huis in brachten. 'Moesten we zelf kussens meenemen?' vroeg Bill zachtjes terwijl ze over de oprijlaan liepen.

'Dat denk ik niet.' Jack keek over zijn schouder en glimlachte. 'Maar ik heb het voor de zekerheid toch gedaan. Je weet maar nooit.'

Beth keek naar de mannen; ze wist niet goed wat ze ervan moest denken. Sinds kort konden ze goed met elkaar opschieten en maakten gemakkelijk een praatje. Was dat echt een gevolg van het samenkomen voor gebed? Of was deze nieuwe kameraadschappelijkheid alleen Jacks manier om Bill aan het lijntje te houden en alle verdenking af te wenden tot Molly, Joey en hij er tussenuit knepen?

De jongemannen uit het andere busje volgden hen het huis in. De jeugdleider zei dat ze hun koffers moesten wegzetten en naar het weeshuis gaan om de kinderen te ontmoeten. *Mooi zo,* dacht Beth bij zichzelf. *Die zijn weg.* De twee gezinnen zouden meer tijd nodig hebben om zich in het zendingshuis te installeren, en dat betekende dat Beth meer tijd had om haar zus te observeren zonder dat de teamleider zich met hen bemoeide.

Ze keek naar Molly, die naar Joey en Jack glimlachte terwijl een van de vrijwilligers hen de weg wees naar een kamer aan de linkerkant van het huis. Als ze een ontsnapping gepland hadden, lieten ze daar niets van merken. Ze leken verbazingwekkend op hun gemak. Plotseling werd Beth overvallen door twijfel. Als ze het nu eens mis had? Kon ze van Molly verwachten dat ze haar ooit zou vergeven? Op die vragen wist Beth geen antwoord.

Ze werden naar hun eigen kamers gebracht en Bill knikte goedkeurend. 'Stromend water en elektriciteit. Ik vind dat ze hun gasten heel goed behandelen.'

'Ik hoop dat ze ook zo goed voor de weeskinderen zorgen.'

Cammie pakte haar koffer en gooide die op haar stapelbed. 'Ik popel om die te zien!'

Opnieuw was Beth terug in het hier en nu. Tenslotte waren ze hier om deel te nemen aan een werkvakantie. Het werd tijd om niet meer over Molly, Jack en Joey te tobben. Voor hun eigen kinderen was dit een bijzondere ervaring; zoiets maakte je maar eens in je leven mee. Beth schoof haar koffer uit het zicht en ging op de rand van haar bed zitten.

Plotseling sprongen de tranen haar in de ogen. Maandenlang had ze tegenover Molly en Jack verkondigd dat bidden om de wil van God de oplossing zou opleveren. Vertrouw op God, had ze tegen hen gezegd. Hij weet wat het beste is voor Joey, zelfs als het voor jullie niet het beste lijkt. Maar hoe had ze zelf eigenlijk gereageerd?

Terwijl ze probeerde Molly en Jack te leren wat geloof inhield, had ze zelf op haar eigen kracht vertrouwd. Niet eenmaal had ze gebeden over haar twijfels wat Molly en Jack betrof. Natuurlijk was ze blijven bidden voor Joey en voor haar zus, dat ze haar zoon zou mogen houden. Maar elke keer dat ze aan de plannen van Molly en Jack twijfelde, was ze als een detective te werk gegaan door vragen op haar zus af te vuren en op zoek te gaan naar aanwijzingen.

Zelfs het bellen naar de maatschappelijk werkster en naar Wendy had ze gedaan zonder ook maar een ogenblik met God te communiceren. Geen wonder dat ze gekweld werd door twijfel en angst. Ze had geen vrede, omdat ze haar eigen goede raad niet opgevolgd had.

Nu boog ze haar hoofd en sloeg haar handen voor haar gezicht. De kinderen gingen samen met Bill op verkenning in de zitkamer en letten niet op haar. Alleen Jonah bleef achter en hij hoorde haar blijkbaar huilen.

'Mama, wat doe je?' Jonah plofte naast haar op het bed. 'Ben je verdrietig?'

'Nee hoor, niet echt.' Ze snufte en legde haar arm om hem heen. 'Mama moet even bidden.'

'Mag ik met Blain en Braden spelen?'

'Ja hoor, lieverd. Ga je gang.'

Jonah rende weg en opnieuw sloeg Beth haar handen voor haar gezicht. Toen deed ze waar ze al naar snakte sinds ze vanochtend wakker geworden was. *O God, vergeef me mijn twijfels en verdenkingen. Ik heb zo mijn best gedaan om over mijn zus te waken, terwijl U al precies weet wat er gaat gebeuren. Help me om de vreugde van mijn verlossing en de zekerheid van Uw waarheid niet meer te vergeten, Vader.* Ze veegde haar tranen af. Over tien minuten zouden ze elkaar weer zien bij het feestmaal met rijst. *En God, ik smeek U: laat in het leven van Molly, Jack en Joey gebeuren wat U wilt. Van nu af aan zal ik U vertrouwen, wat er ook gebeurt.*

Ze deed haar ogen open en stond op. Zonder enige twijfel wist ze wat ze zou doen zodra ze Molly zag. Ze zou naast haar gaan zitten aan het feestmaal en binnen een minuut zou ze doen wat ze al veel eerder had moeten doen.

Ze zou haar excuses aanbieden.

26

Jack voelde dat hij begon te veranderen.

In zijn diepste wezen was hij altijd vol zelfvertrouwen geweest, altijd zeker van zichzelf. Nu voelde hij dat hij innerlijk milder werd; hij begon te beseffen dat hij het misschien zijn leven lang bij het verkeerde eind gehad had. Een dergelijke verandering had hij niet verwacht, zeker niet tijdens deze fase van het plan. De werkvakantie naar Haïti, het werk, dat alles hoorde bij de list die hij bedacht had om het land uit te komen. Maar na een dag werken in het weeshuis, samen met de inwoners van Haïti en de vrijwilligers, zag Jack in dat Jesper gelijk had.

God was inderdaad alles voor hen.

Nu was hun tweede dag op Haïti aangebroken en Jesper stelde een uitstapje naar de stad voor. Dagexcursies waren ingepland in de werkvakantie; het was een goede manier om de mensen die op straat leefden eten en andere voorraden te brengen. Voor Jack vormden deze uitstapjes de garantie dat zijn plan uitvoerbaar was. Zodra ze in de straten van de stad waren, kon er van alles gebeuren. En hij zou zorgen dat er iets gebeurde.

Die ochtend hadden ze samengewerkt met de kinderen en de vrijwilligers in het weeshuis. Joey en de kinderen van Beth en Bill speelden intussen met de kinderen die daar woonden. De weeskinderen hadden slechts één kleine speelkamer, een vierkant, ongemeubileerd vertrek met tegels op de vloer. Er waren hooguit vier of vijf speeltjes voor meer dan veertig jongens en meisjes.

‘Ik dacht dat de gemeente in Amerika speelgoed en kleding

aan de kinderen stuurde,' zei Jack tegen Jesper.

Die glimlachte. 'Deze kinderen krijgen een heleboel speelgoed en kleding. Veel meer dan de kinderen op straat.' Hij wees naar buiten. 'De vrijwilligers pakken de spullen die de Amerikanen gestuurd hebben in en geven ze aan hun familieleden en vrienden op straat die niets hebben.'

Jack voelde zich beschaamd door dit antwoord.

De mannen gingen aan de zuidkant van het weeshuis aan de slag, waar een muur was ingestort. Tijdens de koffiepauze zag Jack dat Joey met zes andere jongetjes aan het spelen was. Hij had een mueslireep voor zijn zoon en nog een paar voor de weeskinderen. Het was nauwelijks genoeg voor dit groepje.

Hij nam Joey even apart. 'Hé, makker, ik heb wat lekkers voor je. Lukt het om dit met de andere jongens te delen, denk je?'

Joey keek hem met stralende blauwe ogen aan. 'Tuurlijk, pap.' Hij pakte de repen aan en rende terug naar zijn kameraadjes.

Joey brak de repen in kleinere stukken en gaf elk van de jongetjes een deel. De kinderen waren dolblij. Ze bekeken het lekkers vol verwondering en babbelden met elkaar in het creools, zichtbaar enthousiast. Wat Jack toen zag, maakte hem nog meer beschaamd. Elk Haïtiaans kind rende met zijn stuk snoep naar een andere groep kinderen. Nog steeds enthousiast babbelend en gebarend braken de jongetjes het ene stukje na het andere af tot elk kind in het weeshuis een hapje had.

Jesper zag Jack kijken. Hij sloeg zijn arm om Jacks schouders. 'Zij begrijpen de leer van God. Het is beter te geven dan te ontvangen.'

Jack wist niet wat hij moest zeggen. Hij popelde om dit aan Molly te vertellen. Zouden kinderen in hun eigen, rijke land ooit zo reageren als deze kinderen? Hier hadden ze niets voor zichzelf, maar als ze iets cadeau kregen, wilden ze dat meteen met anderen delen!

De pauze was weer voorbij en Jack nam zijn plaats weer in bij de beschadigde muur, met een hamer en een zak spijkers bij zich. Naast hem werkte Franz, een van de vrijwilligers. Franz sprak een beetje Engels en was al even spraakzaam als Jesper.

'God heeft mijn gezin gered.' Franz hield een spijker op zijn plaats en sloeg hem met één hamerslag dwars door een nieuw stuk hout heen. Hij was even zwaar gebouwd als Mike Tyson, de bokser, maar hij straalde een kinderlijke vriendelijkheid uit. 'We hadden geen eten, geen huis, en we gingen bijna dood. Mijn vrouw en ik smeekten God om genade, om hulp.' Hij wees op Jesper. 'De volgende dag kwam Jesper ons vragen of we in het weeshuis wilden werken in ruil voor eten en huisvesting.' Hij wees naar de nevelig blauwe lucht boven hun hoofd. 'Onze God is een goede God. Heel goed.'

'Ja.' Jack zou dit moeilijk kunnen ontkennen.

De uitstapjes vonden die middag om drie uur plaats, tijdens het middagdutje van de weeskinderen. De studenten gingen samen met hun jeugdleider naar de slechtste wijk van de stad. De familie Petty zette koers naar een drukke hoofdstraat in de buurt van het weeshuis en de familie Campbell naar een andere drukke straat. Ze zouden de mensen zakken met eten en andere voorraden brengen en in het creools geschreven boekjes uitdelen waarin de boodschap van hoop in Christus en de weg naar verlossing uitgelegd werd.

De voorganger van de Bethel Bijbelgemeente had bemoedigend gezegd dat ze niets meer hoefden te doen dan glimlachen en vriendelijk zijn tegen de mensen. 'Dat kan iedereen; daar is geen theologische opleiding voor nodig. Denk eraan, het is een werkvakantie. Alles wat ze moeten weten, staat in het boekje.'

Toen ze op pad gingen, zei Molly tegen Jack: 'Ik kijk wel toe.'

Hij knikte. De vorige avond hadden ze dit afgesproken. Deze middag op straat zou hun enige kans zijn om een plan te maken. De volgende dag zouden ze vragen of ze naar dezelfde plek in dezelfde buurt mochten gaan. Vanaf die plek zouden ze uitzoeken hoe ze konden ontsnappen.

Ze hadden weinig ingepakt voor dit uitstapje, want ze konden onmogelijk hun koffers meenemen. Alleen wat in hun rugzakken en Molly's vliegtuigkoffertje paste, konden ze meenemen. Om te voorkomen dat het de volgende dag verdenking zou oproepen, namen ze voor het uitstapje van vandaag precies diezelfde tassen mee.

'Waarom die koffer?' Franz was hun chauffeur. Hij schonk Molly een komische grijns. 'Jullie Amerikanen nemen altijd koffers mee.'

'Ik ben allergisch.' Molly klopte op haar vliegtuigkoffertje. De leugen bezorgde haar een vieze smaak in de mond. 'Hierin zitten mijn eten en medicijnen. Voor het geval dat we langer wegblijven dan we verwachten.'

Franz haalde demonstratief zijn schouders op, maar hij bleef glimlachen. 'Ik vind het best. Gooi maar achterin.'

Onderweg naar hun bestemming boog Molly voor Joey langs en zei zacht, vlak bij Jacks oor: 'Dat vergat ik nog te vertellen. Beth heeft haar excuses aangeboden.'

'Echt waar?' Dat verbaasde hem. 'Ik dacht eigenlijk dat ze nog steeds aan ons twijfelde, en dat zij het als eerste door zou hebben als we gaan.'

'Dat denk ik ook.' Molly hield haar hoofd schuin. 'Maar volgens mij is ze er niet meer ongerust over. Het lijkt wel of ze al haar angst heeft laten varen.'

Jack liet dat idee bezinken. Nog meer bewijs dat het geloof waardoor Beth en Bill zich lieten leiden, sterk genoeg was om mensen te veranderen. Hij keek uit het raam en bestudeerde de hutten en provisorische tafels met koopwaar. Hier waren veel mensen die weinig reden tot hoop hadden.

De meeste mensen die op straat liepen, hadden een lege blik

in hun ogen. Sommigen zaten op de hoek van de straat met hun hoofd in hun handen te wachten tot ook deze dag voorbij zou zijn. Anderen zaten in elkaar gedoken achter een tafel met stoffig geworden snoep of flesjes water, in de hoop dat ze een paar dollar konden verdienen voordat de avond viel.

Alleen de Haïtianen in het weeshuis en in het zendingshuis waren levendig, liefdevol en blij. Hoe Jack in het verleden ook over het christendom gedacht had, de positieve invloed die het geloof op hun gastheren en gastvrouwen had, viel niet te ontkennen.

Franz reed nog tien minuten door en sloeg toen een nauw steegje in. Aan het andere eind had een grote groep mensen zich verzameld op een soort plein. 'Hier gaan we werken, ja?' Franz straalde bij het vooruitzicht.

'Ja.' Jack keek om zich heen. Alle ogen waren op hen gericht. Hij had zich van tevoren gerealiseerd dat dit deel van de werkvakantie gevaarlijk zou kunnen zijn voor hen, vooral voor Joey. Hij keek Molly waarschuwend aan. 'Houd zijn hand goed vast.'

'Dat zal ik doen.' Hij zag de angst in haar ogen en hij wist dat ze het meende. Ze was niet alleen bang voor deze mensen.

Gisteravond laat, toen iedereen al lag te slapen, was ze bij Jack in bed gekropen en had zich aan hem vastgeklampt. 'Ik ben zo bang, Jack. Als we betrapt worden, wat moeten we dan?'

'Dat gebeurt niet.' Hij streelde haar haren en kuste haar. 'Heb ik je de laatste tijd al verteld hoe mooi je bent?'

Ze drukte haar hoofd tegen zijn schouder. 'Ik meen het, Jack. Wat moeten we beginnen als het niet lukt?'

'Het gaat lukken.' Ze fluisterden nog een uur met elkaar voordat zij in slaap viel, nog altijd met haar hoofd op zijn borst.

Nu bereidde ze zich met grote angstogen voor op de enorme taak die voor hen lag. Ze moesten mensen begroeten, eten, voorraden en traktaten uitdelen en op de een of andere manier contact leggen met iemand die hen zou helpen. Als dat niet lukte, moesten ze een manier bedenken om uit beeld te verdwijnen en een lift naar het vliegveld te krijgen voordat iemand hen kon vinden.

Franz stapte als eerste uit. Met een enorme grijns op zijn gezicht kondigde hij luid en duidelijk iets aan in het creools. Vervolgens haalde hij de geschenkzakken uit de achterbak en zette die op de grond. Hij zei nog iets en de mensen kwamen dichterbij.

'Ik hoop dat hij tegen ze gezegd heeft dat we hen goed gezind zijn,' zei Jack zacht.

'Ik ook.' Molly omklemde Joey.

'Gaan we nu de mensen over God vertellen?' Joey was enthousiast en maakte zich nergens zorgen over. Hij had geen idee van alles wat hen te wachten stond.

'Ja, maatje.' Molly kuste hem boven op zijn hoofd. 'Dat gaan we nu doen.'

Ze zaten in de auto te wachten tot Franz hen een seintje zou geven. Nu deed hij hun portier open en wenkte dat ze konden uitstappen. 'De mensen staan klaar voor hun geschenken.'

Jack wist dat alles van hem afhing. Aangezien Molly doodsbang was en zich zorgen maakte over Joeys veiligheid, zouden ze met hun drietjes niet vriendelijk genoeg overkomen om de juiste mensen aan te trekken. Zijn eigen gedrag zou dat moeten compenseren. Molly en Joey bleven bij Franz; alleen Jack zou zich onder de mensen begeven.

Het eerste half uur hadden ze zo veel werk met het uitdelen van de zakken met eten en andere zaken waaraan de mensen grote behoefte hadden, dat ze geen tijd hadden om aan iets anders te denken. Maar daarna begon de menigte uit elkaar te gaan. Op de een of andere manier moest het nieuws zich verspreid hebben, want er kwamen steeds meer mensen die een cadeau wilden hebben. Hier was het al even vochtig als in het zuiden van Florida, en nog warmer dan ze gewend waren. In de verte begonnen zich stapelwolken te vormen. Jack keek op zijn horloge. Het was vier uur. Ze hadden niet veel tijd.

Zo nu en dan keek hij over de mensen heen naar Molly, Joey en Franz. Af en toe zag Franz iemand die hij kende en dan liep hij even met de persoon in kwestie mee. Soms was hij drie of vier minuten weg. Hij had verteld dat hij in deze buurt veel mensen kende en dat hij soms bij iemand thuis op bezoek moest. 'Ze hebben gebed en bezoek nodig,' zei hij. 'Jullie zijn hier wel veilig.'

Deze situatie was ideaal voor hun plan. Als Franz geneigd was af en toe even te verdwijnen, zouden ze daar morgen gebruik van kunnen maken om weg te lopen. Maar het hele plan kon alleen doorgaan als Jack contact met iemand wist te leggen. Als dat vandaag niet lukte, moest het morgen gebeuren, terwijl ze er te voet vandoor gingen. Iemand moest hen naar het vliegveld brengen.

'*Bondye reme ou*,' zei Jack tegen iedereen die hij tegenkwam. 'Spreekt u ook Engels?'

De meesten schudden het hoofd. Ze namen de pakketten en traktaten aan en bleven niet bij de Amerikanen rondhangen. Jack begon de omtrek van het plein te onderzoeken. Een eind verderop zag hij verscheidene auto's geparkeerd staan; in elk ervan zat een chauffeur.

Hij liep terug naar Franz, Molly en Joey. 'Wat doen zij daar?' Hij wees op de auto's met chauffeur. 'Zal ik hun ook geschenken brengen?'

'Waarom niet?' Franz grijnsde breed. 'Het zijn chauffeurs. Net als taxichauffeurs in Amerika.' Zijn glimlach vervaagde. 'De meesten hebben geen werk, ze zitten daar maar. Sommige vervoeren drugs voor drugsbazen.'

Dat had Jack zich al afgevraagd. In de verte klonk een licht gerommel, het begin van onweer. 'Hoelang heb ik nog, Franz?'

'We blijven tot de geschenken op zijn.' Hij tuurde naar de

lucht. Op de plaats waar zij waren, scheen de zon nog. 'Of tot de grote onweersbui. Wat het eerst komt.'

Molly wierp hem een nerveuze blik toe en richtte haar aandacht daarna weer op de mensen. De vrouwen en kinderen verdrongen zich rondom Joey en haar; aan kinderen was hier blijkbaar geen gebrek.

Jack speurde de auto's weer af.

Met zijn armen vol geschenken en traktaten liep hij naar de chauffeurs toe. Twee leken niet geïnteresseerd en een derde was in gesprek met een louche uitziende, oudere man. Maar de vierde glimlachte naar hem en stak zijn hand uit. 'Hallo, Amerikaan.'

Engels! De man sprak Engels! Jack hield zijn geschenkzakjes omhoog en baande zich een weg naar de man toe. '*Hallo! Bondye reme ou.*'

'God houdt van iedereen!' De man grinnikte. 'Ik spreek Engels, vriend.' Hij leunde uit zijn autoraampje. 'Wat komen jullie vandaag brengen?'

Jack gaf de man een paar zakjes met eten en andere nuttige zaken.

'Hou het boek maar.' De man wees omhoog en knipoogde. 'Ik ken God al. De goede, goede God.'

'Ja.' Jack voelde een rilling over zijn rug lopen. *Inderdaad.* Hij keek over zijn schouder. Franz werd in beslag genomen door een gesprek en Molly en Joey waren nog steeds zakjes aan het uitdelen. Hij leunde met zijn elleboog op het dak van de auto. 'Ben jij chauffeur?'

'Ja.' De man omklemde zijn stuur. 'God geeft Tancredo genoeg werk.' Hij gebaarde in de richting van de andere auto's. 'Anderen zijn vuile chauffeurs.' Hij ging zachter praten. 'Drugs. Slecht werk.' Nu glimlachte hij weer en hij sloeg zich op de borst. 'Tancredo rijdt voor God.'

Op dit moment was Jack bereid alles te geloven. Hij haalde

diep adem en zette zich schrap. 'Morgen hebben mijn vrouw, mijn zoon en ik vervoer naar het vliegveld nodig. Om deze tijd.'

Tancredo klapte in zijn handen. 'Ja, dat doe ik. Morgen. Dezelfde tijd.'

Jack deed een paar stappen achteruit. Hij wilde niet de aandacht op zichzelf vestigen. 'Ik betaal je honderd dollar voor de rit, oké?'

Tancredo's mond viel open van verbazing. 'Honderd?'

'Ja. Maar je mag niets zeggen. God heeft ons verteld dat we morgen moeten ontsnappen. Voor de veiligheid van onze zoon.' Hij wees de steeg in. 'Wacht op ons aan het eind van deze straat. Oké?'

Tancredo keek wat verbijsterd, maar hij knikte. 'Als God u dat vertelt, zeg ik niks.' Demonstratief sloeg hij zijn hand even voor zijn mond. 'Tancredo rijdt, meer niet. Ik wacht op een verborgen plek. Aan het eind van de steeg, tweede straat links.'

'Aan het eind van de steeg, tweede straat links.' Jack kon bijna niet geloven dat ze zo veel geluk hadden. Een chauffeur die Engels sprak en ook nog begrip had voor hun behoefte aan discretie. Uit zijn ooghoek zag hij dat Franz in hun richting liep. Jack deed nog een paar stappen achteruit en zwaaide naar Tancredo. '*Bondye reme ou.*'

'*Oui, Bondye reme ou!*' De chauffeur hield zijn cadeau even omhoog. Vervolgens liet hij zijn hoofd tegen de hoofdsteun rusten en hervatte het wachten op een klant.

'Goed gedaan, Jack.' Franz liep met Jack mee. 'Je sluit vriendschap met Haïtiaanse mensen. God is blij met je.'

Jack wist niet precies wat hij ervan moest denken. Hoe kon God blij met hem zijn? Hij had geen vriendschap gesloten, maar plannen gesmeed om de wet te overtreden en uit zijn eigen land weg te vluchten. Hij zette die gedachte van zich af en wees op de achterbak. 'Zijn de zakjes op?'

'Allemaal weggegeven!' Franz hief zijn handen omhoog. 'God wordt verheerlijkt op deze dag, op deze plaats.'

De terugreis verliep in stilte, behalve nu en dan een Bijbeltekst of uitroep van Franz. Jack popelde om Molly te vertellen wat er gebeurd was, maar dat durfde hij niet te doen tot ze alleen waren. Hij wendde zich tot Franz. 'Kunnen we morgen teruggaan naar dezelfde plek? Ik heb een van die mannen gezegd dat hij morgen zijn vrienden moet meenemen.'

'Ja, goed plan.' Franz grijnsde en keek naar de lucht. 'Vanavond gaat het flink onweren.'

Halverwege stopten ze om te tanken. Inmiddels kletterde de regen op het dak van de auto neer. Het benzinestation was één grote chaos: vijftien tot twintig mensen verkochten allerlei gebruikte, versleten uitziende spullen en daaromheen lagen grote bergen afval waar magere varkens in stonden te wroeten.

Zodra Franz uit de auto gestapt was om de pompbediende te zoeken, draaide Jack zich om naar Molly. 'Het gaat helemaal goed. Ik heb een chauffeur gesproken.'

'Dat zag ik.' Ze spraken snel, op gedempte toon. Ook nu zat Joey tussen hen in te slapen, dus er was geen gevaar dat hij het gesprek zou horen. 'Wat is het plan?'

'Hij heet Tancredo. We hebben daar morgen een afspraak met hem. We zullen jouw vliegtuigkoffertje voortdurend bij ons houden en onze rugzakken opdoen. Als Franz bij een van die mensen op bezoek gaat, slenteren wij dat steegje door en nemen de benen. De chauffeur wacht op ons.'

Hij klopte haar teder op haar arm. 'Ik heb alles opgelost, Molly. Je kunt er gerust op zijn.'

'Ik ben misselijk.' Ze trok Joey dicht naar zich toe en begroef haar gezicht in zijn blonde haar. Jack dacht dat ze huilde, maar hij wist het niet zeker. Ook in zijn ogen prikten tranen. Dit moesten ze doen voor hun zoon; het was de enige manier waarop ze hem konden beschermen.

Jack zou het liefst de eerste of tweede dag al vertrokken zijn, maar ze hadden zich aan het programma moeten houden en ze hadden een dag in de stad nodig gehad om contact te leggen. En nu hoefden ze nog maar één dag te wachten. Morgen zouden ze zien hoe alles uit zou pakken.

Terug in het zendingshuis legden ze Joey even op bed en spraken met Beth en Bill af dat ze voor het avondeten samen een potje zouden kaarten in de gemeenschappelijke ruimte. De studenten en de jeugdleider hadden ze bij het ontbijt nog gesproken; toen waren ze ingelicht over de gevaren van de stad. Vanavond zou de groep opgesplitst worden, zodat de studenten nog wat tijd met de weeskinderen konden doorbrengen. Jack was blij met deze betrekkelijke privacy. Voordat ze met Beth en Bill samenkwamen, nam hij Molly even apart in de hoek van hun slaapkamer.

'Luister, ik heb een idee.' Hij keek even over zijn schouder; niemand luisterde mee. Nu keek hij Molly weer in de ogen en ging snel door: 'Morgen zal ik een van mijn T-shirts scheuren, vuil maken en mijn bloed erop smeren.'

'Jack!' Alle kleur verdween uit haar gezicht. 'Dat klinkt als iets uit een griezelfilm.'

'Nee, dat valt wel mee. Ik prik gewoon in mijn vinger. Er is niet veel bloed nodig, maar het moet er wel uitzien alsof ons iets ernstigs is overkomen. Dat T-shirt laat ik dan op straat achter als we bij die chauffeur in de auto stappen.'

Molly keek nog steeds geschokt, maar geleidelijk drong het tot haar door dat dit een goed idee was. Ze knikte. 'Als een soort dwaalspoor, bedoel je? Zou dat helpen?'

'Ja, al is het maar voor een paar dagen.' Hij dacht verder vooruit. 'Vanwege die voogdijkwestie zullen ze wel snel tot de conclusie komen dat we iets in scène gezet hebben. Maar we kunnen dat uitstel, hoe kort ook, gebruiken om weg te komen.'

'Oké. Ik snap het.'

'Hoe dan ook, tegen de tijd dat ze beseffen wat er gebeurd is, zijn wij al onderweg naar Stockholm.' Op het vliegveld zouden ze aan de balie tickets kopen voor een vlucht naar Europa. Jack had het vliegschema uit zijn hoofd geleerd. Als er nog plaats was in het vliegtuig, zouden ze een vlucht naar Zweden boeken. Tijdens hun aankomst in dat land zou Interpol nog niet op de hoogte zijn van hun verdwijning en in Zweden zouden ze tussen de blanke en overwegend blonde bevolking absoluut niet opvallen.

'Molly?' Het was Beth. Ze stond in de deuropening met een pak kaarten in haar hand. 'Zijn jullie klaar?'

'Ja hoor.' Molly rukte zich bijna letterlijk los uit hun gesprek. Ze pakte Jack bij de hand. 'Kom, we kunnen dit ook wel met Beth en Bill bespreken.'

Jack was onder de indruk van Molly's reactie. Dat was een geweldige dekmantel voor hun geheim. Zo goed had ze het spel nog niet meegespeeld sinds ze op Haïti waren.

Een uur later zaten de vier volwassenen aan tafel te kaarten en verhalen uit te wisselen over hun belevenissen van de afgelopen middag. De rijst- en bonenmaaltijd was bijna klaar, maar ze mochten beslist niet meehelpen met klaarmaken en tafel dekken. Zo ging het hier elke avond.

Jack werd overspoeld door een mengeling van euforie en verdriet. Dit zou de laatste avond worden die ze samen met Bill en Beth doorbrachten. Net nu hij hen echt begon te mogen. Alle kinderen waren inmiddels wakker en zaten op de grond van de zitkamer hun eigen kaartspelletje te spelen. Molly had een paar keer tegen hem gezegd dat ze misschien op een dag, als ze niet meer gezocht werden, naar de Verenigde Staten zouden kunnen terugkeren en weer contact konden zoeken met Bill en Beth. Dat betwijfelde Jack, maar op dit ogenblik vond hij het een prettige gedachte.

Hij keek Molly aan en wist dat zij hetzelfde voelde. Deze

avond was voor hen vol nostalgie, want het afscheid was onontkoombaar. Het zou heel lang duren voordat ze weer een normale avond zouden meemaken, en nooit meer een avond als deze.

Molly legde haar laatste kaart neer. 'Beth, hoe kon ik dat nou vergeten?' Ze kreunde. 'Ik had een schoppenkaart voor je moeten bewaren.' Ze drukte haar gebalde vuist tegen haar voorhoofd. 'En we waren nog wel aan het winnen!'

'Geeft niks.' Beth leunde naar achteren en grijnsde. 'We maken de mannen nog steeds helemaal in. Ik kan echt niet…'

Voordat ze haar zin kon afmaken, vloog de voordeur van het zendingshuis open en stormden er vijf gewapende agenten binnen. 'Politie!' Hun uitspraak van het Engels was beter dan die van de meeste Haïtianen. 'Blijf waar u bent!'

Het duizelde Jack. Wat gebeurde er nu? Wat deed de politie hier? En hoe waren deze mannen langs de bewakers bij de poort gekomen zonder dat de mensen in het zendingshuis gewaarschuwd werden? Ze bleven alle negen als verstijfd zitten. Drie vrijwilligers renden de keuken uit en begonnen in het creools tegen de politieagenten te schreeuwen.

De kinderen op de vloer wisten niet wat ze moesten doen. Cammie en Blain staken langzaam hun handen op, alsof ze gearresteerd werden. Braden, Jonah en Joey holden naar hun ouders toe. Jonah begon te huilen.

Een van de mensen die in het zendingshuis werkten, nam de touwtjes in handen. Hij stormde recht op de politieagenten af en begon met veel gebaren een gesprek in het creools. Zijn stem klonk boos, beledigd. Een van de politiemannen bleek de leidinggevende te zijn. Hij gebaarde al even heftig terug en ratelde een aantal zinnen af die blijkbaar als antwoord bedoeld waren.

Met een bleek gezicht keek Molly over de tafel heen Jack aan. Hij wierp haar een strenge blik toe. *Verlies je zelfbeheersing niet.* Ze slikte en vervolgens knikte ze nauwelijks waarneembaar. Ze zou hen niet verraden.

'Wat is er in vredesnaam...' fluisterde Bill tegen Beth. Zij schudde haar hoofd.

Pas toen zag Jack de uitdrukking op Beths gezicht. Het was geen angst of schrik zoals bij de rest. Deze uitdrukking had Jack zolang hij Beth kende, nog nooit bij haar gezien. Maar nu was het onmiskenbaar.

Beth voelde zich schuldig.

27

Molly kon niet meer ademhalen, praten of bewegen. Niemand hoefde haar te vertellen waarom de politie hier binnenviel en bevelen schreeuwde. Ze wist het.

Ze keek Beth aan. Haar zus keek zo schuldbewust dat het haar wel moest opvallen, en Molly besefte dat al hun plannen de mist ingingen. Ze waren betrapt! Ze zouden gearresteerd, ondervraagd en naar de Verenigde Staten teruggestuurd worden. Daar zou hun een gevangenisstraf te wachten staan en Joey zou voorgoed bij hen weggehaald worden.

Het werd haar zwart voor de ogen; ze voelde zich alsof ze elk ogenblik kon flauwvallen. Opnieuw keek Jack haar streng aan. Ze mocht beslist niet instorten. Niet nu Joey zich aan haar vastklampte en de andere kinderen toekeken. Ze wendde zich van Beth af en zag dat de medewerker van het zendingshuis naar hen toekwam. De man keek bezorgd.

'De politie heeft een bevel.' Hij grimaste, zichtbaar in de war. 'Dit is nog nooit gebeurd.' Langzaam kwam hij dichterbij. Hij keek Jack aan. 'U, uw vrouw en uw zoon, de politie wil alle drie meenemen. Bevel van de ambassade.'

Molly hield Joey stevig vast. Zie je wel. Ze had gelijk; ze waren betrapt. Er was maar één persoon die hen dit aangedaan kon hebben. Beth. Toen ze zich omdraaide en naar Beth keek, werd ze overspoeld door een stroom van herinneringen. Duizenden malen had ze naar haar zusje gekeken...

Ze waren vijf en drie jaar oud en Beth trok aan haar arm. 'Poppen spelen, Molly?' En Molly pakte haar zusje bij de hand en ging naast haar op de vloer zitten. Het was een paar jaar later en Beth keek naar haar op vanaf haar kinderfietsje. Molly was de heldin omdat ze, terwijl hun vader even binnen moest zijn, de moeite nam om haar zusje te leren fietsen. Ze zaten op de middelbare school en Beth steunde Molly door haar te vertellen dat Connor Aiken een sukkel was. Ze waren weer een jaar ouder en grijnsden elkaar toe tijdens een honkbalwedstrijd omdat ze hun bewegingen beter met elkaar konden synchroniseren dan alle andere cheerleaders. Op een middag tijdens de kerstvakantie belde de moeder van Art Goldberg op. 'Ik heb slecht nieuws voor je, Molly...' En Molly lag als een hoopje ellende op de vloer; door haar tranen heen zag ze Beth die haar beloofde dat alles op een dag goed zou komen. Een paar maanden geleden zaten ze naast elkaar in het park. Molly zei dat ze zo blij was dat ze nu bijna buren waren, en Beth omhelsde haar en zei: 'Jij zult altijd mijn beste vriendin blijven.'

Al deze taferelen schoten Molly door het hoofd terwijl ze naar haar zusje keek en het enige zei wat ze kon bedenken. Deze vraag zou haar achtervolgen zolang ze leefde. 'Hoe kon je?' vroeg ze bijna onhoorbaar.

Jack en de medewerker van het zendingshuis waren aan het praten en probeerden te begrijpen wat het politiebevel te betekenen had. Maar de politiecommandant had weer iets gesnauwd en dat klonk dringend.

Beth schudde haar hoofd, alsof ze haar aandeel in wat er nu gebeurde, wilde ontkennen. Ze deed haar mond open, maar er kwam geen woord over haar lippen.

Nu huilden alle kinderen. De oudste drie zochten steun bij elkaar; ze zaten nog altijd in kleermakerszit op de vloer. De kleine jongens klampten zich aan hun ouders vast. Joey klauterde bij Molly op schoot. 'Komt de politie ons halen?'

Molly was woedend op Beth, maar ook op zichzelf en Jack. Wat hadden ze dan gedacht? Natuurlijk konden ze hun krankzinnige plan niet straffeloos uitvoeren. Nu zou Joey nog meer getraumatiseerd raken. En wat nog erger was: hun kans om de voogdij over hem te behouden, was verkeken. Voorgoed.

Ze bleef Beth doordringend aankijken. 'Jij hebt ons aangegeven. Beth, hoe kon je?'

Opnieuw deed Beth haar mond open, maar ditmaal kwam Jack tussenbeide. Hij stond op en stak zijn hand naar Molly uit. 'Laten we gaan. We moeten te weten komen wat ze willen. Het is een bevel van de ambassade.'

Molly was zich nauwelijks bewust van haar eigen lichaam. Ze keek nog eenmaal naar Beth, Bill en hun kinderen. Toen pakte ze Joey bij de hand en volgde Jack. Midden in de kamer stond ze weer stil. 'Onze spullen.'

Jack zei iets tegen de medewerker van het zendingshuis en deze man sprak in het creools met de leidinggevende politieman. Na een kort gesprek schudde hij zijn hoofd tegen Jack. 'De politie zegt dat u niets nodig hebt. Alleen meekomen.'

'M... M... Mama, waar g... g... gaan we naartoe?' Joey klampte zich aan haar vast. Zijn ogen waren groot van angst, maar hij was opgehouden met huilen.

'Blijf maar bij mij, maatje. Het komt wel goed.'

De laatste glimp die ze van Beth opving, maakte haar nog woedender dan ze al was. Beth hield haar hoofd gebogen, alsof ze aan het bidden was. Bidden, nota bene! Molly wilde haar woedend toeschreeuwen. Nu was het te laat om te bidden. Het kwaad was al geschied. En dat was de schuld van haar zusje, een van de mensen van wie ze het meest hield.

Ze werden in een politiebusje geholpen en snel afgevoerd. Het was iets na zessen, nog klaarlichte dag. Molly, Jack en Joey zaten in een compartiment dat blijkbaar voor misdadigers bestemd was. Ze werden door een plastic scherm gescheiden van de politieagenten.

Molly greep Jack bij zijn arm. 'Ik... Ik krijg geen lucht.'

'Mama!' Joey ging snel op zijn knieën zitten en keek haar

recht aan. 'Hoezo krijg je geen lucht?'

'Molly, niet doen!' Jack keek haar streng aan. 'We hebben niets verkeerd gedaan.'

Ze sloot haar ogen. *Kom op, Molly, beheers je. Geen paniek.* Even hield ze haar adem in. Daarna dwong ze zichzelf uit te ademen, tot drie keer toe. Toen begon ze weer wat lucht in haar longen te krijgen. Ze deed haar ogen open en speelde het klaar om naar Joey te glimlachen. 'Alles is goed.' Het klonk wat zwakjes, niet erg geloofwaardig. 'Maak je geen zorgen.'

'Hoor eens.' Jack pakte haar pols en schudde haar lichtjes. 'We zijn inderdaad betrapt. Maar we hebben niets verkeerds gedaan. Nog niet.' Hij ruilde van plaats met Joey, zodat hij tegen haar kon fluisteren zonder dat hun zoon het verstond.

Molly had hoofdpijn. Wat zei Jack nou? Natuurlijk hadden ze regels overtreden; ze waren van plan geweest het land op illegale wijze te verlaten onder een valse identiteit. 'Jack, denk aan ons plan. De valse paspoorten, het geld. Natuurlijk hebben we iets verkeerds gedaan.'

'Nee, nog niet. Het is niet illegaal om een paspoort te kopen, geld op een buitenlandse rekening over te maken of op werkvakantie te gaan. Het wordt pas een misdrijf als je dat paspoort gebruikt of onder een andere naam uit Haïti vertrekt.' Hij fluisterde, maar ze kon hem goed verstaan. 'We plegen geen misdrijf door hier te zijn. We hebben toestemming van de rechter gekregen, weet je nog?'

Langzaam drong de zin van Jacks woorden tot haar door en het was alsof de zon weer begon te schijnen. Hij had gelijk. Ze hadden nog geen enkele wet overtreden. 'Maar wat is dit dan?' siste ze, nog altijd doodsbenauwd. Ze zaten ernstig in de problemen. Wie had kunnen denken dat zij achterin een politiebusje zouden worden afgevoerd naar de Amerikaanse ambassade?

Jack dacht diep na. 'Dat zit ik me ook al af te vragen sinds de politie binnen kwam vallen. Was het Tancredo, die chauffeur? Heeft hij misschien iets tegen Franz gezegd?'

'Ik heb ze niet met elkaar zien praten.'

'Misschien was het Franz. Misschien heeft hij iets gehoord.' Jack hield zijn hoofd tegen het hare. 'Lieverd, het spijt me zo. Ik kan gewoon niet geloven dat dit gebeurt.'

'Dus...' Ze dwong zichzelf langzamer te ademen voordat ze weer zou gaan hyperventileren. 'We hebben niets illegaals gedaan, maar iemand heeft ontdekt wat we van plan zijn. Bedoel je dat?'

De tranen sprongen hem in de ogen. 'Daar ziet het wel naar uit.'

'Dan moet het Beth geweest zijn. Zij was de enige die iets vermoedde.'

'Beth?' vroeg Jack tandenknarsend. 'Laat ik niet merken dat zij erachter zit.' Hij balde zijn vuisten. 'Hoe kan zij zich christen noemen als ze ons aangeeft omdat we onze zoon willen beschermen? Kun je mij dat vertellen?'

'Alsjeblieft, Jack.' Het duizelde Molly; ze was niet meer in staat alles te verwerken wat er gebeurde. Dit was hun eigen schuld, niet die van Beth. Beth had alleen gedaan wat zij het beste achtte, misschien zelfs met de gedachte dat ze hen er op de een of andere manier mee hielp. Maar Molly en Jack waren de schuldigen. Ze hadden met God gespot en de kerk gebruikt als middel om de wet te overtreden. Misschien was dit wel een straf van God. 'Het gaat niet om Beth, maar om ons. Wij hadden nooit moeten proberen te ontsnappen. Als we betrapt zijn, is het te laat om ons kwaad te maken.'

'Dat weet ik.' Hij liet zijn schouders hangen. 'Het is overal te laat voor. Maar we moesten het gewoon proberen, Molly.'

'Bedoel je dat ze Joey toch zullen weghalen?' Bij dat idee sloeg de paniek weer toe. Ze was niet bereid om afscheid van hem te nemen. 'Bedoel je dat echt, Jack?'

'Molly, het spijt me zo, lieverd.' Jack sloeg zijn ene arm om Joey en de andere om haar heen. Joey keek verwonderd van de een naar de ander. Maar hij stelde geen vragen. Hij duwde zijn blonde hoofd tegen Jack aan en zo bleven ze de rest van de rit zitten zonder nog te praten.

De politieagenten brachten hen naar een stenen gebouw, volgens het bordje naast de deur was dit de Amerikaanse ambassade.

Nou komt het, dacht Molly. *Ze nemen Joey mee en dan zien we hem nooit meer.* Ze kreeg het krankzinnige verlangen zich om te draaien, Jack en Joey bij de hand te pakken en weg te rennen tot ze de inslag van kogels in haar rug voelde. Hun leven was toch afgelopen. Hoe zouden ze het ooit overleven als Joey bij hen werd weggehaald?

'Deze kant op.' Een van de agenten deed met een strak gezicht de deur van het busje open.

O God, nee! Was dit de wil van God, zoals Beth bedoelde? Had God al die tijd gewild dat Joey naar de familie Porter ging, naar de aardige mevrouw over wie Joey gesproken had? Ze staken een hobbelige straat over en de politieagenten leidden hen de trap op. Bovenaan de trap deed de leidinggevende agent de deur open en liet hen binnen.

Het was een goed afgesloten wachtkamer. De politieagenten blokkeerden de uitgang. De agent die Engels sprak, wees op de bank. 'Gaat u daar zitten.'

Jack pakte haar bij de hand en ze deden alle drie wat hij zei. Joey zat tussen hen in. Molly voelde hem beven; ze wist niet precies wat ze moest doen. Als dit de laatste ogenblikken waren die ze samen hadden, had ze hem veel te vertellen. Ze had minstens een jaar nodig. Maar ze hadden nog maar een paar minuten en ze wist niet waar ze moest beginnen.

Ze trok hem op haar schoot en hield zijn handje tussen haar handen. 'Joey, mama houdt van je.' Toen kwamen de tranen.

Met verstikte stem ging ze door. Als dit haar enige kans was om afscheid van hem te nemen, zou ze zich door niets laten weerhouden. 'Dat mag je niet vergeten, wat er ook gebeurt. Oké?'

Hij aaide over haar gezicht. 'Ik hou ook van jou.'

Jack leek aan te voelen wat er gebeurde. Ze keken elkaar aan en het verdriet van beiden was bijna tastbaar. Jack sloeg zijn arm om Joey heen en leunde naar hem toe. 'Zal ik jou eens wat zeggen? Jij bent papa's eigen grote kerel. Ik hou zo veel van je.' Zijn stem werd schor en hij fluisterde verder. 'Blijf jij maar met God praten, oké?'

Molly voelde een steek van verdriet. Als deze nachtmerrie voorbij was, als Jack en zij alleen achterbleven en opnieuw moesten beginnen, zouden ze misschien echt een poging doen om te leven zoals Beth en Bill. Met God als leidsman.

Ze stond op het punt Joey te vertellen dat ze altijd van hem zou blijven houden en dat ze, als iemand hem ooit bij haar weghaalde, God zou vragen hem bij haar terug te brengen. Maar ze kreeg de kans niet. De deur achter de agenten ging open en twee mannen in uniform betraden de wachtkamer.

Een van hen bleef bij de agenten staan, de ander, duidelijk een Amerikaan, kwam naar hen toe. Hij had een stuk papier in zijn handen en hij keek Jack aan. 'Jack Campbell?'

'Ja, meneer.' Jack ging rechtop zitten. Zijn stem klonk niet angstig, maar berustend.

Molly liet haar hoofd hangen. Ze waren betrapt, daar konden ze niet meer omheen.

'Molly Campbell?'

Ze keek de man aan en knikte. 'Ja, meneer.' Nu zou hij vertellen dat de autoriteiten van hun plan wisten. Hij zou zeggen dat ze vanwege het vluchtrisico onmiddellijk het land uitgezet werden en dat Joey onder politiebewaking naar Ohio zou reizen, naar zijn biologische ouders, die nu definitief de voogdij zouden krijgen.

Molly hield haar adem in en wachtte af.

De man kwam nog een paar stappen dichterbij. 'Meneer en mevrouw Campbell, ik werk voor de Amerikaanse ambassade hier op Haïti. Ik heb een dringend bericht ontvangen vanuit de Verenigde Staten. Mij is door een rechter uit Ohio opgedragen u te lokaliseren en u de details te geven van een boodschap van een maatschappelijk werkster', hij keek op het papier, 'Allyson Bower.'

Een boodschap? Waar had die man het over? Het duizelde Molly weer. Ze klampte zich aan Joey vast om niet om te vallen.

Jack leunde naar voren. 'Meneer...' Ook hij keek verbijsterd. 'Ik weet niet zeker of ik u begrijp.'

De man hield het papier omhoog. 'Ik zal de boodschap voorlezen. "Hierbij deel ik u mede dat bij gerechtelijk bevel van rechter Randall Grove, gerechtshof district Cleveland, de zaak aangaande het ouderlijk gezag over Joey Campbell geseponeerd is. Met ingang van heden is het volledige ouderlijke gezag permanent toegewezen aan u, Jack en Molly Campbell."'

'Wat?' Jack sprong op. Hij keek naar Molly en toen weer naar de man die voor hen stond. 'Is de zaak geseponeerd?'

Molly werd overspoeld door opluchting. Snikkend leunde ze tegen de rugleuning van de bank, trok Joey tegen zich aan en wiegde hem heen en weer. Hoe was dit mogelijk? Ze waren hier om afscheid te nemen, om teruggevoerd te worden naar de Verenigde Staten en een reprimande te krijgen omdat ze gedacht hadden het systeem te slim af te kunnen zijn.

God had uiteindelijk toch een wonder gedaan. En dat terwijl zij een schijnvertoning gemaakt hadden van gebed, geloof, kerkbezoek en deze werkvakantie. God, de Almachtige, had hen te gronde kunnen richten als straf voor wat ze geprobeerd hadden te doen. Maar dat had Hij niet gedaan; Hij had zichzelf zo duidelijk aan hen bewezen dat ze het nauwelijks kon bevatten.

Jack liet zich weer op de rand van de bank zakken. Hij huilde openlijk en was niet tot spreken in staat. Hij gebaarde dat de man verder moest gaan.

Nu glimlachte de man in uniform vriendelijk. 'Ik neem aan dat dit goed nieuws is.'

'Ja,' wist Jack uit te brengen. Hij veegde zijn ogen af. 'Heel goed. U hebt geen idee hoe goed.'

De man schraapte zijn keel. Hij keek weer naar de brief en vervolgde: 'De nieuwe formulieren van afstand zijn door beide biologische ouders ondertekend en vervolgens notarieel bekrachtigd. Als voorwaarde voor deze afstand wordt u geacht Joey Campbell over twee weken te vergezellen naar Bureau Jeugdzorg van Cleveland, Ohio, na welke gelegenheid u niet langer onderworpen zult zijn aan enigerlei voorwaarde van dit bureau. Gefeliciteerd.' De man grijnsde hen toe. 'Ik heb een kopie van alle belangrijke papieren voor uw archief.'

Maar Molly en Jack hoorden hem nauwelijks.

Ze hadden het te druk met Joey en elkaar omhelzen, huilen, lachen en proberen te geloven wat hen nu overkomen was.

'Mama, papa, wat is er nou? Worden we gearresteerd?'

'Nee, lieverd.' Molly kuste hem keer op keer op zijn wang, voorhoofd en handen. 'We mogen de werkvakantie afmaken en daarna gaan we weer naar huis, samen met tante Beth, oom Bill en je nichtje en neefjes.'

'En je hoeft nooit meer een reisje te maken zonder ons.' Jack stond op en zwierde Joey eenmaal rond. Daarna zette hij hem op zijn heup. 'Hoe klinkt dat?'

Joey juichte. 'Geweldig!'

De politieagenten brachten hen terug naar het zendingshuis, maar de terugrit ging grotendeels aan hen voorbij. Ze waren hem bijna kwijt geweest. Joey had nu al onderweg kunnen zijn naar de Verenigde Staten, en daarna zouden ze hem nooit meer hebben gezien. Molly was volkomen uitgeput en te draaierig om meer te doen dan proberen op de een of andere manier te begrijpen wat er gebeurd was.

De familie Porter was blijkbaar van gedachten veranderd over Joey. Maar waarom? Wat had de doorslag gegeven? En waarom zouden ze over twee weken naar het kantoor van Bureau Jeugdzorg moeten komen? Het kon Molly niet schelen. Ze zou desnoods een reis om de wereld maken als ze daarmee kon voldoen aan de voorwaarde van de adoptiepapieren.

En hoe zat het met Beth? Molly had het blijkbaar bij het verkeerde eind gehad. Beth had hen niet aangegeven, dat was duidelijk. Anders zou het bezoek aan de ambassade heel anders verlopen zijn. Beth was haar beste vriendin, haar grootste bondgenoot. Hoe had ze ooit kwaad van haar zusje kunnen denken?

Voordat ze de tijd had gehad om haar gevoelens op een rijtje te zetten, kwamen ze aan bij het zendingshuis. Op de een of andere manier, Molly had het gevoel dat ze op wolken liep, kwamen ze weer binnen. Beth, Bill en hun kinderen zaten met betraande gezichten in de zitkamer.

'Molly!' Beth stond op. Ze keek naar Jack, naar Joey en toen weer naar Molly. 'Wat is er gebeurd?'

Molly liet Joeys hand los en overbrugde de afstand tussen zichzelf en haar zusje. 'Hij is van ons, Beth. Joey is van ons. De familie Porter is van gedachten veranderd.'

Beth begon opnieuw te huilen en nam Molly in haar armen. Allebei tegelijk boden ze hun excuses aan; toen keken ze elkaar aan en schoten in de lach.

'Beth, het spijt me. Ik dacht dat jij ons aangegeven had.' Ze zei het zachtjes. Achter hen vertelde Jack Bill over hun uitstapje naar de ambassade en de kinderen vroegen Joey het avontuur te vertellen. 'Ik dacht dat jij de maatschappelijk werkster gebeld had.'

'Wacht even.' Beths glimlach verflauwde. 'Ik dacht dat jullie er vandoor zouden gaan. Dat dacht ik echt, bedoel ik.'

'Dat was ook zo! Ik kon het jou niet vertellen, maar je had gelijk. Natuurlijk. Jou heb ik nooit voor de gek kunnen houden, Beth.' Molly hield haar hoofd iets achterover. Ze had zich haar hele leven nog niet zo goed gevoeld als nu. De nachtmerrie waarin ze de afgelopen maanden geleefd hadden, was eindelijk voorbij. Ze hadden Joey terug en ze hadden hun eigen leven terug. Dat was meer dan ze kon begrijpen. Ze keek haar zusje weer aan. 'Ik dacht echt dat jij ons aangegeven had. Het spijt me zo, Beth.'

'Maar...' Beths gezicht verstarde; ze keek verbijsterd en bang tegelijk. Opnieuw stond er schuldgevoel op haar gezicht te lezen. 'Dat heb ik ook gedaan, Molly.' Ze zei het heel zacht, bijna geluidloos.

'Heb je dat gedaan?' Molly voelde haar eigen glimlach verdwijnen. 'Heb jij de maatschappelijk werkster gebeld?'

'Ja.' Beth liet haar hoofd even hangen. Toen ze weer opkeek, stonden de tranen haar in de ogen. 'En Wendy Porter ook. Ik heb haar verteld dat Joey bij jullie thuishoort en dat jullie zo veel van hem houden. Maar ik heb haar ook verteld dat ik bang was dat jullie er vandoor zouden gaan.'

Molly hield even haar adem in. Weer duizelde het haar. Ze wist niet precies wat ze moest zeggen of doen. Beth had hen dus inderdaad aangegeven. Maar wat maakte dat uit? Joey was nu van hen. Voor altijd, voorgoed. Ze hervond haar glimlach en omhelsde haar zusje. 'Ik hou van je, Beth. En ik ben niet boos op je.'

'Echt niet?'

'Nee.' Nog nooit had ze zich zo gelukkig gevoeld als nu. 'Begrijp je het niet? Uiteindelijk was het niet jouw zaak, of de onze.' Haar ogen straalden van oprechte, diepe blijdschap. 'Het was Gods zaak. We hebben Joey gekregen omdat dat Gods wil was, precies waar jij voor gebeden hebt.'

Er was geen andere verklaring mogelijk.

De blijdschap kwam tot uiting in een dankgebed, waar ze nog blijer van werden. Langzaam maar zeker drong de waarheid diep en definitief tot hen allen door. Die avond waren ze getuige geweest van iets heel bijzonders. Om redenen die ze wellicht nooit zouden begrijpen, hadden ze voor de tweede keer, en nu definitief, hun zoon als geschenk van God ontvangen. Bovendien hadden ze hun leven teruggekregen.

Het was een wonder.

Later die avond spraken ze af dat Jack 's morgens vroeg naar de bank in Zweden zou bellen. Jack grijnsde naar Molly. 'Wat dacht je van dat kantoorgebouw? Het is echt een koopje.'

Molly schoot in de lach en trok Joey op schoot. 'Voor mijn part koop je de hele straat!' Ze kuste Joey op zijn voorhoofd. 'Het maakt me niks uit, zolang we dit jongetje maar hebben.'

Voordat ze naar bed gingen, knielden Molly en Jack bij Joeys bed neer. Ditmaal, voor het eerst, zouden ze samen met God praten.

Jack sprak als eerste. 'Ik weet niet wat ik moet zeggen, God.' Zijn stem klonk hees. 'Het spijt me zo.' Hij boog zijn hoofd. Toen gebaarde hij dat Molly moest bidden.

Molly's hart ging naar hem uit. Hij was wel degelijk dankbaar, maar eerst en vooral berouwvol. Hij had er spijt van dat hij gedaan had alsof en tot vanavond niet oprecht geloofd had dat God werkelijk machtig was. Ze begon te bidden. 'Dank U wel, God. Onze dankbaarheid is niet in woorden uit te drukken. Als we weer thuis zijn, wordt alles anders. U hebt een wonder voor ons gedaan.' Ze gaf Joey een liefkozend kneepje. 'Nu willen we ons leven aan U geven.'

'Ja, God.' Jacks stem klonk nu sterk en vastberaden.

Joey was aan de beurt. 'Hallo, God, met Joey. Weet U nog dat ik vroeg of ik bij mijn papa en mama en mijn Gus mocht blijven en niet terug hoefde naar dat andere huis in Ohio? Dat heb ik U twee keer gevraagd, weet U nog?' Hij haalde diep adem. 'Ik wist wel dat U dat voor me zou doen, God. Bedankt voor deze blije dag. In deze saam, amen.'

Wat een schat was hij toch. Molly gaf hem een kus en Jack volgde haar voorbeeld. Terwijl ze de kamer uit liepen, kwam er een gedachte bij haar op: het zou niet moeilijk worden om te leren hoe ze met God moesten spreken en een relatie met Hem moesten opbouwen.

Hun zoontje liet hun nu al zien hoe het moest.

28

Half september kon Allyson Bower nog steeds nauwelijks geloven hoe goed het allemaal was afgelopen. Toen Wendy Porter belde, had ze op het punt gestaan de autoriteiten op de hoogte te brengen van de vluchtplannen van de familie Campbell. Nu was alles anders. Over een paar minuten zouden Wendy, Molly en Joey bij elkaar komen.

Allyson ging wat gemakkelijker zitten en tikte met haar potlood op de open map die voor haar lag. Rips wangedrag was natuurlijk de druppel geweest die voor Wendy de emmer deed overlopen. Die donderdagavond, de avond voor de werkvakantie van de familie Campbell naar Haïti, was hij dronken geweest. Hij was kwaad dat Wendy aan het telefoneren was en toen ze de verbinding verbrak, had hij haar bevolen hem alles te vertellen.

Toen hij niet tevreden was met Wendy's antwoorden, was hij woest geworden.

De volgende dag, nadat Rip gearresteerd en Wendy uit het ziekenhuis ontslagen was, zag Allyson hoe ernstig het was. Wendy had een gebroken arm, hechtingen bij haar oor, een gekneusde lever en twee blauwe ogen. Toch had ze ergens de kracht vandaan gehaald om de maatschappelijk werkster te bellen.

'Dien een aanklacht in, Wendy. Dat moet gewoon.'

'Ik heb de politie gebeld.' Wendy huilde. Voorzichtig depte ze haar ogen droog, maar nog rilde ze van de pijn. 'Hij gaat terug naar de gevangenis.'

'En Joey?'

'Ik heb Rip beloofd dat ik ga getuigen dat hij het niet zo bedoeld heeft, dat de drank hem gek maakte.' Ze ademde snel. 'Maar alleen als hij de verklaring van afstand ondertekent.'

Allyson had niet geweten wat ze moest zeggen. Ze wilde dat Joey bij de familie Campbell bleef; dat had ze altijd gewild. Maar Wendy moest wel volledig begrijpen hoe de wet in elkaar zat. 'Je mag Joey houden als jij dat wilt, dat weet je.'

Wendy knikte. 'De adoptie is ongeldig verklaard, toch? Omdat Rip die formulieren niet getekend heeft.'

'Precies.' Allyson hield haar adem in. Dit lag heel gevoelig. 'Je kunt Rip in de gevangenis laten zetten en dan kun jij als enige het ouderlijk gezag over je zoon krijgen. Jij mag het zeggen.'

'Dat weet ik.' Er liepen nog meer tranen over haar gezicht. Stille tranen van een diep verdriet. Ze had al bedacht wat het haar zou kosten. 'Maar op een dag komt Rip weer vrij en dan zoekt hij me weer op. Dat doet hij altijd.' Ze depte weer voorzichtig haar ogen. 'En dan neem ik hem weer terug.' Hulpeloos hief ze haar handen op. 'Dat doe ik altijd.' Beschaamd sloeg ze haar ogen neer. 'Ik heb Joey destijds opgegeven omdat ik de gedachte dat Rip hem pijn doet, niet kan verdragen. Om diezelfde reden doe ik het nu weer.'

Binnen twee dagen waren de papieren ondertekend en notarieel bekrachtigd. Allyson was intussen onmiddellijk gaan regelen dat de familie Campbell hiervan op de hoogte gebracht werd, voordat ze Haïti zouden ontvluchten. Ook dat had twee dagen geduurd: tussen de rechter, de ambassade en Allyson moesten eindeloze formaliteiten vervuld worden om het bericht op Haïti te krijgen. Jack, Molly en Joey zouden door de politie uit het weeshuis naar de ambassade gebracht worden, zodat ze van de verandering in het ouderlijk gezag op de hoogte gebracht konden worden. Door een verbijsterend gunstige samenloop van omstandigheden had dit bericht de familie Campbell bereikt voordat ze hun plannen konden uitvoeren.

Allyson glimlachte.

Wat zou ze graag in de wachtkamer aanwezig geweest zijn toen de familie Campbell het bericht kreeg dat de voogdijzaak geseponeerd was. Joey was hun zoon. Het was een wonder; dat had Molly Campbell gezegd. En misschien had ze gelijk. Allyson was inmiddels al twee keer met haar kinderen naar de kerk gegaan, voor het eerst in jaren. Al was het maar om God te danken dat Hij voor elkaar gekregen had wat haar en de familie Campbell nooit gelukt zou zijn.

Intussen had de familie Campbell alle benodigde papieren ondertekend. Joey was nu officieel en onvoorwaardelijk hun zoon. Wendy Porter had niet om bezoekrecht gevraagd, dus dat was ook niet toegekend.

Allyson keek op de klok aan haar muur. Over twee minuten was het tijd voor de afgesproken bijeenkomst. Molly Campbell en Joey zaten al in de kinderzorgkamer, een comfortabel ingericht vertrek met banken, gemakkelijke stoelen en manden vol speelgoed.

De telefoon op Allysons bureau ging over. Ze nam op. 'Hallo?'

'Wendy Porter is hier om u te spreken, mevrouw Bower.'

'Dank je wel. Ik kom wel naar de wachtkamer.'

Allyson zuchtte diep, stond op en liep naar de deur. Dit was het enige verzoek van Wendy Porter geweest: dat de familie Campbell Joey nog één keer naar Ohio zouden brengen, naar het kantoor van Bureau Jeugdzorg.

Zodat zij afscheid kon nemen.

Voor haar gevoel had Wendy nog nooit zo'n lange autorit gemaakt.

De hele weg naar Bureau Jeugdzorg had ze in gedachten alles de revue laten passeren wat tot dit ogenblik geleid had, maar vooral de tijd die ze zelf met Joey had doorgebracht. De tranen liepen haar over de wangen. Ze keek in haar achteruitkijkspiegel. *Je moet hiermee kappen, Wendy. Meteen. Joey zal niet weten wat hij ervan moet denken als je huilt.*

Ze pufte en streek haar kapsel glad.

De uren met Joey waren de beste uren van haar leven geweest. Wat dat betreft, vroeg ze zich af waarom ze het aanbod van Allyson niet had aangenomen. Ze mocht Joey houden als ze dat wilde. Het enige wat ze daarvoor zou moeten doen, was een manier vinden om Rip Porter nooit meer in haar leven toe te laten. Dat was het probleem.

Zelfs nu hield ze nog van hem, hoe ongezond dat ook was. Hij had hulp nodig; dat gold voor hen allebei. Maar dat proces kon ze Joey niet laten doormaken, geen minuut meer. Rip zou hem geslagen hebben, dat wist ze zeker. Het zou niet zijn bedoeling geweest zijn en als hij weer nuchter werd, zou hij er diep berouw van krijgen.

Maar zij hield te veel van Joey om dat ooit te laten gebeuren.

Hij was zo'n leuke kleine jongen, zo mooi en zo lief. Hoewel hij doodsbang was en zijn adoptiefouders, zijn hond en zijn eigen slaapkamer in Florida miste, was hij nog vriendelijk tegen haar geweest. Hij had haar chocoladekoekjes lekker gevonden.

Wendy stapte uit haar auto en dwong zichzelf de trap op te lopen en de wachtkamer in te gaan. Al na een paar minuten kwam Allyson Bower haar halen.

'Hallo, Wendy. Je ziet er al wat beter uit.' Ze stak haar hand uit.

Wendy schudde haar de hand. Die ochtend had ze zich zorgvuldig opgemaakt. Als haar arm niet in het gips had gezeten, zou helemaal niet meer te zien geweest zijn wat ze twee weken geleden had moeten doorstaan. 'Is Joey er?'

'Ja.' Allyson keek haar onderzoekend aan. 'Hij kwam samen met mevrouw Campbell.'

Wendy glimlachte treurig. 'Zijn mama.'

'Ja.' De maatschappelijk werkster knikte haar vriendelijk toe. 'Zijn mama.' Ze deed een stap achteruit. 'Ben je klaar om hem te zien?'

'Ja. Ik wil mevrouw Campbell best ontmoeten, maar daarna...' Haar stem werd hees. Ze ging niet huilen. Niet nu. Ze haalde even diep adem en hervond haar stem. 'Zou ik daarna even afscheid van Joey mogen nemen? Onder vier ogen?'

'Natuurlijk mag dat.' Allyson ging haar voor door de gang, langs drie deuren, en toen waren ze er.

Een aantrekkelijke vrouw met donker haar en een vriendelijke glimlach stond op toen ze de kamer binnenkwamen. Joey zat op de grond met lego te spelen, maar hij keek op. Toen hij Wendy herkende, was hij een beetje beduusd. Hij stak zijn hand op en zwaaide aarzelend naar haar. Vervolgens ging hij naast mevrouw Campbell staan en drukte zich tegen haar aan, alsof hij zich wilde verstoppen.

Allyson nam de touwtjes in handen. 'Molly, dit is Wendy Porter.'

De vrouw kwam naar haar toe en even leek het of ze haar de hand wilde schudden. Toen stak ze haar armen uit en omhelsde Wendy, langduriger dan ze verwacht had.

De maatschappelijk werkster liet de twee vrouwen staan en ging samen met Joey op de bank zitten. Om hem af te leiden, pakte ze een kinderboek van het bijzettafeltje.

'Ik weet niet wat ik moet zeggen.' Molly had tranen in haar ogen. Ze beet op haar lip om te zorgen dat die niet beefde. 'Dank je wel dat je Joey aan ons gegeven hebt.' Ze probeerde te lachen, maar het klonk meer als huilen. 'Voor de tweede keer.'

Wendy keek over de schouder van de vrouw naar haar spelende zoon. Toen keek ze Molly weer aan. 'Heb jij ooit het verhaal van koning Salomo gelezen, in de Bijbel?'

'Nee.' Molly keek verbaasd. 'Maar we lezen de laatste tijd wel veel in de Bijbel.' Haar ogen straalden nu. 'Vorige week heeft Joey aan Jezus gevraagd of Hij in zijn hart wil wonen.'

Voor Wendy was dit nieuwtje bitterzoet: weer een nieuwe ontwikkeling, nog een mijlpaal in Joeys leven waar zij niet bij geweest was. Ze speelde het klaar te glimlachen. 'Hoe dan ook, dat verhaal staat in één Koningen, hoofdstuk drie. Toen ik het las, realiseerde ik me iets.'

Molly wachtte af, zonder het oogcontact te verbreken.

'Ik begreep opeens dat een echte moeder haar kind liever opgeeft dan toelaat dat hem iets overkomt.' Weer schoten de tranen haar in de ogen. 'Wat dan ook.'

De andere vrouw leek het niet helemaal te begrijpen. Maar ze knikte toch. 'Ik zal het later nalezen.'

Wendy probeerde zich te concentreren. Ze had niet veel tijd. Dit was de enige gelegenheid om Joeys adoptiefmoeder alles te zeggen wat ze wilde. 'Zorg goed voor hem, oké?' De tranen liepen nu over haar wangen, maar ze gaf elke poging op om ze tegen te houden.

'Dat zal ik doen.' Ook Molly huilde zachtjes. Nu waren ze allebei in de eerste plaats moeder. Het was een ingrijpend, moeilijk moment.

'En als hij ooit naar me vraagt, vertel hem dan hoe veel ik van hem hou. Zo veel dat ik hem aan jullie gegeven heb.'

'Afgesproken.' De andere vrouw hield haar hand even voor haar mond om te voorkomen dat ze hoorbaar zou huilen. 'En als hij ooit naar jou op zoek wil gaan, zal ik hem helpen.'

'Echt waar?' Dat was meer dan Wendy had durven vragen.

'Ja. Beslist.' Molly haalde een papieren zakdoekje uit haar handtas en gaf dat aan Wendy. Toen pakte ze er zelf ook een en depte de tranen onder haar ogen weg. 'Kan ik verder nog iets voor je doen?'

Wendy keek weer naar Joey met zijn lichtblonde haar, ernstige gezicht en lieve glimlach. 'Nee, dat is alles.' Ze deed een stap naar achteren. 'Mag ik hem nog een paar minuten spreken?'

'Natuurlijk.' Molly gaf Allyson Bower een seintje en zei toen tegen Joey: 'Lieverd, ik ga de kamer uit, maar ik blijf in de buurt. Mevrouw Porter wil even met je praten, oké?'

'Oké.' Joey zag er minder zenuwachtig uit dan tevoren. 'Daarna gaan we naar huis, hè? Naar Gus en papa.'

'Klopt, maatje.' Molly zwaaide naar hem; daarna ging ze samen met de maatschappelijk werkster de kamer uit en trok de deur achter zich dicht.

Wendy haalde diep adem. Nu kwam het. Ze ging naast Joey op de bank zitten. 'Hoi, liefje.'

'Hoi.' Joey had het boek waaruit Allyson Bower hem voorgelezen had, nog steeds in zijn handen. 'Waar is de andere papa?' Plotseling weer angstig, keek hij om haar heen.

'Die is er niet. Je zult hem nooit meer zien.' Ze keek hem in de ogen en plotseling leek de tijd bijna vijf jaar terug te gaan. In het ziekenhuisbed had ze hem ook in de ogen gekeken; dat was hartverscheurend geweest. Ook toen had ze afscheid van hem genomen. *Ik doe dit voor jou, kind van me. Alleen maar voor jou.* Ze glimlachte naar hem. 'Je hoeft nooit meer naar Ohio te komen, Joey. Weet je dat?'

Hij knikte. 'Dat heb ik aan God gevraagd.'

'O.' Dat deed nog meer pijn, maar ze glimlachte toch maar. 'Daar ben ik blij om. Blijf maar met God praten, oké?'

'Oké.'

Nog altijd wist ze precies hoe het voelde toen hij die ochtend, vlak na zijn geboorte, in haar armen lag, hoe hij had geroken en geklonken toen ze hem dicht tegen zich aan hield. Hij was haar zoon, haar eigen zoon. Nu zou ze hem opnieuw opgeven, alleen omdat ze van hem hield, precies zoals ze Molly Campbell verteld had.

Joey hield zijn hoofd schuin en keek haar onderzoekend aan. 'Waarom ben jij verdrietig?'

'Nou...' Haar adem stokte. De tranen liepen over haar wangen, maar ze bleef opgewekt kijken. 'Zie je, vandaag moet ik afscheid van je nemen.' Ze stak haar goede hand omhoog. 'Na vandaag zal ik je nooit meer zien.'

'Echt niet?' Hij was nog zo jong dat hij niets gemerkt had van de strijd die rondom hem gewoed had. Het was niet tot hem doorgedrongen dat hij nooit meer bij haar zou zijn als hij nooit meer naar Ohio hoefde te gaan. Hij fronste zijn wenkbrauwen en bleef haar in de ogen kijken. 'Afscheid nemen is verdrietig.'

'Ja.' Ze wilde hem vasthouden, stevig knuffelen en nog eenmaal in haar geheugen prenten hoe hij aanvoelde. Maar daar zou hij bang van kunnen worden, vooral nu de andere vrouw niet in de kamer was. Dus deed ze alleen wat ze een paar weken geleden, toen ze samen naar een kinderprogramma op tv keken, ook gedaan had.

Ze stak haar hand uit en legde die op zijn handje.

Hij grijsde breed en stopte zijn handje in haar hand, net zoals toen. 'Ik vind jou lief.' Zijn glimlach werd iets minder enthousiast. 'Ik heb mijn mama verteld dat jij aardig bent.'

'We hebben het gezellig gehad samen, hè?'

'Je wreef over mijn rug.' Hij smakte even met zijn lippen. 'En je zei: "Welterusten, Joey. Mama houdt van je."'

Wendy's ogen werden groot. 'Dat klopt, liefje. Dat heb ik gezegd.' Had hij haar gehoord? Terwijl zij dacht dat hij al sliep, had hij haar liefdesverklaring gehoord. Dat was iets waaraan ze zich kon vasthouden, een laatste goede herinnering.

Met haar hele hart wilde ze geloven dat hij haar zich op de een of andere manier zou blijven herinneren. De chocoladekoekjes, hand in hand op de bank zitten en haar stem die fluisterde: 'Welterusten, Joey. Mama houdt van je.' Maar dat kon bijna niet. Over een jaar zou hij vijf zijn, bijna zes, en dan zou de aardige mevrouw in Ohio slechts een vage herinnering voor hem zijn. Nog een jaar later zou ze helemaal vergeten zijn.

Ze kneep even in Joeys handje. *Alstublieft, God, laat hij mij niet vergeten.* Daar zou een wonder voor nodig zijn, maar daar wist God alles van. 'Nu moet ik gaan.'

Joey leek de betekenis van dit ogenblik aan te voelen. Hij keek haar langdurig aan, ging toen op zijn knieën zitten en sloeg zijn armen om haar hals. 'Ik zal je missen.'

'Ach, liefje toch.' Ze liet zijn woorden diep tot zich doordringen. Dit was geen liefdesverklaring, maar het kwam in de buurt. En het was alles wat ze ooit van haar lieve kleine jongen zou krijgen. 'Ik zal jou ook missen.'

Ze stonden allebei op en opnieuw stopte Joey zijn handje in haar hand. Samen liepen ze naar de deur, Wendy opende die en knikte Molly en Allyson, die een meter verderop stonden, toe.

Molly aarzelde. 'Ben je er echt klaar voor?'

Wendy zou er nooit helemaal klaar voor zijn. 'Ja.' Ze overbrugde de afstand tussen hen en schoof Joeys handje in de hand van Molly. Ze boog zich voorover en kuste hem op zijn wang. Toen vormde ze met haar mond het woord: 'Dag.' Haar stem was onhoorbaar.

Ze keek Allyson Bower nog eenmaal aan en vond, bijna op de tast vanwege de tranen die nu opkwamen, de weg terug naar haar auto. Haar liefde voor Rip had haar zo veel gekost. Haar jeugd, haar zelfstandigheid, haar gezondheid en, wat het ergste was, haar lichtblonde zoon. Nooit zou ze hem naar de kleuterschool brengen, nooit zou ze hem zien fietsen of zien spelen met zijn hond Gus. Ze zou geen getuige zijn van zijn uitstekende schoolprestaties, zijn diploma-uitreiking of zijn bruiloft.

Nu stroomden de tranen haar over de wangen.

Wendy stapte in haar auto en liet haar hoofd op het stuur

rusten. Afscheid nemen van Joey was het moeilijkste wat ze ooit gedaan had. Ditmaal was het nog erger dan vlak na zijn geboorte, omdat ze hem nu had leren kennen. En ze zou hem nooit meer vergeten. Ja, ze had meer verloren dan ze ooit zou kunnen becijferen. Maar dat was niet belangrijk.

Joey had gewonnen.

En daarom hadden ze, op een vreemde, hartverscheurende manier, allemaal gewonnen.

Zelfs Wendy.

Molly bleef nog een kwartier bij Allyson om over Joey te praten. De afgelopen weken waren vol tegenstrijdige emoties geweest: het ondertekenen van de adoptiepapieren voor Joey, het weten dat hij nu voorgoed hun zoon was, maar daarna het besef welk offer Wendy Porter daarvoor had gebracht en het hartverscheurende verdriet van dit afscheid.

Allyson had alles bij elkaar gebracht en deze vrouw zag er nu gelukkiger uit dan Molly haar ooit gezien had.

'Voordat je gaat, moet ik nog één ding zeggen.' Allyson sloeg haar benen over elkaar en keek haar recht aan. 'Ik neem het jullie niet kwalijk wat jullie van plan waren.'

Dit lag gevoelig, besefte Molly. Jack en zij waren van plan geweest de wet te overtreden, daar kon geen twijfel over bestaan. Als ze hun plan hadden uitgevoerd en betrapt waren, zouden ze een jarenlange gevangenisstraf gekregen hebben. Molly wilde niets toegeven, zelfs niet nu het hele plan niet meer was dan een slechte herinnering. Daarom zei ze niets, maar knikte alleen met een zweem van een glimlach.

'Ik was bereid naar de politie te gaan, want dat hoort bij mijn taak.' Allyson kneep haar lippen opeen en klopte op de plaats waar haar hart zat. 'Maar diep vanbinnen zou ik jullie toegejuicht hebben.' Ze keek naar Joey. 'In dit geval pakte de hele situatie uit zoals het zou moeten. Dat gebeurt niet altijd.'

Joey keek naar haar op. 'Dat komt omdat God gezorgd heeft dat het goed kwam.' Hij grijnsde breed. 'Ik had het aan Hem gevraagd.'

De twee vrouwen keken elkaar veelzeggend aan en Allyson lachte. 'Nou, dat geeft de doorslag.'

Een paar minuten later namen ze afscheid. Allyson wenste hun het beste; ze zouden met de huurauto terugrijden naar het vliegveld. Ze gingen op één dag heen en weer; als hun vliegtuig in West Palm Beach landde, zou Jack hen daar opwachten.

Wendy Porter zou op dit ogenblik nog altijd huilend achter het stuur zitten, daar twijfelde Molly niet aan. Het feit dat ze Joey had leren kennen en tijd met hem had doorgebracht, moest het bijna onmogelijk gemaakt hebben om hem weer op te geven. Molly dankte God elke dag omdat deze vrouw de moed had gevonden zichzelf op te offeren.

Bij het zien van Wendy's gebroken arm had Molly begrepen wat de maatschappelijk werkster niet kon en mocht vertellen. Rip had weer geweld gebruikt en blijkbaar was dat voldoende geweest om Wendy te overtuigen. Ze kon Joey niet blootstellen aan dat soort mishandeling. Nooit. Want ze hield werkelijk van hem.

Hand in hand liepen Molly en Joey naar de auto. Toen ze er bijna waren, hapte Joey naar adem en wees naar de overkant van de straat. Daar bevond zich een grasveld met iets wat Molly niet eerder was opgevallen.

'Paardenbloemen, mama!'

Ze stond stil en keek. Het veld stond inderdaad vol met paardenbloemen, net als in Fuller Park. Wat waren ze er na aan toe geweest een krankzinnig besluit te nemen en dingen te doen die ingingen tegen de wet, tegen hun eigen geweten en, wat het belangrijkste was: tegen God, de Almachtige. Ze huiverde en hield Joeys hand nog wat steviger vast. 'Ja, maatje. Een heleboel paardenbloemen.'

Ze stapten in de auto. Terwijl Molly Joey vastzette in zijn kinderzitje, wreef ze haar neus tegen de zijne. 'Eskimoneuzen.'

Hij deed haar na en giechelde. Toen knipperde hij met zijn wimpers tegen haar wang. 'Vlinderkusjes.'

'Joey Campbell, ik hou van jou.'

Hij giechelde weer. 'Ik hou ook van jou, mama Campbell.'

Voordat ze weer rechtop ging staan, keek ze hem aan. 'Zal ik je eens wat zeggen, maatje? Ik kan bijna voelen dat God hier en nu bij ons is om te zorgen dat alles goed komt.'

'Dat is Hij toch ook, mama.' Hij trok een gezicht alsof ze dat had kunnen weten. 'Nu is Hij altijd bij ons. Eerst vroeg ik of Hij met me meeging op reisjes, want ik was bang. Nu vraag ik of Hij altijd meegaat.'

'O.' Ze knikte. 'Vandaar.'

Ze trok het portier dicht en ging achter het stuur zitten. Maar voordat ze de auto startte, riep hij haar.

'Mama, kunnen we met God praten? Vóór we gaan?'

'Natuurlijk, maatje.' Ze boog haar hoofd en vroeg zich af wat er in hem omging.

'Hallo God, met mij, Joey. Ik ben blij dat we naar huis gaan. Maar ik ben verdrietig voor die aardige mevrouw. Jonah zegt dat U bij meer dan één mens tegelijk kunt zijn omdat U God bent.' Hij zweeg even. 'Ik denk dat hij gelijk heeft. Dus wilt U alstublieft ook bij die aardige mevrouw zijn? Want ze huilde, en ik denk dat U kunt zorgen dat ze niet meer zo verdrietig is.'

Molly kon haar oren bijna niet geloven. Terwijl de volwassenen in zijn omgeving alles op hun eigen manier wilden aanpakken, had haar zoon gebeden zonder ooit op te geven. En nu was hij blij, maar tegelijkertijd bezorgd over Wendy Porter. Omdat ze huilde.

Dank U voor dit kind, God. Leer Jack en mij naar hem te luisteren, zodat we net zo leren geloven als hij.

Op de achterbank sloot Joey zijn gebed af zoals hij dat altijd deed.

'In deze saam, amen.'

Verdiepingsvragen

1. Heb je in je eigen omgeving weleens meegemaakt dat een adoptie mislukte en dat het kind weer werd weggehaald? Beschrijf deze situatie. Hoe gingen de adoptiefouders met het verlies om?
2. Wat vond jij ervan dat Molly en Jack besloten het land uit te vluchten?
3. Valt de beslissing van Molly en Jack te rechtvaardigen, op welke manier ook?
4. Lees het verhaal over de vlucht van Jozef en Maria naar Egypte in Matteüs 2. Schept dit verhaal een precedent voor Molly en Jack om samen met Joey het land uit te vluchten? Waarom, of waarom niet?
5. Wat Molly en Jack wilden doen, was ongetwijfeld illegaal. Als jij Beth was, zou je hen dan aangegeven hebben? Waarom, of waarom niet?
6. Molly en Beth hadden een bijzondere relatie met elkaar. Noem een paar redenen waarom ze elkaar zo na stonden.
7. Beschrijf de goede relatie die je zelf hebt met je zus of een vriendin. Wat maakt deze relatie zo bijzonder?
8. Heb je ooit een moeilijke beslissing moeten nemen, zoals Beth, om bestwil van iemand van wie je hield? Beschrijf die situatie. Wat was het resultaat van jouw beslissing?
9. Hoe had God Molly en Jack kunnen zegenen als ze niet geprobeerd hadden de wet te overtreden?
10. Waarom sloot Jack zich af voor de mogelijkheid dat God hen zou helpen bij het zoeken naar een manier om de voogdij over Joey te behouden? Leg je antwoord uit.

11 Als je bidt, wordt Gods wil tot stand gebracht. Wat bedoelde Beth hiermee? Kun je hiervan een voorbeeld geven uit je eigen leven?
12 Wendy Porter was het slachtoffer van mishandeling. Ken je iemand in een soortgelijke situatie? Waarom blijven mensen doorgaan met een schadelijke relatie?
13 Lees 1 Koningen 3. Wat is het verband tussen het verhaal van deze twee moeders en het offer dat Wendy bracht voor haar zoon? Waarin is het Bijbelverhaal anders?
14 Wie is jouw lievelingspersonage in *Laat mij niet los*? Waarom?
15 Op welk personage lijk je zelf het meest? Waarom?
16 Denk jij dat Molly en Jack hun plan met succes hadden kunnen uitvoeren? Waarom, of waarom niet?
17 Denk je dat ze gelukkig geweest zouden zijn in hun nieuwe leven op de Kaaimaneilanden? Waarom, of waarom niet?
18 Wat zou jij doen als een rechter bevel gaf dat een van jouw kinderen bij je weggehaald werd?
19 Als je iets kon veranderen aan de adoptiewetten in ons land, wat zou je dan veranderen? Vind jij dat het huidige systeem kinderen meestal, soms of altijd voldoende bescherming geeft?
20 Wat heb je geleerd van het lezen van deze roman?

Van de auteur

Beste lezer,

Na het schrijven van elk boek doe ik een stapje terug om het van een afstand te bekijken, en altijd weer sta ik verbaasd. Ik ben vol ontzag omdat God me weer een verhaal gegeven heeft, een verhaal dat opkwam in mijn hart en vervolgens uitgroeide tot dit boek. In dit geval zelfs tot een film!

Ik weet nog precies waar ik was toen het voor het eerst tot me doordrong: een verhaal dat ik geschreven heb, zal op het witte doek te zien zijn! Samen met mijn dochter Kelsey en zoon Tyler mocht ik een week doorbrengen op de filmset van de film die van dit boek is gemaakt. De eerste dag stonden we voor het huis van de familie Porter dicht bij elkaar rondom een monitor die precies toonde wat de camera's binnen opvingen.

'Mam, het is verbluffend,' fluisterde Ty.

Hij had gelijk. Het acteerwerk was verbluffend: Barry Peppers verrassende optreden als Rip Porter, Mira Sorvino's gevoelige portret van zijn vrouw Wendy en de ongelooflijke prestatie van Maxwell Perry Cotton die de kleine Joey speelde. Ik was sprakeloos. Het was of ik mijn eigen roman was binnengestapt.

Er was geen enkele zwakke schakel, geen enkele rol waarvoor ik een andere acteur gekozen zou hebben of om een andere manier van spelen zou vragen. Terwijl ik op de filmset was, verbaasde het me ook hoeveel werk het maken van een film met zich meebrengt. Producers Bobby Downes en Kevin Downes hebben een enorm risico genomen door deze film te maken, zoals alle producers een risico nemen als ze besluiten een onafhankelijk gemaakte film op te nemen. In dit geval was het besluit gebaseerd op waarachtige liefde voor mensen en op het verlangen harten van bioscoopbezoekers te zien veranderen.

Ik hoop dat u een van de mensen bent die hierdoor geraakt is.

Nogmaals: ik ben vol ontzag voor God, die dit verhaal heeft gezaaid in de bodem van mijn hart. Verwonderd zie ik dat Hij het heeft laten uitgroeien tot een boek en vervolgens tot een film.

Maar ik ben ook verbaasd over wat ik in de loop van dat proces zelf geleerd heb.

Natuurlijk wist ik dat *Laat mij niet los* het verhaal zou zijn van twee moeders en de liefde die beide vrouwen koesterden voor hetzelfde kind. Maar ik was niet voorbereid op wat de vierjarige Joey zijn omgeving zou leren over geloof. Ik weet niet waarom dat me zo verraste, want mijn eigen zes kinderen hebben me hiertoe geïnspireerd.

Het beeld van Austin, die als achtjarige ligt te slapen met zijn sneeuwluipaard onder de ene arm en zijn bijbel onder de andere.

De kleine EJ die vertelt dat hij uitstekend geslapen heeft, want: 'Ik heb al mijn Bijbelteksten opgezegd en toen gaf God mij slaap.'

Die lieve Sean die met een brede glimlach naar me toekomt nadat zijn geweldige voetbalteam de voorronde van de staatskampioenschappen verpletterend verloren heeft. 'Heb je me gezien, mam?'

'Ja, Sean,' zei ik. 'Je hebt heel goed gespeeld. Ik ben trots op je.'

'Nee, dat bedoel ik niet.' Hij wees op het lege middenveld. 'Vóór de wedstrijd heb ik iedereen daar in een kring gezet om samen te bidden.'

In mijn eigen leven zijn er voorbeelden te over.

Grote, sterke Josh die een half uur bezig is om vijf pakjes van zijn eigen kauwgom te verzamelen en zijn zusje en broers ieder een briefje te schrijven met een kruisje erop. Josh die met plakband de briefjes op de pakjes kauwgom plakt en ze in het geheim aflevert aan het voeteneind van ieders bed.

'Ik had het gevoel dat God wil dat ik iets uitdeel.'

Tyler die op dertienjarige leeftijd een bordje op zijn slaapkamerdeur ophangt met de tekst: *Ik geloof!* en tegen mij zegt: 'Ik wil dat iedereen die hier komt, weet waar ik voor sta.'

En ten slotte Kelsey, die op haar zestiende, terwijl ze dolgraag bij haar leeftijdsgenoten wil horen, haar vader en mij opzoekt en zegt: 'Weten jullie wanneer mijn dag absoluut perfect wordt? Als ik begin met Bijbellezen.'

Onze kinderen komen zelf met dit soort dingen aan, en mijn man en ik merken dat we zelf Bijbelteksten uit ons hoofd willen gaan leren, ons geloof willen versterken en vroeg genoeg willen opstaan om onze dag ook zo goed te beginnen.

Laat mij niet los roept een paar interessante vragen op. Wat maakt een vrouw tot moeder? Wat betekent het om een kind oprecht lief te hebben? Dit soort vragen zijn interessant om in een groep te bespreken.

Ik besef dat in het echte leven veel verhalen net zo beginnen als die van de familie Campbell. Helaas eindigen de meeste niet met een wonder, althans niet met het wonder waar adoptiefouders om bidden. Mijn hart en mijn gebed gaan uit naar degenen die dit verdriet moeten doorstaan. Ik kan slechts geloven dat wij net als kinderen, tijdens deze reis, hoelang die ook duurt, op de achterbank van de auto zitten. God zit achter het stuur, en we moeten erop vertrouwen dat Hij ons uiteindelijk, als we bij Hem blijven, veilig thuis zal brengen.

Zoals altijd wil ik graag van u horen. U kunt contact met mij opnemen via mijn website: www.karenkingsbury.com.

Ik wens u vreugde en vrede toe. Moge God altijd het middelpunt van uw gezin zijn. Ook bid ik dat u mag leren van de kinderen die Hij in uw leven geplaatst heeft. Denk eraan: door acht te slaan op het geloof van onze kinderen, groeien wij zelf.

Moge God u zegenen met Zijn licht en liefde.

Karen Kingsbury

Woord van dank

Dit boek zou nooit tot stand gekomen zijn zonder de hulp van vele andere mensen. Ten eerste wil ik mijn vrienden bij de uitgeverij FaithWords bedanken; zij hebben ijverig samengewerkt met de producers van de film *Like Dandelion Dust* om te zorgen dat deze versie van het boek op het gepaste ogenblik en met de juiste omslag op de markt kwam.

Ook mijn agent Rick Christian, voorzitter van Alive Communications, komt veel dank toe. Jouw grote integriteit, talent en toewijding aan het wereldwijd uitbrengen van mijn werk blijven me verbazen. Jij bent een sterke christen, Rick. Je voelt je persoonlijk verantwoordelijk voor de zielen die God door deze boeken heen weet te bereiken. Bedankt dat je waakt over mijn vrije tijd, vooral over de uren die ik met mijn man en kinderen kan doorbrengen. Zonder jou zou ik dit niet kunnen doen.

Natuurlijk wordt ook dit boek in de eerste plaats mogelijk gemaakt door de hulp van mijn man en kinderen, die zonder morren broodjes tonijn en tortilla's accepteren als avondeten en mij ovenschalen met gegrilde kip en groente komen brengen als mijn hersenen brandstof nodig hebben om tot in de kleine uurtjes door te kunnen schrijven. Bedankt voor jullie begrip voor het krankzinnige leven dat ik af en toe leid en waarin jullie altijd mijn grootste supporters zijn.

Ook hartelijke dank aan mijn moeder en helper Anne Kingsbury, en aan mijn zus Susan Kane, voor hun grote fijngevoeligheid en hun liefde voor mijn lezers. En aan mijn zus Tricia Kingsbury, die het beheer voert over een groot deel van mijn zakelijk leven. Jullie persoonlijke invloed op mijn werk is voor mij van onschatbare waarde. Dank jullie wel.

Mijn marketingmedewerker Olga Kalachik wil ik bedanken, en mijn dochter Kelsey, die zo veel werk verzet bij de publiciteit rondom onze donatieprogramma's.

Dank aan mijn vrienden en familieleden die mij blijven omringen met liefde, gebed en steun. Natuurlijk gaat mijn grootste dank uit naar God, de Almachtige, de wonderbaarlijkste auteur aller tijden: de Schepper van het leven zelf. Deze gave komt van U. Mijn gebed is dat ik alle dagen van mijn leven de kans mag krijgen en de verantwoordelijkheid zal dragen om haar voor U te gebruiken.

WORD OOK LID VAN DE FAMILIE BAXTER!

De vijf volwassen kinderen van John en Elizabeth Baxter zoeken ieder hun weg in het leven, en dat gaat gepaard met vreugde en verdriet. Maak kennis met Brooke, Kari, Ashley, Erin en Luke en hun ouders - je zult je op z'n minst in een van herkennen. Deze immens populaire serie van bestsellerauteur Karen Kingsbury en relatietherapeut Gary Smalley is nu compleet!

Lezersreacties:

'Dit vind ik een absolute topper van Karen Kingsbury. Je wilt doorlezen om te kijken hoe het afloopt en er zitten onverwachte voorvallen in. Ik heb tijdens het lezen wel een traantje gelaten!' – Marijke (over *Nooit te laat*)

'Met de romans van Karen Kingsbury kom je de zondag zeker door. Wat een geweldige schrijfstijl heeft deze vrouw. Echt een aanrader; ik hoop dat de volgende delen snel zullen verschijnen.' – Elise (over *Meer dan ooit*)

'Dit boek kon ik onmogelijk wegleggen. Het deed me beseffen hoeveel ik van mijn gezin houd en ik ging mijn eigen leven meer waarderen.' – Johanna (over *Tegen elke prijs*)

'Karen Kingsbury schrijft verhalen 'als geen ander'. Ook dit boek was weer ontzettend meeslepend. Ik vierde de hoogtepunten in de familie mee en huilde bij tragische gebeurtenissen. Alles in deze serie is gewoon zo levensecht!' – Lorraine (over *Als geen ander*)

'Nooit eerder heeft een boek me zo geraakt als deze roman. Terwijl ik met Elizabeth meeleefde, moest ik voortdurend aan mijn moeder denken. Het boek zit vol verdriet, maar biedt daar ook een uitweg uit. Het heeft me geleerd om in tijden van zwaar weer in vertrouwen op God.' – Jacqueline (over *Voor het leven*)

Nooit te laat
Karen
Roman
Meer dan ooit
aren Kingsbury
en Gary Smalley
Tegen elke prijs
gsbury
y Smalley
Voor het leven
Karen Kingsbury
Roman
en Gary Smalley
Als geen ander
Karen Kingsbury
Roman
en Gary Smalley